HEYNE
BÜCHER

Von Stephen King sind unter dem Pseudonym Richard Bachmann als Heyne-Taschenbücher erschienen:

Der Fluch · Band 01/6601
Menschenjagd · Band 01/6687
Sprengstoff · Band 01/6762
Todesmarsch · Band 01/6848
Amok · Band 01/7695

Von Stephen King sind als Heyne-Taschenbücher erschienen:

Brennen muß Salem · Band 01/6478
Im Morgengrauen · Band 01/6553
Der Gesang der Toten · Band 01/6705
Die Augen des Drachen · Band 01/6824
Der Fornit · Band 01/6888
Dead Zone – Das Attentat · Band 01/6953
Friedhof der Kuscheltiere · Band 01/7627
Der Talisman · Band 01/7662
Danse macabre · Band 19/2
›es‹ · Band 41/1
Sie · Band 41/2
Schwarz · Band 41/11
Drei · Band 41/14

RICHARD BACHMAN

SPRENGSTOFF

Roman

Deutsche Erstausgabe

WILHELM HEYNE VERLAG
MÜNCHEN

HEYNE ALLGEMEINE REIHE
Nr. 01/6762

Titel der amerikanischen Originalausgabe
ROADWORK
Deutsche Übersetzung von Nora Jensen

7. Auflage

Printed in Germany 1989
Umschlaggestaltung: Atelier Ingrid Schütz, München
Satz: IBV Satz- und Datentechnik GmbH, Berlin
Druck und Bindung: Elsnerdruck, Berlin

ISBN 3-453-02375-7

Zur Erinnerung an Charlotte Littlefield

Sprüche 31,10–28

PROLOG

Ich weiß nicht warum, Sie wissen nicht warum.
Höchstwahrscheinlich weiß Gott es auch nicht.
Das ist Sache der Regierung.

Straßeninterview zum
Vietnamkrieg, etwa 1967

Aber der Vietnamkrieg war vorbei, und das Leben ging weiter.

An einem heißen Augustnachmittag des Jahres 1972 parkte ein Übertragungswagen in Westgate, genau am Anfang der Stadtautobahn Route 784. Um ein hastig zusammengeschustertes Podium hatte sich eine kleine Menschenmenge versammelt. Das Podium war mit einer Plane aus Fahnentuch bedeckt, die wie eine dünne Haut das Skelett aus nackten Holzplanken überzog. Dahinter standen auf einem aufgeschüttetem Erdwall die Mauthäuschen für die neue Autobahn, und dahinter erstreckte sich das offene, unbebaute Marschland bis zum Randbezirk der Vorstädte.

Ein junger Reporter namens Dave Albert machte schnell noch ein paar Stegreifinterviews, während er und sein Team auf die Ankunft des Bürgermeisters und des Gouverneurs warteten, die feierlich den ersten Spatenstich tun sollten.

Er hielt das Mikrophon einem ältlichen Mann mit getönter Brille unter die Nase.

»Na ja«, sagte der Mann und blickte ängstlich in die Kamera. »Ich glaube, für die Stadt ist das eine großartige Sache. So etwas haben wir schon lange gebraucht. Es ist... eine großartige Sache für die Stadt.« Er schluckte nervös, als er merkte, daß er sich wiederholte, starrte aber weiter hin wie gebannt in die surrende Kamera, das Zyklopenauge, welches alles für die Nachwelt festhielt. »Großartig«, wiederholte er mit müder Stimme.

»Vielen Dank, Sir, ich danke Ihnen vielmals.«

»Glauben Sie, daß sie es bringen werden? Heute abend in den Nachrichten?«

Albert schenkte ihm ein bedeutungsloses, professionelles Lächeln. »Schwer zu sagen, Sir. Schon möglich.«

Sein Toningenieur deutete zu den Mauthäuschen hinüber, wo soeben der Chrysler Imperial des Gouverneurs vorgefahren war. Chrom und Lack glänzten in der strahlenden Sommersonne. Albert nickte und streckte seinen Zeigefinger in die Höhe. Dann ging er mit seinem Kameramann auf einen Mann in einem weißen Hemd mit aufgerollten Ärmeln zu, der mit düsterer Miene zu dem Podium hinaufblickte.

»Würde es Ihnen etwas ausmachen, uns Ihre Meinung mitzuteilen, Mr....?«

»Dawes. Nein, durchaus nicht.« Er hatte eine weiche, angenehme Stimme.

»Klappe«, murmelte der Kameramann.

Der Mann im weißen Hemd sagte im gleichbleibend angenehmen Tonfall: »Ich finde, das ist eine ganz große Scheiße.«

Der Kameramann verzog das Gesicht. Albert nickte, bedachte den Hemdsärmeligen mit einem vorwurfsvollen Blick und machte mit dem Zeige- und Mittelfinger seiner rechten Hand eine Geste, als würde er etwas zerschneiden.

Der ältliche Herr hatte die Szene entsetzt beobachtet. Oben bei den Mauthäuschen machte der Gouverneur Anstalten, aus seinem Imperial zu steigen. Sein hellgrüner Schlips leuchtete in der Sonne.

Der Mann im weißen Oberhemd fragte höflich: »Werden Sie das Interview in den Sechs- oder Elf-Uhr-Nachrichten senden?«

»Ha-ha, Mister, Sie sind ein Revoluzzer«, antwortete Albert säuerlich und ging weg, um den Gouverneur zu interviewen. Der Kameramann trottete hinter ihm her. Der Mann im weißen Hemd betrachtete aufmerksam den Gouverneur, der jetzt vorsichtig den Grashang herunter kam.

Albert sollte den Mann mit den aufgerollten Hemdsärmeln siebzehn Monate später noch einmal treffen, aber da keiner von beiden sich an diese erste Begegnung erinnern konnte, hätte es ebensogut das erste Mal sein können.

Erster Teil

NOVEMBER

Gestern Nacht Schlug der Regen an mein Fenster
Ich ging durch das dunkle Zimmer und
glaubte im Licht der Straßenlampe
Den Geist unseres Jahrhunderts auf der
Straße zu sehen
Der uns sagte, daß wir alle am Rande
des Abgrunds stehen.

AL STEWARD

20. November 1973

Er tat immer wieder Dinge, über die nachzudenken er sich nicht gestattete. So war es sicherer. Es war, als hätte er eine Sicherung im Kopf, die immer dann heraussprang, wenn etwas in seinem Gehirn ihn fragten wollte: *Warum tust du das?* Dann wurde es sofort dunkel. He, Georgie, wer hat das Licht ausgeschaltet? Huch, das war ich. Wahrscheinlich ein Kurzschluß. Eine Sekunde, ich dreh' schnell die Sicherung wieder rein. Die Lichter gehen wieder an. Aber die Frage ist verschwunden. Alles in bester Ordnung. Machen wir weiter, Freddy – wo sind wir stehengeblieben?

Er ging gerade zur Bushaltestelle, als ihm das Schild in die Augen sprang:

Ammo Harveys Waffengeschäft Ammo
REMINGTON WINCHESTER COLT SMITH & WESSON
Jäger sind herzlich willkommen

Es schneite ein wenig, und der Himmel war grau. Es war der erste Schnee in diesem Jahr, und die Flocken fielen wie weißes Backpulver auf den Asphalt, wo sie sofort schmolzen. Ein kleiner Junge mit einer roten Pudelmütze ging mit weit geöffnetem Mund an ihm vorbei und versuchte, mit der Zunge eine Schneeflocke einzufangen. Sie wird sofort schmelzen, Freddy, dachte er, als er das Kind beobachtete, aber der Kleine bog den Kopf noch weiter in den Nacken und ging, mit dem Gesicht zum grauen Himmel weiter.

Vor dem Waffengeschäft blieb er stehen, zögerte aber einzutreten. Neben der Tür stand ein Zeitungsständer, in dem die Spätausgabe der Tageszeitung steckte. Die Schlagzeile lautete:

UNSICHERER WAFFENSTILLSTAND HÄLT AN

Auf dem Kasten mit den Zeitungen klebte ein schmuddeliges weißes Schildchen:

BITTE BEZAHLEN SIE IHRE ZEITUNG!
DER HÄNDLER MUSS FÜR SEINE VERLUSTE SELBST AUFKOMMEN!

Drinnen war es warm. Der Laden war ein langer, nicht sehr breiter Raum. Links neben der Tür stand eine Glasvitrine mit Munitionsschachteln. Die .22 Patronen erkannte er sofort wieder, denn er hatte als kleiner Junge in Connecticut ein .22-Kaliber-Gewehr besessen. Drei Jahre lang hatte er um das Gewehr gebettelt, und als er es endlich bekam, hatte er nicht mehr gewußt, was er damit anfangen sollte. Eine Weile lang hatte er damit auf Konservenbüchsen geschossen und dann auf einen Eichelhäher. Das war kein sauberer Schuß gewesen. Der Häher hatte, umgeben von einem rosaroten Blutfleck, im Schnee gesessen und langsam den Schnabel auf und zu gemacht. Danach hatte er das Gewehr an den Nagel gehängt, wo es weitere drei Jahre geblieben war, bis er es für neun Dollar und einen Karton Comichefte an einen Freund verkauft hatte.

Die andere Munition war ihm weniger vertraut. Dreiunddreißiger, sechsunddreißiger Kaliber und etwas, das wie Haubitzenpatronen aussah. Welche Tiere tötet man denn damit? fragte er sich. Tiger? Dinosaurier? Aber sie faszinierte ihn, wie sie da so in der Vitrine lag, wie Bonbons in den großen Glasbehältern eines Gemischtwarenladens.

Der Verkäufer oder Geschäftsinhaber unterhielt sich gerade mit einem dicken Mann in einer grünen Hose und einem grünen Flanellhemd. Das Hemd hatte zwei Brusttaschen mit dreieckigen Klappen. Sie verhandelten über eine Pistole, die in ihre Einzelteile zerlegt auf der Glasplatte einer weiteren Vitrine lag. Der Dicke hatte mit dem Daumen den Sicherheitshahn zurückgedruckt, und jetzt blinzelten beide mit zusammengekniffenen Augen in den geölten Pistolenlauf. Der Dicke ließ eine Bemerkung fallen, und der Verkäufer oder Geschäftsinhaber lachte.

»Was, Automatikpistolen klemmen immer? Das hast du von deinem Vater, Mac, gib's zu.«

»Harry, du steckst voller Blödsinn; bis zum Rand voller Blödsinn.«

Du steckst auch voller Blödsinn, Fred, bis zum Rand. Ist dir das klar, Fred?

Fred antwortete, daß ihm das klar sei.

An der rechten Wand stand ein Glasschrank, der die gesamte Länge des Ladens einnahm. Er war voller Pistolen und Gewehre, die fein säuberlich nebeneinander in den Regalen aufgereiht waren. Er kannte die doppelläufigen Flinten, aber alle anderen waren für ihn ein großes Geheimnis. Und doch gab es Menschen – zum Beispiel die beiden da hinten am Ladentisch –, die über diese geheimnisvollen Dinge mit der gleichen Selbstverständlichkeit sprachen, mit der er seine Buchführungskurse am College absolviert hatte.

Er ging weiter in den Raum hinein und betrachtete die Pistolen in der Glasvitrine. Er entdeckte ein paar Luftgewehre, einige .22er, eine .38er mit einem Holzschaft. Einige .45er und eine .44er Magnum, das Ding, mit dem Dirty Harry in dem gleichnamigen Film herumgelaufen war. Er hatte zugehört, wie Ron Stone und Vinnie Mason sich in der Wäscherei einmal über den Film unterhalten hatten. »Die würden einen Bullen doch niemals mit so einem Gewehr in der Stadt rumrennen lassen«, hatte Vinnie gesagt. »Mit so einem Ding kannst du einem Mann über eine Meile Entfernung ein Loch in den Bauch pusten.«

Der Dicke und der Verkäufer oder Geschäftsinhaber – Harry, wie in *Dirty Harry* – hatten die Pistole wieder zusammengesetzt.

»Ruf mich an, wenn die Menschler da ist«, sagte Mac.

»Mach' ich... aber dein Vorurteil gegenüber den Automatikpistolen ist einfach blöd«, antwortete Harry. (Harry mußte doch der Geschäftsinhaber sein. Ein Verkäufer hätte einen Kunden niemals blöd genannt.) »Mußt du die Cobra unbedingt schon nächste Woche haben?«

»Das wär mir sehr recht«, antwortete Mac.

»Ich kann nichts versprechen.«

»Das kannst du nie... aber du bist eben, verdammt noch mal, der beste Waffenhändler in der Stadt, und das weißt du auch.«

»Klar weiß ich das.«

Mac streichelte noch einmal die Pistole auf dem Ladentisch und wandte sich um, um zu gehen. Dabei rempelte er ihn an – *Paß auf, wenn du das tust, Mac, lächle!* – und verschwand durch die Ladentür. Unter seinem Arm klemmte eine Zeitung, und er las:

UNSICHERER WAF...

Harry wandte sich nun lächelnd und gleichzeitig kopfschüttelnd an ihn: »Kann ich Ihnen behilflich sein?«

»Ich hoffe es. Aber ich muß Sie im voraus warnen, ich habe von Gewehren keine Ahnung.«

Harry zuckte die Achseln. »Gibt es ein Gesetz, daß man die haben müßte? Soll es ein Geschenk für jemanden sein? Zu Weihnachten vielleicht?«

»Ja, genau das«, antwortete er, den Gedanken sofort aufgreifend. »Ich habe nämlich einen Cousin – er heißt Nick. Nick Adams. Er wohnt in Michigan, und er hat einen richtigen Gewehrfimmel. Sie kennen das sicher. Er ist ganz verrückt auf die Jagd, aber irgendwie steckt noch mehr dahinter. Es ist so etwas wie...«

»Ein Hobby?« fragte Harry und lächelte.

»Ja, genau.« Er hatte *Fetisch* sagen wollen. Er senkte den Blick, und seine Augen fielen auf einen Aufkleber, der an der Registrierkasse befestigt war:

WENN GEWEHRE UNGESETZLICH SIND
WERDEN NUR UNGESETZLICHE GEWEHRE TRAGEN

Er lächelte und sagte zu Harry: »Wissen Sie, das ist wirklich wahr.«

»Ja, sicher«, antwortete Harry. »Und Ihr Cousin...«

»Tja, das ist so eine Sache. Ich würde ihm gern eine Nasenlänge voraus sein. Er weiß, wie gern ich Boot fahre, und jetzt hat er mir doch tatsächlich letztes Jahr zu Weihnachten einen Evinrude-Motor geschenkt. Sechzig PS. Er hat ihn mir per Expreß geschickt. Und was habe ich ihm gegeben? Eine Jägerjacke. Ich bin mir vorgekommen wie ein Arschloch.«

Harry nickte mitfühlend.

»Vor ungefähr sechs Wochen habe ich dann einen Brief von ihm gekriegt. Er klingt so aufgeregt wie ein kleiner Junge, der eine Freikarte für den Zirkus bekommen hat. Sieht so aus, als hätte er sich mit ein paar Kumpels zusammengetan und eine Reise zu diesem Ort in Mexiko gebucht. Muß so eine Art freies Jagdgebiet sein...«

»Sie meinen, ein Reservat mit uneingeschränkter Jagderlaubnis?«

»Ja, so was.« Er schmunzelte. »Man kann dort soviel Wild abknallen, wie man will. Es wird dort gezüchtet, wissen Sie. Rehe, Antilopen, Bisons, Bären, einfach alles.«

»Boca Rio vielleicht?«

»Ich kann mich einfach nicht so recht erinnern. Aber ich glaube, der Name war etwas länger.«

Harrys Augen hatten einen verträumten Glanz angenommen. »Der Mann, der gerade hier war, und noch zwei andere und ich, wir sind 1965 in Boca Rio gewesen. Ich habe ein Zebra geschossen. Verdammt noch mal, ein Zebra! Ich hab' es ausstopfen lassen und zu Hause in meinem Hobbyraum aufgestellt. Das war die schönste Zeit, die ich je erlebt habe. Ich beneide Ihren Cousin.«

»Also, ich hab's mit meiner Frau besprochen«, sagte er. »Sie meint, wir sollten es so machen. Wir hatten ein sehr gutes Jahr in der Wäscherei. Ich arbeite in der Blue-Ribbon-Wäscherei drüben im Westend.«

»Ja, die kenne ich.«

Er hatte das Gefühl, als könnte er den ganzen Tag lang so

mit Harry plaudern. Bis zum Jahresende könnte er so weitermachen und Wahrheit und Lügen zu einem wunderschönen, glänzenden Teppich verweben. Sollte die Welt sich weiterdrehen. Scheiß auf die Ölkrise und die hohen Fleischpreise und den unsicheren Waffenstillstand. Laß uns hierbleiben und immer weiter über Cousins reden, die nie existiert haben, nicht wahr, Fred? Nur weiter so, Georgie.

»Wir haben dieses Jahr das Zentralkrankenhaus dazugekriegt und die Nervenheilanstalt und noch drei weitere Motels.«

»Gehört das Quality Motor Court an der Franklin Avenue zu den Firmen, für die Sie arbeiten?«

»Ja.«

»Da hab' ich ein paarmal übernachtet«, erzählte Harry. »Die Laken waren immer sehr sauber. Komisch, man macht sich nie Gedanken darüber, wer eigentlich die Wäsche wäscht, wenn man in einem Motel übernachtet.«

»Wir hatten also ein recht gutes Jahr, und da habe ich mir gedacht, daß ich Nick ein Gewehr und eine Pistole schenken könnte. Ich weiß, daß er sich schon immer eine .44er Magnum gewünscht hat, darüber habe ich ihn oft reden hören.«

Harry holte die Magnum heraus und legte sie behutsam auf die Glasvitrine. Er hob sie auf. Sie lag gut in seiner Hand. Es fühlte sich nach Geschäft an.

Er legte sie auf die Glasplatte zurück.

»Also, die Kammer in dieser Pistole...« fing Harry an.

Er lachte und hob abwehrend die Hand. »Sie brauchen sie nicht anzupreisen, ich bin schon überredet. Ein Ignorant läßt sich leicht überzeugen. Wieviel Munition werde ich wohl dafür brauchen?«

Harry zuckte die Achseln. »Zehn Schachteln vielleicht? Er kann sich ja dann selbst mehr besorgen. Der Preis beträgt zweihundertneunundachtzig plus Mehrwertsteuer, aber ich würde sie Ihnen für zweihundertachtzig einschließlich der Munition lassen. Wie wär's?«

»Super«, antwortete er und meinte es ernst. Und als ob

die Situation noch mehr erforderte, fügte er hinzu: »Es ist ein sehr schönes Stück.«

»Wenn er wirklich nach Boca Rio fährt, wird er sie gut gebrauchen können.«

»Und nun das Gewehr.«

»Was für eines hat er denn schon?«

Er zuckte mit den Schultern und breitete ratlos die Hände aus: »Tut mir leid, das weiß ich wirklich nicht. Zwei oder drei Flinten und etwas, das er einen automatischen Lader nennt.«

»Remington?« fragte Harry so eilig, daß er einen Schreck bekam. Es war, als wäre er durch hüfttiefes Wasser gewatet und nun plötzlich auf einem glatten Stein ausgerutscht.

»Ich glaube, das war's, aber ich kann mich auch täuschen.«

»Remington stellt die besten her«, erklärte Harry und nickte bedächtig, was ihn wieder etwas beruhigte. »Wieviel wollen Sie denn ausgeben?«

»Nun, ich will nicht lange drum herumreden. Der Motor hat ihn wahrscheinlich an die vierhundert gekostet. Ich möchte mindestens fünfhundert Dollar ausgeben. Sechshundert wären das höchste.«

»Sie verstehen sich wirklich gut mit Ihrem Cousin, was?«

»Wir sind zusammen aufgewachsen«, berichtete er mit aufrichtiger Miene. »Ich glaube, ich würde für Nick meinen rechten Arm hergeben, wenn er es von mir verlangte.«

»Ich werde Ihnen etwas zeigen«, sagte Harry einladend und suchte einen Schlüssel aus seinem schweren Schlüsselbund, während er auf einen der Glasschränke zuging. Er öffnete die Tür, kletterte auf einen Stuhl und nahm ein langes, schweres Gewehr von seinem Ständer. Der Schaft war mit eingelegtem Emaille verziert. »Die kommt zwar etwas teurer, als Sie sich vorgenommen haben, aber es ist ein wundervolles Gewehr.« Harry reichte es zu ihm hinunter.

»Was ist das?«

»Das ist eine vierhundertsechziger Weatherbee. Sie braucht stärkere Munition, als ich sie im Augenblick vorrätig habe, aber ich kann Ihnen ohne weiteres welche in Chicago bestellen. Soviel Sie wollen. Es wird höchstens eine Woche dauern. Ein fantastisch austariertes Gewehr. Die Mündungsenergie von dem Baby beträgt über achttausend Pond... das wäre soviel, wie wenn Sie jemanden mit einer Flughafenlimousine umfahren. Wenn Sie einen Bock damit am Kopf treffen, müssen Sie sich den Schwanz als Trophäe aufhängen.«

»Ich weiß nicht so recht«, wandte er ein, obwohl er schon beschlossen hatte, daß er dieses Gewehr wollte. »Ich weiß, daß Nick sehr viel an Trophäen liegt. Das gehört sozusagen dazu.«

»Natürlich«, antwortete Harry und nahm ihm die Weatherbee aus der Hand, um den Lauf aufzuklappen. Das Loch wirkte groß genug, um darin eine Brieftaube zu verstauen. »Niemand fährt nach Boca Rio, um seinen Fleischtopf aufzufüllen. Ihr Cousin schießt also in die Eingeweide. Mit diesem Baby brauchen Sie sich keine Sorgen mehr zu machen, daß das Wild sich zwölf Meilen weit durchs Hochland quält. Sie brauchen ihm nicht mehr lange nachzuspüren, um dann womöglich noch das Abendessen zu verpassen. Dieses Baby wird seine Eingeweide in einem Umkreis von zwanzig Metern verspritzen.«

»Wie weit?«

»Ich sag's Ihnen, wie's ist, ich kann das Ding hier in der Stadt nicht verkaufen. Wer braucht schon so ein Panzerabwehrgerät, wenn es weit und breit nichts anderes zu schießen gibt als Fasane? Und wenn man die auf den Tisch bringt, schmecken sie nur noch nach Abgasen. Im Einzelhandel kostet es neunhundertfünfzig, im Großhandel sechshundertdreißig Dollar. Ich könnte es Ihnen für siebenhundert geben.«

»Das macht dann... beinahe tausend Mäuse.«

»Bei Einkäufen über dreihundert geben wir zehn Prozent Rabatt. Dann wären es nur noch neunhundert.« Er zuckte die Achseln. »Wenn Sie Ihrem Cousin dieses Gewehr schenken, gehen Sie sicher, daß er noch keins von dieser Sorte besitzt. Das garantier' ich Ihnen. Und wenn er es doch schon haben sollte, kaufe ich es Ihnen für siebenhundertfünfzig wieder ab. Das gebe ich Ihnen schriftlich, so sicher bin ich mir da.«

»Ehrlich?«

»Absolut. Aber natürlich, wenn es Ihnen zu teuer ist – wir können uns noch ein paar andere Gewehre ansehen. Aber das hier ist einfach Spitze. Ich hab' sonst nichts da, was er nicht schon besitzen könnte.«

»Ich verstehe.« Er machte ein nachdenkliches Gesicht. »Haben Sie ein Telefon?«

»Klar, im Hinterzimmer. Wollen Sie noch einmal mit Ihrer Frau darüber reden?«

»Ich halte es fast für besser.«

»Natürlich, kommen Sie.«

Harry führte ihn in ein vollgestopftes Hinterzimmer. Er sah eine Bank und einen narbigen Holztisch, auf dem Waffenteile, Federn, Reinigungsflüssigkeit, Prospekte und diverse Fläschchen mit Bleikügelchen verstreut waren.

»Da ist das Telefon«, sagte Harry.

Er setzte sich, nahm den Hörer ab und wählte eine Nummer, während Harry in den Laden zurückging, um die Magnum einzupacken.

»Wir danken Ihnen für Ihren Anruf beim WDST-Wetterauskunftsdienst«, ertönte ein helle Tonbandstimme. »Leichte Schneefälle am heutigen Nachmittag, die am späten Abend in Schneeschauer übergehen.«

»Hallo, Mary?« rief er in den Hörer. »Ich bin gerade in einem Laden, der sich Harveys Waffengeschäft nennt. Ja, genau, wegen Nicky. Die Pistole hab' ich gekriegt, wie besprochen, das war kein Problem. Sie lag gleich im Schaukasten. Aber dann hat er mir ein Gewehr gezeigt.«

»...Aufklarung bis morgen nachmittag. Tiefsttemperaturen heute nacht um null, Tageshöchsttemperaturen um sieben Grad. Mit Niederschlägen heute nacht ist zu rechnen.«

»...also, was soll ich tun?« Harry stand hinter ihm in der Tür; er konnte seinen Schatten am Boden sehen.

»Ja«, sagte er, »das ist mir klar.«

»Wir danken Ihnen für Ihren Anruf beim WDST-Wetterauskunftsdienst. Beachten Sie bitte auch Bob Reynolds Nachrichtendienst an jedem Wochentag in den Sechs-Uhr-Nachrichten, um auf dem laufenden zu bleiben. Auf Wiederhören.«

»Meinst du wirklich? Ich weiß, es ist eine Menge Geld.«

»Wir danken Ihnen für Ihren Anruf beim WDST-Wetterauskunftsdienst. Leichte Schneefälle am heutigen Nachmittag.«

»Bist du sicher, Liebling?«

»...in Schneeschauer übergehen...«

»Na gut.« Er drehte sich auf der Bank und lächelte Harry zu, wobei er den Daumen und Zeigefinger seiner rechten Hand zu einem V spreizte. »Doch, das ist ein netter Kerl. Er hat mir versichert, daß Nick bestimmt noch kein solches Gewehr hat.«

»...bis morgen nachmittag. Tiefsttemperaturen heute nacht...«

»Ich hab' dich auch lieb, Mary, Wiedersehen.« Er legte auf. Jesus, Fred, das war 'ne tolle Nummer. Das war es, Georgie, das war's wirklich.

Er stand auf. »Sie sagt, ich soll's tun, wenn mir das Gewehr gefällt. Und es gefällt mir.«

Harry lächelte. »Was werden Sie tun, wenn er Ihnen einen Thunderbird schenkt?«

Er lachte. »Ich werde die Sendung ungeöffnet zurückschicken.«

Als sie in den Laden zurückgingen, fragte Harry: »Scheck oder bar?«

»American Express, wenn es Ihnen recht ist.«

»So recht wie Gold.«

Er holte seine Scheckkarte heraus. Auf dem Spezial-Streifen auf der Rückseite stand:

BARTON GEORGE DAWES

»Sind Sie sicher, daß die Patronen rechtzeitig hier eintreffen, so daß ich Fred alles zusammen schicken kann?«

Harry blickte von der Kreditkarte auf: »Fred?«

Er lächelte breit: »Nick ist Fred und Fred ist Nick«, erklärte er. »Nicholas Frederick Adams. Ein alter Scherz aus unserer Kindheit.«

»Oh.« Harry lächelte höflich, wie man es eben tut, wenn man einem Insiderwitz nicht versteht. »Würden Sie bitte hier unterschreiben?«

Er unterschrieb.

Harry holte ein dickes Buch unter dem Ladentisch hervor. Es war mit einer Stahlkette am Tisch befestigt, die durch die linke Ecke gezogen war. »Und hier bitte Ihren Namen und Ihre Adresse, für die Behörden.«

Seine Finger krampften sich um den Kugelschreiber. »Nun sehen Sie sich das an«, lachte er. »Zum ersten Mal in meinem Leben kaufe ich eine Waffe, und gleich drehe ich durch.« Er schrieb seinen Namen und seine Adresse ins Buch:

BARTON GEORGE DAWES, 1241 CRESTALLEN STREET WEST

»Die stecken ihre Nase aber auch in alles rein«, bemerkte er.

»Das ist noch gar nichts im Vergleich dazu, wie es früher war.«

»Ich weiß. Wissen Sie, was ich neulich in den Nachrichten gehört habe? Sie wollen jetzt ein Gesetz, daß Motorradfahrer einen Mundschutz tragen sollen. Einen *Mundschutz*, ich bitte Sie! Geht das die Regierung etwas an, wenn ein Kerl sich seine teuren Zahnbrücken ruinieren will?«

»Das hat mit meinem Buch nichts zu tun«, erwiderte Harry und legte es wieder unter den Ladentisch.

»Oder denken Sie nur an den neuen Autobahnanschluß, den sie drüben im Westend bauen. Kommt so ein hochnäsiger Landvermesser daher und beschließt: ›Hier wird gebaut‹, und die Regierung schickt einem dann jede Menge Briefe, in denen steht: ›Tut uns leid, wir werden die 784-Autobahn genau hierhin bauen. Sie müssen sich eine neue Bleibe suchen.‹«

»Ja, es ist eine gottverdammte Schande.«

»Genau das ist es. Was hat das Wort ›Staatsdomäne‹ schon für eine Bedeutung für jemanden, der über zwanzig Jahre in dem verdammten Haus gelebt hat? Der dort seine Frau geliebt, seine Kinder großgezogen hat und von jeder Reise dorthin zurückgekehrt ist? Das ist doch bloß ein Begriff aus dem Gesetzbuch, das sie nur erfunden haben, um einen besser reinlegen zu können.«

Aufpassen, aufpassen! Die Sicherung war ein bißchen zu niedrig eingestellt, und jetzt war einiges durchgesickert.

»Ist alles in Ordnung?« fragte Harry besorgt.

»Ja. Ich habe ein paar von diesen fürchterlichen italienischen Sandwiches zum Lunch gegessen; ich werd' einfach nicht klüger. Davon bekomme ich immer Blähungen.«

»Versuchen Sie mal eine von diesen«, sagte Harry und zog ein Tablettenröhrchen aus seiner Brusttasche. Auf dem Aufkleber stand:

ROLAIDS

»Danke.« Er nahm eine Tablette und steckte sie in den Mund. Sie schmeckte ein bißchen nach Pfefferminz. Seht her, ich bin in einem Werbespot. Ich konsumiere siebenundvierzigmal mein eigenes Gewicht an Tabletten gegen überhöhte Magensäure.

»Bei mir wirken sie immer«, erklärte Harry gutmütig.

»Zu den Patronen...«

»Ja, klar. Wird 'ne Woche dauern, höchstens zwei. Ich bestelle Ihnen siebzig Stück.«

»Sagen Sie, könnten Sie die Waffen hier für mich aufbewahren? Kleben Sie ein Schild mit meinem Namen drauf oder so. Ich bin wohl etwas überängstlich, aber ich hätte sie nicht gern bei mir zu Hause. Reichlich dumm, nicht wahr?«

»Jeder nach seinem Geschmack«, erwiderte Harry gleichmütig.

»Gut. Ich schreibe Ihnen meine Büronummer auf. Wenn die Kugeln da sind...«

»Patronen«, berichtigte Harry. »Patronen, nicht Kugeln.«
»Also gut, Patronen«, wiederholte er lächelnd. »Rufen Sie mich an, wenn sie da sind. Dann hole ich die Sachen ab und bereite alles vor, um sie zu verschicken. Mit der Post – das wird doch gehen, oder?«
»Selbstverständlich. Ihr Cousin wir nur den Empfang bestätigen müssen. Das ist alles.«
Er schrieb seinen Namen auf eine der Geschäftskarten, die folgendermaßen bedruckt war:

Harold Swinnerton 849-6330
HARVEYS WAFFENGESCHÄFT
Munition Antike Waffen

»Sagen Sie mal, wenn Sie Harold sind, wer ist dann Harvey?« fragte er.
»Harvey war mein Bruder. Er ist vor acht Jahren gestorben.«
»Oh, das tut mir leid.«
»Es hat uns allen sehr leid getan. Er kam eines Tages hierher, öffnete den Laden, schloß die Kasse auf und fiel tot um. Herzschlag. Er war der netteste Kerl, den man sich denken kann. Er erledigte einen Rehbock über zweihundert Meilen Entfernung.«
Er langte über den Ladentisch, und sie schüttelten sich die Hände.
»Ich werde anrufen«, versprach Harry.
»Passen Sie gut auf sich auf.«
Er ging wieder in den Schnee hinaus, vorbei an UNSICHERER WAFFENSTILLSTAND HÄLT AN. Es schneite jetzt stärker, und er hatte seine Handschuhe zu Hause gelassen.
Was hast du eigentlich da drinnen gemacht, George?
Päng, die Sicherung sprang raus.
Als er die Bushaltestelle erreicht hatte, war der Vorfall nur noch eine Erinnerung an etwas, das er irgendwo irgendwann einmal gelesen hatte. Weiter nichts.

Die Crestallen Street war eine lange, kurvige Straße, die einen Hügel hinab führte. Früher hatte man von dort eine schöne Aussicht auf den Park und einen herrlichen Blick auf den Fluß gehabt, bis der Fortschritt in Form von Hochhäusern alles kaputtgemacht hatte. Vor zwei Jahren hatte man die Westfield Avenue regelrecht damit zugekleistert.

Nummer 1241 war ein kleines Farmhaus mit einem Zwischenstock und einer Garage für einen Wagen. Der große Vorgarten war jetzt kahl und wartete auf den Schnee – richtigen Schnee –, der ihn bald bedecken sollte. Die Auffahrt war im letzten Frühjahr frisch asphaltiert worden.

Er ging hinein und hörte schon an der Tür den Fernseher, ein neues Modell, das sie sich im letzten Sommer angeschafft hatten. Auf dem Dach befand sich eine automatische Antenne, die er selbst dort oben installiert hatte. Sie war auf Grund dessen, was nun bald passieren würde, dagegen gewesen, aber er hatte darauf bestanden. Wenn sie dort oben angebracht werden konnte, so hatte er argumentiert, konnte man sie ebensogut wieder abbauen, wenn sie dann umzögen. Bart, sei nicht dämlich. Das sind doch bloß Sonderausgaben ... und für dich ist es eine überflüssige Arbeit. Aber er war stur geblieben, und schließlich hatte sie nachgegeben. ›Um ihn bei Laune zu halten.‹ Das sagte sie immer bei den seltenen Gelegenheiten, bei denen ihm eine Sache wichtig genug war, daß er ihr Lamento über sich ergehen ließ. »Diesmal gebe ich nach, Bart, um dich bei Laune zu halten.«

Im Augenblick lauschte sie Merv Griffin, der sich mit irgendeiner Berühmtheit unterhielt. Es war Lorne Green, der sich über seine neue Polizeiserie *Griff* ausließ. Lorne versicherte Merv, wieviel Spaß ihm diese neue Arbeit machte. Bald würde eine schwarze Sängerin (nerviger Negersingsang, dachte er), von der noch nie jemand gehört hatte, auftreten und vermutlich »I left My Heart in San Francisco« singen.

»Hallo, Mary«, rief er.

»Hallo, Bart.«

Auf dem Tisch lag Post. Er blätterte sie durch. Ein Brief an

Mary von ihrer leicht verrückten Schwester in Baltimore. Eine Benzinrechnung – dreiundachtzig Dollar. Ein Kontoauszug: 49 Abhebungen, 9 Eingänge, Kontostand 954 Dollar und 47 Cents. Wie gut, daß er im Waffengeschäft mit seiner American-Express-Karte bezahlt hatte.

»Der Kaffee ist noch heiß«, rief Mary. »Oder möchtest du lieber einen Drink?«

»Einen Drink«, antwortete er. »Ich mach' ihn mir selber.«

Drei weitere Postsachen: eine Mahnung von der Stadtbibliothek, *Facing the Lions* von Tom Wicker. Wicker hatte vor einem Monat bei einem Mittagessen im Rotary Club einen Vortrag gehalten. Es war die beste Rede gewesen, die sie seit Jahren gehört hatten.

Eine persönliche Notiz von Stephan Ordner. Ordner war einer der hohen Tiere im Management von Amroco, der Gesellschaft, der das Blue Ribbon jetzt so gut wie ganz gehörte. Er lud ihn für Freitag abend ein, um das Waterford-Geschäft mit ihm zu besprechen – falls er nicht vorhabe, über Thanksgiving zu verreisen. Wenn dies der Fall sei, möge er bitte anrufen. Wenn er kommen könne, sollte er Mary mitbringen. Carla freue sich immer, Mary zu sehen und mit ihr ein wenig zu plaudern und blah-blah, etc., etc.

Und wieder ein Brief von der Straßenbaubehörde.

Er stand lange da und betrachtete ihn im fahlen Abendlicht, das durch die Fenster fiel. Dann legte er die gesamte Post auf die Kommode. Er machte sich einen Scotch on the Rocks und ging damit ins Wohnzimmer.

Merv plauderte immer noch mit Lorne. Die Farben auf ihrem neuen Zenith-Fernseher waren besser als gut; sie waren phantastisch. Wenn unsere Interkontinentalraketen so gut sind wie die Farben auf unserem Fernseher, wird es eines Tages einen riesigen Knall geben, dachte er. Lornes Haar schimmerte silbern, der unwahrscheinlichste Silberton, den man sich vorstellen konnte. *Junge, eines Tages erwische ich dich mit einer Glatze*, dachte er und schmunzelte. Das war ein Lieblingsspruch seiner Mutter gewesen. Er konnte selbst nicht sagen, warum ihm die Vorstellung eines glatzköpfigen Lorne

Greene so komisch vorkam. Vielleicht eine verspätete hysterische Reaktion auf die Episode im Waffengeschäft.

Mary blickte lächelnd zu ihm auf. »Ein Witz?« fragte sie.

»Nein, nichts«, antwortete er. »Bloß so ein Gedanke.«

Er setzte sich neben sie und kniff sie liebevoll in die Wange. Sie war eine hochgewachsene, mittlerweile achtunddreißigjährige Frau, bei der man noch nicht wußte, in welche Richtung sich die Schönheit ihrer Jugendjahre im mittleren Alter entwickeln würde. Ihre Haut war makellos und ihre Brüste klein und fest. Sie aß ziemlich viel, aber ihr aktiver Stoffwechsel hielt sie schlank. Sie würde noch lange nicht bei dem Gedanken zittern, sich im Badeanzug am öffentlichen Strand sehen zu lassen, egal, was die Götter sonst mit ihrer äußerlichen Erscheinung vorhatten. Er wurde sich plötzlich seines eigenen Bauchansatzes bewußt. Zum Teufel, Freddy, jeder Geschäftsmann hat heutzutage einen Bauchansatz. Das ist ein Erfolgssymbol, genau wie ein Delta 88. Du hast recht, George. Paß nur auf dein altes Herz auf und sieh zu, daß du keinen Krebs kriegst, dann wirst du achtzig Jahre alt.

»Wie war's heute?« erkundigte sie sich.

»Ganz gut.«

»Hast du dir die neue Fabrik in Waterford angesehen?«

»Heute nicht.«

Er war seit Ende Oktober nicht mehr draußen in Waterford gewesen. Ordner wußte das – ein kleiner Vogel mußte es ihm zugezwitschert haben –, daher die persönliche Notiz. Das Gelände für ihre neue Fabrik war eine verlassene alte Textilmühle, und der kleine, schlaue Makler rief ihn immer wieder deswegen an. Wir müssen den Handel endlich abschließen, lag er ihm in den Ohren. Schließlich seid ihr nicht die einzigen im Westend, die an dem Projekt interessiert sind. Ich tue, was ich kann, beschwichtigte er ihn immer wieder. Sie müssen sich schon gedulden.

»Was ist mit dem Haus in Crescent?« fragte sie. »Dem roten Ziegelgebäude?«

»Kommt für uns nicht in Frage«, antwortete er. »Die wollen dafür achtundvierzigtausend Dollar.«

»Für den Schuppen?« meinte sie entrüstet. »Das ist ja der reinste Nepp.«

»Ja, das ist es.« Er nahm einen großen Schluck Scotch. »Was schreibt die gute alte Bea aus Baltimore?«

»Das Übliche. Sie ist jetzt in einer bewußtseinserweiternden Hydrotherapiegruppe. Ist das nicht ein Ding? Bart...«

»Ja, das ist es wohl«, sagte er schnell.

»Bart, wir müssen in dieser Sache endlich was unternehmen. Der zwanzigste Januar rückt immer näher, und eines Tages stehen wir auf der Straße.«

»Ich tue ja, was ich kann«, sagte er gereizt. »Wir müssen uns einfach gedulden.«

»Das kleine Kolonialhaus an der Union Street...«

»...ist schon verkauft«, fiel er ihr ins Wort und trank sein Glas leer.

»Das ist es ja, was ich meine«, rief sie wütend. »Es wäre für uns beide gerade richtig gewesen. Mit dem Geld, das die Stadt uns für unser Haus und das Grundstück gibt, hätten wir es leicht bezahlen können.«

»Es hat mir nicht gefallen.«

»In letzter Zeit scheint dir überhaupt nicht mehr sehr viel zu gefallen«, bemerkte sie mit einem überraschend bitteren Unterton. »Es hat ihm nicht gefallen!« fuhr sie den Fernseher an. Der nervige Negersingsang hatte angefangen.

»Mary, ich tue wirklich, was ich kann.«

Sie wandte sich zu ihm um und sah ihm ernst in die Augen. »Bart, ich weiß, was dieses Haus dir bedeutet...«

»Nein, das weißt du nicht«, unterbrach er sie. »Du hast keine Ahnung!«

21. November 1973

Über Nacht hatte sich eine dicke Schneedecke auf der Erde gebildet, und als die Bustüren sich öffneten und er auf den Bürgersteig trat, konnte er die Spuren der Menschen verfolgen, die vor ihm dort entlanggegangen waren. Er bog um eine Ecke und ging die Fir Street hinunter, während er den Bus mit seinem leichten Tigerbrummen weiterfahren hörte. Johnny Walker fuhr an ihm vorbei. Er war auf dem Weg, seine zweite Wäscheladung an diesem Morgen abzuholen. Johnny winkte ihm aus der Kabine seines blauweißen Lieferwagens zu, und er grüßte zurück. Es war kurz nach acht.

Der Arbeitstag in der Wäscherei begann um sieben Uhr in der Frühe, wenn Ron Stone, der Meister und Dave Radner, der die Aufsicht im Waschraum hatte, eintrafen und die Boiler einschalteten. Die Mädchen, die die Hemden bügelten, trudelten gegen halb acht ein, und die Mädchen, die die Schnellbügler bedienten, kamen gegen acht. Er haßte das Untergeschoß mit der Wäscherei, in dem die stumpfsinnige Arbeit gemacht wurde, in dem die Ausbeutung stattfand, aber aus irgendeinem unverständlichen Grund mochten die Männer und Frauen, die hier arbeiteten, ihn gerne. Sie sprachen ihn mit seinem Vornamen an, und bis auf ein paar Ausnahmen konnte auch er sie gut leiden.

Er betrat das Gebäude durch den Lieferanteneingang und bahnte sich seinen Weg durch etliche Wäschekörbe, die noch vom letzten Abend rumstanden, weil die Wäsche noch nicht gebügelt war. Über alle Körbe war eine Plastikplane festgezurrt, um den Staub fernzuhalten. Weiter vorn befestigte Ron Stone gerade den Treibriemen einer altmodischen Waschmaschine, während Dave und sein neuer Gehilfe, ein gewisser Steve Pollack, der sein Studium abgebrochen hatte, die riesigen neuen Maschinen mit Hotelwäsche füllten.

»Hallo, Bart!« begrüßte Ron Stone ihn brüllend. Er brüllte immer, anstatt zu sprechen. Während der dreißig Jahre Unterhaltung über das Getöse von Trocknern, Büglern, Hemdenpressen und Waschmaschinen hinweg war ihm das Brüllen in Fleisch und Blut übergegangen. »Diese Scheißmaschine gibt bald ihren Geist auf. Das Programm ist jetzt so durcheinander, daß Dave sie mit der Hand bedienen mußte. Und die Schleuder fällt ständig aus.«

»Wir haben schon eine neue Kilgallon bestellt«, beschwichtigte er ihn. »Noch zwei Monate...«

»In der Waterford-Fabrik?«

»Na klar«, sagte er leichthin.

»Noch zwei solche Monate, und ich bin reif fürs Irrenhaus«, meinte Stone düster. »Und dieser Umzug... das wird schlimmer als eine polnische Armeeparade.«

»Ich nehme an, die Aufträge werden zurückgehen.«

»Zurückgehen! In den ersten drei Monaten werden wir nicht aus den roten Zahlen rauskommen. Und dann ist's schon Sommer.«

Er nickte, ohne näher auf das Thema einzugehen. »Was kommt heute als erstes dran?«

»Holiday Inn.«

»Packt jeweils hundert Pfund Handtücher in jede Ladung. Du weißt ja, wie die immer nach Handtüchern schreien.«

»Ja, sie schreien nach allem.«

»Wieviel ist es denn?«

»Sie haben sechshundert Pfund eingetragen. Das meiste kommt von den Shriners. Ist noch vom letzten Montag übriggeblieben. Die dreckigste Wäsche, die ich je gesehen habe. Die Laken starren vor Dreck.«

Er nickte zu dem neuen Gehilfen Pollack hinüber. »Wie macht der Junge sich?« Die Blue Ribbon hatte einen großen Verschleiß an Aushilfen im Waschraum. Dave nahm sie hart an die Kandare, und Rons Brüllerei machte sie zuerst nervös, dann wütend.

»Bis jetzt ganz gut«, antwortete Stone. »Kannst du dich noch an den letzten erinnern?«

Und ob er das konnte. Der Junge hatte es gerade drei Stunden ausgehalten.

»Ja. Wie hieß er doch gleich?«

Ron Stone zog die Augenbrauen zusammen. »Ich weiß es

nicht mehr. Baker? Barker? Irgend so etwas. Ich habe ihn letzten Freitag vor dem Supermarkt gesehen. Hat dort Flugblätter über einen Salatboykott verteilt. Das ist ein Ding, was? Wenn so ein Kerl es nicht an einer Stelle aushalten kann, zieht er gleich los und erzählt jedem, wie schlimm es sei, daß es in Amerika nicht so wie in Rußland sein kann. Es bricht mir das Herz.«

»Kommt als nächstes Howard Johnson dran?«

Stone warf ihm einen beleidigten Blick zu. »Den nehmen wir doch immer als erstes.«

»Um neun?«

»Da kannst du deinen Hintern drauf verwetten.«

Dave winkte ihm zu, und er grüßte zurück. Dann ging er nach oben, durch die chemische Reinigung, durch die Buchhaltung und in sein Büro. Er setzte sich auf seinen Drehsessel hinter seinem Schreibtisch und holte alle Papiere aus dem Eingangskorb, um sie durchzulesen. Auf dem Schreibtisch klebte eine Plakette:

DENK NACH!
Es könnte eine neue Erfahrung für dich sein.

Er mochte das Schild nicht besonders, aber er ließ es da, weil Mary es ihm geschenkt hatte. Wie lange war das jetzt her? Fünf Jahre? Er seufzte. Die Vertreter, die in sein Büro kamen, fanden es außerordentlich witzig und lachten sich halb tot. Aber wenn man einem Vertreter Bilder von verhungernden Kindern oder von Hitler beim Geschlechtsverkehr mit der heiligen Jungfrau zeigte, lachte er sich ebenfalls halb tot.

Vinnie Mason, der kleine Vogel, der zweifellos Steve Ordners Ohren vollgezwitschert hatte, hatte einen Aufkleber auf seinem Schreibtisch, auf dem

DEMK!

stand. Nun, was hatte das schon für eine Bedeutung? DEMK! Darüber würde nicht einmal ein Vertreter lachen, nicht wahr,

Fred? Richtig, George – kooo – rrrekt. Er hörte draußen vor dem Fenster einen schweren Dieselmotor vorbeidröhnen und drehte den Sessel, um hinauszuschauen. Die Straßenbauleute begannen ihren neuen Arbeitstag. Ein langer Tieflader mit zwei Bulldozern fuhr an der Wäscherei vorbei. Hinter ihm folgte eine Schlange ungeduldiger Autofahrer.

Vom dritten Stock aus, über der chemischen Reinigung, konnte man den Fortgang der Straßenbauarbeiten beobachten. Ein langer brauner Einschnitt zog sich durch die Geschäfts- und Wohnviertel des Westends wie eine tiefe Operationsnarbe, die mit Schlamm verpflastert worden war. Sie hatte schon die Guilder Street überquert und grub sich in den Park an der Hebner Avenue, in den er immer mit Charlie gegangen war, als er noch ganz klein... eigentlich ein Baby... gewesen war. Wie hieß dieser Park noch mal? Ich glaube, einfach nur Hebner Avenue Park, Fred. Es gab dort einen kleinen Fußballplatz und ein paar Wippen und einen kleinen Ententeich mit einem Vogelhaus in der Mitte. Im Sommer war das Dach des Häuschens immer voller Vogeldreck. Auch ein paar Schaukeln hat es dort gegeben. Charlie hat seine ersten Schaukelerfahrungen im Hebner Avenue Park gesammelt. Wie findest du das, Fred, altes Haus? Zuerst hat er fürchterliche Angst gehabt und geschrien wie am Spieß, und dann, als es Zeit war, nach Hause zu gehen, hat er geheult, weil ich ihn von der Schaukel runternehmen wollte. Auf dem Heimweg hat er dann den Vordersitz vollgepinkelt. War das alles wirklich schon vierzehn Jahre her?

Ein weiterer Tieflader fuhr mit einem Bagger vorbei.

Vor vier Monaten hatten sie den Garson Block abgerissen, der nur drei Häuserblocks von der Hebner Avenue entfernt stand. Ein paar Bürohäuser, in der einige Kreditanstalten untergebracht gewesen waren, einige Banken, Zahnärzte, Chiropraktiker und Fußärzte. Die waren ihm weniger wichtig, aber, Himmel, es hatte ihm weh getan, das alte Grand Theater in sich zusammenstürzen zu sehen. Dort hatte er sich Anfang der fünfziger Jahre seine Lieblingsfilme angesehen. *Dial M for Murder* mit Ray Milland oder *The Day the Earth Stood Still* mit Michael Rennie. Der war vor kurzem im Fernsehen wiederholt worden. Er hatte ihn sich unbedingt ansehen wollen, war dann aber vor dem blöden Fernseher eingeschlafen und erst bei der Nationalhymne wieder aufgewacht. Er hatte seinen Drink dabei verschüttet, und Mary hatte ihm am nächsten Morgen anständig den Marsch geblasen.

Das alte Grand, ja, das war noch etwas gewesen. Heute gab es ja nur noch diese neumodischen Filmtheater in den Vorstädten, diese aufgeplusterten Gebäude inmitten von riesigen Parkplätzen. Kino I, Kino II, Kino III, Vorführraum, Kino MCMXLVII. Er war mit Mary einmal zu so einem Palast nach Waterford hinausgefahren, um sich *The Godfather* anzusehen, und hatte sage und schreibe 2 Dollar 50 pro Karte bezahlt. Und drinnen hatte es dann ausgesehen wie in einer Bowlingbahn. Keine Empore. Das alte Grand hatte noch einen Marmorfußboden in der Eingangshalle gehabt, eine große Empore und einen liebenswerten, altmodischen, fettverschmierten Popcornautomaten, bei dem die große Pakkung nur einen Dime kostete. Der alte Mann an der Tür, der die Karten abgerissen hatte (die damals nur sechzig Cents kosteten), hatte eine rote Uniform getragen. Er hatte darin wie ein Portier ausgesehen und war mindestens sechshundert Jahre alt gewesen. Immer wieder hatte er denselben Satz vor sich hin gekrächzt: »Ich hoffe, daß Ihnen der Film gefällt.« Und drinnen sah man dann den großen Kronleuchter über dem Parkett. Niemand wollte direkt unter ihm sitzen, denn wenn er einmal runterfallen sollte, könnte man vermutlich nur noch mit einem Taschenmesser vom Boden abgekratzt werden. Das Grand war...

Er blickte schuldbewußt auf seine Armbanduhr. Jetzt hatte er schon fast vierzig Minuten vertrödelt. So ein Quatsch. Dabei hatte er noch gar nicht mal viel *nachgedacht*. Nur über den Park und das Grand Theater.

Ist etwas nicht in Ordnung mit dir, Georgie?

Könnte sein, Fred. Ich glaube, du hast recht.

Er rieb sich mit einem Finger über die Wange und die Augen und stellte fest, daß er naß war. Er hatte geweint.

Er ging nach unten, um mit Peter zu reden, der die Aufsicht über die Auslieferungen hatte. Die Wäscherei lief jetzt auf Hochtouren. Die Heißmangeln dampften und zischten, als die ersten von Howard Johnsons Laken hindurchgezogen wurden. Die Waschmaschinen stampften und ließen den Boden vibrieren, und die Hemdenpressen klapperten und säuselten, während Ethel und Rhonda die Oberhemden einlegten.

Peter berichtete ihm, daß die erste Ladung in ihrem Lastwagen Nr. 4 verstaut sei, und fragte ihn, ob er sie noch anschauen wolle, bevor sie ans Geschäft ausgeliefert würde. Das wollte er nicht, sondern fragte Peter statt dessen, ob die Holiday-Inn-Wäsche schon rausgegangen sei. Peter antwortete, daß sie gerade aufgeladen würde und daß der Dummkopf, der das Hotel leitete, schon zweimal angerufen und nach den Handtüchern gefragt hätte.

Er nickte und ging nach oben in die chemische Reinigung, um Vinnie Mason aufzusuchen. Phyllis erklärte ihm, daß Vinnie und Tom Granger in das neue deutsche Restaurant gegangen seien, um einen Auftrag wegen der Tischtücher zu ergattern.

»Würden Sie ihn bitte in mein Büro schicken, wenn er zurückkommt?«

»Das werde ich, Mr. Dawes. Ach ja, Mr. Ordner hat angerufen und bittet um Ihren Rückruf.«

»Danke, Phyllis.«

Er ging zurück in sein Büro und nahm die neuen Sachen aus dem Eingangskorb, um sie durchzugehen.

Eine Firma bot ihm ein neu entwickeltes Bleichmittel namens *Yello-Go* an. Wo hatten die bloß immer diese blöden Namen her, fragte er sich, und legte den Zettel für Ron zur Seite. Ron liebte es, Dave mit den neuen Produkten zu ärgern, besonders, wenn er dabei fünfhundert Pfund umsonst für Testläufe herausschlagen konnte.

Ein Dankesschreiben von ihrer Gewerkschaftskasse. Er legte es zur Seite, um es später am schwarzen Brett neben der Stechuhr auszuhängen.

Ein Werbeprospekt über eine Büromöbelgarnitur aus Fichtenholz. In den Papierkorb.

Ein Werbeprospekt über einen Anrufbeantworter, der Nachrichten weitergeben und eingehende Telefonanrufe bis zu dreißig Sekunden Dauer registrieren würde, wenn man nicht im Hause war. *Ich bin nicht da, Dummkopf. Leg auf!* In den Papierkorb.

Ein Beschwerdebrief von einer Dame, die sechs Hemden ihres Mannes in die Reinigung gegeben und zwei mit verbranntem Kragen zurückerhalten hatte. Seufzend legte er ihn auf den Stapel, um sich später darum zu kümmern. Ethel hatte ihr Mittagessen wohl wieder einmal getrunken.

Ein Wassertestbericht von der Universität. Den würde er mit Ron und Tom Granger nach dem Mittagessen durchgehen. Auf den Stapel.

Ein Werbeprospekt von einer Versicherungsgesellschaft. Ein Art Linkletter erzählte einem da, wie man achtzigtausend Dollar verdienen könnte. Alles, was man dafür tun müsse, sei zu sterben. In den Papierkorb.

Wieder ein Brief von dem kleinen, schlauen Makler, der die Waterford-Fabrik verkaufen wollte. Er schrieb, daß eine Schuhfabrik an dem Projekt interessiert sei, immerhin keine geringere als die Tom-McAn-Schuhfabrik, also kein kleiner Fisch, und er erinnerte daran, daß die neunzig Tage Bedenkzeit für das Blue Ribbon am sechsundzwanzigsten November ausliefen. *Aufgepaßt, kleiner Wäschereigeschäftsführer! Die Stunde naht!* In den Papierkorb.

Noch eine Vertreternotiz für Ron. Diesmal sollte eine neue Reinigungsmaschine mit dem verräterischen Namen *Swipe* an den Mann gebracht werden. Er legte sie zum *Yello-Go.*

Er drehte sich gerade wieder zum Fenster um, als seine Sprechanlage summte. Vinnie Mason war aus dem deutschen Restaurant zurückgekehrt.

»Schicken Sie ihn rein.«

Vinnie kam sofort hereinmarschiert. Er war ein hochgewachsener fünfundzwanzigjähriger Mann mit olivbrauner Haut und einer üppigen dunklen Haarmähne, die er wie immer zu salopper Unordentlichkeit zurechtgekämmt hatte. Er trug ein dunkelrotes Sportjackett und eine dunkelbraune Hose. Dazu eine Fliege. Sehr flott, findest du nicht auch, Fred? In der Tat, Georgie, in der Tat.

»Wie geht es dir, Bart?« fragte Vinnie.

»Gut«, antwortete er. »Was habt ihr in dem deutschen Restaurant erreicht?«

Vinnie lachte. »Du hättest dabei sein sollen. Der alte Kraut wäre vor Dankbarkeit fast auf die Knie gefallen, so glücklich war er, uns zu sehen. Wir werden die Universal ausschalten, wenn wir erst mal in der neuen Fabrik sind, Bart. Sie haben noch nicht mal einen Werbeprospekt hingeschickt, geschweige denn einen von ihren Leuten. Dieser Kerl kam gar nicht mehr damit zu Rande, die Tischtücher in seiner Küche zu waschen, glaube ich. Aber du solltest mal sehen, was für ein Lokal der hat. Eine richtige Bierhalle. Er wird die Konkurrenz vernichten. Dieses Aroma... hmmmm!« Er wedelte mit seinen Händen vor dem Gesicht, um das Aroma anzudeuten, und holte dann eine Schachtel Zigaretten aus einem Sportjackett. »Wenn das Geschäft richtig angelaufen ist, werde ich Sharon mal dorthin ausführen. Mit zehn Prozent Rabatt natürlich.«

In einer seltsamen Art von Rückblende hörte er plötzlich Harry, den Waffengeschäftsinhaber, sagen: *Bei Einkäufen über dreihundert Dollar geben wir zehn Prozent Rabatt.*

Mein Gott, dachte er. Habe ich diese Gewehre gestern tatsächlich gekauft? Habe ich das wirklich getan?

Dieser Bereich seines Gehirns verdunkelte sich plötzlich.

He, Georgie, was hast du...

»In welcher Größenordnung belaufen sich die Aufträge?« fragte er. Seine Stimme klang etwas belegt, und er räusperte sich.

»Vier- bis sechshundert Tischtücher pro Woche, wenn der Laden richtig läuft. Und die Servietten. Alles echt Leinen. Er möchte sie elfenbeinfarben. Ich hab' ihm gesagt, das sei kein Problem.«

Vinnie nahm jetzt eine Zigarette aus der Schachtel, langsam, so daß er das Etikett lesen konnte. Das war etwas, was er an Vinnie Mason nun wirklich nicht ausstehen konnte: seine Vorliebe für verflucht starke Zigaretten. Auf dem Etikett stand:

PLAYER'S NAVY CUT
ZIGARETTEN
MEDIUM

Also, wer um alles in der Welt außer Vinnie Mason rauchte Player's Navy Cut? Oder Kind Stano? Oder English Ovals? Oder Marvels oder Murads oder Twists? Wenn jemand eine neue Marke namens Scheiße-am-Stiel oder Schwarze Lunge auf den Markt brächte, Vinnie würde sie rauchen.

»Ich hab' ihm gesagt, daß wir jeweils zwei Tage für eine Ladung brauchen werden, solange wir noch in der alten Wäscherei sind«, sagte Vinnie und ließ ihn noch einen Blick auf die Zigarettenpackung werfen, bevor er sie wieder in seiner Jacke verstaute. »Wann ziehen wir nach Waterford um?«

»Darüber wollte ich gerade mit dir reden«, erwiderte er. Soll ich ihm den Marsch blasen, Fred? Klar, zeig's ihm, George.

»Tatsächlich?« Vinnie zündete sich mit einem schmalen vergoldeten Feuerzeug die Zigarette an und musterte ihn wie ein englischer Charakterschauspieler mit hochgezogenen Augenbrauen durch den aufsteigenden Rauch.

»Ich habe gestern einen Brief von Ordner erhalten. Er möchte, daß ich ihn am Freitag abend besuche, um ein bißchen über den Waterford-Handel zu plaudern.«

»Oh?«

»Und heute morgen bekam ich einen Anruf von Ordner, während ich kurz mal runtergegangen war, um etwas mit Peter Wasserman zu bereden. Mr. Ordner möchte, daß ich zurückrufe. Hört sich so an, als sei er fürchterlich gespannt darauf, etwas Neues zu erfahren, nicht wahr?«

»Das nehme ich an«, sagte Vinnie und setzte sein zweites

Lächeln – *Achtung, verschmutzte Fahrbahn! Fahren Sie vorsichtig!* – auf.

»Was ich gerne wissen möchte ist, warum Ordner auf einmal so verdammt neugierig geworden ist. Das würde ich gern mal erfahren.«

»Tja...«

»Laß das, Vinnie, spiel mir nicht das verschüchterte Zimmermädchen vor. Es ist schon zehn Uhr, und ich muß mit Ordner telefonieren. Ich muß mit Rone Stone reden und mit Ethel Gibbs, die mal wieder ein paar Hemdkragen verbrannt hat. Hast du etwa hinter meinem Rücken aus dem Nähkästchen geplaudert?«

»Na ja, Sharon und ich waren Sonntag abend bei St- bei Mr. Ordner zum Abendessen eingeladen und...«

»Und da hat es sich zufällig ergeben, daß du eine Bemerkung über Bart Dawes gemacht hast. Du hast ihm gesagt, daß Dawes die Waterford-Verhandlungen verzögert, während der Ausbau des 784-Zubringers immer näher rückt, nicht wahr?«

»Bart!« protestierte Vinnie. »Es war alles sehr nett. Es war...«

»Ich bin sicher, daß es sehr nett war. Auch sein Brief, der mich vor den Richterstuhl zitiert, ist sehr nett. Darum geht es nicht. Es geht darum, daß er dich und deine Frau in der Hoffnung, daß du etwas ausplaudern würdest, zum Abendessen eingeladen hat, und wie ich sehe, ist er nicht enttäuscht worden.«

»Bart...«

Er hob seinen Zeigefinger vor Vinnies Gesicht. »Hör mir mal gut zu, Vinnie. Wenn du noch mehr solche Fallen aufstellst, in die ich hineintappen soll, dann kannst du dich nach einem neuen Job umsehen. Das kannst du mir glauben.«

Vinnie saß wie versteinert da. Seine Zigarette qualmte unbeachtet zwischen seinen Fingern.

»Ich will dir mal etwas sagen, Vinnie«, fuhr er mit normaler Stimme fort. »Ich weiß, daß ein junger Kerl wie du schon tausend Vorträge von alten Kerlen wie ich darüber gehört hast, wie wir die Welt auf den Kopf gestellt haben, als wir noch so jung waren wie ihr. Aber diesen Anschiß hast du verdient.«

Vinnie öffnete den Mund, um zu protestieren.

»Ich glaube nicht, daß du mir in den Rücken fallen wolltest«, sagte er mit abwehrend erhobener Hand, um Vinnies Protest zuvorzukommen. »Wenn ich das angenommen hätte, hätte ich dich gleich zur Rede gestellt, als du hereinmarschiert bist. Ich glaube nur, du hast dich ziemlich dämlich benommen. Du bist in dieses großartige, eindrucksvolle Haus gekommen und hast vor dem Abendessen drei Drinks angeboten gekriegt, und dann hat es eine Suppe gegeben und einen Salat mit einer vorzüglichen Salatsauce und danach etwas Leckeres als Hauptgang, und all das ist von einem Dienstmädchen in einer schwarzen Uniform serviert worden, und Carla hat ihre Rolle als Hausdame gespielt – ohne dabei auch nur im geringsten herablassend zu sein –, und es hat Erdbeertörtchen oder Heidelbeerkompott mit frisch geschlagener Sahne zum Nachtisch gegeben und danach dann noch Kaffee mit Cognac oder Tia Marias, und dann hat sich deine Zunge wie von selbst gelöst. Ist es so gewesen?«

»Ja, so ähnlich war's«, flüsterte Vinnie. Sein Gesicht zeigte eine Mischung von drei Teilen Scham und zwei Teilen abgrundtiefen Hasses.

»Er begann mit der Frage, wie es Bart ginge. Du hast geantwortet, Bart ginge es gut. Er sagte, daß Bart ein verdammt guter Mann sei, aber ob es nicht schön wäre, wenn er sich endlich mal zusammenreißen und das Waterford-Geschäft etwas vorantreiben würde. Und du hast geantwortet, daß das in der Tat sehr schön wäre. Und er sagte, ach, übrigens, wie steht's denn damit? Und du hast geantwortet, alles, was ich weiß, ist, daß er den Handel noch nicht abgeschlossen hat. Ich hab' gehört, daß die Tom-McAn-Leute an dem Projekt interessiert sind, aber das ist vielleicht nur ein Gerücht. Daraufhin hat er gesagt, na ja, ich bin sicher, Bart weiß, was er tut, und du hast darauf erwidert, klar; und dann hat er dir noch einen Cognac angeboten und dich gefragt, ob du glaubst, daß die Mustangs es in dieser Play-off-Runde schaffen würden, und dann seid ihr wieder nach Hause gefahren, Sharon und du, und weißt du, wann er dich das nächste Mal einladen wird, Vinnie?«

Vinnie sagte nichts.

»Du wirst wieder eingeladen werden, wenn Steve Ordner den nächsten Hinweis braucht.«

»Es tut mir leid«, sagte Vinnie schmollend und wollte aufstehen.

»Ich bin noch nicht fertig.«

Vinnie setzte sich wieder und blickte zornig in eine Zimmerecke.

»Vor zwölf Jahren habe ich deinen Job ausgeführt, weißt du das eigentlich? Zwölf Jahre, das kommt dir wahrscheinlich sehr lange vor. Aber ich weiß kaum, wo die Jahre geblieben sind. Doch ich kenne den Job gut genug, um zu wissen, wie sehr es dir gefällt. Und ich weiß, daß du ihn gut machst. Die Neuorganisation der chemischen Reinigung... dieses neue Nummernsystem... das war ein Meisterstück.«

Vinnie starrte ihn verblüfft an.

»Ich habe vor zwanzig Jahren in der Wäscherei angefangen«, fuhr er fort. »1953, da war ich zwanzig Jahre alt. Meine Frau und ich waren jungverheiratet. Ich hatte gerade zwei Jahre Betriebswirtschaft studiert, und Mary und ich wollten eigentlich noch ein bißchen warten, aber wir haben die Interruptionsmethode angewandt. Eines Tages waren wir in der Stadt in einem Hotel, und unter uns hat jemand eine Tür zugeschlagen. Ich bekam einen Schreck und einen Orgasmus. Davon ist sie schwanger geworden. Immer wenn ich heute mal besonders schlaue Anwandlungen kriege, brauche ich mich bloß an diesen einen Türschlag zu erinnern und daran, daß er für meine heutige Position verantwortlich ist. Es ist demütigend. Damals gab es noch kein so freizügiges Abtreibungsgesetz. Wenn man ein Mädchen schwängerte, dann heiratete man es oder man ließ es sitzen. Man hatte keine andere Wahl. Ich hab' sie geheiratet und den ersten Job angenommen, der sich mir bot. Und das war hier in der Wäscherei. Waschraumaushilfe, genau der Job, den dieser Pollack-Junge da unten jetzt erledigt. Damals mußten wir noch alles mit der Hand machen. Wir mußten die nasse Wäsche aus den Maschinen zerren und sie in große Stonington-Schleudern packen, die fünfhundert Pfund von dem schweren Zeug faßten. Wenn man so eine Schleuder falsch belud, konnte sie einem den Fuß ausreißen. Nun ja, Mary hat das Kind im siebten Monat verloren, und der Arzt sagte, daß sie nie wieder eins haben könne. Ich machte den Aushilfejob drei Jahre lang und brachte für fünfundfünfzig Arbeitsstunden genau fünfundfünfzig Dollar pro Woche nach Hause. Dann hatte Ralph Albertson, der damals Aufseher im Waschraum war, einen Auffahrunfall und starb auf der Straße an einem Herzinfarkt, während er noch mit dem anderen Kerl seine Versicherungsnummer austauschte. Er war ein guter Mann gewesen. Zu seiner Beerdigung hatte der ganze Betrieb geschlossen. Nachdem er anständig begraben war, bin ich zu Ray Tarkington gegangen und hab' mich um seinen Job beworben. Ich war mir ziemlich sicher, daß ich ihn bekommen würde. Ich wußte alles, was man im Waschraum wissen mußte, denn Ralph hatte mir alles beigebracht.

Damals war das hier ein Familienbetrieb, Vinnie. Ray und sein Vater, Don Tarkington, haben ihn geleitet. Don hatte ihn von seinem Vater übernommen, der ihn 1926 gegründet hat. Die Arbeiter waren nicht in der Gewerkschaft organisiert, und ich nehme an, daß die Gewerkschaftsleute die drei Tarkingtons als patriarchalische Ausbeuter bezeichnet haben, die sich an ungebildeten Arbeitern und Arbeiterinnen bereicherten. Und das waren sie auch. Aber als Betty Keeson auf dem nassen Fußboden ausgerutscht war und sich den Arm gebrochen hatte, haben die Tarkingtons ihr die Krankenhausrechnung bezahlt und zehn Dollar Unterhaltskosten pro Woche, bis sie wieder arbeiten konnte. Und jedes Jahr Weihnachten haben sie in der Halle ein großes Weihnachtsbankett aufgebaut – der beste Huhnauflauf, den du je gegessen hast, mit Preiselbeeren und Brötchen und Pfefferminz- oder Schokoladenpudding zur Auswahl als Nachtisch. Don und Ray schenkten jeder Frau ein Paar Ohrringe, und wir Männer bekamen jeder eine neue Krawatte. Ich habe meine neun Krawatten immer noch bei mir zu Hause im Schrank hängen. Und als Don Tarkington im Jahre 1959 starb, habe ich eine davon auf seiner Beerdigung getragen. Sie paßte überhaupt nicht zum Anzug, und Mary hat mir deswegen die Hölle heiß gemacht, aber ich habe sie trotzdem getragen. Der Arbeitsplatz war dunkel, und die Stunden waren lang, und die Arbeit war eine stumpfsinnige Plackerei, aber damals haben die Chefs sich noch um uns gekümmert. Wenn die Schleuder zusammenbrach, dann standen Don und Ray zusammen mit uns anderen mit aufgerollten Hemdsärmeln im Waschraum und halfen, die Wäsche mit der Hand auswringen. So war das damals in einem Familienbetrieb, Vinnie.

Als Ralph also gestorben war und Ray Tarkington mir sagte, daß ich seinen Job nicht kriegen könne, weil er ihn schon jemand anderem gegeben hätte, da hatte ich keine Ahnung mehr, was eigentlich los war, und dann sagte Ray plötzlich zu mir: Mein Vater und ich möchten, daß du wieder aufs College gehst. Und ich sage, großartig – und wovon? Busmarken? Und er gibt mir einen Scheck über zweitausend Dollar. Ich schau' ihn mir an und kann kaum glauben, was ich sehe. Ich sage, was ist das? Und er antwortet, ich weiß, das reicht nicht, aber ich bezahle deine Studiengebühren, dein Zimmer und deine Bücher. Den Rest kannst du dir dann im Sommer hier verdienen, einverstanden? Und ich frage ihn, ob es eine Möglichkeit gibt, ihm dafür zu danken. Und er antwortet, ja, drei Möglichkeiten. Erstens den Kredit zurückzahlen, zweitens die Zinsen bezahlen, drittens das, was ich gelernt habe, wieder in den Betrieb einbringen. Ich habe den Scheck mit nach Hause genommen und Mary gezeigt, und sie hat geweint. Hat einfach die Hände vors Gesicht geschlagen und geweint.«

Vinnie sah ihn jetzt völlig verdutzt an.

»Also bin ich 1955 wieder auf die Schule gegangen und habe 1957 meinen Abschluß gemacht. Danach bin ich zurück in die Wäscherei, und Ray machte mich zum Chef der Fahrer.

Da habe ich dann neunzig Dollar die Woche verdient. Als ich meine erste Kreditrate abbezahlte, hab' ich ihn gefragt, wie hoch die Zinsen seien. Er antwortet, ein Prozent. *Was*? frage ich, und er sagt, du hast richtig gehört. Hast du nichts zu tun? Daraufhin sage ich, doch, ich glaube, ich gehe mal lieber in die Stadt und hole einen Arzt, um deinen Kopf untersuchen zu lassen. Ray bekommt einen Lachanfall und sagt, ich soll zusehen, daß ich aus seinem Büro verschwinde. Die letzte Rate habe ich 1960 bezahlt, und weißt du was, Vinnie? Er hat mir eine Uhr geschenkt. Diese Uhr hier.«

Er zog seine Manschette zurück und zeigte Vinnie seine Bulova mit einem goldenen Stretcharmband.

»Er nannte es ein verspätetes Geschenk zum Collegeabschluß. Ich habe nur zwanzig Dollar Zinsen für meine Ausbildung bezahlt, und der Teufelskerl schenkt mir eine Uhr im Werte von achtzig Dollar. Auf der Rückseite ist eine Gravur: *Die besten Wünsche von Don & Ray. Die Blue Ribbon Wäscherei*. Don war damals schon ein Jahr tot.

1963 hat Ray mir dann deinen Posten zugeteilt. Ich sollte ein Auge auf die chemische Reinigung haben, ein neues Buchhaltungssystem einführen und die Zweigstellen beaufsichtigen – doch damals waren es nur fünf, nicht elf. Das machte ich bis 1967, bis Ray mir meinen jetzigen Job gab. Vor vier Jahren mußte er dann verkaufen. Du kennst die Geschichte, du weißt, wie die Scheißkerle ihn unter Druck gesetzt haben. Es hat ihn zu einem alten Mann gemacht. Heute gehören wir also zu einer Gesellschaft, die außer uns noch ein Dutzend weitere Eisen im Feuer hat – Schnellimbißrestaurants, den Ponderosa-Golfclub, diese drei Schandflekken, die Discountsupermärkte, die Tankstellen und all dieser Mist. Und dieser Steve Ordner ist nichts weiter als ein hochgejubelter Vorarbeiter. Irgendwo in Chicago oder Gary gibt es einen Verwaltungsrat, der sich vielleicht eine Viertelstunde pro Woche mit dem Blue Ribbon befaßt. Denen ist es scheißegal, was es heißt, eine Wäscherei zu leiten. Sie haben nicht die geringste Ahnung davon. Alles, was sie verstehen, ist der Bericht des Buchhalters. Und dieser Bericht sagt ihnen, hört zu, Leute, der 784-Zubringer, der im Westend gebaut wird, führt direkt über die Wäscherei und die Hälfte des dortigen Wohnbezirks. Und die Direktoren antworten, ah, ja? Wieviel zahlt die Stadt für das Grundstück? Und das wär's dann. Himmel, wenn Don und Ray Tarkington noch am Leben wären, würden sie die verdammten Stadtabgeordneten vor Gericht zerren und ihnen so viele Beschränkungen auferlegen, daß sie erst im Jahr 2000 mit den Verhandlungen fertig sein könnten. Sie würden ihnen mächtig einheizen. Kann sein, daß sie ein paar gottverdammte, patriarchalische Bastarde gewesen sind, aber sie hatten wenigstens noch *Sinn für den Betrieb*, Vinnie. Und das kann man aus einem Buchhalterbericht nicht herauslesen. Wenn sie noch am Leben wären und jemand ihnen erzählte, daß die Straßenbaubehörde plant, eine achtspurige Asphaltwüste aus ihrer Wäscherei zu machen, dann hätten sie einen Schrei ausgestoßen, den man bis zum Rathaus gehört hätte.«

»Sie sind aber tot«, bemerkte Vinnie.

»Ja, sie sind tot.« Er fühlte sich plötzlich müde und frustriert. Was immer er Vinnie hatte klarmachen wollen, irgendwo war es im Wust seiner persönlichen Erinnerungen untergegangen. Er war verlegen. Sieh ihn dir an, Freddy, er versteht überhaupt nicht, wovon ich rede. Hat nicht die geringste Ahnung. »Gott sei Dank sind sie nicht hier, um das mitansehen zu müssen.«

Vinnie antwortete nichts.

Mit aller Kraft riß er sich zusammen. »Ich versuche die ganze Zeit, dir zu sagen, daß sich hier zwei Gruppen gegenüberstehen, Vinnie. Auf der einen Seite sind wir, die Wäschereileute. Das ist unser Geschäft. Auf der anderen sind die Buchhalter. Das ist ihr Geschäft. Sie schicken uns von oben ihre Befehle herunter, und wir haben sie auszuführen. Aber das ist auch *alles*, was wir zu tun haben. Hast du mich verstanden?«

»Klar, Bart«, sagte Vinnie, aber es war ihm anzusehen, daß er überhaupt nichts verstand. Er war sich nicht einmal sicher, ob er selbst noch wußte, worum es ging.

»In Ordnung«, sagte er, »ich werde mit Ordner reden. Nur zu deiner Information, Vinnie, die Waterford-Fabrik ist genauso gut wie unser jetziges Gebäude. Ich werde den Vertrag am kommenden Dienstag unter Dach und Fach bringen.«

Vinnie lächelte erleichtert. »Jesus, das ist großartig.«

»Ja, ich habe alles unter Kontrolle.«

Als Vinnie hinausging, rief er hinter ihm her: »Du sagst mir dann, wie das deutsche Restaurant ist, in Ordnung?«

Vinnie schenkte ihm sein Lächeln Nr. 1, breit und strahlend, volle Kraft voraus. »Aber natürlich, Bart!«

Dann war Vinnie verschwunden, und er betrachtete die geschlossene Tür. Ich hab's vermasselt, Fred. Ich finde, du warst gar nicht so schlecht, Georgie. Zum Schluß hast du ein bißchen den Faden verloren, aber es passiert nur in Büchern, daß man seine Rede gleich auf Anhieb richtig hinkriegt. Nein, ich habe Scheiße gebaut. Er ist mit dem Gedanken hier rausgegangen, daß bei Barton Dawes ein paar Schrauben locker sitzen. Verdammt noch mal, er hat recht. George, ich muß dich mal was fragen. Von Mann zu Mann sozusagen. Nein, schalte mich nicht gleich wieder ab. Warum hast du dir die Waffen gekauft, George? Warum hast du das getan?

Päng, die Sicherung sprang raus.

Er ging ins Erdgeschoß und gab Ron Stone die Vertretermappe. Als er zurückging, hörte er, wie Ron Dave zubrüllte, er solle mal rüberkommen, vielleicht sei etwas dabei, das sie brauchen könnten. Dave verdrehte die Augen. Natürlich war etwas dabei. Arbeit.

Er ging wieder in sein Büro und rief Ordner an in der Hoffnung, daß er schon zum Mittagessen sei. Doch heute gab es keine Mittagspause. Die Sekretärin stellte ihn sofort durch.

»Bart!« rief Steve Ordner. »Es ist immer schön, ein bißchen mit Ihnen zu plaudern.«

»Geht mir genauso. Ich habe heute vormittag ein bißchen

mit Vinnie Mason geplaudert. Er deutete an, daß Sie sich ein wenig Sorgen wegen der Waterford-Fabrik machen.«

»Großer Gott, nein. Aber ich denke, wir sollten uns vielleicht am Freitag abend über ein paar Dinge unterhalten.«

»Ja, deswegen rufe ich an. Mary kann leider nicht kommen.«

»Oh?«

»Sie hat eine Virusinfektion. Wagt sich keine fünf Meter vom Klo weg.«

»Sagen Sie ihr, wie leid mir das tut.«

Spar dir das, du billiger Heuchler.

»Der Arzt hat ihr Tabletten verschrieben, und es scheint ihr schon wieder besser zu gehen. Aber es könnte vielleicht ansteckend sein.«

»In Ordnung, Bart, wann können Sie kommen? Um acht?«

»Ja, acht paßt mir gut.«

Na klar, verdirb mir ruhig den Freitagabendkrimi, du Mistkerl. Was gibt's sonst noch?

»Wie kommen Sie mit dem Waterford-Geschäft voran, Bart?«

»Ich finde, darüber sollten wir lieber persönlich sprechen, Steve.«

»In Ordnung.« Eine Pause. »Carla läßt grüßen. Und sagen Sie Mary, daß wir beide, Carla und ich...«

Klar, natürlich. Blah, blah, blah.

22. November 1973

Er fuhr völlig verschreckt im Bett hoch und warf dabei das Kopfkissen auf den Boden. Er hatte Angst, daß er vielleicht laut geschrien hätte, aber Mary schlief ruhig weiter. Ein stiller Hügel im anderen Bett. Die Digitaluhr auf dem Nachttisch zeigte

4:23 Uhr.

Mit einem Klick fiel die Ziffer für die nächste Minute herunter. Die liebe alte Bea in Baltimore, die gerade eine bewußtseinserweiternde Hydrotherapie machte, hatte ihnen die Uhr letztes Jahr zu Weihnachten geschenkt. Er hatte nichts gegen sie, aber an das Klicken beim Minutenwechsel hatte er sich nie gewöhnen können. 4:24 *Klick*, 4:25 *Klick*, man könnte verrückt dabei werden.

Er ging nach unten auf die Toilette, schaltete das Licht ein und pinkelte. Sein Herz schlug heftig in seiner Brust. In letzter Zeit pochte sein Herz immer wie eine Trommel, wenn er pinkelte. Willst du mir damit vielleicht etwas sagen, lieber Gott?

Er ging wieder ins Schlafzimmer zurück und legte sich ins Bett, aber der Schlaf wollte nicht kommen. Im Traum hatte er sich herumgewälzt, und die Laken und Decken waren zu einem feindlichen Schlachtfeld geworden. Es gelang ihm nicht, sie wieder zurechtzuziehen. Auch schienen seine Arme und Beine vergessen zu haben, wie sie sich während des Schlafes plazieren sollten.

Den Traum konnte er sich leicht erklären. Keinen Schweißausbruch deswegen, Fred. Solange man wach war, konnte man den Sicherungstrick nur allzu leicht anwenden; man konnte ein Bild entwerfen, es Stück für Stück ausmalen und sich dabei vormachen, daß man das Gesamtbild einfach nicht sehen könne. Man konnte dieses Bild unter dem Boden seines Bewußtseins vergraben, aber dieser Boden hatte eine Falltür. Und wenn man schlief, sprang diese Falltür manchmal auf, und es krochen eigenartige Dinge aus der Dunkelheit hervor. *Klick*

4:42 Uhr.

Im Traum war er mit Charlie am Strand von Pierce gewesen. (Komisch, als er Vinnie Mason diesen kurzen Abriß seiner Autobiographie gegeben hatte, hatte er Charlie dabei einfach ausgelassen. Das ist doch komisch, nicht wahr, Fred? Nein, ich finde das gar nicht komisch, George. Ich auch nicht, Fred. Aber es ist spät. Oder, besser gesagt, es ist früh.)

Er war mit Charlie an dem langen weißen Strand gewesen, und sie hatten sich einen herrlichen Tag dafür ausgesucht – ein strahlend blauer Himmel, und die Sonne hatte wie einer dieser idiotischen Smiley-Buttons auf sie heruntergelächelt. Die Leute hatten auf bunten Decken gelegen und sich von ebenso bunten Sonnenschirmen beschatten lassen. Kleine Kinder waren mit ihren Plastikeimern durch die Brandung getrippelt. Auf einem vom Wasser ausgebleichten Holzturm hatte ein Rettungsschwimmer gesessen. Seine Haut war von der Sonne tief gebräunt, und seine Geschlechtsteile wurden von der knapp sitzenden weißen Badehose dermaßen betont, als wäre ihre Größe eine notwendige Voraussetzung für seine Aufgabe. Selbstsicher hatte er vor ihnen posiert, als wolle er jedermann wissen lassen, daß ihm nichts passieren könne, solange *er* da sei. Ein Transistorradio hatte geplärrt, und er konnte sich sogar jetzt noch an die Rock 'n' Roll-Melodie erinnern:

> Aber ich mag das schmutzige Wasser,
> Ohhh, Boston, du bist meine Heimat.

Zwei Mädchen waren in ihren Bikinis vorbeigeschlendert. Sie schienen sich in ihren hübschen, frühreifen Körpern, die nie für ihn, sondern immer nur für ihre imaginären Freunde bestimmt waren, wohl und sicher zu fühlen. Beim Vorbeigehen wirbelten sie mit ihren Zehen den feinen Sand auf.

Es war ganz seltsam, Fred, denn die Flut kam. Aber in Pierce gibt es keine Flut, denn der Ozean ist über neunhundert Meilen weit entfernt.

Er baute mit Charlie zusammen eine Sandburg. Aber sie hatten zu nahe an der Brandung mit ihrem Bau angefangen, und die Flutwellen kamen näher und näher.

Wir müssen die Burg nach hinten versetzen, Dad, hatte Charlie gesagt, aber er war stur geblieben und hatte weitergebaut. Als das Wasser den ersten Burgwall erreicht hatte, grub er mit den Fingern eine Mulde und spaltete den nassen Sand wie die Scheide einer Frau. Das Wasser stieg immer höher.

Verdammt noch mal! brüllte er das Wasser an.

Und dann baute er den Wall neu auf. Eine Welle zerstörte ihn wieder. Die Leute um ihn herum fingen an zu schreien. Einige rannten aufgeregt hin und her. Der scharfe Pfiff des Rettungsschwimmers zerschnitt die Luft wie ein silberner Pfeil. Er mußte die Burg retten. Aber das Wasser war nicht aufzuhalten, es umspülte seine Knöchel, brach einen Turm ein, dann das Dach, die Rückwand der Burg, schließlich fiel alles in sich zusammen. Als die letzte Welle zurückschwappte, ließ sie nur noch den blanken Sand zurück, flach und glatt, braun und schimmernd.

Er hörte noch mehr Schreie. Jemand weinte. Er blickte auf und sah, wie der Rettungsschwimmer Charlie von Mund zu Mund beatmete. Charlies Körper war naß und bleich bis auf seine Lippen und Augenlider. Die waren blau. Sein Brustkorb bewegte sich nicht mehr. Der Rettungsschwimmer gab seine Versuche auf. Er blickte zu ihm auf. Er lächelte.

Er hat bis über den Kopf im Wasser gestanden, sagte der Rettungsschwimmer lächelnd. *Wäre es nicht an der Zeit gewesen, daß Sie sich um ihn gekümmert hätten?*

Er schrie: *Charlie!*, und dann war er aufgewacht und hatte Angst gehabt, daß er vielleicht wirklich geschrien hätte.

Lange Zeit lag er im Dunkeln, lauschte auf das Klicken der Digitaluhr und versuchte, nicht an den Traum zu denken. Schließlich stand er auf und ging in die Küche, um ein Glas Milch zu trinken. Erst als er den Truthahn entdeckte, der auf einem Teller taute, fiel ihm wieder ein, daß heute Thanksgiving war und daß die Wäscherei geschlossen hatte. Er trank seine Milch im Stehen und betrachtete den ausgenommenen Truthahn nachdenklich. Seine Hautfarbe war ebenso bleich wie die Haut seines Sohnes vorhin im Traum. Aber Charlie war ja gar nicht ertrunken. Natürlich nicht.

Als er sich wieder ins Bett legte, murmelte Mary etwas, das er wegen ihrer schlaftrunkenen Stimme nicht verstand.

»Es ist nichts«, sagte er. »Schlaf weiter.«
Sie murmelte noch etwas.
»Schon gut«, sagte er in die Dunkelheit.
Sie schlief wieder ein.
Klick.
Es war jetzt fünf Uhr. Als er endlich einschlief, hatte die Morgendämmerung sich wie ein Dieb ins Zimmer geschlichen. Sein letzter Gedanke drehte sich um den Truthahn, der unter dem kalten Neonlicht auf dem Küchentisch lag und gedankenlos darauf wartete, daß man ihn verzehrte.

23. November 1973

Um fünf vor acht fuhr er seinen zwei Jahre alten LTD Stephan Ordners Auffahrt hinauf und parkte ihn hinter dessen flaschengrünem Delta 88. Das Haus war ein großzügig angelegtes Natursteingebäude, in gebührendem Abstand vom Henreid Drive. Es lag teilweise hinter einer hohen Ligusterhecke versteckt, von der allerdings jetzt, Ende Herbst, nur noch das Skelett übriggblieben war. Er war schon öfter hier gewesen und kannte sich drinnen ganz gut aus. Im Erdgeschoß befand sich ein riesiger, aus Feldsteinen gemauerter Kamin, und in den Schlafzimmern im Obergeschoß waren ein paar bescheidenere Feuerstellen, die alle funktionierten. Im Keller stand ein Brunswick-Billardtisch, und im Nebenraum hing eine große Leinwand für Steves Amateurfilme. Die Stereoanlage hatte er im letzten Jahr auf Quadrophonie ausbauen lassen. Fotos von Ordners Basketballteam aus seiner Collegezeit schmückten die Wände – er war einen Meter sechsundneunzig groß und hielt sich gut in Form. Wenn er durch die Türen ging, mußte Ordner den Kopf einziehen, und vermutlich war er insgeheim stolz darauf. Vielleicht hatte er sogar die Türrahmen absichtlich niedriger machen lassen, damit er sich ducken mußte. Der Eßzimmertisch bestand aus einer gut zwei Meter achtzig langen, auf Hochglanz polierten Eichenplatte. Dazu passend eine wurmstichige Eichenkommode, deren Oberfläche aufgrund von sechs oder acht Lackschichten strahlend glänzte. Am anderen Ende des Eßzimmers stand ein hoher Geschirrschrank, der – was meinst du, Fred? – gut zwei Meter hoch war. Ja, kommt ungefähr hin. Im Garten war ein Grill installiert, auf dem man gut und gerne einen unzerteilen Dinosaurier garen konnte. Und natürlich war da ein kleiner Golfplatz. Allerdings kein nierenförmiger Swimmingpool. Nierenförmige Swimmingspools galten mittlerweile als unmodern und waren ausschließlich der den Sonnengott Ra anbetenden Mittelklasse Kaliforniens vorbehalten. Die Ordners hatten keine Kinder, aber sie unterstützten ein koreanisches und ein südvietnamesisches Kind und bezahlten einem Studenten aus Uganda die Collegeausbildung als Elektroningenieur, so daß er in sein Heimatland zurückgehen und dort Elektrizitätswerke bauen konnte. Sie waren Demokraten, und sie waren es wegen Nixon.

Er ging über den Plattenweg zur Haustür und läutete. Das Dienstmädchen öffnete ihm.

»Mr. Dawes«, stellte er sich vor.

»Ja, natürlich, Sir. Geben Sie mir bitte Ihren Mantel, Mr. Ordner ist in seinem Arbeitszimmer.«

»Danke.«

Er gab ihr seinen Mantel und ging an der Küche und dem Eßzimmer vorbei durch die Halle. Unterwegs warf er schnell einen Blick auf den riesigen Eßtisch und die Stephan-Ordner-Gedenkkommode. Der Teppich, mit dem die Eingangshalle ausgelegt war, endete vor dem Flur, und seine Schritte hallten jetzt auf dem schwarz-weißen, gebohnerten Linoleumbelag wider.

Er erreichte die Tür zum Arbeitszimmer, die sich, wie erwartet, in dem Moment öffnete, als er nach dem Türknauf griff.

»Bart!« begrüßte Ordner ihn. Sie gaben sich die Hände. Ordner trug eine braune Cordjacke mit Lederflecken an den Ellenbogen, eine olivfarbene Hose und burgunderrote Halbschuhe. Keine Krawatte.

»Hallo, Steve, wie stehen die Finanzen?«

Ordner stöhnte theatralisch. »Fürchterlich. Haben Sie sich in der letzten Zeit mal den Börsenmarktbericht angesehen?« Er führte ihn ins Zimmer und schloß die Tür. Die Bürowände schmückten Bücherregale. Zu seiner Linken befand sich ein kleiner Kamin, in dem ein künstliches Feuer glimmte. In der Mitte des Raumes stand ein großer Schreibtisch, auf dem nur wenige Papiere lagen. Er wußte, daß sich irgendwo unter der Tischplatte eine elektrische IBM-Schreibmaschine verbarg, die per Knopfdruck wie ein schlüpfrig-schwarzes Torpedo an die Oberfläche gleiten würde.

»Wir rasen dem Abgrund zu«, sagte er.

Ordner verzog das Gesicht. »Das ist noch milde ausgedrückt. Daran ist nur Nixon schuld, Bart. Er findet für alles noch eine Verwendung. Als sie die Dominotheorie in Südostasien endlich zur Hölle geschickt haben, hat Nixon sie einfach übernommen und sie auf die amerikanische Wirtschaft übertragen. Was da drüben überhaupt nicht klappt, funktioniert hier großartig. Was trinken Sie?«

»Scotch on the Rocks.«

»Hab' ich hier.«

Er ging zu einer versenkbaren Bar hinüber und holte eine Scotchflasche hervor, für die man selbst im Billigmarkt nur eine Handvoll Kleingeld auf seinen Zehndollarschein zurückkriegte. Er goß den Whisky über zwei Eiswürfel in einem Stamper und reichte ihn Bart. »Setzen wir uns doch.«

Sie ließen sich in den beiden Ohrensesseln nieder, die vor den Kamin gezogen waren. *Wenn ich meinen Drink da reinschütte, fliegt das ganze Scheißding in die Luft*, dachte er und hätte es fast getan.

»Carla kann heute abend leider auch nicht hier sein«, sagte Ordner. »Eine ihrer Gruppen veranstaltet eine Modenschau. Sie wird dann weiter in irgend so ein Teenagercafé nach Norton gehen.«

»Ist die Modenschau da unten?«

Ordner war verwirrt. »In *Norton*? Himmel, nein, sie ist drüben in Russel. In diesen Slum würde ich Carla nicht einmal mit zwei Leibwächtern und einem Polizeihund gehen lassen. Es gibt dort einen Priester... Drake heißt er, glaube ich. Ein starker Trinker, aber die kleinen Negerkinder lieben ihn. Er ist eine Art Verbindungsmann, ein Straßenpriester.«

»Oh.«

»Ja.«

Eine Minute blickten sie schweigend ins elektrische Feuer. Er trank die Hälfte seines Scotch.

»Bei der letzten Aufsichtsratssitzung ist die Frage nach der Waterford-Fabrik aufgetaucht«, begann Ordner. »Mitte November. Ich muß gestehen, daß mir da ein wenig die Knie gezittert haben. Man hat mich... beauftragt herauszufinden, wie die Dinge stehen. Das ist keine Kritik an Ihrem Management, Bart...«

»Habe ich auch nicht angenommen«, unterbrach er ihn und nahm noch einen Schluck. Im Glas war nichts mehr übrig bis auf einen Rest Alkohol zwischen den Eiswürfeln. »Es ist mir immer ein Vergnügen, wenn unsere Arbeitsgebiete zusammenfallen, Steve.«

Ordner lächelte erfreut. »Also, wie sieht's aus? Vinnie Mason sagte mir, daß der Handel noch nicht abgeschlossen sei.«

»Vinnie Mason muß irgendwo zwischen seinem Kopf und seinen Füßen einen blinden Fleck haben.«

»Dann ist also alles perfekt?«

»Ich bin dabei. Ich denke, daß ich den Vertrag am nächsten Freitag unterzeichnen werde, wenn nichts dazwischen kommt.«

»Man hat mir zu verstehen gegeben, daß der Makler Ihnen ein ziemlich günstiges Angebot gemacht hat, das Sie aber ausgeschlagen haben.«

Er sah Ordner an, stand auf und goß sich noch etwas Scotch nach. »Das haben Sie aber nicht von Vinnie Mason, oder?«

»Nein.«

Er kehrte zum Ohrensessel und dem künstlichen Feuer zurück. »Ich nehme an, Sie werden mir nicht sagen, woher Sie das haben?«

Ordner breitete die Hände aus. »Das gehört zum Geschäft, Bart. Wenn ich etwas höre, muß ich es nachprüfen – selbst wenn meine persönliche und berufliche Kenntnis eines Mannes mir sagt, daß das völlig unsinnig ist. Das ist lästig, aber kein Grund, ein großes Theater daraus zu machen.«

Freddy, außer mir und dem Makler hat kein Mensch davon gewußt. Sieht so aus, als ob der gute alte Geschäftsmann Ordner ein bißchen rumgeschnüffelt hat. Aber das ist kein Grund, daraus ein großes Theater zu machen nicht wahr? Richtig, George. Soll ich ihm meine Meinung geigen, Freddy? Bleib lieber cool, George. Und sei etwas vorsichtiger mit dem Feuerwasser.

»Das Angebot, das ich ausgeschlagen habe, belief sich auf vierhundertfünfzigtausend«, sagte er. »Nur der Ordnung halber, ist es das, was Sie gehört haben?«

»Ja, so ungefähr.«

»Und das ist für Sie ein vernünftiges Angebot?«

»Nun«, erwiderte Ordner und schlug die Beine übereinander, »ja, das ist es. Die Stadt hat die alte Wäscherei auf sechshunderttausend geschätzt, und die Heizkessel können direkt aus der Stadt versorgt werden. Natürlich haben wir da nicht viel Platz, um zu expandieren, aber die Jungs oben sind der Ansicht, daß die Hauptwäscherei sowieso schon ihre optimale Größe erreicht hat. Wir brauchen also keinen Extraplatz. Für mich sah es so aus, als würden wir unser Geld wieder herausbekommen, vielleicht sogar etwas Profit machen... aber das ist nicht die Hauptsache. Wir müssen einen neuen Standplatz finden, Bart, und das verdammt schnell.«

»Vielleicht haben Sie noch etwas anderes gehört?«

Ordner nahm die Beine wieder auseinander und seufzte. »Ja, das stimmt. Ich habe gehört, daß Sie die vierhundertfünfzigtausend ausgeschlagen hätten und daß Thom McAn daraufhin fünfhunderttausend geboten hätte.«

»Ein Angebot, das der Makler nicht guten Gewissens akzeptierten kann.«

»Noch nicht, aber unsere Option läuft am Dienstag aus. Das wissen Sie.«

»Ja, das weiß ich, Steve. Lassen Sie mich drei oder vier Dinge dazu sagen, in Ordnung?«

»Schießen Sie los.«

»Also erstens, Waterford ist über drei Meilen von unseren Vertragsfirmen entfernt – das ist eine Durchschnittszahl. Unsere Betriebskosten steigen dadurch in schwindelnde Höhen. All unsere Motels liegen draußen an der Staatsautobahn. Aber was noch schlimmer ist, unsere Lieferzeiten werden sich beträchtlich verzögern. Das Holiday Inn und Hojo sitzen uns heute schon ständig im Nacken, wenn wir nur fünfzehn Minuten zu spät liefern. Wie wird das erst aussehen, wenn die Wagen sich drei Meilen durch den dichten Stadtverkehr kämpfen müssen?«

Ordner schüttelte den Kopf. »Bart, sie *bauen* die Autobahn gerade aus. Das ist doch der Grund, warum wir umziehen müssen, erinnern Sie sich? Unsere Jungs sagen, daß es kaum zu Verzögerungen bei der Auslieferung kommen wird. Wenn die Ausbaustrecke erst mal fertig ist, wird es sogar noch schneller gehen. Außerdem haben die Motelgesellschaften schon einiges Land in Waterford und Russel erworben. Das ist genau dort, wo die neue Autobahn später sein wird. Wir werden unsere Position in Waterford eher verbessern als verschlechtern.«

Jetzt habe ich mir den Zeh angestoßen, Fred. Er sieht mich an, als ob ich völlig den Verstand verloren hätte. Das ist richtig, George. Kooo-rrreckt.

Er lächelte. »Na gut, den Punkt akzeptiere ich. Aber diese neuen Motels werden erst in einem, vielleicht erst in zwei Jahren fertig sein. Und wenn es mit der Energiekrise so weitergeht wie bisher …«

»Das ist eine politische Entscheidung, Bart«, unterbrach Ordner ihn matt. »Wir sind bloß die Fußsoldaten, die die Befehle ausführen.« Es kam ihm so vor, als wäre darin ein versteckter Vorwurf enthalten.

»Natürlich. Aber ich wollte auch meine Ansicht darlegen, der Vollständigkeit halber.«

»Gut. Aber Sie treffen keine politischen Entscheidungen,

Bart. Ich möchte, daß Ihnen das klar ist. Wenn die Ölpipelines wirklich austrocknen und die Motels demzufolge ausfallen, werden wir das genauso hinnehmen wie alle anderen auch. Aber bis dahin überlassen wir diese Sorge lieber den Jungs da oben und machen unsere Arbeit weiter.«

Das war ein Tadel, Fred. Ja, das war es, George.

»Also gut, und jetzt weiter. Ich schätze, wir werden zweihundertfünfzigtausend Dollar in die Renovierung von Waterford stecken müssen, bevor wir auch nur ein sauberes Laken aus einer unserer Waschmaschinen ziehen können.«

»Was?« Ordner setzte sein Glas hart auf den Tisch.

Aha, jetzt habe ich einen wunden Nerv getroffen, Fred.

»Die Wände sind voller Hausschwamm. Das Mauerwerk ist an der Nord- und Ostseite fast zu Staub zerfallen. Und die Fußböden sind so schlecht, daß die erste voll arbeitende Waschmaschine im Keller landen würde.«

»Ist das sicher? Ich meine die zweihundertfünfzigtausend?«

»Ja. Wir brauchen eine völlig neue Außenmauer. Die Fußböden müssen oben wie unten vollkommen erneuert werden. Wir werden mindestens fünf Elektriker brauchen, die gut zwei Wochen beschäftigt sein werden, um die Anschlüsse zu verlegen. Die Fabrik hat nur einen Stromkreis für zweihunderttausend Volt. Wir brauchen aber fünfhundertfünfzig. Und da wir uns genau am entferntesten Ende sämtlicher Zweigstellen der Stadtwerke befinden, werden unsere Strom- und Wasserrechnungen über zwanzig Prozent steigen, das verspreche ich Ihnen. Mit der Stromrechnung können wir leben, aber ich muß Ihnen nicht erst sagen, was ein Anstieg der Wasserkosten um zwanzig Prozent für eine Wäscherei bedeutet.«

Ordner sah ihn entgeistert an.

»Vergessen Sie das, was ich über die Steigerung der Betriebskosten gesagt habe, das fällt nicht unter die Renovierungen. Also, wo war ich stehengeblieben? Die Fabrik muß auf fünfhundertfünfzig Volt umgestellt werden. Wir werden eine gute Alarmanlage und eine vollkommene Fernsehüberwachung brauchen. Ein neues Dach und, ach ja, ein neues Drainagesystem. An der Fir Street befinden wir uns auf hohem, trockenem Grund, aber der Grundwasserspiegel an der Douglas Street ist sehr hoch. Wir liegen da direkt in einer Senke. Die neue Drainage wird uns allein zwischen vierzig- und siebzigtausend Dollar kosten.«

»Himmel, warum hat Tom Granger mir nichts davon gesagt?«

»Er ist nicht mit mir hinausgefahren, um die Fabrik zu inspizieren.«

»Warum nicht?«

»Ich hab' ihm gesagt, er solle in der Wäscherei bleiben.«

»Sie haben *was*?«

»An dem Tag war die Heizung ausgefallen«, erklärte er geduldig. »Bei uns stapelten sich die Aufträge, und wir hatten kein heißes Wasser. Tom mußte bleiben. Er ist der einzige, der mit diesem Boiler umgehen kann.«

»Verdammt noch mal, Bart, warum sind Sie dann nicht noch einmal an einem anderen Tag mit ihm hinausgefahren?«

Er trank sein Glas leer. »Ich hab' nicht eingesehen, wozu.«

»Sie haben nicht eingesehen...« Ordner konnte nicht zu Ende reden. Er knallte sein Glas auf den Tisch und schüttelte den Kopf, als hätte er einen Schlag in den Magen gekriegt. »Bart, ist Ihnen klar, was es für Sie bedeutet, wenn Ihre Einschätzung falsch war und wir die Wäscherei aufgeben müssen? Das wird Sie Ihren Job kosten. Mein Gott, wollen Sie es denn wirklich darauf ankommen lassen, mit Ihrem Kopf unterm Arm zu Mary nach Hause zu kommen? Wollen Sie das?«

Das würdest du nie verstehen, dachte er. Du würdest ja auch niemals einen Schritt tun, ohne mindestens sechsfach abgesichert zu sein und noch drei weitere Eisen im Feuer zu haben. Auf diese Art verschafft man sich vierhunderttausend Dollar in Aktien und Wertpapieren, einen Delta 88 und eine Schreibmaschine, die wie ein Kastenteufel aus dem

Schreibtisch hervorhüpft. Du dämlicher Mistkerl, ich könnte dich die nächsten zehn Jahre lang bescheißen. Vielleicht tu' ich das sogar.

Er lächelte Ordner ins genervte Gesicht. »Mein allerletzer Punkt, Steve. Der Grund, warum ich mir keine Sorgen mache.«

»Was meinen Sie damit?«

Fröhlich fing er an zu lügen: »Thom McAn hat den Makler bereits wissen lassen, daß er an dem Projekt nicht mehr interessiert sei. Er hatte seine Jungs zur Inspektion rausgeschickt, und die haben Zeter und Mordio geschrien. Ich gebe Ihnen mein Wort, die Fabrik ist keine vierhundertfünfzigtausend Dollar wert. Wir haben also eine Neunzig-Tage-Option, die am Dienstag ausläuft. *Und* wir haben einen kleinen, schlauen Makler namens Monohan, der versucht hat, uns brutal zu bluffen. Fast wär's ihm gelungen.«

»Was schlagen Sie vor?«

»Ich schlage vor, daß wir die Option auslaufen lassen. Wir werden uns bis Donnerstag ganz ruhig verhalten. Sie werden mit Ihren Jungs von der Buchhaltungsabteilung über die zwanzig Prozent Kostensteigerung reden. Ich rede mit Monohan. Wenn ich mit ihm fertig bin, wird er vor mir auf den Knien rutschen und mir die Fabrik für zweihunderttausend anbieten.«

»Bart, sind Sie sich da ganz sicher?«

»Natürlich bin ich das.« Er lächelte verkniffen. »Ich würde meinen Kopf doch nicht in die Schlinge stecken, wenn ich wüßte, daß jemand sie zuziehen wird.«

George, was machst du da???

Halt die Klappe, laß mich in Ruhe.

»Wir haben hier einen superklugen Makler ohne Käufer vor uns«, fuhr er fort. »Wir können es uns leisten, uns Zeit zu lassen. Jeder weitere Tag, den wir ihn in der Luft hängen lassen, wird uns einen Preisvorteil verschaffen, wenn wir dann wirklich kaufen.«

»In Ordnung«, sagte Ordner gedehnt. »Aber lassen Sie mich eins klarstellen, Bart. Wenn wir die Option nach Ihrem

Plan auslaufen lassen, und dann jemand *anderer* die Fabrik kauft, werde ich Sie aus dem Sattel schießen. Das ist nichts ...«

»Ich weiß«, unterbrach Bart ihn. Er fühlte sich plötzlich sehr müde. »Das ist nichts Persönliches.«

»Bart, sind Sie sicher, daß Sie sich nicht Marys Virus aufgeschnappt haben? Sie sehen ein bißchen blaß aus.«

Du bist selber ganz schön blaß, Idiot.

»Mir wird es besser gehen, wenn ich das alles hinter mir habe. Es ist doch ein ganz schöner Streß.«

»Ja, sicher ist es das.« Ordner zauberte eine mitfühlende Miene auf sein Gesicht. »Fast hätte ich vergessen ... Ihr Haus steht ja auch mitten in der Schußlinie.«

»Ja.«

»Haben Sie schon was Neues gefunden?«

»Na ja, wir haben so ein, zwei Häuser im Auge. Würde mich nicht überraschen, wenn ich den Waterford-Handel und meine persönliche Sache an ein und demselben Tag regeln würde.«

Ordner grinste. »Das wird wohl der erste Tag in Ihrem Leben sein, an dem Sie zwischen Sonnenauf- und -untergang über gut eine halbe Million Dollar verhandeln werden.«

»Tja, das wird ein ganz gewaltiger Tag werden.«

Auf dem Heimweg redete Freddy ununterbrochen auf ihn ein – er schrie ihn förmlich an –, und er mußte ständig die Sicherung raushauen. Gerade als er in die Crestallen Street einbog, brannte sie mit beißendem Gestank durch. All die lästigen Fragen überschwemmten ihn, und er trat mit beiden Füßen auf die Bremse. Der Wagen kam mit quietschenden Reifen in der Straßenmitte zum Stehen, und er wurde mit solcher Wucht in den Sicherheitsgurt geschleudert, daß es wie ein Schlag in den Magen war und er laut aufstöhnte.

Als er sich wieder unter Kontrolle hatte, ließ er den Wagen langsam an den Straßenrand rollen, schaltete den Motor ab und die Scheinwerfer aus, schnallte den Gurt ab und saß zitternd da. Seine Hände umklammerten das Lenkrad.

Von seinem Platz aus sah er, wie die Straße in einer sanften Kurve verlief und die Straßenlampen einen graziösen Bogen beschrieben. Es war eine hübsche Straße. Die meisten der Häuser waren in der Nachkriegsperiode zwischen 1946 und 1958 gebaut worden, aber auf wunderbare Weise dem eintönigen Baukastensyndrom der fünfziger Jahre entkommen und damit auch den Krankheiten, die dieser Baustil nach sich zog: abbröckelnde Fundamente, verblichene Rasenflächen, abblätternde Farbe, feuchte Garagen, Spielzeugeinrichtungen statt anständiger Möbel. Plastikrahmen für die Fenster.

Er kannte seine Nachbarn – warum auch nicht? Mary und er hatten über vierzehn Jahre in der Crestallen Street gewohnt. Das war eine lange Zeit. Die Upslingers in dem Haus neben ihnen; ihr Sohn Kenny hatte die Zeitung ausgetragen. Die Langs auf der gegenüberliegenden Straßenseite; die Hobarts, die zwei Häuser weiter wohnten (Linda Hobart war Charlies Babysitter gewesen, jetzt studierte sie Medizin im City College); die Stauffers; Hank Albert, dessen Frau vor vier Jahren an einem Lungenemphysem gestorben war; die Darbys und nur vier Häuser entfernt von der Stelle, an der er jetzt saß und zitterte, die Quinns. Und noch ein Dutzend weitere Familien, die Mary und er auf der Straße grüßten – meistens Familien mit kleinen Kindern.

Eine nette Straße, Fred. Und nette Nachbarn. Oh, ich weiß, wie sehr die Intellektuellen diese Vorstädte verhöhnen – es ist hier nicht so romantisch wie in den von Ratten verseuchten Altbauwohnungen und nicht so gesund wie auf dem Lande. Aber was soll dieses Zurück-zur-Natur-Zeug? In der Vorstadt gibt es keine großen Museen, keine großen Wälder, keine Herausforderung.

Aber wir haben hier schöne Zeiten erlebt. Ich weiß, was du denkst, Fred, was sind schon schöne Zeiten? Sie beinhalten keine großen Freuden, keine außergewöhnlichen Leiden, einfach so die kleinen Dinge. Grillpartys in der sommerlichen Abenddämmerung, jeder ein bißchen high, aber keiner wirklich betrunken oder ausfällig. Fahrgemeinschaften, um sich das Spiel der Mustangs anzusehen. Diese dämlichen Musties, die es nicht einmal geschafft haben, die Pats zu schlagen, als die am schwächsten waren. Leute aus der Nachbarschaft zum Abendessen einladen oder selber eingeladen werden. Golf spielen drüben auf dem Westside-Golfplatz oder die Frauen in den Wagen packen und mit ihnen nach Ponderos-Pines fahren, um dort Wettrennen mit den kleinen Go-Karts zu veranstalten. Erinnerst du dich noch, wie Bill Stauffer mit seinem Go-Kart direkt durch den Absperrzaun gedüst und beim Nachbarn in den Swimming-pool gefallen ist? Ja, ich erinnere mich, George, wir haben uns vor Lachen alle die Hosen naß gemacht. Aber, George...

Also her mit den Bulldozzern, Fred. Sollen sie das alles begraben. Bald, sehr bald, wird es eine neue Vorstadt geben, drüben in Waterford, wo bisher nur leeres, ödes Bauland zu finden ist. Der Lauf der Zeit. Fortschritt im Rückwärtsgang. Milliarden-Dollar-Projekte. Was findet man also, wenn man mal rüberfährt und sich die Sache anschaut? Einen Haufen Kräckerschachteln, die alle mit verschiedenen Farben angemalt sind. Plastikrohre, die jeden Winter einfrieren. Plastikholz. Alles aus Plastik. Und das nur, weil Moe vom Straßenbauausschuß mit Joe von Joes Tiefbaufirma gesprochen hat, und Sue, die in Joes Vorzimmer arbeitet, hat es Lou von Lous Tiefbaufirma erzählt, und nun geht der große Waterford-Bauboom los. Bald werden auf dem Ödland große Wohnanlagen entstehen, Hochhäuser werden sich auftürmen und riesige Einkaufszentren die Gegend verschandeln. Du kriegst ein Haus an der Lilac Lane, die sich im Norden mit der Spain Lane und im Süden mit der Dain Lane kreuzt. Aber du kannst dir auch die Ulmenstraße, die Eichenstraße, die Zypressenstraße oder die Pinienstraße aussuchen. Jedes Haus hat unten ein großes Badezimmer und ein kleines Bad im ersten Stock. Und natürlich gibt es an jeder Ostseite einen falschen Kamin. Wenn du abends betrunken heimkommst, kannst du nicht mal dein eigenes verdammtes Haus wiederfinden.

Aber, George...

Sei still, Fred, jetzt rede ich. Und wo sind deine Nachbarn

geblieben? Vielleicht war gar nicht soviel mit ihnen los, diesen Nachbarn, aber du wußtest wenigstens, wer sie waren. Du wußtest, bei wem du dir eine Tasse Zucker ausleihen konntest, wenn deiner mal ausgegangen war. Wo sind sie nun? Tony und Alicia Lang sind nach Minnesota gezogen, weil er eine Versetzung beantragt und auch bekommen hat. Die Hobarts sind nach Northside gezogen. Hank Albert hat ein neues Haus in Waterford gekriegt, das ist richtig, aber als er von der Vertragsunterzeichnung zurückkam, sah er aus, als hätte er sich eine fröhliche Maske aufgesetzt. Ich konnte es in seinen Augen sehen, Fred. Er wirkte wie ein Mann, dem man beide Beine abgeschnitten hat und der jetzt jedem vormacht, wie sehr er sich auf seine neuen Plastikbeine freut, weil die keine blauen Flecke mehr kriegen, wenn er sich irgendwo anstößt. Wir ziehen also um, und wo sind wir dann? Was sind wir dann? Zwei Fremde in einem fremden Haus inmitten von fremden Häusern. Genau das werden wir sein. Der Lauf der Zeit, Freddy. So ist das. Vierzig Jahre alt, warten auf die Fünfziger, warten auf die Sechziger. Warten auf ein nettes, sauberes Krankenhausbett und eine nette, saubere Krankenschwester, die einen netten, sauberen Katheter bei dir anbringt. Vierzig ist das Ende der Jugend, Freddy. Na ja, eigentlich ist dreißig das Ende der Jugend, aber mit vierzig hörst du auf, dir selber etwas vorzumachen. Ich will nicht in einem fremden Haus alt werden.

Er hatte wieder angefangen zu weinen. Er saß in seinem dunklen, kalten Wagen und weinte wie ein kleines Kind.

George, es ist doch mehr als nur die Autobahn, mehr als dieser Umzug. Ich weiß, was dir fehlt.

Halt die Klappe, Fred, ich warne dich.

Aber Fred wollte nicht mehr schweigen, und das war schlecht. Wenn er Freddy nicht mehr unter Kontrolle hatte, wie sollte er denn jemals Ruhe finden?

Es geht um Charlie, nicht wahr, George? Du willst ihn nicht noch ein zweites Mal beerdigen.

»Ja, es geht um Charlie«, sagte er laut, mit tränenerstickter Stimme. »Und es geht um mich. Ich kann nicht. Wirklich, ich kann nicht...«

Er senkte den Kopf und ließ den Tränen freien Lauf. Sein Gesicht verzerrte sich, und er preßte beide Fäuste auf die Augen wie ein kleiner Junge, der durch ein Loch in seiner Hosentasche seinen Bonbongroschen verloren hatte.

Als er endlich weiterfuhr, fühlte er sich völlig erledigt. Ausgetrocknet. Leer, hohl und vollkommen ruhig. Er konnte sogar die dunklen Häuser am Straßenrand betrachten, aus denen die Leute schon ohne großes Geschrei ausgezogen waren.

Wir wohnen jetzt auf einem Friedhof, dachte er. Mary und ich, wir leben auf einem Friedhof. Genau wie Richard Boone in *I Bury the Living*. Bei den Arlins brannte noch Licht, aber sie würden am fünften Dezember ausziehen. Die Hobarts waren am letzten Wochenende weggegangen. Leere Häuser.

Als er seine eigene Auffahrt hinauffuhr (Mary war schon oben im Schlafzimmer, er sah den schwachen Schein ihrer Leselampe), mußte er plötzlich an etwas denken, das Tom Granger vor ein paar Wochen zu ihm gesagt hatte. Er würde mit Tom darüber reden. Am Montag.

25. November 1973

Er saß vor dem neuen Farbfernseher und sah sich das Spiel Mustangs gegen Chargers an. Er hatte sich dazu seinen Privatdrink gemixt, Southern Comfort mit Seven-Up. Privatdrink deshalb, weil die Leute ihn auslachten, wenn er ihn in der Öffentlichkeit trank. Die Chargers hatten einen Vorsprung von 27 zu 3 im dritten Viertel. Rucker war dreimal abgefangen worden. Tolles Spiel, was Fred? Kann man wohl sagen, George, ich versteh' gar nicht, wie du die Spannung aushältst.

Mary war oben und schlief. Übers Wochenende war es

wieder wärmer geworden, und draußen fiel ein leichter Nieselregen. Er fühlte sich ebenfalls schläfrig. Er hatte schon drei Drinks gehabt.

Während der Spielpause zeigten sie einen Werbespot. Bud Wilkenson stand vor der Kamera und erzählte, daß die Energiekrise wirklich ein Unglück sei und daß jeder sein Dach abdichten, den Dachboden isolieren und die Luftklappe im Kamin immer geschlossen halten sollte, wenn er nicht gerade Marshmallows röstete oder Hexen verbrannte oder so was. Der Nachspann gab bekannt, welche Firma die Reklame finanziert hatte. Ein glücklicher Tiger blinzelte über das Firmenzeichen hinweg, auf dem

EXXON

stand. Eigentlich hätte jeder merken müssen, daß die mageren Zeiten anbrechen würden, als Esso seinen Namen in Exxon änderte, dachte er. Esso glitt einem leicht über die Lippen, ein Klang, der von einem in einer Hängematte ruhenden Mann stammen konnte. Exxon klang eher wie der Name eines Kriegsherren vom Planeten Yurir.

»Exxon fordert euch schwächliche Erdlinge auf, die Waffen fallen zu lassen«, sagte er. »Auf die Knie, ihr schwachen Erdlinge!« Er kicherte und mixte sich einen neuen Drink. Dazu brauchte er nicht aufzustehen; der Southern Comfort, die Limoflasche und ein Plastikschälchen mit Eiswürfeln standen auf einem Beistelltisch neben seinem Sessel.

Das Spiel ging weiter. Die Chargers schossen den Ball hoch. Hugh Fednach, der Fänger der Mustangs, erwischte ihn und rannte damit zum Außenrand des Spielfeldes. Hinter dem Rücken des stahläugigen Generals Hank Rucker, der die Heisman-Trophäe wohl bloß einmal in den Nachrichten gesehen hatte, gewannen die Mustangs sechs Meter. Gene Voreman schoß den Ball aus der Hand. Andy Crocker von den Chargers gab ihn an einen Spieler der Mustangs ab. Ja, so lief das, wie Kurt Vonnegut so raffiniert gesagt hatte. Er hatte alle Kurt-Vonnegut-Bücher gelesen. Sie gefielen ihm hauptsächlich, weil sie witzig waren. Letzte Woche hatte er einen

Bericht in den Nachrichten gesehen: Die Schulbehörde einer Stadt in North Dakota, Drake hieß sie wohl, hatte mehrere Ausgaben von Vonneguts *Slaughterhouse Five,* dem Roman über die Bombardierung von Dresden, verbrennen lassen. Wenn man darüber nachdachte, konnte man einen witzigen Zusammenhang sehen.

Fred, warum gehen diese Scheißkerle von der Straßenbaubehörde nicht nach Drake und bauen ihre blöde Autobahn da? Ich wette, das würde denen gefallen. Gute Idee, George, schreib doch mal einen Artikel darüber und schick ihn an den *Blade*! Ach laß mich in Ruhe, Fred!

Die Chargers punkteten und lagen jetzt mit 34 zu 4 vorn. Einige Cheerleaders tänzelten am Spielfeldrand und wackelten mit ihren Hintern. Er fiel in einen Halbschlaf, und als Fred jetzt über ihn fiel, konnte er ihn nicht mehr abschütteln.

George, da du dir nicht mehr darüber im klaren zu sein scheinst, was du tust, werde ich es dir sagen. Laß mich ein paar Punkte klarstellen, alter Freund. *(Hau ab, Fred!)* Erstens, das Vorkaufsrecht für die Waterford-Fabrik läuft aus. Das wird Dienstag um Mitternacht der Fall sein. Am Mittwoch wird Thom McAn seinen Handel mit diesem schleimigen Miststück von einem Makler, Patrick J. Monohan, abschließen. Mittwoch nachmittag, spätestens Donnerstag vormittag wird ein großes Schild an der Fabrik auftauchen: *VERKAUFT!* Wenn das einer von der Blue-Ribbon-Wäscherei sieht, kannst du das Unvermeidliche noch ein wenig hinauszögern, indem du lächelnd sagst: Klar, verkauft an uns. Aber sobald Ordner das nachprüft, bist du geliefert. Vermutlich wird er das nicht tun. Aber *(Freddy, laß mich in Ruhe!)* am Freitag wird ein neues Schild an der Fabrik hängen:

WIR BAUEN UNSER NEUES WATERFORDWERK AUS
THOM MCAN SCHUHE
AUF GEHT'S, WIR SIND WIEDER DA!!!

Am Montag, am strahlenden, frühen Montagmorgen, wirst du deinen Job verlieren. Ja, so wie ich das sehe, wirst du noch vor deiner Zehn-Uhr-Kaffeepause arbeitslos sein. Dann fährst du nach Hause und erzählst es Mary. Ich weiß nicht genau, wann das sein wird. Die Busfahrt dauert nur eine Viertelstunde. Du könntest also voraussichtlich innerhalb von einer halben Stunde zwanzig Jahre Ehe und zwanzig Jahre erfolgreicher beruflicher Laufbahn beenden. Nachdem du es Mary gesagt hast, folgt die große Erklärungsszene. Du kannst sie noch etwas hinausschieben, indem du dich betrinkst, aber früher oder später...

Fred, ich warne dich!

Oder du sagst ihr, was niemand besser weiß als du, George. Du sagst ihr, daß der Profitspielraum der Blue-Ribbon-Wäscherei in letzter Zeit so eng geworden ist, daß die Buchhaltung einfach nur die Hände über dem Kopf zusammenschlagen und sagen werden: Lassen wir das Ganze lieber, Jungs. Nehmen wir einfach das Geld von der Stadt und bauen wir einen neuen Supermarkt in Norton oder einen netten neuen Golfplatz draußen in Russel oder Crescent. Wir müssen sonst womöglich zuviel rote Tinte verbrauchen, nachdem dieser Hurensohn Dawes uns die Suppe nun mal so versalzen hat. Ja, das könntest du ihr erzählen.

Ach, fahr zu Hölle!

Aber das ist ja erst der erste Film, und leider sitzen wir in einer Doppelvorführung, nicht wahr? Teil zwei geht über die Leinwand, wenn du Mary erzählst, daß ihr kein Haus habt, in das ihr einziehen könnt, und daß es auch nie eins geben wird. Wie willst du ihr das eigentlich erklären?

Ich tu' doch gar nichts!

Das stimmt, George, du bist einfach irgend so ein Kerl, der in seinem Ruderboot eingeschlafen ist. Um Gottes willen, George, geh am Montag zu Monohan und mach ihn zu einem unglücklichen Mann. Setz deine Unterschrift auf die gestrichelte Linie. Du steckst sowieso schon in Schwierigkeiten, nachdem du Ordner am Freitag all diese Lügen aufgetischt hast. Aber du kannst noch mal davonkommen. Du hast dich, weiß Gott, doch auch früher schon oft genug aus der Scheiße gezogen.

Laß mich endlich in Ruhe, ich will schlafen!

Es ist Charlie, nicht wahr? Dies ist eine Art, Selbstmord zu begehen. Aber das ist nicht fair Mary gegenüber, George. Es ist niemandem gegenüber fair. Du bist...

Er fuhr senkrecht im Stuhl hoch und verschüttete seinen Drink. »Niemandem außer vielleicht mir selbst gegenüber.«

Und was ist mit den Gewehren, George? Was soll das?

Zitternd hob er das Glas auf und schenkte sich einen neuen Drink ein.

26. November 1973

Er war zum Mittagessen mit Tom Granger zu Nicky's gegangen, einem kleinen Restaurant, das drei Häuserblocks von der Wäscherei entfernt lag. Sie saßen in einer Nische, tranken Bier und warteten auf ihr Essen. Eine Jukebox spielte *Goodbye Yellow Brick Road* von Elton John.

Tom redete über das Mustang-Charger-Spiel, das die Chargers mit 37 zu 6 gewonnen hatten. Tom war in alle Sportteams der Stadt verliebt, und wenn eins verlor, konnte er sich furchtbar darüber aufregen. Eines Tages, dachte er, während er zuhörte, wie Tom das gesamte Mustang-Team Mann für Mann geißelte, eines Tages wird Tom Granger sich mit einer Rasierklinge ein Ohr abschneiden und es an den Generalmanager der Mannschaft schicken. Ein Verrückter würde sein Ohr wohl an den Trainer schicken, der sich darüber kaputtlachen und es am Kleiderspind oder am schwarzen Brett aufhängen würde. Aber nicht Tom, der würde es direkt an den Manager schicken, und der würde lange darüber nachgrübeln.

Eine Kellnerin in einem weißen Nylon-Hosenanzug brachte ihnen das Essen. Er schätzte ihr Alter auf dreihundert Jahre, eher noch dreihundertvier. Das gleiche galt für ihr Gewicht. Sie hatte ein kleines Schild über der linken Brusttasche:

GAYLE
Danke für Ihren Besuch
Nicky's Restaurant

Tom hatte Roastbeef bestellt, das in einer braunen Sauce auf dem Teller schwamm. Er zwei Cheeseburger, die nicht durchgebraten sein sollten; aber er wußte, daß sie es doch sein würden. Er hatte schon öfter bei Nicky's gegessen. Die 784-Autobahn verfehlte Nicky's Restaurant um einen halben Häuserblock.

Sie aßen. Tom beendete endlich seine Tirade über das gestrige Spiel und erkundigte sich, wie weit der Waterford-Handel gediehen und wie sein Gespräch mit Ordner verlaufen sei.

»Ich werde den Vertrag Donnerstag oder Freitag unterzeichnen«, sagte er.

»Ich dachte, die Option läuft am Dienstag aus?«

Er wiederholte noch mal die Geschichte von Thom McAn, der nun plötzlich doch nicht mehr an Waterford interessiert sei. Es machte keinen Spaß, Tom Granger zu belügen. Sie kannten sich schon seit siebzehn Jahren, und Tom war nicht besonders intelligent. Ihn zu belügen, war keine große Herausforderung.

»Oh«, sagte Tom nur, als er fertig war, und dann wurde über das Thema nicht mehr geredet. Tom schob sich ein Stück Roastbeef in den Mund und lächelte verschmitzt. »Warum essen wir eigentlich hier? Der Fraß ist fürchterlich, und nicht einmal der Kaffee schmeckt. Selbst meine *Frau* kann besseren Kaffee kochen.«

»Ich weiß auch nicht«, antwortete er und nutzte die Gelegenheit. »Erinnerst du dich noch an das neueröffnete italienische Restaurant? Wir sind mal mit Verna und Mary hingegangen.«

»Ja, das war im August. Verna schwärmt heute noch von dem Ricotta... nein Rigatoni. Ja, so heißt das, Rigatoni.«

»Kannst du dich auch noch an den Mann erinnern, der am Nebentisch saß? So ein großer, fetter Kerl.«

Tom kaute nachdenklich und versuchte, sich zu erinnern. »Groß... dick...« Er schüttelte den Kopf.

»Du hast gesagt, er wäre ein Verbrecher.«

»Ohhh.« Er riß die Augen auf, schob seinen Teller weg und zündete sich eine Herbert Tareyton an. Das Streichholz ließ er auf den Teller fallen, wo es in der Sauce schwamm. »Ja, richtig, Sally Magliore.«

»Heißt er so?«

»Ja, so heißt er. Großer Kerl mit dicken Brillengläsern. Ein neunfaches Kinn. Klingt wie die Spezialität eines italienischen Puffs, nicht wahr? Einäugiger Sally wurde er immer genannt, weil er auf einem Auge den grauen Star hatte. Er hat es vor drei oder vier Jahren in der Mayo-Klinik wegoperieren lassen... den Star, meine ich, nicht das Auge. Ja, mein Gott, er ist ein richtiger Gangster.«

»Was macht er so?«

»Was machen sie alle?« fragte Tom zurück und schnippte die Zigarettenasche auf seinen Teller. »Drogen, Mädchen, Glücksspiel, Schiebung, Kreditwucher. Und sie bringen sich gegenseitig um. Hast du es neulich in der Zeitung gelesen? Sie haben hinter einer Tankstelle eine Leiche im Kofferraum eines Wagens gefunden. Sechs Schüsse im Kopf und die Kehle durchgeschnitten. Das ist doch nun wirklich lächerlich. Wozu muß ich einem Kerl, dem ich sechs Löcher in den Kopf geschossen habe, noch die Kehle durchschneiden? Organisiertes Verbrechen, das ist es, was der einäugige Sally betreibt.«

»Hat er auch ein offizielles Geschäft?«

»Ja, ich glaube. Weit draußen im Industriegebiet hinter Norton. Er verkauft Gebrauchtwagen. *Magliores Garantiert Neuwertige Gebrauchtwagen.* In jedem Kofferraum liegt 'ne Leiche.« Tom lachte und schnippte noch mehr Asche auf seinen Teller. Gayle kam an ihren Tisch und fragte, ob sie noch mehr Kaffee haben wollten. Beide bestellten noch eine Tasse.

»Ich hab' heute die neuen Splinte für die Boilertür gekriegt«, sagte Tom. »Sie erinnern mich an mein Ding.«

»Oh, wirklich?«

»Ja, du solltest dir die Biester mal ansehen. Zwanzig Zentimeter lang und gut acht Zentimeter im Durchmesser.«

»Sag mal, du redest doch wohl nicht von meinem Ding, oder?« Sie lachten und redeten weiter übers Geschäft, bis es Zeit war zurückzugehen.

An diesem Nachmittag stieg er schon in der Barker Street aus dem Bus und ging zu Duncan's, einer kleinen, ruhigen Bar in der Nachbarschaft. Er bestellte ein Bier und hörte sich eine Weile Duncans Gejammer über das gestrige Mustang-Spiel an. Ein Mann kam aus dem Hinterzimmer und informierte Duncan, daß der Flipperautomat kaputt sei. Duncan ging nach hinten, um sich den Schaden anzusehen. Er blieb sitzen, schlürfte sein Bier und schaute in den Fernseher. Eine Seifenoper. Zwei Frauen unterhielten sich mit leiser Weltuntergangsstimme über einen Mann namens Hank. Hank sollte vom College nach Hause kommen, und eine der beide Frauen hatte gerade herausgefunden, daß Hank ihr Sohn war. Das Ergebnis eines eher katastrophalen Experiments, das vor mehr als zwanzig Jahren nach dem Highschool-Abschlußball stattgefunden hatte.

Freddy versuchte, etwas zu sagen, aber er drehte ihm sofort den Hahn ab. Die Sicherung arbeitete wieder perfekt. Schon den ganzen Tag hatte sie funktioniert.

Das stimmt, du idiotischer Schizo! brüllte Fred, und dann gab George ihm Saures. Kümmer dich um deine eigenen Angelegenheiten, Freddy. Du bist hier eine *persona non grata.*

»Natürlich werde ich es ihm nicht sagen«, flötete eine der Frauen im Kasten. »Wie kannst du von mir erwarten, daß ich es ihm mitteile?«

»Nun... sag's ihm einfach«, antwortete die andere.

»Warum sollte ich es ihm sagen? Warum soll ich wegen einer Sache, die vor mehr als zwanzig Jahren passiert ist, sein ganzes Leben auf den Kopf stellen?«

»Willst du ihn etwa anlügen?«

»Ich werde ihm überhaupt nichts sagen.«

»Du *mußt* es ihm sagen.«

»Sharon, ich kann es mir nicht leisten.«

»Wenn du es ihm nicht sagst, Betty, dann werde ich es tun.«

»Diese bescheuerte Maschine ist total im Eimer«, erklärte Duncan, der gerade aus dem Hinterzimmer zurückkam. »Immer derselbe Ärger, seit ich sie aufgestellt habe. Und was jetzt? Jetzt muß ich diese beschissene Automatenfirma anrufen und zwanzig Minuten warten, bis die bescheuerte Sekretärin mich mit der richtigen Stelle verbindet. Einem Langweiler zuhören, der mir erklärt, wie beschäftigt sie alle gerade sind und daß er versuchen wird, mir bis Mittwoch jemanden herauszuschicken. *Mittwoch!* Am Freitag taucht dann endlich so ein Kerl bei mir auf, der sein Gehirn zwischen den Arschbacken sitzen hat, säuft für vier Dollar Freibier und erklärt mir, daß ich den Leuten sagen soll, sie sollen mit dem Ding nicht so rabiat umgehen. Und während er den Schaden repariert, macht er ein oder zwei andere Sachen kaputt, damit er in zwei Wochen wieder kommen kann. Die alten Automaten waren viel besser, gingen selten einmal kaputt. Aber das hier ist der Fortschritt. Wenn ich 1980 noch hier bin, werden sie den Flipper rausnehmen und einen Fickautomat aufstellen. Willst du noch ein Bier?«

»Klar.«

Duncan ging, um das Bier zu zapfen. Er legte fünfzig Cents auf die Theke und schlenderte nach hinten zur Telefonzelle, die neben dem kaputten Automaten stand.

Er fand, was er suchte, in den gelben Seiten unter der Rubrik *Automobile, neu und gebraucht.* Der Eintrag lautete: MAGLIORES GEBRAUCHTWAGEN, Route 16, Norton, 892–4576.

Die Route 16 wurde zur Venner Avenue, wenn man nach Norton hineinfuhr. An diesem Abschnitt der Strecke konnte man alles finden, was die gelben Seiten nicht anboten.

Er steckte einen Zehner in den Schlitz und wählte die Nummer. Beim zweiten Läuten wurde der Hörer abgenommen, und er hörte eine Männerstimme: »Magliores Gebrauchtwagen.«

»Mein Name ist Dawes«, stellte er sich vor. »Barton Dawes. Kann ich Mr. Magliore sprechen?«

»Sal ist beschäftigt. Aber ich würde mich freuen, wenn ich Ihnen helfen kann. Pete Mansey.«

»Nein, ich muß mit Mr. Magliore sprechen, Mr. Mansey. Es geht um die beiden Eldorados.«

»Da haben Sie einen echten Ladenhüter«, wehrte Mansey ab. »Bis zum Jahresende nehmen wir keine großen Wagen mehr ab. Wegen der Energiekrise. Die verkaufen sich überhaupt nicht mehr. Also...«

»Ich will sie *kaufen*«, sagte er.

»Wie bitte?«

»Zwei Eldorados. Einer Jahrgang 70, der andere 72. Einer in gold der andere beige. Ich habe letzte Woche mit Mr. Magliore darüber gesprochen. Es ist eine geschäftliche Angelegenheit.«

»Oh, ja, richtig. Er ist im Augenblick wirklich nicht hier, Mr. Dawes. Um ehrlich zu sein, er ist in Chicago. Und er wird wohl kaum vor elf Uhr nachts zurück sein.«

Draußen hängte Duncan ein Schild an den Flipperautomaten:

AUSSER BETRIEB

»Wird er morgen da sein?«

»Ja, sicher. Geht es um eine Transaktion?«

»Nein, ich zahle bar.«

»Eine von unseren Spezialitäten?«

Er zögerte einen Moment: »Ja, genau. Wäre vier Uhr in Ordnung?«

»Ja, vier ist gut.«

»Vielen Dank, Mr. Mansey.«

»Ich sage ihm, daß Sie angerufen haben.«

»Ja, tun Sie das.« Er legte vorsichtig den Hörer auf. Seine Handflächen waren schweißnaß.

Merv Griffin plauderte wieder mit seinen Berühmtheiten, als

er nach Hause kam. Heute war nichts mit der Post gekommen; ihm fiel ein Stein vom Herzen. Er ging ins Wohnzimmer. Mary trank ein heißes Gebräu mit Rum aus einer Teetasse. Neben ihr lag eine Familienpackung Tempotücher, und das ganze Wohnzimmer roch nach Eukalyptus.

»Bist du krank?« fragte er besorgt.

»Gib mir keinen Kuß«, sagte sie, und ihre Stimme klang wie ein entferntes Nebelhorn. »Ich hab' mir 'ne Erkältung geholt.«

»Armes Kind.« Er gab ihr einen Kuß auf die Stirn.

»Ich hasse es, dich darum bitten zu müssen, Bart, aber würdest du wohl heute abend einkaufen gehen? Ich war mit Meg Carter verabredet, aber ich mußte ihr leider absagen.«

»Natürlich. Hast du Fieber?«

»Ich weiß nicht. Vielleicht. Ein bißchen.«

»Soll ich dir einen Termin bei Dr. Fontaine geben lassen?«

»Weiß nicht. Mach' ich morgen, wenn's mir nicht besser geht.

»Du hörst dich richtig verstopft an.«

»Ja. Die Tabletten haben 'ne Weile geholfen, aber jetzt...« Sie zuckte die Achseln und lächelte traurig. »Ich klinge wie Donald Duck.«

Er zögerte einen Moment und sagte dann: »Morgen abend komme ich etwas später nach Hause.«

»Oh?«

»Ich fahre nach Northside raus, um mir ein Haus anzusehen. Scheint mir ganz gut zu sein. Sechs Zimmer, kleiner Garten, nicht weit von den Hobarts entfernt.«

Freddy sagte laut und deutlich: *Na, hör mal, du gemeiner, dreckiger Hurensohn.*

Marys Gesicht hellte sich auf. »Das ist ja wundervoll. Darf ich mitkommen?«

»Besser nicht. Mit der Erkältung?«

»Ich bin schon in Ordnung.«

»Das nächste Mal«, sagte er fest.

»Na gut.« Sie lächelte ihm zu. »Gott, bin ich froh, daß du endlich was unternimmst. Ich hab' mir schon Sorgen gemacht.«

»Du brauchst dir keine Sorgen zu machen.«

»Ich weiß.«

Sie nahm einen Schluck von ihrem heißen Rumgetränk und kuschelte sich an ihn. Er konnte sie rasselnd ein- und ausatmen hören. Merv Griffin plauderte mit James Brolin über dessen neuen Film *Westworld*, der anscheinend bald bei allen Herrenfriseuren des Landes gezeigt werden sollte. Nach einer Weile stand Mary auf und schob das TV-Dinner in den Herd. Er stand ebenfalls auf und wechselte den Kanal, um sich eine Wiederholung von *F Troop* anzusehen. Er versuchte, nicht auf Freddy zu hören. Doch Freddy wechselte plötzlich das Thema.

Erinnerst du dich noch daran, wie ihr euren ersten Fernseher bekommen habt, Georgie?

Er lächelte und blickte durch Forrest Tucker auf dem Bildschirm hindurch. Und ob ich mich daran erinnere, Fred.

Sie waren eines Abends von den Upshaws nach Hause gekommen – das war gut zwei Jahre nach ihrer Heirat gewesen –, wo sie sich die Hitparade und *Dan Fortune* angesehen hatten. Mary hatte ihn gefragt, ob er nicht auch fände, daß Donna Upshaw ein wenig... na ja, ein wenig genervt gewirkt hätte. Heute abend, hier vor dem Fernseher sitzend, erinnerte er sich daran, wie schlank Mary damals gewesen war. Er hatte ihr zum Sommerbeginn ein Paar weiße Sandalen geschenkt, in denen sie auf bezaubernde Weise größer wirkte. Sie hatte weiße Shorts angehabt, und ihre langen, fohlengleichen Beine hatten so lang ausgesehen, als ob sie wirklich erst an ihrem Kinn enden würden. Es hatte ihn nicht weiter interessiert, ob Donna Upshaw nun genervt gewesen war oder nicht; er hatte mehr Interesse daran gehabt, Mary die Shorts vom Körper zu ziehen. Ja, das war ihm damals viel wichtiger gewesen – auch wenn das nicht sehr fein klingt.

»Vielleicht wird es ihr langsam ein bißchen zuviel, die

halbe Nachbarschaft mit Erdnüssen zu versorgen, nur weil sie die einzigen in der Straße sind, die einen Fernseher besitzen«, hatte er ihr geantwortet.

Er nahm an, daß er daraufhin die kleine Falte zwischen ihren Augenbrauen gesehen hatte – diese besondere Linie, die immer bedeutete, daß Mary etwas ausbrütete. Zu dem Zeitpunkt waren sie schon halb die Treppe hinaufgestiegen, und seine Hand hatte sich liebkosend auf Marys engsitzende Shorts gelegt – wie klein diese Shorts doch damals waren –, und erst viel später – danach – hatte sie zu ihm gesagt:

»Wieviel würde wohl so ein einfaches Tischmodell kosten, Bart?«

Im Halbschlaf hatte er geantwortet: »Hm, ich glaube, wir könnten einen Motorola für achtundzwanzig, vielleicht dreißig Dollar kriegen. Aber ein Philco –«

»Kein Radio. Einen Fernseher.«

Er hatte sich aufgesetzt, die Nachttischlampe angeknipst und sie fragend angesehen. Sie hatte nackt neben ihm gelegen, die Bettdecke um die Hüfte geschlungen, und obwohl sie ihn angelächelt hatte, war ihm klar gewesen, daß sie es völlig ernst meinte. Es war ein herausforderndes Lächeln gewesen.

»Mary, wir können uns keinen Fernseher leisten.«

»Wieviel kostet ein Tischmodell, Bart? Ein GE oder ein Philco?«

»Neu?«

»Neu.«

Er dachte darüber nach, während er das Licht- und Schattenspiel auf ihren sanft geschwungenen Brüsten betrachtete. Sie war damals so viel schlanker gewesen (aber sie ist auch heute kaum dick zu nennen, George, wies er sich vorwurfsvoll zurecht; hab' ich ja auch nie behauptet, Freddy, alter Junge), sie hatte viel lebendiger gewirkt. Sogar ihre Haare hatten vor Leben gesprüht und die Botschaft ausgesandt: *lebendig, wach, offen...*

»Um die siebenhundertfünfzig Dollar«, sagte er und

nahm an, daß das ihr Lächeln ersticken würde . . . aber das tat es nicht.

»Sieh mal«, sagte sie und setzte sich in Indianermanier mit untergeschlagenen Beinen im Bett auf.

»Ich sehe«, antwortete er schmunzelnd.

»*Das* doch nicht.« Aber sie hatte ebenfalls gelacht. Eine sanfte Röte hatte sich über ihr Gesicht und ihren Hals ausgebreitet (aber sie hatte die Bettdecke nicht hochgezogen, wie er sich jetzt erinnerte).

»Worüber denkst du nach?«

»Warum wünschen Männer sich einen Fernseher?« fragte sie. »Um sich die Sportsendungen am Wochenende anzusehen. Und warum möchten Frauen gern einen Fernseher haben? Für die Seifenopern am Nachmittag. Man kann sie nebenbei ansehen beim Bügeln oder beim Ausruhen nach der Hausarbeit. Nehmen wir mal an, daß wir beide eine Beschäftigung finden – eine, für die wir *bezahlt* werden –, mit der wir die Stunden ausfüllen können, in denen wir sonst nur rumsitzen . . .«

»Ein Buch lesen, zum Beispiel, oder Liebe machen«, schlug er vor.

»*Dafür* werden wir immer Zeit finden«, sagte sie lachend und wurde rot. Ihre Augen verdunkelten sich im warmen Lampenlicht, das nun einen halbrunden Schatten auf ihre Brüste warf, und er wußte, daß er ihr nachgeben würde, daß er ihr sogar einen Zenith für fünfzehnhundert Dollar versprochen hätte, wenn er jetzt nur mit ihr Liebe machen könnte, und bei dem Gedanken spürte er, wie er steif wurde, wie die Schlange zu Stein wurde – das hatte Marys mal gesagt, als sie auf der Silvesterparty bei den Ridpaths zu viel getrunken hatte. (Und auch jetzt, achtzehn Jahre später, wurde die Schlange wieder zu Stein – aufgrund einer Erinnerung.)

»Na gut«, hatte er eingewilligt. »Ich werde also an den Wochenenden arbeiten gehen, und du wirst dir an den Nachmittagen etwas verdienen. Aber was, meine liebe, gar-nicht-mehr-jungfräuliche Mary, werden wir tun?«

Sie hatte sich kichernd auf ihn geworfen, und ihre Brüste

hatten sich sanft an seinen Bauch gepreßt (schön flach damals noch, Freddy, noch keine Anzeichen von Fett). »Das ist der Trick bei der Sache«, hatte sie gesagt. »Was haben wir heute? Den achtzehnten Juni?«

»Ja, richtig.«

»Gut. Du suchst dir einen Wochendjob, und am achtzehnten Dezember werfen wir unser Geld zusammen und ...«

»... kaufen uns einen Toaster.«

»... kaufen uns einen Fernseher«, beendete sie den Satz feierlich. »Ich bin sicher, daß wir es schaffen, Bart.« Dann kicherte sie wieder. »Und das Lustigste daran ist, daß wir uns gegenseitig nicht erzählen werden, was wir machen. Erst hinterher.«

»Gut, solange ich kein rotes Licht über der Tür sehe, wenn ich morgen nach Hause komme«, kapitulierte er.

Sie umarmte ihn, legte sich auf ihn, fing an, ihn zu kitzeln. Das Kitzeln ging in Liebkosungen über.

»Gib's mir, Bart«, flüsterte sie an seinem Hals, griff nach ihm und streichelte ihn mit sanftem, ungeheuer aufregendem Druck, führte ihn zu sich. »Schenk ihn mir, Bart.«

Später, als er im Dunkeln lag, die Hände hinter dem Kopf verschränkt, da fragte er nochmals: »Und wir werden uns nichts sagen, nicht wahr?«

»Nein.«

»Mary, wie sind wir eigentlich darauf gekommen? War es das, was ich über Donna Upshaw und ihre Unlust, an die halbe Nachbarschaft Erdnüssse zu verteilen, gesagt habe?«

In ihrer Stimme lag kein Lachen mehr, als sie antwortete. Sie klang eher gepreßt, ernst und ein kleines bißchen angsteinflößend: Ein schwacher Hauch von Winter in dieser warmen Juninacht in ihrer kleinen Wohnung im dritten Stock eines Altbaus ohne Fahrstuhl. »Ich mag nicht bei anderen Leuten schmarotzen, Bart. Und ich werde es nicht mehr tun. Nie wieder.«

Gut anderthalb Wochen hatte er sich Marys schrullige Idee durch den Kopf gehen lassen und sich gefragt, wie, zum Teufel, er seine Hälfte der siebenhundertfünfzig Dollar verdienen sollte (vermutlich sogar dreiviertel der Summe, wie er die Sache einschätzte), was er also während der nächsten zwanzig Wochenenden tun sollte. Er war ein bißchen zu alt dafür, in der Nachbarschaft für einen Vierteldollar den Rasen zu mähen. Und Mary hatte in letzter Zeit so einen bestimmten Blick – sie hatte sich sicher schon eine Arbeit besorgt oder war zumindest schon eifrig auf der Suche. Nimm lieber die Beine unter den Arm, Bart, hatte er zu sich gesagt und lauthals über sich selbst gelacht.

Das waren schöne Zeiten, nicht wahr, Fred? fragte er nun, während Forrest Tucker und die *F Troop* der Werbung wichen. Eine Cornflakes-Reklame, in der ein fröhlicher Hase allen Kindern predigte, daß diese Produkte nur für sie geschaffen seien. Das war es, George. Es waren verdammt schöne Zeiten.

Eines Tages, während er nach der Arbeit gerade seinen Wagen aufschließen wollte, fiel sein Blick auf den großen Fabrikschlot hinter der chemischen Reinigung, und da kam ihm die Idee.

Er steckte die Wagenschlüssel in die Tasche und ging noch einmal zurück, um mit Don Tarkington darüber zu reden. Don lehnte sich in seinem Stuhl zurück, musterte ihn unter seinen buschigen Augenbrauen, die damals schon weiß wurden (genau wie die Härchen, die in Büscheln aus seinen Ohren wuchsen und aus seinen Nasenlöchern hervorlugten) und verschränkte die Arme vor der Brust.

»Den Schornstein streichen«, sagte Don.

Er nickte.

»An den Wochenenden?«

Er nickte wieder.

»Paulschalpreis – dreihundert Dollar.«

Und wieder nickte er.

»Du bist verrückt.«

Er lachte lauthals.

Don lächelte sanft. »Nimmst du vielleicht Drogen, Bart?«

»Nein«, antwortete er. »Ich habe eine kleine Abmachung mit Mary.«

»Eine Wette?« Die buschigen Augenbrauen zogen sich in die Höhe.

»Ein bißchen eleganter als das. Sagen wir einfach, es ist eine Abmachung. Wie dem auch sei, Don, der Schornstein braucht Farbe, und ich brauche dreihundert Dollar. Was hältst du davon? Wenn du eine Firma engagierst, mußt du vierhundertfünfzig Dollar hinblättern.«

»Das hast du nachgeprüft?«

»Das habe ich nachgeprüft.«

»Du verrückter Kerl«, sagte Don und mußte nun auch herzlich lachen. »Du wirst dir den Hals dabei brechen.«

»Ja, das kann passieren«, antwortete er ebenfalls lachend (und heute, achtzehn Jahre danach, saß er vor seinem Fernseher, sah, wie der Werbehase den Nachrichten wich, und grinste wie ein Narr).

Und so kam es, daß er sich am Wochenende nach dem vierten Juli in zwanzig Meter Höhe mit einem Pinsel in der Hand und dem Hintern frei in der Luft hängend auf einem wackeligen Gerüst wiederfand. An einem Sonnabend nachmittag hatte dann ganz plötzlich ein Gewissersturm eingesetzt und mühelos, als handelte es sich um den Bindfaden einer Geschenkpackung, eins der Haltetaue gekappt. Fast wäre er abgestürzt, aber das Sicherheitsseil, das er sich um die Hüfte gebunden hatte, hatte ihn gehalten, und er hatte sich damit vorsichtig aufs Dach hinuntergleiten lassen. Sein Herz hatte geschlagen wie eine Trommel, und es war für ihn abgemacht, daß er nie wieder da hinaufklettern würde. Schon gar nicht für so einen lumpigen Fernseher. Aber er war wieder hinaufgestiegen. Nicht wegen des Fernsehers, sondern wegen Mary. Wegen des weichen Lampenlichtes auf ihren kleinen, aufwärts gebogenen Brüsten; wegen des herausfordernden Lächelns auf ihren Lippen und in ihren Augen – diesen dunklen Augen, die sich manchmal so wundervoll erhellten, die manchmal aber auch so dunkel wirkten wie der sommerliche Himmel vor einem Gewittersturm.

Anfang September war er mit seiner Arbeit fertig. Der Schornstein hob sich strahlend weiß vor dem blauen Himmel ab, ein Kreidestrich auf einer blauen Tafel, schlank und schön. Stolz betrachtete er sein Werk, als er sich die farbverschmierten Hände und Vorderarme mit Terpentin abschrubbte. Don Tarkington bezahlte ihn mit einem Scheck. »Keine schlechte Arbeit«, war sein einziger Kommentar, »wenn man bedenkt, welcher Stümper sie ausgeführt hat.«

Er verdiente sich weitere fünfzig Dollar, indem er Henry Chalmers Wohnzimmer mit Holz vertäfelte – Henry war damals Vorarbeiter in der Wäscherei – und Ralph Tremonts alten Bootsschuppen neu anstrich. Am achtzehnten Dezember setzten Mary und er sich wie zwei verfeindete, aber auf seltsame Art miteinander verbündete Pistolenhelden an ihren kleinen Eßzimmertisch, und er legte dreihundertneunzig Dollar in bar vor sie hin – er hatte das Geld auf einem Konto angelegt und noch Zinsen dazugewonnen.

Sie legte ganze vierhundertundsechzehn Dollar daneben, die sie umständlich aus ihrer Schürzentasche zog. Ihr Haufen war viel größer als seiner, denn er bestand hauptsächlich aus Ein- und Fünfdollarnoten.

Er riß die Augen auf und fragte verblüfft: »Himmel, Mary, wie hast du das geschafft?«

Lächelnd antwortete sie: »Ich habe sechsundzwanzig Kleider genäht, bei sechsundvierzig Kleidern den Saum rausgelassen, neunundvierzig Kleider kürzer gemacht; ich habe einunddreißig Röcke genäht; ich habe drei Mustertücher gehäkelt, vier Teppichbrücken geknüpft, fünf Pullover und zwei Decken gestrickt und ein vollständiges Set Leinentischtücher genäht; ich habe dreiundsechzig Taschentücher, zwölf Sets Handtücher und zwölf Sets Kopfkissenbezüge bestickt, und wenn ich schlafe, sehe ich immer noch all die Monogramme vor mir.«

Lachend streckte sie ihm ihre Hände entgegen, und zum ersten Mal bemerkte er die Hornhaut an ihren Fingerkuppen, die ihn an die harten Fingerkuppen eines Profigitarristen erinnerten.

»O Himmel, Mary«, sagte er heiser. »Sieh dir bloß mal deine Hände an.«

»Meinen Händen geht es gut«, sagte sie, und in ihren dunklen Augen tanzte ein fröhliches Licht. »Und du hast da oben auf deinem Gerüst unheimlich niedlich ausgesehen. Ich wollte mir schon eine Schleuder besorgen und mal sehen, ob es mir gelingt, dich auf den Hintern zu treffen...«

Er war brüllend aufgesprungen und hatte sie durchs Wohnzimmer ins Schlafzimmer gejagt. Wo wir dann den ganzen Nachmittag geblieben sind, wenn ich mich recht erinnere, Fred, alter Junge.

Sie stellten fest, daß sie nicht nur genug für ein Tischmodell zusammengebracht hatten; wenn sie vierzig Dollar drauflegten, konnten sie sich eine Fernsehtruhe leisten. Der Besitzer von John's Fernsehgeschäft in der Innenstadt erzählte ihnen, daß RCA in diesem Jahr den Anschluß verpaßt hätte und langsam auf den Bankrott zuschlidderte. (Das Geschäft lag jetzt auch schon lange unter der 784-Autobahn begraben, genauso wie das Grand und all die anderen schönen Gebäude.) Er würde ihnen die Truhe gerne überlassen, wenn sie zehn Dollar wöchentlich...

»Nein«, sagte Mary entschieden.

John sah sie gequält an. »Lady, es handelt sich nur um vier Wochen. Bei solch geringen Raten riskieren Sie wohl kaum Ihren Hals.«

»Einen Augenblick«, sagte Mary und führte ihn in die vorweihnachtliche Kälte hinaus, die von der Weihnachtsmusik sämtlicher benachbarter Läden erfüllt war.

»Mary, er hat recht«, sagte er. »Es ist ja nicht so, daß...«

»Bart, das erste, was wir uns auf Kredit anschaffen, wird unser eigenes Haus sein.« Die schmale Falte zwischen ihren Augenbrauen war wieder erschienen.

Sie waren in den Laden zurückgegangen, und er hatte John gebeten: »Können Sie ihn für uns zurückstellen?«

»Ich denke schon – für eine Weile. Aber denken Sie daran, dies ist unsere Hauptgeschäftszeit, Mr. Dawes. Wie lange?«

»Nur übers Wochenende. Wir kommen Montag abend wieder.«

Dieses Wochenende hatten sie auf dem Land verbracht, in

dicke Mäntel eingepackt, um sich gegen die Kälte und den Schnee, der dann doch nicht fiel, zu schützen. Sie waren langsam über die Feldwege gefahren, ein Sechserpack Bier für ihn und eine Flasche Wein für sie auf dem Rücksitz, hatten die Flaschen aufbewahrt und noch etliche mehr gesammelt, Säcke voller Bierflaschen, Sodaflaschen und so weiter. Die kleinen brachten zwei Cents, die großen jeweils einen Nickel ein. Das ist ein verdammt schönes Wochenende gewesen, dachte Bart jetzt – Mary hatte ihr langes Haar offen hängen lassen, und es flatterte über den Kragen ihres Mantels aus Lederimitation. Ihre Wangen waren herrlich gerötet gewesen. Er sah sie immer noch vor sich, wie sie durch einen Graben voller Herbstlaub stiefelte und auf der Suche nach leeren Flaschen die Bläter aufwirbelte. Es hörte sich an wie das Prasseln eines Buschfeuers... dann das Klick, wenn der Stiefel gegen eine Flasche stieß, die sie dann triumphierend in die Höhe hob, ihm damit über die Straße zuwinkte und fröhlich lachte wie ein kleines Mädchen.

Heute gibt es leider keine Pfandflaschen mehr, George. Heute heißt das Motto: Ex und hopp.

Am Montag haben sie dann Flaschen im Werte von einunddreißig Dollar zurückgegeben. Sie waren in vier verschiedene Supermärkte gegangen, um den Reichtum gerecht zu verteilen. Zehn Minuten vor Ladenschluß hatten sie dann wieder in Johns Geschäft gestanden.

»Ich habe immer noch neun Dollar zuwenig«, hatte er zu John gesagt.

John hatte schlicht einen Stempel BEZAHLT auf die Rechnung gedrückt und diese an die Fernsehtruhe geklebt. »Fröhliche Weihnachten, Mr. Dawes. Ich hol' nur schnell meinen Karren und helf' Ihnen, das Ding hinauszuschaffen.«

Sie waren nach Hause gefahren, und ein aufgeregter Dick Keller aus dem ersten Stock hatte ihnen geholfen, die Truhe nach oben zu tragen. Dann hatten sie die ganze Nacht vor dem Fernseher gesessen, bis auch auf dem letzten Kanal die Nationalhymne gespielt wurde, und danach hatten sie sich vor dem Testbild geliebt. Beide mit rasenden Kopfschmerzen, weil ihre Augen völlig überanstregt waren.

Fernsehen war seitdem nie wieder so schön gewesen.

Mary kam herein und sah ihn mit dem leeren Scotchglas dasitzen und auf den Bildschirm starren.

»Dein Abendessen ist fertig, Bart«, sagte sie. »Möchtest du hier drinnen essen?«

Er blickte zu ihr hoch und fragte sich, wann er eigentlich das letzte Mal dieses herausfordernde Lächeln auf ihren Lippen gesehen hatte... vor allem, seit wann diese schmale Falte zwischen ihren Augenbrauen sich als Dauergast eingestellt hatte, eine Runzel, eine Narbe, die ihr fortschreitendes Alter verkündete.

Man fragt sich ständig Dinge, deren Antwort man, um Himmels willen, niemals erfahren möchte, dachte er. Warum, zum Teufel, ist das so?

»Bart?«

»Gehen wir ins Eßzimmer«, sagte er, stand auf und schaltete den Fernseher ab.

»Gut.«

Sie setzten sich, und er blickte trübe auf das Essen in seiner Aluminiumschachtel. Sechs kleine Abteile, die jeweils mit einer zusammengepreßten Masse gefüllt waren. Das Fleischstück war mit Sauce bedeckt. Er hatte den Eindruck, daß das Fleisch von TV-Dinners immer mit Sauce bedeckt sein mußte. Ohne würde es sich wohl nackt fühlen, dachte er und erinnerte sich an den Witz über Lorne Green, der absolut unsinnig gewesen war: *Junge, eines Tages erwisch' ich dich mit einer Glatze.*

Aber diesmal amüsierte er ihn nicht. Er jagte ihm eher Angst ein.

»Worüber hast du vorhin im Wohnzimmer gelächelt, Bart?« fragte Mary. Ihre Augen waren gerötet und ihre Nase war von der Erkältung ganz wund.

»Ich weiß es nicht mehr«, antwortete er und dachte einen Augenblick lang: *Gleich werde ich schreien. Wegen all dieser ver-*

lorenen Dinge. Wegen deines Lächelns. Mary. Verzeih mir, wenn ich den Kopf in den Nacken werfe und lauthals schreie, weil ich nie wieder dein herausforderndes Lächeln sehen werde.

»Du hast sehr glücklich ausgesehen«, sagte sie.

Gegen seinen Willen – denn es war sein Geheimnis, und er glaubte, heute abend seine kleinen Geheimnisse zu brauchen, denn seine Gefühle waren so wund wie Marys Nase –, gegen seinen Willen erzählte er ihr also: »Ich dachte gerade daran, wie wir damals aufs Land gefahren sind und all die alten Flaschen aufgesammelt haben, um den Fernseher zu bezahlen. Die alte RCA-Truhe.«

»Ach das«, sagte Mary und schneuzte sich über ihrem Abendessen ins Taschentuch.

Im Supermarkt traf er zufällig Jack Hobart. Jacks Einkaufswagen war voller Konservendosen, eingefrorener Mahlzeiten und Bierflaschen. Eine Menge Bierflaschen.

»Jack!« sagte er. »Was machst du denn hier, so weit von zu Hause weg?«

Jack lächelte verlegen. »Ich habe mich noch nicht an den neuen Laden gewöhnt, deshalb dachte ich ... dachte ich ...«

»Wo ist Ellen?«

»Sie mußte nach Cleveland fliegen«, antwortete er. »Ihre Mutter ist gestorben.«

»Oh, das tut mir leid, Jack. Ging es so plötzlich?«

Sie standen im kalten Neonlicht inmitten der anderen Kunden, die einen Bogen um sie machen mußten. Aus versteckten Lautsprechern erklang sanfte Musik, altbekannte Schlager, die man doch nie richtig erkennen konnte. Eine Frau quetschte ihren vollen Einkaufswagen an ihnen vorbei. Sie zog ein schreiendes dreijähriges Kind in einem blauen Parka hinter sich her, dessen Ärmel mit Rotz und Tränen verschmiert war.

»Ja, ganz plötzlich«, sagte Jack Hobart. Er lächelte ausdruckslos und blickte in seinen Einkaufswagen hinab auf einen großen, gelben Sack mit der Aufschrift:

KATZENSTREU
Einmal gebrauchen und dann wegwerfen!
Hygienisch!

»Ja, ganz plötzlich. Sie hat sich schon lange ein bißchen schwach gefühlt, aber sie dachte, das käme noch von den Wechseljahren. Doch es war Krebs. Sie haben sie aufgeschnitten, einen Blick hineingeworfen, und sie gleich wieder zugenäht. Drei Wochen später war sie tot. Für Ellen ist das ganz schön hart. Ich meine, sie ist ja nur zwanzig Jahre jünger.«

»Ja.«

»Jetzt bleibt sie erst mal 'ne Weile in Cleveland.«

»Ja.«

»Ja, ja.«

Sie sahen sich an und lächelten betreten bei dem Gedanken an den Tod.

»Wie ist es denn so da draußen in Northside?« fragte er.

»Ach, ich will dir die Wahrheit sagen, Bart. Die Leute sind nicht gerade freundlich.«

»Nicht?«

»Du weißt doch, daß Ellen in der Bank arbeitet?«

»Ja, klar.«

»Na ja, die Mädchen hatten früher eine Fahrgemeinschaft – Ellen hat jeden Donnerstag meinen Wagen gekriegt, an dem Tag war sie mit Fahren dran. In Northside gibt es ebenfalls eine Fahrgemeinschaft, aber die Frauen gehören alle einem bestimmten Club an. Und Ellen darf diesem Club erst beitreten, wenn sie mindestens ein Jahr in Northside gewohnt hat.«

»Mensch, Jack, das hört sich ja verdammt nach Diskriminierung an.«

»Ach, ich scheiß' auf sie«, stieß Jack ärgerlich hervor. »Ellen würde diesem verdammten Club nicht beitreten, wenn sie auf Händen und Knien angekrochen kämen und sie darum bäten. Ich hab' ihr einen eigenen Wagen gekauft, einen gebrauchten Buick. Sie ist ganz begeistert davon. Hätte ich schon vor zwei Jahren tun sollen.«

»Und wie ist das Haus?«

»Ganz in Ordnung.« Jack seufzte. »Aber der Elektrizitätsverbrauch ist groß. Du solltest mal unsere Stromrechnung sehen. Gar nicht so leicht für Leute, die ein Kind auf dem College haben.«

Sie traten unruhig von einem Fuß auf den anderen. Jacks Ärger war verflogen, und das betretene Lächeln kroch wieder in sein Gesicht. Er spürte, daß Jack wahnsinnig froh darüber war, jemanden aus der alten Nachbarschaft getroffen zu haben, und den Augenblick so lange wie möglich auskosten wollte. Plötzlich stellte er sich vor, wie Jack allein in dem neuen Haus umherschlich und den Fernseher laut aufdrehte, um wenigstens eine Art von Gesellschaft zu haben, während seine Frau sich über tausend Meilen entfernt um die Beerdigung ihrer Mutter kümmern mußte.

»Hör mal, warum kommst du nicht auf einen Sprung zu mir nach Hause?« fragte er. »Wir könnten ein paar Bierdosen aufmachen und uns anhören, was Howard Cosell über die nationale Football-Liga zu meckern hat.«

»He, das wär' großartig.«

»Ich will nur schnell Mary Bescheid sagen, wenn wir hier rauskommen.«

Er rief Mary an, und sie war einverstanden. Sie wollte sogar einen gefrorenen Kuchen in den Ofen stellen und sich dann ins Bett legen, damit sie Jack nicht mit ihrer Erkältung ansteckte.

»Wie gefällt es ihm da draußen?« fragte sie.

»Och, ich glaube, ganz gut, Mary. Ellens Mutter ist gestorben. Sie ist zur Beerdigung nach Cleveland geflogen. Krebs.«

»Oh, *nein*.«

»Deshalb hab' ich mir gedacht, Jack könnte etwas Gesellschaft gebrauchen...«

»Ja, natürlich.« Sie zögerte einen Augenblick. »Hast du ihm gesagt, daß wir vielleicht bald wieder Nachbarn sein werden?«

»Nein«, antwortete er. »Das hab' ich ihm nicht gesagt.«

»Das solltest du tun. Wird ihn vielleicht etwas aufmuntern.«

»Du hast recht. Wiedersehen, Mary.«

»Wiedersehen.«

»Nimm ein Aspirin, bevor du dich hinlegst!«

»Ja, mach' ich.«

»Tschüs!«

»Tschüs! George.« Sie legte auf.

Er starrte auf das Telefon, und ein kalter Schauer lief ihm über den Rücken. George nannte sie ihn nur, wenn sie sehr zufrieden mit ihm war. Fred-und-George war eigentlich ein Spiel, das Charlie sich ausgedacht hatte.

Er fuhr mit Jack nach Hause, und sie sahen sich das Spiel an. Sie tranken eine Menge Bier, aber es schmeckte ihnen nicht so recht.

Als Jack um Viertel nach zwölf in seinen Wagen stieg, um wieder nach Hause zu fahren, lächelte er trostlos zu ihm auf und sagte: »Es ist diese verdammte Autobahn. Die hat das alles kaputtgemacht.«

»Ja, das hat sie.« Er bemerkte, daß Jack plötzlich sehr alt aussah, und es machte ihm angst. Jack war ungefähr so alt wie er.

»Wir bleiben in Verbindung, Bart.«

»Ja, machen wir.«

Sie lächelten sich traurig zu, ein wenig betrunken, ein wenig krank. Er sah Jacks Wagen nach, bis die Rücklichter hinter dem kurvigen Hügel verschwanden.

27. November 1973

Er fühlte sich unausgeschlafen und hatte einen kleinen Kater von seinem gestrigen Gelage mit Jack. Das Rattern der Wäscheschleudern hallte laut in seinen Ohren wider, und beim Zischen der Hemdenpressen zuckte er jedesmal zusammen.

Aber Freddy war noch schlimmer. Er setzte ihm heute zu wie der Teufel selbst.

Nun hör mir mal zu, mein Junge, sagte Freddy zu ihm. Heute ist deine letzte Chance. Du hast immer noch den ganzen Nachmittag Zeit, um Monohan in seinem Büro aufzusuchen. Aber wenn du bis fünf Uhr wartest, ist es natürlich zu spät.

Die Option läuft erst um Mitternacht aus.

Stimmt schon, aber gleich nach der Arbeit wird Monohan plötzlich das dringende Bedürfnis verspüren, einige Verwandte zu besuchen. In Alaska. Für ihn bedeutet das nämlich den Unterschied zwischen einer Fünfundvierzigtausend-Dollar-Kommission und fünfzigtausend Dollar sichere Einnahmen – der Preis für ein neues Auto. Für diese Art von leichtverdientem Geld braucht man keinen Taschenrechner. Für diese Art von Geld würde man plötzlich Verwandte im Abwässersystem von Bombay entdecken.

Aber das war nun auch egal. Alles hatte sich schon zu weit entwickelt. Er hatte die Maschine schon zu lange ohne seine Aufsicht laufen lassen. Gebannt wartete er auf die unvermeidliche Explosion, ja, er war ganz begierig darauf. In seinem Bauch brummte und gurgelte es.

Den größten Teil des Nachmittags verbrachte er unten im Waschraum und sah zu, wie Ron Stone und Dave neue Waschmittel testeten. Es war ungeheuer laut hier unten, und der Lärm setzte seinem zarten Schädel ganz schön zu, aber es hielt ihn davon ab, auf seine Gedanken zu hören.

Nach der Arbeit holte er seinen Wagen vom Parkplatz – Mary hatte ihm den Wagen für den einen Tag gern überlassen, da er sich ihr neues Haus in Northside ansehen wollte – und fuhr durch die Stadt hindurch nach Norton hinaus.

In Norton waren viele Schwarze auf der Straße, die in Gruppen vor den Bars und an den Ecken herumlungerten. Die Restaurants priesen verschiedene Arten von *Soul*-Essen an. Kinder hüpften und tanzten zwischen den Kreisen und Rechtecken hin und her, die sie mit Kreide auf den Bürgersteig gemalt hatten. Er beobachtete einen Protzwagen – einen riesigen, pinkfarbenen Eldorado –, der vor einem unauffälligen Apartmenthaus hielt. Der Mann, der ausstieg, war ein hochgewachsender Schwarzer mit einem weißen Pflanzerhut und einem weißen Anzug, der mit Perlmuttknöpfen geschmückt war. Dazu trug er flache schwarze Schuhe mit riesigen Goldschnallen an den Seiten, und in der Hand hielt er einen Malakka-Stock mit einem großen Elfenbeinknauf. Langsam und majestätisch schritt er um die Motorhaube seines Wagens herum, auf der ein Karibugeweih aufmontiert war. Er hatte einen kleinen Silberlöffel an einer Kette um den Hals hängen, der in der schwachen Herbstsonne aufblinkte. Im Rückspiegel beobachtete er, wie die Kinder auf diesen Mann zurannten, um Süßigkeiten zu erbetteln.

Neun Häuserblocks weiter wurde die Besiedelung dünner. Er fuhr an morastigen, unbebauten Feldern vorbei, wo der Boden immer noch weich und matschig war. Zwischen Erdhaufen standen ölige Pfützen, auf deren Oberfläche sich ein trüber Regenbogen widerspiegelte. Zu seiner Linken entdeckte er ein Flugzeug am Horizont, das gerade zur Landung ansetzte.

Jetzt befand er sich auf der Route 16, die durch die Außenbezirke zwischen Innenstadt und Stadtgrenze führte. Er kam an einem McDonalds vorbei, dann an Sheakey's und Nino's Steakhaus. Er kam an einer Eisdiele vorbei und am Noddy-Time-Motel, das für diese Saison schon geschlossen hatte. Dann folgte das Nortoner Autokino, dessen riesige Anzeigentafel verkündete:

Frei – Sam – Sonn

RASTLOSE FRAUENZIMMER
EINIGE KAMEN GERANNT PORNO
EIGHT-BALL

Er kam an einer Bowlingbahn vorbei und an einem Golfplatz, der ebenfalls schon geschlossen hatte. Tankstellen – zwei davon hatten Schilder aufgestellt:

TUT UNS LEID, KEIN BENZIN MEHR

Es dauerte noch vier Tage, bis sie ihre Dezemberrationen bekamen. Er empfand kein Mitleid für dieses Land als Ganzes, das in diese Science-fiction-artige Ölkrise geschliddert war – dieses Land hatte seine Benzinvorräte zu lange vergeudet, um von ihm noch Sympathie erwarten zu können –, aber die kleinen Leuten taten ihmn leid, die sich ihren Schwanz plötzlich in der großen Drehtür eingeklemmt hatten.

Eine Meile weiter fand er endlich Magliores Gebrauchtwagenhandlung. Er wußte nicht, was er erwartet hatte, aber irgendwie war er enttäuscht. Der Ort erinnerte ihn an miese Nacht-und-Nebel-Geschäfte. Die Wagen standen aufgereiht mit den Motorhauben zur Straße unter durchhängenden Leinen, an denen bunte Fähnchen – rot, gelb, blau, grün – im Wind flatterten. Die Leinen waren zwischen Laternenpfosten gespannt, die den Platz nachts beleuchteten. Die Windschutzscheiben waren mit den Preisen und Werbelogans beschmiert:

795$
LÄUFT NOCH GUT

UND

55$
GUTER TRANSPORTER!

und ein staubiger, alter Valiant mit flachen Reifen und zerbrochener Windschutzscheibe:

75$
Sonderangebot

Ein Verkäufer in einem graugrünen Overall stand vor einem Jungen mit einer roten Seidenjacke und nickte und lächelte unverbindlich, während der Kleine auf ihn einredete. Sie verhandelten über einen blauen Mustang, dessen Kotflügel von Krebs zerfressen war. Der Junge wurde heftig und schlug mit der flachen Hand gegen die Fahrertür. In kleinen Wolken wirbelten Staub und Rost auf. Der Verkäufer zuckte die Achseln und lächelte weiter unverbindlich. Der Mustang stand einfach da und wurde noch ein bißchen älter.

In der Mitte des Platzes befand sich eine Kombination von Garage und Büro. Er parkte den Wagen davor und stieg aus. In der Garage entdeckte er eine Hebebühne, auf der sich im Augenblick ein alter Dodge mit gigantischen Kotflügeln befand. Unter ihm trat gerade ein Mechaniker hervor, der vorsichtig den Auspuff in beiden ölverschmierten Händen hielt, als handelte es sich um einen Kelch.

»Mr., da können Sie nicht parken. Sie stehen direkt in der Ausfahrt.«

»Wo kann ich ihn dann abstellen?«

»Fahren Sie ihn ums Haus herum, wenn Sie ins Büro wollen.«

Er fuhr den LTD auf den Hinterhof, wobei er sich vorsichtig einen Weg zwischen der Wellblechwand der Garage und den abgestellten Wagen bahnte. Hinter der Garage schaltete er wieder den Motor ab und stieg aus. Ein kalter, scharfer Windstoß ließ ihn zusammenfahren. Er kniff die Augen zu sammen, um die Tränen zurückzuhalten.

Hier hinten befand sich der Autofriedhof. Er erstreckte sich meilenweit und bot einen merkwürdigen Anblick. Die meisten Wagen waren ausgeschlachtet und standen auf den nackten Radhalterungen oder auf ihren Achsen. Sie wirkten wie die Opfer einer schrecklichen Seuche, noch zu ansteckend, um in ein Massengrab geworfen zu werden. Die Fenster starrten ihn mit ihren leeren Scheinwerferfassungen verzückt an.

Er ging wieder nach vorn. Der Mechaniker baute gerade

den neuen Auspuff ein. Zu seiner Rechten balancierte eine offene Colaflasche auf einem Stapel Autoreifen.

Er rief dem Mechaniker zu: »Ist Mr. Magliore da?« Wenn er mit Werkstattleuten sprach, fühlte er sich immer wie ein Arschloch. Er hatte sich vor vierundzwanzig Jahren seinen ersten Wagen gekauft, und doch fühlte er sich immer noch wie ein pickeliger Teenager, wenn er mit Mechanikern verhandelte.

Der Mann blickte über seine Schulter, während er weiter mit dem Schraubenzieher hantierte: »Ja, Mansey und er. Sind beide im Büro.«

»Danke.«

»Bitte.«

Er ging ins Büro. Die Wände waren mit Fichtenholzimitation getäfelt, und der Boden war mit schmuddeligen, abwechselnd roten und weißen Linoleumplatten ausgelegt. Zwei alte Stühle standen herum, zwischen denen sich zerfledderte Zeitschriften stapelten – *Outdoor Life, Field and Stream, True Argosy.* Auf den Stühlen saß niemand. Er entdeckte eine weitere Tür, die vermutlich ins eigentliche Büro führte, und rechts daneben eine kleine Kabine, die wie eine Kinokasse aussah. Drinnen saß eine Sekretärin und arbeitete an einer Rechenmaschine. Sie hatte einen gelben Bleistift im Haar stecken, und vor ihrem flachen Busen baumelte eine Brille, die an einer Kette aus Rheinkieseln hing. Er ging auf sie zu. Mittlerweile war er nervös geworden und fuhr sich einmal mit der Zunge über die Lippen, bevor er sprach.

»Entschuldigung.«

»Ja, bitte?« Sie blickte auf.

Er spürte plötzlich eine verrückte Eingebung, einfach zu sagen: *Ich will den einäugigen Sally sprechen, Puppe, setz mal deinen süßen Arsch in Bewegung.*

Statt dessen sagte er: »Ich habe eine Verabredung mit Mr. Magliore.«

»So, haben Sie das?« Sie musterte ihn einen Augenblick mißtrauisch und durchwühlte dann einen Stapel von Zetteln neben ihrer Rechenmaschine. Einen der Zettel zog sie daraus hervor. »Heißen Sie Dawes? Barton Dawes?«

»Ja, richtig.«

»Sie können gleich reingehen.« Sie verzog kurz den Mund zu einem schiefen Lächeln und fing wieder an, auf die Maschine einzuhacken.

Jetzt war er sehr nervös. Bestimmt wußten sie längst, daß er sie angeschmiert hatte. Sie unterhielten hier ein zwielichtiges Geschäft mit nicht ganz astreinen Wagen, soviel hatte er schon der Art entnehmen können, wie Mansey gestern mit ihm am Telefon gesprochen hatte. Und sie wußten, daß er es wußte. Vielleicht wäre es doch das beste, wenn er auf dem Absatz kehrtmachte und schnurstracks zu Monohans Büro fuhr, bevor dieser dichtmachte und nach Alaska oder Timbuktu oder Gott weiß wohin fuhr.

Na endlich, schaltete Freddy sich ein. Der Mann wird langsam vernünftig.

Er überhörte Freddy, ging zur Tür, öffnete sie und betrat das innere Büro. Drinnen waren zwei Männer. Der eine, ein fetter Kerl mit dicken Brillengläsern, saß hinterm Schreibtisch. Der andere, dünn wie eine Bohnenstange, trug einen lachsfarbenen Sportanzug und erinnerte ihn an Vinnie Mason. Er beugte sich über den Schreibtisch. Die beiden betrachteten einen J.-C.-Whitney-Katalog.

Sie blickten zu ihm auf, und Mr. Magliore lächelte freundlich. Die dicken Brillengläser ließen seine Augen trübe und enorm groß wirken, sie sahen aus wie das Gelb von poschierten Eiern.

»Mr. Dawes?«

»Ja.«

»Schön, daß Sie vorbeikommen konnten. Würden Sie bitte die Tür schließen?«

»Natürlich.«

Er machte die Tür zu. Als er sich umdrehte, lächelte Magliore nicht mehr. Desgleichen Mansey. Sie sahen ihn einfach an, und die Zimmertemperatur schien um zwanzig Grad gesunken zu sein.

»Also gut«, sagte Magliore. »Was soll der Quatsch?«

»Ich wollte mit Ihnen reden.«

»Reden ist umsonst. Aber nicht für so kleine Schnüffler wie Sie einer sind. Sie haben Pete angerufen und ihm irgendeinen Mist über zwei Eldorados vorgequatscht.« Er sprach es wie ›Eldoreedos‹ aus. »Jetzt reden Sie mit mir, Mister. Jetzt werden Sie mir sagen, worauf Sie hinauswollen.«

Immer noch an der Tür stehend sagte er: »Ich habe gehört, daß Sie vielleicht etwas verkaufen.«

»Ja, das stimmt. Autos. Ich verkaufe Autos.«

»Nein«, erwiderte er kleinlaut. »Etwas anderes. Etwas, das...« Er betrachtete verlegen die falsche Holztäfelung. Gott mochte wissen, wie viele Agenturen dieses Büro heimlich abhörten. »Einfach etwas anderes«, beendete er seinen Satz, aber die Worte kamen auf Krücken heraus.

»Meinen Sie vielleicht Huren oder Drogen oder nicht angemeldete Pferdewetten? Oder wollen Sie vielleicht einen Totschläger, um Ihrer Frau oder Ihrem Chef damit eins überzubraten?« Magliore sah, daß er zusammenzuckte, und lachte heiser. »Gar nicht mal so schlecht, Mister, sogar ganz gut für so einen kleinen Schnüffler wie Sie. Das war die ›Und wenn das Büro nun abgehört wird?‹-Szene, nicht wahr? Die Lektion Nummer eins an der Polizeiakademie, wenn ich nicht irre?«

»Hör'n Sie, ich bin kein...«

»Halt's Maul!« unterbrach ihn Mansey. Er hielt den Katalog jetzt in der Hand, und er sah, daß er manikürte Fingernägel hatte. Er hatte noch nie bei einem Mann manikürte Fingernägel gesehen, abgesehen von den Fernsehreklamen, wenn Männer ein Röhrchen Aspirintabletten oder so was vor die Kamera hielten. »Wenn Sal will, daß du redest, wird er es dir schon sagen.«

Er blinzelte erschrocken und schloß den Mund. Es war wie in einem Alptraum.

»Ihr Typen werdet aber auch von Tag zu Tag dümmer«, fuhr Magliore fort. »Na ja, das ist ganz gut so. Ich verhandle gerne mit Idioten. Ich bin es *gewohnt,* mit ihnen zu verhandeln. Darin bin ich ganz gut. Also. Nicht, daß Sie das nicht genau wüßten, dieses Büro ist so sauber wie eine Kinderstube. Wir forsten es jede Woche durch. Zu Hause habe ich schon eine ganze Zigarrenkiste voller Wanzen stehen. Kontaktmikrophone, Knopfmikrophone, Druckmikrophone, sogar kleine Sony-Tonbänder, nicht größer als Ihr Handteller. Aber auch das versuchen sie heute schon gar nicht mehr. Heute schicken sie kleine Schnüffler wie Sie bei mir vorbei.«

Er hörte sich sprechen: »Ich bin kein Schnüffler.«

Auf Magliores Gesicht breitete sich ein Ausdruck verärgerter Überraschung aus. Er drehte sich zu Mansey um. »Hast du gehört, was er gesagt hat? Er sagte, er ist kein kleiner Schnüffler.«

»Ja, das habe ich gehört«, antwortete Mansey gedehnt.

»Findest du nicht, daß er wie ein Schnüffler aussieht?«

»Doch, das finde ich«, sagte Mansey.

»Redet sogar wie ein Schnüffler, nicht wahr?«

»Ganz gewiß.«

»Wenn Sie also kein Schnüffler sind«, fuhr Magliore wieder in seine Richtung, »was sind Sie dann?«

»Ich bin...« setzte er an, aber er wußte nicht so recht, was er sagen sollte. Was *war* er? Fred, wo steckst du, wenn ich dich brauche?

»Nun mal los«, forderte Magliore ihn auf. »Staatspolizei? Stadtpolizei? Steuerfahndung? FBI? Findest du nicht, daß er wie ein erstklassiger EFF-BIE-EI-Pimpf aussieht, Pete?«

»Doch«, antwortete Pete.

»Nicht einmal die Stadtpolizei würde uns solch einen kleinen Schnüffler wie Sie rausschicken, Mister. Sie müssen vom EFF-BIE-EI oder ein Privatdetektiv sein. Also, was von beidem ist es?«

Langsam wurde er wütend.

»Schmeiß ihn raus, Pete«, befahl Magliore, der das Interesse verloren hatte. Mansey machte ein paar Schritte auf ihn zu. Er hielt immer noch den Katalog in der Hand.

»Sie dämlicher Knallkopf!« brüllte er Magliore plötzlich an. »Sie sehen wohl schon Polizisten unter Ihrem Bett, so dämlich sind Sie! Sie denken wahrscheinlich, die Bullen sind bei Ihnen zu Hause und vögeln Ihre Frau, während Sie hier rumsitzen!«

Magliore sah ihn fasziniert mit geweiteten Augen an. Mansey erstarrte auf der Stelle und glotzte ihn ungläubig an.

»Knallkopf?« fragte Magliore und drehte das Wort im Mund um wie ein Handwerker ein Werkzeug, das er noch nie gesehen hat. »Hat er mich gerade einen Knallkopf genannt?«

Er war selbst verblüfft über das, was ihm da rausgerutscht war.

»Ich nehm' ihn mit nach hinten!« sagte Mansey und marschierte auf ihn zu.

»Wart mal einen Augenblick!« hielt Magliore ihn zurück. Er musterte ihn mit unverhohlener Neugierde. »Haben Sie mich wirklich gerade Knallkopf genannt?«

»Ich bin kein Bulle«, verteidigte er sich. »Und ich bin auch kein Verbrecher. Ich bin ein einfacher Mann, der gehört hat, daß Sie an Leute, die genug dafür bezahlen, etwas verkaufen. Ich habe Geld genug. Ich wußte nicht, daß man hier das Losungswort kennen oder das Geheimsiegel vorzeigen muß oder all das dumme Zeug. Ja, ich habe Sie Knallkopf genannt und ich entschuldige mich sogar dafür, wenn es diesen Kerl davon abhält, mich zusammenzuschlagen. Ich bin...« Er leckte sich über die Lippen und wußte beim besten Willen nicht, was er noch sagen konnte. Magliore und Mansey betrachteten ihn fasziniert, als hätte er sich direkt vor ihren Augen in eine griechische Marmorstatue verwandelt.

»Knallkopf«, wiederholte Magliore leise. »Filz ihn, Pete.«

Pete packte ihn an der Schulter und drehte ihn zur Wand um.

»Leg die Hände an die Wand«, sagte er direkt neben seinem Ohr. Er roch nach einem Desinfektionsmittel. »Spreiz die Beine, so wie in den Krimiserien.«

»Ich seh' mir keine Krimiserien an«, sagte er, aber er wußte, was Mansey meinte und stellte sich in die richtige Position, um sich durchsuchen zu lassen. Mansey fuhr mit den

Händen an seinen Beinen hoch, betastete sein Geschlecht mit der unpersönlichen Miene eines Arztes, schlüpfte mit einer Hand unter seinen Gürtel, klopfte seine Rippen ab und schlüpfte mit einem Finger unter seinen Kragen.

»Sauber«, sagte er.

»Drehen Sie sich um«, befahl Magliore.

Er drehte sich wieder um. Magliore musterte ihn immer noch fasziniert.

»Kommen Sie her!«

Er trat an den Schreibtisch.

Magliore tippte mit den Fingern auf die Glasplatte, unter der er mehrere Schnappschüsse entdeckte: eine dunkelhaarige Frau, die ihre Sonnenbrille in die drahtigen Haare hochgeschoben hatte und fröhlich in die Kamera lächelte, zwei braungebrannte Kinder in einem Swimmingpool, Magliore selbst in einer schwarzen Badehose am Strand mit einem Cockerspaniel an der Seite. Er sah aus wie König Farouk.

»Auspacken«, sagte er.

»Hä?«

»Alles, was Sie in den Taschen haben. Auspacken.«

Er wollte protestieren, aber dann fiel ihm Mansey ein, der bedrohlich nah hinter seinem Rücken stand. Er packte alles aus.

Aus den Manteltaschen kamen nur zwei abgerissene Kinokarten zum Vorschein. Er war vor kurzem mit Mary in einem Film gewesen. Viel Musik, aber er konnte sich nicht mehr an den Titel erinnern.

Er zog den Mantel aus. Aus der Anzugjacke zog er ein flaches Feuerzeug mit seinen Initialen – BGD. Eine Schachtel Feuersteine. Eine Zigarettenpackung, in der nur noch eine Zigarette war. Eine dünne Folie mit Bittersalztabletten. Eine Rechnung von der A&S-Reifenhandlung, bei der er seine Winterreifen hatte montieren lassen. Mansey betrachtete sie und sagte befriedigt: »Mann, da haben Sie sich ganz schön ausnehmen lassen.«

Dann zog er das Jackett aus. In der Hemdtasche hatte er nichts als ein kleines Stückchen Mull. Er holte seine Autoschlüssel und etwas Kleingeld aus seiner rechten vorderen Hosentasche. Circa vierzig Cents, hauptsächlich in Fünfcentmünzen. Er hatte nie begreifen können, warum er die Fünfcentstücke magnetisch an sich zog. Nie hatte er einen Zehner für die Parkuhr. Zum Schluß legte er seine Brieftasche zu den anderen Sachen auf die Glasplatte von Magliores Schreibtisch.

Magliore nahm sie und las das verblichene Monogramm – Mary hatte sie ihm vor vier Jahren zu ihrem Hochzeitstag geschenkt.

»Wofür steht das *G*?« erkundigte Magliore sich.

»George.«

Er öffnete die Brieftasche und breitete den Inhalt wie ein Pokerblatt vor sich aus.

Dreiundvierzig Dollar in zwei Zwanziger- und drei Eindollarscheinen.

Kreditkarten: Shell, Sunoco, Arco, Grant's, Sears, Carey's Department Store, American Express.

Führerschein, Sozialversicherungskarte, Blutspenderpaß, Blutgruppe A-positiv. Bibliotheksausweis. Einige Fotos in einer Plastikhülle, eine Fotokopie seiner Geburtsurkunde, einige alte Quittungen, die an den Rändern schon ganz ausgefranst waren, und ein paar alte Kontoauszüge, von denen einige noch bis in den Juni zurückdatierten.

»Mann, was ist denn mit Ihnen los?« fragte Magliore gereizt. »Misten Sie das Ding niemals aus? Es tut einer Brieftasche nicht gut, wenn man sie so vollstopft und dann das ganze Jahr mit sich herumschleppt.«

Er zuckte die Achseln. »Ich mag eben nichts wegwerfen.« Er fand es seltsam, daß er sich fürchterlich über Magliores Beschimpfungen geärgert hatte, daß ihm aber seine Kritik an seiner Brieftasche überhaupt nichts ausmachte.

Magliore sah sich die Fotos in der Plastikhülle an. Das erste zeigte eine schielende Mary, die der Kamera die Zunge entgegenstreckte. Ein altes Bild, sie war damals noch schlanker gewesen.

»Ihre Frau?«

»Ja.«

»Sieht bestimmt ganz nett aus, wenn sie nicht gerade vor der Kamera steht.«

Er nahm das nächste und lächelte.

»Ihr kleiner Sohn? Meiner ist auch gerade in dem Alter. Trifft er schon einen Baseball? Zack, Zack, ich glaube, er kann's schon.«

»Ja, das war mein Sohn. Er ist tot.«

»Oh, wie schade. Ein Unfall?«

»Gehirntumor.«

Magliore nickte und betrachtete die restlichen Fotos. Winzige Ausschnitte aus seinem Leben: das Haus in der Crestallen Street; Tom Granger und er im Waschraum; er selbst auf dem Podium bei der Versammlung der Wäschereibesitzer, die in diesem Jahr in ihrer Stadt stattgefunden hatte (er hatte den Hauptredner vorgestellt); eine Grillparty im Garten hinterm Haus, er mit einer hohen Chefkochmütze und einer Schürze, auf der stand: VATI KOCHT UND MAMMI GUCKT ZU.

Magliore legte die Fotos weg, stapelte die Kreditkarten zu einem Haufen und reichte sie Mansey hinüber. »Laß sie fotokopieren«, sagte er. »Und nimm auch ein paar von den Kontoauszügen mit. Seine Frau hält das Scheckbuch sicher genauso hinter Schloß und Riegel wie meine.« Er lachte.

Mansey warf ihm einen skeptischen Blick zu. »Wollen Sie vielleicht mit dem kleinen Schnüffler Geschäfte machen?«

»Nenn ihn nicht wieder Schnüffler, vielleicht sagt er dann auch nicht mehr Knallkopf zu mir.« Er brach in wieherndes Gelächter aus, das jedoch abrupt aufhörte. »Kümmer dich um deine Angelegenheiten, Pete, und überlaß mir meine.«

Mansey lachte zwar, aber er verließ das Büro mit stolzierenden Schritten.

Als die Tür hinter ihm zufiel, sah Magliore ihn aufmerksam an. Er schmunzelte und schüttelte den Kopf. »Knallkopf«, sagte er nochmals. »Und ich dachte, man hätte mich schon alles genannt.«

»Warum soll er meine Kreditkarten kopieren?«

»Wir besitzen einen Anteil an einem Computer. Er gehört niemandem ganz. Jeder kann ihn zeitweise benutzen. Wenn man den richtigen Code kennt, kann man die Bankcomputer und die Computer von über fünfzig Firmen anzapfen, die in dieser Stadt ihr Geschäft betreiben. Ich werde Sie überprüfen. Wir finden es sofort heraus, wenn Sie ein Bulle sind. Wir finden auch heraus, ob Ihre Kreditkarten echt sind. Wir können sogar feststellen, ob die Karten echt sind, aber nicht Ihnen gehören. Aber Sie haben mich eigentlich schon überzeugt. Ich glaube, Sie sind in Ordnung. Knallkopf.« Er schüttelte wieder den Kopf und lachte. »Was hatten wir gestern? Montag? Mister, Sie können von Glück sagen, daß Sie mich nicht an einem Montag Knallkopf genannt haben.«

»Darf ich Ihnen jetzt sagen, warum ich eigentlich hergekommen bin?«

»Sie dürften, selbst wenn Sie ein Bulle mit sechs Kassettenrecordern wären, dürften Sie, denn Sie könnten mir doch nichts anhaben. So was nennt man die Fallenstellerszene, nicht wahr? Aber ich will jetzt nichts davon hören. Kommen Sie morgen wieder – dieselbe Zeit, derselbe Ort –, und ich sage Ihnen dann, ob ich Sie anhören werde. Selbst wenn Sie in Ordnung sein sollten, werde ich Ihnen vielleicht nichts verkaufen. Und wissen Sie, warum?«

»Warum?«

Magliore lachte. »Weil ich Sie für einen Spinner halte. Sie fahren auf drei Rädern. Sie fliegen im Blindflug.«

»Warum? Weil ich Sie Knallkopp genannt habe?«

»Nein«, antwortete Magliore. »Aber Sie erinnern mich an eine Geschichte, die mir passiert ist, als ich so alt war wie mein Sohn heute. In der Gegend, in der ich aufgewachsen bin, gab es einen Hund in der Nachbarschaft, *Hell's Kitchen* in New York. Noch vor dem zweiten Weltkrieg während der Depression. Dort wohnte auch ein Mann namens Piazzi, und der hatte eine schwarze Hündin, eine Promenadenmischung, die er Andrea nannte. Aber jeder hat sie einfach nur Mr. Piazzis Hund genannt. Er hielt sie die ganze Zeit an der Kette, aber sie wurde niemals böse. Nicht bis zu diesem bestimmten Tag, ein heißer Tag im August. Könnte 1937 gewesen sein. Sie sprang einen kleinen Jungen an, der sie streicheln wollte; er mußte für einen ganzen Monat ins Krankenhaus. Sein Hals mußte mit siebenunddreißig Stichen genäht werden. Und ich hatte gewußt, daß das irgendwann einmal passieren würde. Dieser Hund stand den ganzen Tag lang in der Sonne und das jeden Tag, den ganzen Sommer lang. So um Mitte Juni rum hörte er auf, mit dem Schwanz zu wedeln, wenn die Kinder ihn streichelten. Dann fing er an, die Augen zu verdrehen. Ab Ende Juli knurrte er ganz tief hinten in der Kehle, wenn jemand sich ihm näherte. Als er damit anfing, hab' ich aufgehört, ihn zu streicheln. Die Leute haben gleich gefragt: ›Was ist los mit dir, Sal? Hast du etwa Schiß?‹ Und ich hab' gesagt: ›Nee, ich hab' keinen Schiß, aber ich bin auch nicht blöd. Der Hund da ist böse geworden.‹ Aber alle behaupteten: ›Stell dich nicht an, Sal. Mr. Piazzis Hund beißt nicht, der hat noch nie jemanden gebissen. Er würde nicht mal einem Baby etwas tun, das den Kopf in seinen Rachen steckt.‹ Und ich hab' gesagt: ›Streichelt ihn ruhig weiter, es gibt kein Gesetz, das das Streicheln von Hunden verbietet, aber ich werde es nicht tun.‹ Na, und dann sind sie herumgelaufen und haben überall erzählt: ›Sally ist ein Angsthase. Sally ist feige. Sally klammert sich an den Rockzipfel seiner Mutter, wenn er an Mr. Piazzis Hund vorbeigehen muß.‹ Sie wissen ja, wie Kinder sind.«

»Ich weiß«, sagte er. Mansey war mit seinen Kreditkarten zurückgekommen und an der Tür stehengeblieben, um zuzuhören.

»Der Junge, der am lautesten gebrüllt hat, den hat's dann schließlich erwischt. Luigi Bronticelli hat er geheißen. Ein kleiner Jude, genau wie ich.« Magliore lachte. »An einem Tag im August, es war so heiß, daß man ein Spiegelei auf dem Bürgersteig braten konnte, ist er zu Mr. Piazzis Hund gegangen und hat ihn gestreichelt. Und seitdem kann er nur noch flüstern. Er hat jetzt ein Herrenfriseurgeschäft in Manhattan, und alle Leute nennen ihn bloß noch den flüsternden Luigi.«

Magliore lächelte ihm zu.

»Sie erinnern mich an Mr. Piazzis Hund. Sie knurren zwar noch nicht, aber wenn jemand Sie streicheln will, verdrehen Sie die Augen. Und Sie haben schon vor langer Zeit aufgehört, mit dem Schwanz zu wedeln. Pete, gib ihm seine Sachen zurück!«

Mansey reichte ihm den Stapel herüber.

»Kommen Sie morgen wieder, und dann werden wir uns weiter unterhalten«, sagte Magliore und sah ihm dabei zu, wie er seine Habseligkeiten wieder in der Brieftasche verstaute. »Sie sollten wirklich mal Ihre Brieftasche ausmisten. Sie ruinieren sie ja sonst völlig.«

»Ja, vielleicht tue ich das«, antwortete er.

»Pete, bring ihn zu seinem Wagen!«

»Klar.«

Er war schon durch die Tür getreten, als Magliore ihm plötzlich nachrief: »Wissen Sie auch, was mit Mr. Piazzis Hund passiert ist, Mister? Man hat ihn vergast.«

Nach dem Abendessen, als John Chancellor ihnen klarmachte, daß die Geschwindigkeitsbeschränkung auf dem Jersey Turnpike vermutlich das Sinken der Unfallrate bewirkt habe, fragte Mary ihn nach dem Haus.

»Termiten«, antwortete er kurz angebunden.

Ihr Gesicht verdüsterte sich schlagartig. »Oh, das ist nicht so gut, wie?«

»Ich fahre morgen noch mal raus. Tom Granger kennt einen guten Kammerjäger, den ich mitnehmen werde. Ich will mir seine Expertenmeinung anhören. Vielleicht ist es ja nicht so schlimm, wie es aussieht.«

»Ich hoffe es sehr. Ein Garten und all das...« Sie verlor sich in ihre Wunschträume.

Na, du bist mir ja ein feiner Kerl, sagte Freddy plötzlich. Ein veritabler Prinz. Wie kommt es nur, daß du so gut zu deiner Frau bist, George? Bist du ein Naturtalent oder hast du das irgendwo gelernt?

»Halt's Maul!« sagte er.

Mary sah verblüfft auf. »Was?«

»Oh... dieser Chancellor«, antwortete er schnell. »Ich hab' langsam die Nase voll von all diesen Beschwörungen und Drohungen von diesem Chancellor und Walter Cronkite und wie sie alle heißen.«

»Du solltest den Boten nicht wegen seiner Botschaft hassen«, sagte sie und warf einen zweifelnden, verwirrten Blick auf John Chancellor.

»Das sollte ich wohl nicht«, sagte er und dachte: *Freddy, du bist ein Scheißkerl.*

Freddy sagte ihm, daß er den Boten nicht wegen seiner Botschaft hassen solle.

Einen Augenblick sahen sie sich schweigend die Nachrichten an. Dann eine Reklame für eine Medizin gegen Erkältungen. Zwei Männer, deren Köpfe in zwei grüne Klötze aus Rotz eingefroren waren. Als einer von beiden die bestimmte Pille nahm, schmolz der grüne Klotz dahin.

»Deine Erkältung scheint heute abend schon besser zu sein«, bemerkte er.

»Ja. Bart, wie heißt eigentlich der Makler?«

»Monohan«, antwortete er automatisch.

»Nein, nicht der, der dir die Fabrik verkauft. Ich meine den von unserem Haus.«

»Olson«, sagte er prompt, den Namen aus seinem geistigen Mülleimer kramend.

Die Nachrichten gingen weiter. Es folgte ein Bericht über David Ben Gurion, der wohl bald mit Harry Truman im großen Sekretariat im Himmel zusammentreffen würde.

»Wie gefällt es Jack da draußen?« fragte sie beiläufig.

Er wollte ihr sagen, daß es Jack ganz und gar nicht gefiele, aber er hörte sich selber sagen: »Ich glaube, er findet es ganz in Ordnung.«

John Chancellor schloß mit einer Nachricht über fliegende Untertassen, die jemand in Ohio gesehen haben wollte.

Er ging um halb elf ins Bett. Der Alptraum mußte ihn gleich nach dem Einschlafen überfallen haben. Als er aufwachte, zeigte die Digitaluhr

23.22 Uhr.

Im Traum war er in Norton an einer Straßenecke gewesen – die Ecke Venner und Rice Street. Er hatte direkt unter dem Straßenschild gestanden. Etwas weiter die Straße runter hatte ein großer pinkfarbener Wagen mit einem Karibugeweih auf der Motorhaube vor einem Süßwarengeschäft gehalten. Die Kinder waren von den Hausterrassen und Veranden heruntergesprungen und auf ihn zugerannt.

Auf der gegenüberliegenden Straßenseite war ein großer, schwarzer Hund am Verandageländе eines Wohnhauses festgebunden. Ein kleiner Junge ging zutraulich auf ihn zu.

Er wollte laut schreien: *Streichel den Hund nicht! Geh und hol dir deine Bonbons!* Aber er brachte keinen Ton heraus. Wie in einer Zeitlupenbewegung hatte der protzige Schwarze in seinem weißen Anzug und mit seinem weißen Pflanzerhut sich nach ihm umgedreht. Er hatte beide Hände voller Bonbons. Auch die Kinder, die ihn umringten, drehten sich langsam nach ihm um. Die Kinder bei dem Mann waren alle schwarz. Nur der kleine Junge, der auf den Hund zuging, war ein Weißer.

Der Hund sprang ihn an. Er katapultierte sich auf seinen großen Hinterbeinen hoch wie ein stumpfer Pfeil. Der Junge schrie und stolperte zurück. Er hatte sich mit beiden Händen an den Hals gefaßt. Das Blut floß zwischen seinen Fingern hindurch. Als er sich umdrehte, erkannte er, daß es Charlie war.

Dann war er aufgewacht.

Diese Träume. Diese gottverdammten *Träume.*

Sein Sohn war schon seit drei Jahren tot.

28. November 1973

Als er aufstand, schneite es, aber als er in der Wäscherei ankam, hatte es fast schon wieder aufgehört. Tom Granger kam ihm in Hemdsärmeln entgegengerannt. Sein Atem bildete kleine weiße Wölkchen in der kalten Luft. Er konnte schon an Toms Gesichtsausdruck ablesen, daß es ein mieser Tag werden würde.

»Wir haben Schwierigkeiten, Bart.«

»Schlimm?«

»Schlimm genug. Johnny Walker hatte heute auf seiner ersten Tour zum Holiday Inn einen Unfall. Ein Kerl in einem Pontiac hat an der Deakman Street das Rotlicht überfahren. Er hat ihn direkt in der Seite erwischt. *Bäng!*« Er schwieg und blickte hilflos zum Eingang der Wäscherei zurück, aber da stand niemand. »Die Bullen haben gesagt, Johnny ginge es sehr schlecht.«

»Heiliger Bimbam.«

»Ich bin zwanzig Minuten, nachdem es passiert war, rausgefahren. Du kennst die Kreuzung ja...«

»Ja, sie ist ziemlich gemein.«

Tom schüttelte den Kopf. »Wenn es nicht so verdammt schrecklich wäre, könnte man fast darüber lachen. Sieht aus, als hätte bei einer Waschfrau eine Bombe eingeschlagen. Überall liegen Handtücher und Bettwäsche vom Holiday Inn rum. Einige Leute haben sich gleich welche gestohlen, diese Arschlöcher. Man möchte kaum glauben, daß die Leute so was tun. Und der Lieferwagen... Bart, von der Fahrertür an ist nicht mehr viel von ihm übrig. Alles schrottreif. Johnny wurde rausgeschleudert.«

»Ist er im Zentralkrankenhaus?«

»Nein, im St. Mary's. Johnny ist katholisch, wußtest du das nicht?«

»Willst du mit mir rüberfahren?«

»Lieber nicht. Ron brüllt schon den ganzen Morgen, daß der Boiler nicht genug Druck hat.« Er zuckte verlegen die Achseln. »Du kennst Ron ja. Die Show muß weitergehen.«

»Schon in Ordnung.«

Er stieg wieder in seinen Wagen und fuhr zum St. Mary's-Krankenhaus. Verdammt noch mal, warum mußte das von allen Leuten auf der Welt ausgerechnet Johnny Walker passieren? Außer ihm war er der einzige, der schon seit 1953 in der Wäscherei arbeitete – Johnny hatte sogar schon 1946 dort angefangen. Der Gedanke schnürte ihm die Kehle zu. Es kam ihm vor wie ein schlimmes Omen. Aus der Zeitung wußte er, daß der Ausbau der 784-Autobahn gerade die gefährliche Deakman-Kreuzung ziemlich überflüssig machen würde.

Er hieß eigentlich gar nicht Johnny. Sein richtiger Name lautete Corey Everett Walker, er hatte ihn oft genug auf den Stechkarten gelesen, um das zu wissen. Aber schon seit zwanzig Jahren nannten sie ihn alle Johnny. Seine Frau war 1956 auf einer Reise nach Vermont gestorben. Seitdem lebte er mit seinem Bruder zusammen, der einen Lastwagen für die städtische Müllabfuhr fuhr. In der Wäscherei gab es Dutzende von Mitarbeitern, die Ron hinter seinem Rücken ›Stoneballs‹* nannten, aber Johnny war der einzige, der es gewagt hatte, es ihm offen ins Gesicht zu sagen, und es war ihm nichts passiert.

Er dachte: Wenn Johnny stirbt, dann bin ich der dienstälteste Mitarbeiter in der Wäscherei. Der einzige, der den Rekord von über zwanzig Jahren gebrochen hat. Na, ist das nicht ein Witz, Freddy?

Freddy fand das gar nicht lustig.

Im Wartezimmer der Unfallstation saß Johnnys Bruder, ein großgewachsener Mann, dessen Gesichtszüge Ähnlichkeit mit Johnny hatten. Sie hatten die gleichen hohen Wangenknochen. Er trug einen olivgrünen Overall und darüber eine dicke schwarze Stoffjacke. In den Händen, die hilflos zwischen seinen Knien hingen, drehte er eine olivgrüne Schirmmütze hin und her. Er blickte vor sich auf den Boden, aber als er Schritte hörte, sah er neugierig auf.

»Sind Sie von der Wäscherei?« fragte er.

* Schnapsnase. – Anm. d. Übers.

»Ja. Und Sie sind...« Er hatte nicht erwartet, daß ihm der Name wieder einfallen würde, doch er erinnerte sich. »Arnie Walker, nicht wahr?«

»Ja, Arnie Walker.« Er schüttelte langsam den Kopf. »Ich weiß nicht, Mr....?«

»Dawes.«

»Ich weiß nicht, Mr. Dawes, ich hab' ihn vorhin in einem der Untersuchungsräume gesehen. Er sah ziemlich angeschlagen aus. Er ist ja auch nicht mehr der jüngste. Es steht ziemlich schlimm.«

»Es tut mir sehr, sehr leid«, sagte er.

»Es ist eine schreckliche Kreuzung. Aber ich gebe dem anderen keine Schuld. Er ist einfach im Schnee ins Schleudern gekommen. Es war nicht sein Fehler. Sie sagen, daß er sich die Nase gebrochen hat, sonst nichts. Es ist schon komisch, wie solche Dinge laufen, wissen Sie?«

»Ja, ich weiß.«

»Ich mußte gerade daran denken, wie ich mal einen großen Sattelschlepper nach Hemingway gefahren habe. Das war Anfang der sechziger Jahre. Ich fuhr auf der Indiana-Autobahn, und da sah ich...«

Die Außentür wurde aufgestoßen, und ein Priester kam herein. Er stampfte ein paarmal mit den Füßen auf, um den Schnee abzutreten, und eilte dann den Korridor entlang, er rannte fast. Als Arnie Walker ihn sah, weiteten sich seine Augen und nahmen einen glasigen Ausdruck an, als hätte er einen Schock erlitten. Er stieß einen hohen, wimmernden Ton aus und wollte aufstehen. Er legte seinen Arm um Arnies Schultern und wollte ihn auf den Stuhl zurückdrücken.

»Jesus!« schrie Arnie auf. »Er hatte seine Hostien dabei, haben Sie es nicht gesehen? Er will ihm die letzte Ölung geben... vielleicht ist er sogar schon tot... *Johnny*...«

Es waren noch andere Leute in dem Warteraum: ein Teenager mit einem gebrochenen Arm, eine ältere Frau mit einer elastischen Binde ums Bein, ein Mann, dessen einer Daumen mit einem riesigen Verband umwickelt war. Sie sahen Arnie an und blickten dann verlegen auf ihre Zeitschriften hinunter.

»Beruhigen Sie sich doch«, sagte er tonlos.

»Lassen Sie mich gehn«, rief Arnie. »Ich muß nach meinem Bruder sehen.«

»Hören Sie...«

»Lassen Sie mich gehen!«

Er ließ ihn los. Arnie rannte um die Ecke und verschwand in die Richtung, in die der Priester gegangen war. Er setzte sich auf einen der Plastikstühle und wußte nicht, was er tun sollte. Eine Weile lang blickte er auf den Fußboden, der mit schwarzen, matschigen Fußspuren bedeckt war. Dann sah er zum Empfangsbüro hinüber, wo eine Krankenschwester die Telefonanlage überwachte. Er blickte aus dem Fenster und stellte fest, daß es nicht mehr schneite.

Plötzlich hörte er ein schluchzendes Geräusch auf dem Korridor. Es kam von den Untersuchungsräumen.

Alle blickten sie auf, und alle hatten sie einen ängstlichen Ausdruck in ihren Augen.

Noch ein Schrei, gefolgt von einem heiseren Ausruf der Trauer.

Alle blickten sie wieder in ihre Zeitschriften. Der Junge mit dem gebrochenen Arm schluckte trocken und erzeugte dadurch ein seltsames Geräusch in der Stille.

Er sprang auf und lief hinaus, ohne sich noch einmal umzusehen.

In der Wäscherei kamen alle auf ihn zugerannt, und Ron Stone hielt sie nicht davon ab. »Ich weiß nichts«, berichtete er ihnen. »Ich konnte nicht herausfinden, ob er noch lebt oder schon gestorben ist. Ihr werdet es bald erfahren. Ich weiß es nicht.«

Er floh in sein Büro. Er fühlte sich seltsam allein und von allem losgelöst.

»Wissen Sie, wie es Johnny geht, Mr. Dawes?« fragte Phyllis ihn. Zum ersten Mal fiel ihm auf, daß Phyllis trotz ihres leicht bläulich gefärbten Haares alt wirkte.

»Es geht ihm schlecht«, antwortete er. »Der Priester war vorhin da, um ihm die letzte Ölung zu geben.«

»Oh, was für eine Schande. Und das so kurz vor Weihnachten!«

»Ist jemand zur Kreuzung rausgefahren, um die Wäsche einzusammeln?«

Sie sah ihn ein bißchen vorwurfsvoll an. »Tom hat Harry Jones rausgeschickt. Er hat sie vor fünf Minuten hergebracht.«

»Gut«, sagte er, aber es war nicht gut. Es war schlecht. Am liebsten wäre er runtergegangen und hätte so viel Reinigungslösung in die Maschinen gepumpt, daß die Wäsche auseinandergefallen wäre – wenn Pollack dann nach dem Schleudergang die Tür öffnete, würde ihm nur ein Haufen eintönig grauer Filzmasse entgegenkommen. *Das* wäre gut.

Phyllis hatte etwas gesagt, aber er hatte nicht zugehört.

»Wie? Entschuldigen Sie bitte.«

»Ich sagte, daß Mr. Ordner angerufen hat. Er möchte, daß Sie ihn sofort zurückrufen. Und dann hat noch ein Mann namens Harold Swinnerton angerufen und gesagt, daß die Patronen eingetroffen wären.«

»Harold...?« Doch dann erinnerte er sich. Harvey's Waffengeschäft. Nur daß Harvey, genau wie Marley, so tot war wie ein Türnagel. »Ja, danke, in Ordnung.«

Er schloß die Bürotür hinter sich und ging an den Schreibtisch. Die Plakette auf der Tischplatte sagte immer noch:

DENK NACH!
Es könnte eine neue Erfahrung für dich sein

Er riß sie herunter und warf sie in den Papierkorb. Kling.

Dann setzte er sich in seinen Drehsessel, nahm alle Eingangspost aus dem Korb und warf sie ungelesen in den Papierkorb. Danach blickte er sich ziellos im Büro um. Die Wände waren holzgetäfelt. An der linken hingen zwei eingerahmte Zeugnisse: das eine war sein Collegediplom, das andere von Wäschereilehrgängen, an denen er 1969 und 1970 teilgenommen hatte. Hinter dem Schreibtisch hing eine Großaufnahme von ihm und Ray Tarkington auf dem Parkplatz der Wäscherei, der gerade frisch asphaltiert worden war. Sie schüttelten sich lachend die Hand. Hinter ihnen war die Wäscherei zu sehen, in deren Ladezone stolz drei Lastwagen standen. Und der Fabrikschlot sah immer noch strahlend weiß aus.

Seit 1967 saß er in diesem Büro, über sechs Jahre. Das war noch vor Woodstock, vor Kent State, vor der Ermordung von Robert Kennedy und Martin Luther King, ja noch vor Nixon. Jahre seines Lebens hatte er zwischen diesen vier Wänden verbracht. Millionen von Atemzügen und Millionen von Herzschlägen. Er sah sich um und fragte sich, ob er dabei etwas fühlte. Ein schwacher Anflug von Trauer. Das war alles.

Er räumte seinen Schreibtisch aus. Persönliche Aktennotizen und seine persönliche Buchhaltung warf er weg. Dann schrieb er seine Kündigung auf die Rückseite eines vorgedruckten Rechnungsformulars und steckte sie in einen Briefumschlag. Die unpersönlichen Bürosachen ließ er liegen – die Büroklammern, Tesafilm, die dicken Scheckbücher, den Stapel leerer Stechkarten, der mit einem Gummiband zusammengehalten wurde.

Er stand auf, nahm die beiden Zeugnisse von der Wand und warf sie in den Papierkorb. Die Glasplatte vom Rahmen des Collegediploms zersplitterte. Die Rechtecke, über denen die beiden Rahmen über Jahre hinweg gehangen hatten, waren etwas heller als die restliche Wand. Und das war alles.

Das Telefon klingelte, und er nahm den Hörer ab in der Erwartung, Stephan Ordner zu hören. Aber es war Ron, der ihn von unten anrief.

»Bart?«

»Ja?«

»Johnny ist vor einer halben Stunde gestorben. Ich glaube, er hatte von Anfang an keine Chance.«

»Das tut mir sehr leid. Ich möchte, daß du den Laden für den Rest des Tages schließt, Ron.«

Ron seufzte. »Ich glaube auch, das ist das beste. Aber

kriegst du dann nicht eine Menge Ärger mit deinen großen Bossen?«

»Ich arbeite nicht mehr für die großen Bosse. Ich habe gerade meine Kündigung unterschrieben.« So, jetzt war es draußen. Das machte es real.

Am anderen Ende herrschte einen Augenblick Schweigen. Er konnte die Waschmaschinen und das Gezische der Heißmangel hören. Den Würger nannten sie sie immer in Anbetracht dessen, was einem passierte, wenn sie einen erwischte.

»Ich hab' mich wohl gerade verhört«, sagte Ron. »Es hörte sich so an, als hättest du...«

»Genau das habe ich gesagt, Ron. Ich bin hier mit allem fertig. Es war sehr schön, mit dir und Tom zu arbeiten, und sogar mit Vinnie Mason, wenn er mal sein Maul halten konnte. Aber nun ist's vorbei.«

»He, hör mal, Bart, reg dich nicht so auf. Ich weiß, wie sehr dich das alles mitgenommen hat, aber...«

»Es ist nicht wegen Johnny«, unterbrach er ihn, aber er wußte selber nicht, ob das stimmte oder nicht. Vielleicht hätte er tatsächlich noch eine Anstrengung unternommen, sich zu retten. Sich und das Leben, das er die letzten zwanzig Jahre lang unter dem beschützenden Schirm der täglichen Routine geführt hatte. Aber als dieser Priester so rasch an ihm vorbeigelaufen, ja fast gerannt war, um noch rechtzeitig zu dem sterbenden Johnny Walker zu gelangen, der vielleicht schon tot war, als er den hohen, wimmernden Ton von Arnie Walker gehört hatte, da hatte er endgültig aufgegeben. Wie ein Autofahrer, der einen ins Schleudern geratenen Wagen steuert, oder sich jedenfalls einbildet, ihn zu steuern, und dann plötzlich die Hände vom Lenkrad reißt und das Gesicht darin verbirgt.

»Es ist nicht wegen Johnny«, wiederholte er.

»Bart... hör mal... hör mir zu...« Ron klang sehr aufgeregt.

»Ron, wir sprechen später darüber«, besänftigte er ihn, aber er wußte nicht, ob er das wirklich meinte. »Sorg dafür, daß der Laden dichtgemacht wird!«

»Na gut, aber...«

Er legte behutsam den Hörer auf die Gabel.

Dann holte er das Telefonbuch aus der Schublade und suchte in den Gelben Seiten eine Nummer unter WAFFEN. Er wählte Harvey's Waffengeschäft an.

»Hallo, Harvey's?«

»Hier ist Barton Dawes«, sagte er.

»Ah, ja. Die Patronen sind gestern am späten Nachmittag eingetroffen. Ich hab' Ihnen ja gesagt, daß ich sie noch lange vor Weihnachten bekommen würde. Zweihundert Schuß Munition.«

»Schön. Hören Sie, ich bin heute nachmittag sehr beschäftigt. Haben Sie heute abend noch auf?«

»Jeden Abend offen bis neun, und zwar noch bis Weihnachten.«

»Sehr gut. Ich versuche, so gegen acht bei Ihnen zu sein. Wenn nicht, komme ich bestimmt morgen nachmittag vorbei.«

»Ist recht. Sagen Sie, haben Sie herausgefunden, ob es Boca Rio ist?«

»Boca...?« Ach ja, Boca Rio, der Ort, wo sein Cousin bald zur Jagd gehen sollte. »Ja, ich glaube, das war's, Boca Rio.«

»Oh, wie ich ihn beneide. Es war die schönste Zeit in meinem ganzen Leben.«

»Unsicherer Waffenstillstand hält an«, murmelte er in den Hörer. Er hatte plötzlich eine Vision, wie Johnny Walkers Kopf als Trophäe über Stephan Ordners elektrischem Kaminfeuer hing, und darunter eine blankpolierte Bronzeplakette, auf der stand:

MENSCHLICHE WASCHMASCHINE
28. November, 1973
Erlegt an der Deakman-Kreuzung

»Wie bitte?« fragte Harry Swinnerton verwirrt.

»Ich sagte, ich beneide ihn auch«, sagte er und schloß die Augen. Eine Welle von Übelkeit übermannte ihn. *Ich drehe durch*, dachte er. *Das, was ich hier erlebe, nennt man durchdrehen.*

»Oh, eh, bis später dann.«

»Ja, bis später. Und vielen Dank noch mal, Mr. Swinnerton.«

Er legte auf, öffnete wieder die Augen und betrachtete sein nacktes Büro. Dann drückte er auf den Knopf seiner Sprechanlage.

»Phyllis?«

»Ja, Mr. Dawes?«

»Johnny ist gestorben. Wir machen zu für heute.«

»Ich hab' gesehen, wie die anderen weggegangen sind, und hab's mir schon gedacht.« Phyllis' Stimme klang, als hätte sie gerade geweint.

»Versuchen Sie bitte, ob Sie Mr. Ordner ans Telefon bekommen, bevor Sie gehen.«

»Ja, natürlich.«

Er schwang seinen Stuhl herum und sah aus dem Fenster. Draußen rumpelte eine Straßenwalze vorbei. Sie war hellorange gestrichen, und ihre riesigen Walzen stampften über den Asphalt. Es ist alles ihre Schuld, Freddy. Es hat alles ganz gut geklappt, bis diese Kerle von der Stadtverwaltung beschlossen haben, mein Leben zu zerstören. Es ging doch alles ganz gut, nicht wahr, Freddy?

Freddy?

Fred?

Das Telefon klingelte, und er nahm den Hörer ab. »Dawes.«

»Sie sind verrückt«, sagte Steve Ordner mit müder Stimme. »Sie müssen völlig den Verstand verloren haben.«

»Was wollen Sie damit sagen?«

»Ich will sagen, daß ich heute vormittag um halb zehn persönlich in Monohans Büro angerufen habe. Die McAn-Leute haben den Vertrag über die Waterfordfabrik pünktlich um neun Uhr unterzeichnet. Was, zum Teufel, ist da geschehen, Bart?«

»Ich finde, das sollten wir lieber persönlich besprechen.«

»Das finde ich auch. Und ich finde, daß Sie sich eine verdammt gute Entschuldigung ausdenken müssen, wenn Sie Ihren Job behalten wollen.«

»Hören Sie auf, mit mir zu spielen, Steve.«

»Was?«

»Sie haben überhaupt nicht die Absicht, mich zu behalten, nicht mal als Putzfrau. Ich habe schon meine Kündigung geschrieben. Ich hab' sie zwar versiegelt, aber ich kenne sie auswendig. ›Ich kündige. Unterzeichnet: Barton George Dawes.‹«

»Aber warum denn?« Es klang, als wäre er körperlich verletzt worden. Aber er wimmerte nicht so wie Arnie Walker. Er bezweifelte, ob Steve Ordner je seit seinem elften Geburtstag mal gejauchzt oder gewimmert hatte. Das war die letzte Zuflucht von Untertanen.

»Um zwei?« fragte er.

»Zwei paßt mir gut.«

»Auf Wiedersehen, Steve.«

Er legte auf und betrachtete ausdruckslos die gegenüberliegende Wand. Nach einer Weile steckte Phyllis noch mal ihren Kopf zur Tür herein. Unter ihrer sorgfältigen Altweiberfrisur wirkte sie verwirrt und unglücklich. Ihren Chef tatenlos in seinem kahlen Büro rumsitzen zu sehen, machte sie nicht gerade glücklicher.

»Mr. Dawes, soll ich wirklich gehen? Es würde mich freuen, wenn ich Ihnen...«

»Nein, nein, Phyllis, gehen Sie ruhig nach Hause.«

Sie kämpfte mit sich, ob sie noch etwas sagen sollte, aber er drehte den Stuhl zum Fenster um, um ihnen beiden die Peinlichkeit zu ersparen. Einen Augenblick später hörte er, wie hinter ihm ganz leise die Tür zugemacht wurde.

Unten jaulte der Boiler noch einmal auf und erstarb dann. Auf dem Parkplatz sprangen verschiedene Automotoren an.

Er saß in seinem leeren Büro in seiner leeren Wäscherei und wartete, bis es Zeit war, Ordner aufzusuchen. Er nahm seinen Abschied.

Ordners Büro befand sich in einem der Wolkenkratzer in der

Innenstadt, die die Energiekrise bald ziemlich überflüssig machen würde. Siebzig Stockwerke reine Glasfassade, schwer zu heizen im Winter, ein horrender Aufwand, sie im Sommer zu klimatisieren. Amrocos Büros befanden sich im fünfundvierzigsten Stock.

Er parkte seinen Wagen in der Tiefgarage, fuhr mit dem Fahrstuhl in die Eingangshalle hoch und marschierte dort sofort auf die Fahrstühle an der rechten Seite zu. Diesmal stand er mit einer Schwarzen im Fahrstuhl, die eine ausladende Afrofrisur trug. Sie hatte ein dunkles Jackett an und hielt einen Stenoblock unterm Arm.

»Mir gefällt Ihr Afro«, sagte er spontan ohne besonderen Anlaß.

Die Frau musterte ihn kühl und sagte nichts.

Stephen Ordners Vorzimmer war mit supermodernen Möbeln ausgestattet. Seine rothaarige Sekretärin saß unter einer Reproduktion von van Goghs ›Sonnenblumen‹. Auch sie trug ein dunkles Jackett, und ihre Haare waren mit einem goldenen Band zusammengebunden. Auf dem Fußboden lag ein austernfarbener Florteppich. Indirektes Licht und indirekte Musikberieselung. Mantovani.

Der Rotschopf lächelte ihm zu. »Mr. Dawes?«

»Ja.«

»Sie können gleich reingehen.«

Er öffnete die Tür und betrat Ordners Büro. Ordner saß an seinem Schreibtisch und schrieb irgendwas. Die Tischplatte hatte eine eindrucksvolle *Lucite*-Auflage. Eine riesige Fensterfront hinter Ordner gab den Blick auf den Westteil der Stadt frei. Ordner blickte auf und legte den Füller weg. »Hallo, Bart«, sagte er ruhig.

»Hallo.«

»Setzen Sie sich.«

»Dauert es so lange?«

Ordner fixierte ihn. »Am liebsten würde ich Ihnen eine kleben«, sagte er. »Wissen Sie das? Ich möchte Ihnen eine kleben, daß Sie quer durchs Büro fliegen. Nicht zusammenschlagen, nur eine einfache Ohrfeige.«

»Das weiß ich«, antwortete er, und das stimmte.

»Ich glaube nicht, daß Sie auch nur eine Ahnung haben, was Sie da heute weggeworfen haben«, fuhr Ordner fort. »Ich nehme an, daß die McAn-Leute sich an Sie rangemacht haben. Ich hoffe, sie haben Ihnen eine Menge dafür bezahlt. Denn ich hatte Sie persönlich für einen Posten als leitender Vize-Präsident in unserer Gesellschaft vorgesehen. Das hätte zu Anfang ein Jahresgehalt von fünfunddreißigtausend Dollar für Sie bedeutet. Ich hoffe, sie haben Ihnen mehr bezahlt als das.«

»Ich habe nicht einen Pfennig gekriegt.«

»Ist das wahr?«

»Ja.«

»Aber warum dann, Bart? Warum, in Gottes Namen, haben Sie...«

»Warum sollte ich Ihnen das sagen, Steve?« Er setzte sich auf den Stuhl, der für ihn vorgesehen war, den Bittstellerstuhl auf der anderen Seite des riesigen Schreibtisches mit seiner teuren *Lucite*-Auflage.

Einen Augenblick lang wirkte Ordner verloren. Er schüttelte den Kopf wie ein Boxer, der einen überraschenden Schlag einstecken mußte.

»Weil Sie mein Angestellter sind. Wie ist das für den Anfang?«

»Das reicht nicht.«

»Was soll das bedeuten?«

»Steve, ich war Ray Tarkingtons Angestellter. Ray war ein wirklicher Mensch. Sie haben sich bestimmt nicht sonderlich für ihn interessiert, aber Sie müssen zugeben, daß er eine echte Persönlichkeit war. Manchmal hat er einen fahrenlassen, wenn man mit ihm sprach, oder gerülpst oder sich das Schmalz aus den Ohren gepopelt. Er hatte echte Probleme. Manchmal war ich auch eins für ihn. Einmal, als ich eine schlimme Fehlentscheidung bei einer Rechnung für das Motel draußen in Crager Plaza getroffen hatte, hat er mich einfach gegen die Tür geschmissen. Sie sind nicht so wie er. Für Sie ist die Blue-Ribbon-Wäscherei doch bloß Spielzeug,

Steve. Es ist Ihnen egal, was aus mir wird. Sie interessieren sich nur für Ihre eigene Karriere. Also quasseln Sie mir hier nicht den Mist mit der Sorge um die Angestellten vor. Tun Sie doch nicht so, als hätten Sie Ihren Schwanz in meinen Mund gesteckt, und ich hätte reingebissen.«

Ordners Gesicht war eine Fassade ohne Risse. Seine Züge gaben einen Ausdruck von gemäßigtem Kummer preis, mehr nicht.

»Glauben Sie das wirklich?«

»Ja. Sie kümmern sich nur um das Blue Ribbon, insofern es Ihre Aufstiegschancen innerhalb der Gesellschaft berührt. Also lassen wir den Quatsch. Hier.« Damit schob er ihm seine Kündigung zu.

Ordner schüttelte wiederum mit dem Kopf. »Und was ist mit den Leuten, die Sie dadurch geschädigt haben, Bart? Die kleinen Leute? Mal abgesehen von allem anderen, Sie haben immerhin einen verantwortungsvollen Posten bekleidet.« Er schien diese Floskel auszukosten. »Was geschieht mit den Leuten von der Wäscherei, die nun alle ihre Arbeit verlieren, weil es nun keinen neuen Betrieb geben wird, in dem sie weiterarbeiten können?«

Er lachte heiser und sagte: »Sie blöder Scheißkerl. Sie sitzen schon so hoch auf dem Roß, daß Sie gar nicht mehr runtergucken, nicht wahr?«

Ordner wurde rot. Vorsichtig zischte er: »Das erklären Sie mir besser, Bart!«

»Jeder einzelne Lohnverdiener in der Wäscherei, angefangen von Tom Granger bis runter zu Pollack im Waschraum, hat eine Arbeitslosenversicherung. Sie gehört ihnen. Sie *bezahlen* dafür. Wenn Ihnen diese simple Überlegung Schwierigkeiten bereitet, stellen Sie sich vor, es ginge auf Geschäftskosten. So wie ein Mittagessen für vier Personen bei Benjamin's.«

Verletzt sagte Ordner. »Das sind Sozialabgaben und das wissen Sie.«

Er sagte nur noch mal: »Sie blöder Scheißkerl.«

Ordner legte die Hände zusammen und ballte sie zu Fäusten. Er sah aus wie ein kleines Kind, dem man gerade eingebleut hat, wie es sein Vaterunser herunterbeten soll. »Bart, Sie gehen zu weit.«

»Nein, das tue ich nicht. Schließlich haben Sie mich hergebeten. Sie wollten eine Erklärung. Nun, was wollen Sie hören? Daß es mir leid tut, daß ich einen Fehler gemacht habe, daß ich es wieder gutmachen will? Das kann ich Ihnen nicht sagen. Es tut mir nicht leid, und ich will auch nichts wieder gutmachen. Und wenn ich etwas vermasselt habe, dann ist das eine Sache zwischen mir und Mary. Und sie wird es vielleicht nie erfahren, jedenfalls ist das nicht sicher. Wollen Sie mir etwa weismachen, ich hätte die Gesellschaft geschädigt? Ich glaube nicht mal, daß Sie zu so einer Lüge fähig wären. Wenn eine Gesellschaft mal eine bestimmte Größe erreicht hat, kann sie nichts mehr schädigen. Sie ist dann so mächtig wie Gott. Wenn die Dinge gut laufen, macht sie einen riesigen Profit, wenn die Zeiten schlecht stehen, macht sie eben einen kleinen Profit, und wenn alles zusammenbricht, kriegt sie Steuererleichterungen. Das wissen Sie doch selbst am besten.«

Ordner wählte seine Worte sehr sorgfältig. »Wie sieht es mit Ihrer eigenen Zukunft aus, Bart? Was ist mit Mary?«

»Das interessiert Sie doch einen Dreck. Das ist nur ein Hebel, den Sie bei mir ansetzen wollen. Ich will Sie mal was fragen, Steve. Werden Sie unter dieser Sache leiden? Wird man Ihnen deswegen das Gehalt kürzen? Oder Ihre jährliche Dividende? Oder Ihre Altersrente?«

Ordner schüttelte den Kopf. »Gehen Sie nach Hause, Bart. Sie sind heute nicht ganz bei Trost.«

»Warum? Weil ich von Ihnen und Ihren Kohlen rede?«

»Sie sind krank, Bart.«

»Sie haben ja keine Ahnung«, sagte er, stand auf und knallte seine Faust auf Ordners Schreibtisch. »Sie sind sauer auf mich, aber Sie wissen nicht, warum. Jemand hat Ihnen mal beigebracht, daß Sie in einer Situation wie dieser sauer werden müssen. Aber Sie wissen nicht, wieso.«

Ordner wiederholte langsam: »Sie sind krank, Bart.«

»Sie haben verdammt recht. Und was sind Sie?«

»Gehen Sie nach Hause, Bart.«

»Nein, aber ich werde Sie jetzt alleine lassen. Das ist es doch, was Sie wollen. Beantworten Sie mir nur noch eine Frage. Sein Sie mal für eine Sekunde lang nicht der Manager der Gesellschaft, und beantworten Sie mir diese eine Frage. Macht Ihnen das alles wirklich etwas aus? Hat das Ganze für Sie auch nur einen Funken von Bedeutung?«

Ordner sah ihn lange Zeit ruhig an. Die Stadt, die sich hinter ihm ausbreitete, wirkte wie ein Königreich von hohen Türmen, das in Nebel gehüllt war. Dann sagte er: »Nein.«

»Gut«, sagte er besänftigt. Er musterte Ordner ohne Feindseligkeit. »Ich hab' es nicht getan, um Sie in Schwierigkeiten zu bringen. Oder die Gesellschaft.«

»Warum dann? Ich habe Ihre Frage beantwortet, nun beantworten Sie mir auch meine. Sie hätten den Waterford-Vertrag ohne weiteres unterzeichnen können. Danach hätten Sie die Sorgen ruhig anderen überlassen können. Warum haben Sie das nicht getan?«

»Das kann ich Ihnen nicht erklären«, antwortete er. »Ich habe auf mich selbst gehört. Aber innerlich sprechen die Menschen immer eine andere Sprache. Wenn man es laut ausspricht, klingt es wie ein Haufen ungereimter Scheiße. Aber es war für mich das einzig Richtige.«

Ordner sah ihm in die Augen, ohne mit einer Wimper zu zucken. »Und Mary?«

Er schwieg.

»Gehen Sie nach Hause, Bart«, wiederholte Ordner.

»Was wollen Sie von mir, Steve?«

Ordner schüttelte ungeduldig den Kopf. »Wir sind miteinander fertig, Bart. Wenn Sie eine Seelenmassage brauchen, gehen Sie in die nächste Bar.«

»Was wollen Sie von mir?«

»Nur, daß Sie von hier verschwinden und endlich nach Hause gehen.«

»Was erwarten Sie eigentlich vom Leben? Was bedeutet Ihnen wirklich etwas?«

»Gehen Sie nach Hause, Bart.«

»Antworten Sie mir! Was erwarten *Sie?«* Er sah Ordner unverschämt ins Gesicht.

Ganz langsam antwortete Ordner: »Ich erwarte das, was jeder Mensch sich erwartet. Gehen Sie nach Hause, Bart.«

Er verließ das Büro, ohne sich noch einmal umzudrehen. Und er kam nie wieder dorthin zurück.

Als er zu Magliore hinausfuhr, schneite es stark, und die meisten entgegenkommenden Wagen hatten ihre Scheinwerfer eingeschaltet. Seine Scheibenwischer schlugen in gleichmäßigem Rhythmus hin und her und wischten den Schnee zur Seite, der aufgrund der Entfrostungsanlage sofort schmolz und in Schlieren die Scheibe entlangrann. Wie Tränen.

Er parkte wieder hinter dem Haus und ging nach vorne ins Büro. Bevor er eintrat, betrachtete er sein gespenstisches Spiegelbild in der Türscheibe und wischte sich einen rosa Belag von den Lippen. Die Auseinandersetzung mit Ordner hatte ihn mehr aufgeregt, als er erwartet hätte. Er hatte unterwegs vor einem Drugstore gehalten und sich eine Flasche Pepto-Bismol besorgt. Auf dem Weg hier raus hatte er schon die Hälfte davon runtergeschluckt. Jetzt werde ich wohl wochenlang nicht richtig aufs Klo können, Fred. Aber Freddy war nicht zu Hause. Vielleicht besuchte er Monohans Verwandte in Bombay.

Die Frau in der Kinokasse arbeitete wieder an der Rechenmaschine. Sie schenkte ihm ein nachdenkliches Lächeln und bedeutete ihm, er könne gleich hineingehen.

Magliore war allein und las im *Wallstreet Journal.* Als er eintrat, warf er die Zeitung quer über den Tisch und in den Papierkorb, wo sie mit einem Rascheln der Blätter landete.

»Wenn das so weitergeht, fahren wir direkt zur Hölle«, sagte er, als führe er einen inneren Dialog fort, der schon früher begonnen hatte. »Die Börsenmakler sind alte Waschweiber, da hat Paul Harvey ganz recht. Wird der Präsident zurücktreten? Wird er's nicht tun? Will er es überhaupt?

Wird *General Electric* an dieser Energiekrise bankrott gehen? Das geht mir alles auf die Nerven.«

»Ja«, sagte er, ohne zu wissen, worin er ihn bestätigte. Er fühlte sich unsicher, denn er wußte nicht so recht, ob Magliore sich überhaupt noch an ihn erinnerte. Was sollte er sagen? *Ich bin der Kerl, der Sie gestern einen Knallkopf genannt hat, erinnern Sie sich?* Das war wohl kaum ein guter Anfang.

»Schneit es immer noch drauen?«

»Ja, sogar ziemlich stark.«

»Ich mag keinen Schnee. Mein Bruder fährt jedes Jahr im November nach Puerto Rico und kommt erst am fünfzehnten April wieder zurück. Behauptet, daß er sich da um seine Investitionen kümmern muß. Quatsch. Der kann sich nicht mal um seinen eigenen Arsch kümmern. Was wollen Sie?«

»Hä?« Er zuckte zusammen und fühlte sich schuldig.

»Sie sind zu mir gekommen, damit ich Ihnen etwas besorge. Wie kann ich es Ihnen beschaffen, wenn ich nicht weiß, was es ist?«

Als er so brutal damit konfrontiert wurde, fiel es ihm schwer, darüber zu sprechen. Es war, als weigerten die Worte sich, ausgesprochen zu werden.

Ihm fiel eine Episode aus seiner Kindheit ein, und er lächelte zaghaft.

»Was ist denn so lustig?« fragte Magliore scharf, aber freundlich. »So, wie die Geschäfte im Augenblick laufen, könnte ich eine Aufheiterung vertragen.«

»Ich hab' mir mal, als ich noch ein Kind war, ein Jo-Jo in den Mund gesteckt«, antwortete er.

»Und das ist lustig?«

»Nein, aber ich bekam es nicht wieder heraus. *Das* ist lustig. Meine Mutter hat mich zum Arzt gebracht, und der hat es wieder herausgeholt. Er hat mir einfach einen Tritt in den Hintern gegeben, und als ich den Mund aufmachte, um zu schreien, hat er es schnell herausgezogen.«

»Ich werde Sie nicht in den Hintern treten«, bemerkte Magliore trocken. »Was wollen Sie von mir, Dawes?«

»Sprengstoff.«

Magliore starrte ihn an. Er verdrehte die Augen und schien etwas sagen zu wollen, aber statt dessen schlug er sich erst einmal gegen seine Hängebacke. »Sprengstoff?«

»Ja.«

»Ich hab's ja gewußt, daß er ein Spinner ist«, sagte Magliore zu sich selbst. »Ich hab's noch zu Pete gesagt, gestern, nachdem Sie gegangen waren. ›Dieser Kerl da wartet darauf, daß ein großer Unfall passiert.‹, hab' ich zu ihm gesagt.«

Er erwiderte nichts. Das Gerede vom Unfall erinnerte ihn an Johnny Walker.

»Also gut. Sagen Sie mir, wozu Sie Sprengstoff brauchen. Wollen Sie die ägyptische Handelsausstellung in die Luft jagen? Oder ein Flugzeug entführen? Oder wollen Sie einfach bloß Ihre Schwiegermutter damit in die Hölle schicken?«

»An die würde ich keinen Sprengstoff verschwenden«, antwortete er steif, und beide mußten lachen. Aber es löste die Spannung zwischen ihnen nicht.

»Also? Was ist es? Wen haben Sie auf dem Kieker?«

»Ich habe niemanden auf dem Kieker«, antwortete er. »Wenn ich jemanden umbringen wollte, würde ich mir ein Gewehr kaufen.« Dann fiel ihm ein, daß er sich ja schon ein Gewehr gekauft hatte. Zwei sogar. Sein mit Pepto-Bismol gefüllter Magen fing plötzlich an zu grollen.

»Und wozu brauchen Sie nun den Sprengstoff?«

»Ich möchte eine Straße in die Luft jagen.«

Magliore sah ihn ungläubig an. Seine Gefühle schienen ihn zu überwältigen. Sie kamen ihm plötzlich genauso vergrößert vor wie die durch die Lupenwirkung der Brille vergrößerten Augen. »Sie wollen also eine Straße in die Luft jagen. Welche Straße?«

»Sie ist noch nicht gebaut worden.« Langsam fand er einen perversen Gefallen an der Sache. Und natürlich zögerte dies die unvermeidliche Konfrontation mit Mary noch eine Weile hinaus.

»Sie wollen also eine Straße in die Luft sprengen, die noch gar nicht gebaut ist. Ich hab' Sie falsch eingeschätzt, Mister.

Sie sind kein Spinner, Sie sind ein Psychopath. Können Sie mal vernünftig mit mir reden?«

Er wählte seine Worte sorgfältig. »Sie bauen gerade an einer Straße, die als 784-Autobahnzubringer bezeichnet wird. Wennn sie fertig ist, wird die Staatsautobahn direkt durch die Stadt führen. Aus ganz bestimmten Gründen will ich nicht... kann ich nicht... diese Straße zerstört zwanzig Jahre meines Lebens. Sie ist...«

»Ist es, weil sie die Wäscherei, in der Sie arbeiten, und Ihr Haus aus dem Weg räumt?«

»Woher wissen Sie das?«

»Ich hab' Ihnen ja gesagt, daß ich Sie überprüfen lasse. Glauben Sie, ich hätte das nur so als Spaß gemeint? Ich wußte sogar, daß Sie Ihren Job verlieren würden. Vielleicht noch vor Ihnen.«

»Nein, ich weiß es schon seit einem Monat«, sagte er schnell, ohne sich die Worte zu überlegen.

»Und wie wollen Sie das bewerkstelligen? Werden Sie einfach ein paar Zündschnüre mit Ihrer Zigarre anstecken und die Dynamitstangen aus Ihrem Autofenster werfen?«

»Nein. Sie lassen die Maschinen an jedem Sonn- und Feiertag an der Baustelle stehen. Ich will sie alle in die Luft sprengen. Und die drei neuen Überführungen, die werde ich ebenfalls zerstören.«

Magliore musterte ihn erstaunt. Lange. Dann warf er plötzlich den Kopf in den Nacken und lachte. Sein riesiger Bauch wackelte, und seine Gürtelschnalle hüpfte darauf auf und ab wie ein Holzstück auf einem Wellenkamm. Sein Lachen war laut und voll und herzlich. Er lachte, bis ihm die Tränen über die Wangen kullerten, und dann zog er aus irgendeiner Tasche ein großes, reichlich komisch wirkendes Taschentuch und wischte sich damit die Augen ab. Er stand einfach da und sah zu, wie Magliore lachte, und plötzlich war er sich sicher, daß dieser fette Mann mit den dicken Brillengläsern ihm den Sprengstoff verkaufen würde. Ein kleines Lächeln huschte über sein Gesicht. Das Lachen machte ihm nichts aus. An einem Tag wie heute tat es sogar ganz gut.

»Mann, Sie sind mir vielleicht einer«, kicherte Magliore, als er sich wieder etwas beruhigt hatte. »Ich wünschte, Pete wäre da, um sich das anzuhören. Das wird er mir niemals glauben. Gestern noch haben Sie mich einen Knallkopf genannt und heute... heu-heute...« Und wieder brüllte er vor Lachen und wischte sich mit dem riesigen Taschentuch übers Gesicht.

Als der Anfall vorüber war, fragte er: »Und wie wollen Sie dieses kleine Abenteuer finanzieren, Mr. Dawes? Jetzt, da Sie nicht mehr erwerbstätig sind?«

Er fand das eine lustige Formulierung. *Nicht mehr erwerbstätig*. Wenn man es so ausdrückte, klang es richtig echt. Er war arbeitslos. Und das alles hier war kein Traum.

»Ich habe mir letzten Monat meine Lebensversicherung auszahlen lassen«, erklärte er. »Ich habe über zehn Jahre lang für eine Zehntausend-Dollar-Police gezahlt. Im Augenblick besitze ich um die dreitausend Dollar.«

»Tragen Sie diesen Plan wirklich schon so lange mit sich herum?«

»Nein«, antwortete er aufrichtig. »Als ich mir die Versicherung auszahlen ließ, wußte ich noch nicht so genau, was ich damit anfangen wollte.«

»Damals haben Sie sich wohl noch alle Möglichkeiten offengehalten, was? Sie haben sich gedacht, Sie könnten die Straße verbrennen oder sie mit einem Maschinengewehr zusammenschießen. Oder wollten Sie sie vielleicht erwürgen?«

»Nein. Ich wußte einfach nicht, was ich tun würde. Aber jetzt weiß ich's.«

»Na gut, aber ohne mich.«

»Was?« Er blinzelte und starrte Magliore verblüfft an. Das stand nicht in seinem Drehbuch. Magliore sollte es ihm schon schwermachen, auf eine gewisse väterliche Art, aber zuletzt sollte er ihm doch den Sprengstoff verkaufen. Und dann sollte er sich aus der Affäre ziehen, etwa folgendermaßen: *Wenn Sie sich erwischen lassen, werde ich leugnen, je von Ihnen gehört zu haben.*

»Was haben Sie gesagt?«

»Ich sagte nein. N-e-i-n – und das heißt nein.« Er beugte sich vor. In seinen Augen war keine Spur von Humor mehr zu sehen. Sie waren klar und wirkten trotz der Vergrößerung durch die Brillengläser plötzlich klein. Es waren nicht mehr die Augen eines fröhlichen neapolitanischen Weihnachtsmannes.

»Hören Sie«, sagte er zu Magliore. »Wenn man mich erwischt, werde ich leugnen, je von Ihnen gehört zu haben. Ich werde niemals Ihren Namen erwähnen.«

»Einen Dreck werden Sie tun. Sie werden Ihr ganzes Herz ausschütten, und man wird Sie für unzurechnungsfähig erklären. Und ich wäre für den Rest meines Lebens geliefert.«

»Nein, hören Sie...«

»Nein, *Sie* hören mir jetzt mal zu«, sagte Magliore scharf. »Bis zu einem gewissen Punkt sind Sie ja ganz komisch, aber dieser Punkt ist jetzt erreicht. Ich habe nein gesagt, und ich meine nein. Keine Waffen, kein Sprengstoff, kein Dynamit, gar nichts. Warum? Weil Sie ein Spinner sind, und ich bin Geschäftsmann. Jemand hat Ihnen erzählt, daß Sie bei mir solches Zeug kriegen können. Das stimmt, ich kann eine Menge Dinge beschaffen. Ich habe schon viele Sachen für viele Leute besorgt. Aber ich habe mir dabei auch selbst etwas eingehandelt. 1946 bekam ich eine Zweihundertfünfzig-Dollar-Strafe wegen heimlichen Tragens einer Waffe aufgebrummt. Das waren zehn Monate Gefängnis. 1952 bekam ich eine Verschwörungsklage an den Hals, die ich abwenden konnte. 1955 eine Klage wegen Steuerhinterziehung. Ich kam auf Kaution frei. 1959 wurde ich wegen Hehlerei gefaßt, und diesmal kam ich nicht mit einer Kaution davon. Das bedeutete achtzehn Monate in Castleton, aber der Kerl, der mich an die Grand Jury verpfiffen hat, liegt jetzt unter der Erde. Seit 1959 habe ich noch dreimal vor Gericht gestanden. Zweimal wurde die Anklage fallengelassen, einmal kam ich mit einer Kaution frei. Die würden mich gerne wieder zu fassen kriegen, denn wenn sie mir was Richtiges anhängen können, gehe ich diesmal für zwanzig Jahre in den Knast. Keine vorzeitige Entlassung wegen guter Führung. Für einen Mann in meiner Verfassung heißt das, daß von mir höchstens noch die Nieren wieder rauskommen, die dann vielleicht irgendeinem Nigger in Norton eingepflanzt werden. Im Zuge des Wohlfahrtsprogramms für die Schwarzen. Für Sie mag das alles ein Spiel sein. Ein bißchen verrückt zwar, aber ein Spiel. Für mich ist es bitterer Ernst. Sie glauben zwar, Sie sagen die Wahrheit, wenn Sie behaupten, daß Sie den Mund halten würden. Aber Sie lügen. Sie belügen nicht mich, sondern sich selbst. Also, die Antwort heißt schlicht und einfach – nein.« Er warf die Hände hoch. »Wenn es sich um eine Mieze gehandelt hätte, mein Gott, ich hätte Ihnen gleich zwei besorgt, meinetwegen auch umsonst, wegen der Vorstellung, die Sie gestern hier abgezogen haben. Aber auf solche Sachen lasse ich mich nicht ein.«

»Schon gut«, flüsterte er. Sein Magen rebellierte. Er hatte das Gefühl, daß er sich gleich übergeben würde.

»Dieses Büro ist sauber«, fuhr Magliore fort. »Ich weiß, daß es sauber ist. Außerdem weiß ich, daß *Sie* sauber sind, aber Sie werden es wohl kaum bleiben, wenn Sie tatsächlich Ihren Plan durchführen wollen. Ich will Ihnen mal was erzählen. Vor ungefähr zwei Jahren kam einer von diesen Niggern hierher zu mir und verlangte Sprengstoff. Er wollte nicht so etwas Harmloses wie eine Straße in die Luft jagen, er hatte es gleich auf den staatlichen Gerichtshof abgesehen.«

Erzählen Sie mir nichts mehr, dachte er. Ich werde mich gleich übergeben. Sein Magen fühlte sich an, als wäre er voller Federn, die ihn fürchterlich kitzelten.

»Ich hab' ihm das Zeug verkauft«, sagte Magliore. »Ein bißchen hiervon, ein bißchen davon. Wir haben miteinander gefeilscht. Er hat mit seinen Leuten geredet, ich mit meinen. Geld wechselte die Hände. Viel Geld. Er nahm das Zeug mit. Die Bullen haben ihn und zwei von seinen Kumpanen geschnappt, bevor sie überhaupt in die Nähe des Gerichtshofs gekommen sind. Gott sei Dank. Aber ich habe lange Zeit kein Auge zugetan aus Sorge, was er den Bullen oder dem Staatsanwalt oder dem EFF-BIE-EI alles erzählen würde. Und wissen Sie warum? Weil er mit einem Haufen von Spinnern zusammen war, Negerspinnern, und das ist die schlimmste Sorte. Und wenn davon ein ganzer Haufen zusammen ist, ist das noch schlimmer. Ein einzelner Verrückter wie Sie kann nicht viel anrichten. Er brennt einfach aus wie 'ne Glühbirne. Aber wenn da dreißig Kerle zusammen sind und drei von ihnen geschnappt werden, versiegeln sie plötzlich alle ihre Lippen und schieben jemand anderem die Schuld in die Schuhe.«

»Schon gut«, sagte er wieder. Seine Augen brannten.

»Sehen Sie«, sagte Magliore etwas ruhiger, »mit dreitausend Dollar hätten Sie das Zeug sowieso nicht bezahlen können. Das hier ist so etwas wie ein Schwarzmarkt, verstehen Sie? Um die Menge Sprengstoff zu kaufen, die Sie benötigen, müssen Sie drei- bis viermal soviel ausgeben.«

Er schwieg. Er konnte nicht gehen, bevor Magliore ihn wegschickte. Es war wie in einem Alptraum, nur daß dies kein Alptraum war. Er mußte immer wieder an sich halten, um nicht vor Magliores Augen irgend etwas Dämliches zu tun. Zum Beispiel sich in den Arm kneifen, um wach zu werden.

»Dawes?«

»Was?«

»Es hätte auch gar keinen Sinn. Ist Ihnen das denn nicht klar? Sie können einen Menschen töten oder ein Denkmal in die Luft jagen oder ein wichtiges Kunstwerk zerstören wie dieser Kerl, der mit einem Hammer auf die Pietà losgegangen ist. Möge ihm die Nase deswegen verrotten. Aber Sie können keine Straße oder kein Gebäude in die Luft sprengen. Das ist es ja, was diese Nigger nicht kapieren wollen. Wenn sie den Gerichtshof in die Luft sprengen, wird der Staat zwei neue bauen – einen, um den alten zu ersetzen, und einen weiteren, um jedes einzelne von diesen schwarzen Arschlöchern zu verknacken, das seine Nase zur Tür hereinstreckt. Wenn man rumläuft und die Bullen abknallt, werden sie sechs neue Bullen für jeden getöteten anheuern. Und jeder dieser Bullen ist auf der Jagd nach schwarzer Haut. Sie können nicht gewinnen, Dawes. Ob weiß oder schwarz. Wenn Sie sich dieser

Straße in den Weg stellen, werden Sie mitsamt Ihrem Haus und Ihrer Wäscherei untergepflügt werden.«

»Ich muß jetzt gehen«, sagte er heiser.

»Ja, Sie sehen gar nicht gut aus. Sie müssen sich das aus dem Kopf schlagen. Ich kann Ihnen eine alte Hure beschaffen, wenn Sie wollen. Sie ist alt und dumm, und Sie können sie kräftig zusammenschlagen, wenn Ihnen das hilft. Werden Sie das Gift los. Irgendwie mag ich Sie, deshalb ...«

Er rannte, rannte blindlings durch die Tür, durch das Vorzimmer und in den Schnee hinaus. Draußen stand er zitternd und atmete in großen Zügen die kalte Schneeluft ein. Er hatte Angst, daß Magliore plötzlich herausgerannt käme und ihn am Kragen wieder in sein Büro ziehen würde, um bis ans Ende aller Zeiten auf ihn einzureden. Wenn Gabriel in seine Posaune blies, würde er immer noch dastehen und ihm geduldig die Unverletzlichkeit des Systems und den Nutzen einer alten Hure erklären.

Als er nach Hause kam, lag der Schnee schon fast zwanzig Zentimeter hoch. Der Schneepflug war schon vorbeigefahren, und er mußte den Wagen durch einen Wall am Straßenrand steuern, um in seine Auffahrt zu gelangen. Der LTD schaffte das ohne Mühe. Es war ein guter, schwerer Wagen.

Das Haus war dunkel. Er öffnete die Tür und trat auf der Fußmatte den Schnee von den Schuhen. Drinnen war alles still. Merv Griffin plauderte heute abend nicht mit seinen Berühmtheiten.

»Mary?« rief er, erhielt aber keine Antwort. *»Mary?«*

Er hätte gern geglaubt, daß sie nicht zu Hause sei, doch da hörte er ihr unterdrücktes Schluchzen aus dem Wohnzimmer. Er zog seinen Mantel aus und hängte ihn auf einen Bügel in der Garderobe. Unter den Bügeln stand eine kleine Schachtel. Sie war leer. Mary stellte sie jeden Winter dort auf, um die Tropfen aufzufangen. Er hatte sich des öfteren gefragt, wem ein paar Tropfen in der Garderobe etwas ausmachen könnten. Heute fiel ihm die Antwort darauf ein, einfach und deutlich. Mary machte es etwas aus. Das genügte.

Er ging ins Wohnzimmer. Sie saß im Dunkeln vor dem blinden Bildschirm. Sie kauerte auf dem Sofa und weinte. Sie benutzte kein Taschentuch, und ihre Hände lagen ruhig in ihrem Schoß. Früher hatte sie nur heimlich geweint. Sie war entweder ins Schlafzimmer gerannt und hatte sich in ihrem Bett verkrochen, oder sie hatte das Gesicht in den Händen beziehungsweise in einem Taschentuch versteckt, wenn es sie überraschend traf. Als er sie jetzt so vor sich sah, kam ihm ihr Gesicht nackt und obszön vor. Das Gesicht des Opfers eines Flugzeugabsturzes. Es zerriß ihm das Herz.

»Mary«, sagte er leise.

Sie weinte vor sich hin und blickte nicht einmal zu ihm auf. Er setzte sich neben sie.

»Mary. So schlimm ist es doch gar nicht. Nichts kann so schlimm sein.« Aber da war er sich selbst nicht so sicher.

»Es ist das Ende«, schluchzte sie, und die Worte klangen verzerrt durch ihr Weinen. Seltsamerweise breitete sich gerade in diesem Augenblick des Zusammenbruchs eine Schönheit auf ihrem Gesicht aus, die es vorher nie gehabt hatte. Es leuchtete richtig. In diesem Augenblick der Katastrophe war sie eine begehrenswerte Frau.

»Wer hat es dir gesagt?«

»*Jeder hat es mir gesagt!*« rief sie. Sie sah ihn immer noch nicht an, aber sie ballte eine Hand zur Faust und schlug damit ziellos in die Luft. Dann ließ sie sie wieder in den Schoß fallen. »Tom Granger hat mich angerufen. Dann hat Ron Stones *Frau* bei mir angerufen. Danach hat Vincent Mason angerufen. Alle wollten wissen, was mit dir los ist. Und ich hab's nicht *gewußt*. Ich hatte keine Ahnung, daß etwas nicht in Ordnung war.«

»Mary«, sagte er und versuchte, ihre Hand zu fassen. Sie zog sie weg, als ob er eine ansteckende Krankheit hätte.

»Willst du mich bestrafen?« fragte sie und sah ihn nun endlich an. »Ist es das, was du vorhast? Willst du mich bestrafen?«

»Nein«, antwortete er bestürzt. »Oh, Mary, nein.« Am

liebsten hätte er auch geweint, aber das wäre falsch gewesen. Das wäre jetzt völlig fehl am Platz.

»Weil ich dir ein totes Kind geboren habe und danach ein Kind mit einem angeborenen Selbstzerstörungsmechanismus? Glaubst du, daß ich deinen Sohn umgebracht habe? Ist das der Grund?«

»Mary, es war *unser* Sohn...«

»Es war dein Sohn!« schrie sie ihn an.

»Nicht, Mary. Bitte nicht.« Er versuchte, sie zu umarmen, aber sie riß sich los.

»Faß mich nicht an!«

Sie starrten sich gegenseitig an, entsetzt, denn sie entdeckten beide zum ersten Mal, daß es zwischen ihnen mehr gab, als sie je vermutet hätten – riesige weiße Flecken auf ihrer inneren Landkarte.

»Mary, ich konnte nicht anders handeln. Bitte, glaube mir.« Aber das konnte auch eine Lüge sein. Trotzdem stürzte er sich in die Erklärung. »Vielleicht hatte es etwas mit Charlie zu tun. Ich habe ein paar Dinge getan, die ich selbst nicht verstehe. Ich... ich habe mir im Oktober meine Lebensversicherung auszahlen lassen. Das war das erste, meine erste *reale* Handlung, aber mir sind schon lange vorher solche Dinge durch den Kopf gegangen. Es kam mir eben einfacher vor, etwas zu tun, als darüber zu reden. Kannst du das verstehen, Mary? Kannst du es wenigstens versuchen?«

»Was wird nun aus mir, Barton? Ich habe nichts anderes gelernt, als deine Frau zu sein. Was soll nun aus mir werden?«

»Ich weiß es nicht.«

»Es ist, als ob du mich vergewaltigt hättest.« Sie fing wieder an zu weinen.

»Mary, bitte, hör auf. Bitte... versuch, damit aufzuhören.«

»Hast du auch nur ein einziges Mal an mich gedacht, als du all diese Dinge getan hast? Hast du einmal daran gedacht, daß ich von dir abhängig bin?«

Er konnte nicht antworten. Auf eine seltsame Art kam es ihm vor, als stünde Magliore wieder vor ihm und redete auf ihn ein. Es war, als hätte Magliore ihn nach Hause geschleift, sich mit Marys Kleidern verkleidet und sich ihre Maske aufgesetzt. Was kam als nächstes? Das Angebot mit der alten Hure?

Sie stand auf. »Ich geh' nach oben und leg' mich ins Bett.«

»Mary...« Sie fiel ihm nicht ins Wort, aber er stellte fest, daß er nichts mehr zu sagen wußte.

Sie ging aus dem Zimmer, und er hörte sie die Treppe hinaufgehen. Kurze Zeit darauf hörte er ihr Bett quietschen, als sie sich hinlegte. Danach hörte er sie wieder weinen.

Er stand auf, schaltete den Fernseher ein und drehte den Ton auf volle Lautstärke, um alles andere zu übertönen.

Merv Griffin plauderte wieder mit seinen Berühmtheiten.

Zweiter Teil

DEZEMBER

Ach, Geliebte, laß uns doch ehrlich
zueinander sein!
Diese Welt, die wie ein Land von Träumen
vor uns liegt,
so vielfältig, so neuartig und schön,
hat doch keine Liebe für uns, keine Freude
und kein Licht,
keine Gewißheit, keinen Frieden und
keinen Trost für unser Leid.
Wir sind wie auf einer finsteren Ebene,
heimgesucht von verwirrten Armeen
in Kampf und Flucht,
Armeen, die bei Nacht blind aufeinanderstoßen...

Matthew Arnold
Dover Beach

5. Dezember 1973

Er trank seinen Privatdrink, Seven-up und Southern Comfort, und sah sich eine Fernsehsendung an, deren Titel er vergessen hatte. Der Held war entweder ein V-Mann oder ein Privatdetektiv. Er hatte gerade eins über den Schädel gekriegt. Auf diese Art kam der V-Mann (oder Privatdetektiv) auf die Idee, daß er einer heißen Sache auf der Spur sei. Bevor er aber sagen konnte, um was es ging, wurde er von der Reklame unterbrochen. Der Reklamemensch stellte eine synthetische Bratensoße vor, die man nur mit warmem Wasser mischen mußte. Er fragte das Fernsehpublikum, ob die Masse in der roten Schüssel nicht genau wie Bratensoße aussähe. Barton George Dawes fand, daß sie eher wie Durchfall aussähe, den jemand in einen roten Hundenapf geschissen hätte. Dann ging der Film weiter. Der Privatdetektiv (oder V-Mann) fragte einen schwarzen Barkeeper aus, der eine Latte von Vorstrafen hatte. Der Barkeeper sagte *hau ab.* Der Barkeeper sagte *verpiß dich.* Der Barkeeper nannte ihn einen Idioten. Es war ein sehr salopper Barkeeper. Aber Barton George Dawes dachte, na gut, so hat der Privatdetektiv (oder V-Mann) wenigstens seinen Auftritt gehabt.

Er war ziemlich betrunken und saß nur in seiner Unterhose vor dem Fernseher. Im Haus war es sehr warm. Er hatte den Thermostat auf 28° hochgedreht, als Mary ihn verlassen hatte, und da war er seitdem geblieben. Energiekrise? Was für eine Energiekrise? Ich scheiß' auf dich, Dick. Und auf das Pferd, auf dem du immer angeritten kommst. Und ich scheiß' auch auf Checkers. Nachdem er auf die Autobahn eingebogen war, hatte er den Wagen auf hundert beschleunigt und allen Autofahrern, die ihn angehupt hatten, damit er langsamer fahre, bedeutet, sie sollten ihn sonstwo lecken. Die vom Präsidenten eingesetzte Verbraucherexpertin, eine Frau, die aussah, als wäre sie in den dreißiger Jahren einer von diesen

Kinderstars gewesen, bevor sie sich in eine hermaphroditische Politikerin verwandelt hatte, war vor zwei Abenden im Fernsehen erschienen und hatte über *die Möglichkeiten!!* gesprochen. DU & ICH können überall im Haus Elektrizität sparen!! Sie hieß Virginia Knauer und machte unheimlich viel Getue um die verschiedenen Möglichkeiten, wie DU & ICH Energie sparen könnten, denn die Krise sei ein schreckliches Unglück und wir seien alle davon betroffen. Als ihr Auftritt vorbei war, war er sofort in die Küche gegangen und hatte den elektrischen Mixer angestellt, denn Mrs. Knauer hatte gesagt, daß Küchenmixer die zweitgrößten Stromverschwender von allen Kleingeräten seien. Er hatte den Mixer die ganze Nacht laufen lassen, und als er am nächsten Morgen aufgewacht war – das war gestern morgen gewesen –, war der Motor durchgebrannt. Die größten Stromverschwender waren nach Mrs. Knauer diese kleinen elektrischen Heizgeräte. Leider hatte er keines, aber er spielte mit dem Gedanken, sich extra eines zu besorgen, damit er es Tag und Nacht laufen lassen könnte, bis auch da der Motor durchbrannte. Vielleicht verbrannte der ihn gleich mit, wenn er betrunken genug war, um die Besinnung zu verlieren. Das würde diesem ganzen unglückseligen Selbstmitleidtheater endlich ein Ende bereiten.

Er goß sich noch einen Drink ein und verfiel in ein trauriges Brüten über die alten Fernsehprogramme, die damals gelaufen waren, als er und Mary noch jungverheiratet waren und sich eine brandneue RCA-Fernsehtruhe geleistet hatten – der gute alte Schwarzweißfernseher. Da hatte es noch was zu glotzen gegeben. Das *Jack Benny Program* zum Beispiel, oder *Amos and Andy*, die beiden originellen, schlitzohrigen Nigger. Da gab es noch *Dragnet*, das originale *Dragnet* mit Ben Alexander als Joe Fridays Partner und nicht mit diesem neuen Typ, diesem Harry sonstwie. Da hatte es noch *Highway Patrol* gegeben mit Broderick Crawford, der in sein Automikrophon brummte, und alle Leute waren in den alten Buicks herumgefahren, die mit den Bullaugen an den Seiten. *Your Show of Shows. Your Hit Parade* mit Gisele MacKenzie, die damals solche Lieder wie *Green Door* und *Stranger in Paradise* gesungen hatte. Diese Sendung hatte der Rock 'n' Roll aus dem Weg geräumt. Und dann die alten Quizsendungen. Ja, was war damit? *Tic-Tac-Dough* und *Twenty One* jeden Montag abend mit Jack Berry als Quizmaster. Leute, die in schalldichte Kabinen geführt wurden, wo sie sich Kopfhörer wie bei den UNO-Versammlungen aufsetzten und unglaubliche Fragen gestellt bekamen, für die sie die Antworten vor der Sendung erfahren hatten. *The 64 000 Question* mit Hal March. Leute, die mit Armen voller Nachschlagewerke von der Bühne stolperten. *Dotto* mit Jack Narz. Und dann die Sonnabendvormittagssendungen wie *Annie Oakley*, die ihren kleineren Bruder Tag immer aus fürchterlichen Situationen retten mußte. Er hatte sich des öfteren gefragt, ob das Balg nicht in Wirklichkeit ihr Sohn wäre. Oder *Rin-Tin-Tin*, der vom Fort Apache aus operierte. *Sergeant Preston*, der vom Yukon aus operierte – er hatte so eine Art Späheraufgabe. *Range Rider* mit Jock Mahoney. *Wild Bill Hickok* mit Guy Mason und Andy Fevine als Jingles. Mary hatte immer zu ihm gesagt, Bart, wenn die Leute wüßten, daß du dir all diese Sendungen ansiehst, würden sie dich für schwachsinnig halten. Ehrlich, ein Mann in deinem Alter! Aber er hatte ihr darauf immer geantwortet, ich will mich mal mit meinen Kindern unterhalten können, Kindchen. Nur, daß es dann keine Kinder gegeben hatte – keine richtigen. Das erste war bloß ein toter Klumpen gewesen, und das zweite war Charlie, an den er lieber nicht denken sollte. Wir sehen uns später, wenn ich träume, Charlie. Er und sein Sohn trafen sich jetzt fast jede Nacht in dem einen oder anderen Traum. Barton George Dawes und Charles Frederick Dawes, wiedervereint durch die Wunder des persönlichen Unterbewußtseins. Und hier sind wir wieder, liebe Freunde, auf geht's zur neuesten Disney-World-Reise, ein Ausflug in das Land des Selbstmitleids. Sie können hier auf dem Kanal der Tränen gondeln, das Museum der Alten Schnappschüsse besuchen oder sich von Fred MacMurray in seinem wundervollen Nostalgiemobil durch die Gegend fahren lassen. Die letzte Station dieser Reise ist diese wunderbare Nachbildung der Crestallen Street West. Sie steckt gleich hier, in der Southern-Comfort-Flasche, wo sie für alle Zeiten aufbewahrt wird. Ja, so ist es richtig, Madam, Sie müssen den Kopf ein bißchen einziehen, wenn Sie durch den engen Hals schlüpfen, aber es wird gleich weiter. Und dies ist das Haus von Barton George Dawes, dem letzten Anwohner der Crestallen Street. Sie können gleich hier durchs Fenster gucken. Wart einen Augenblick, mein Sohn, ich heb' dich gleich hoch. Ja, genau, da sehen Sie George, wie er in Unterhosen vor seinem Farbfernseher sitzt, einen Drink kippt und heult. Er heult? Natürlich, was sollte er im Land des Selbstmitleids denn sonst tun? Er heulte die ganze Zeit. Sein Tränenstrom wird von unserem WELTBERÜHMTEN INGENIEURSTEAM gesteuert. Am Montag tröpfelt es nur ein bißchen, da ist hier nicht soviel los. Aber an den anderen Wochentagen heult er so richtig los. An den Wochenenden fließt er richtig über, und zu Weihnachten spülen wir ihn vielleicht ganz weg. Sicher, er ist vielleicht ein bißchen abstoßend, aber er ist einer der meistgefragten Einwohner im Selbstmitleidsland, gemeinsam mit unserer King-Kong-Nachbildung, die Sie gleich hier auf der Spitze des Empire-State-Gebäudes sehen. Er...

Er warf seinen Drink gegen den Fernseher.

Aber er verfehlte ihn. Das Glas prallte gegen die Wand, fiel auf den Boden und zersplitterte. Er brach erneut in Tränen aus.

Heulend dachte er: Seht mich an, seht mich doch an, Gott, was bin ich abscheulich. Ich bin ein solch verdammtes Arschloch, es ist kaum zu glauben. Ich hab' mir mein ganzes Leben zerstört und Marys noch dazu, und jetzt sitze ich auch noch hier rum und reiße Witze darüber. Ich bin ein gräßlicher Abfallhaufen. Jesus, Jesus, Jesus...

Er war schon auf dem halben Weg zum Telefon, als er sich gerade noch zurückhalten konnte. Gestern abend hatte er betrunken und heulend bei Mary angerufen und sie angefleht zurückzukommen. Er hatte solange gebettelt, bis sie anfing zu weinen und den Hörer auflegte. Er grinste verlegen und wand sich in seinem Sessel, als er daran dachte. Wie hatte er sich nur so verdammt dämlich benehmen können. Richtig peinlich.

Er ging in die Küche, holte sich Handfeger und Schaufel und ging damit ins Wohnzimmer zurück. Dort stellte er den Fernseher ab und fegte die Scherben auf. Er brachte sie leicht schwankend in die Küche und warf sie in den Mülleimer. Dann stand er da und fragte sich, was er als nächstes tun könnte.

Er lauschte auf das insektenartige Brummen des Kühlschranks. Es machte ihm angst. Er ging ins Bett. Und er träumte.

6. Dezember 1973

Es war halb vier Uhr nachmittags, und er raste mit hundert Sachen über die Autobahn nach Hause. Der Tag war strahlend klar und kalt, Temperaturen um den Gefrierpunkt. Er machte jetzt jeden Tag, seit Mary ihn verlassen hatte, einen Ausflug auf der Autobahn – es war so eine Art Ersatz für seine Arbeit geworden. Es beruhigte ihn. Wenn die Straße sich so unendlich vor ihm erstreckte, an beiden Seiten klar von den Schneewällen begrenzt, die die Räumfahrzeuge aufgehäuft hatten, mußte er nicht nachdenken und fühlte sich mit sich selbst im Einklang. Manchmal sang er auch lauthals die Lieder aus dem Radio mit. Oft dachte er sich, daß er einfach immer so weiterfahren könnte, immer der Straße nach. Unterwegs würde er sich Benzin auf Kreditkarten kaufen. Er würde immer nach Süden fahren, bis die Straßen oder das Land aufhörten. Ob man wohl bis zur Spitze von Südamerika durchfahren konnte? Er wußte es nicht.

Aber er kehrte immer wieder nach Hause zurück. Vorher aß er noch in irgendeinem Autobahnrestaurant ein paar Hamburger und Pommes frites, dann bog er in die Stadt ab und war jeweils bei Sonnenuntergang oder kurz danach zu Hause.

Er nahm jedesmal die Stanton Street, parkte den Wagen und sah sich die täglichen Fortschritte der 784-Autobahn an. Die Baufirma hatte extra eine Plattform für die Gaffer aufstellen lassen – hauptsächlich Rentner und Leute, die beim Einkaufen eine Minute übrig hatten –, und sie war den ganzen Tag voll besetzt. Sie reihten sich alle am Geländer auf wie Enten in der Schießbude, den weißen Dunst ihres Atems vor den Mündern, und glotzten auf die Bulldozer und Bagger, auf die Landvermesser mit ihren Sextanten und Dreifußstativen hinunter. Er hätte sie alle erschießen können!

Aber am Abend, wenn das Thermometer auf –10° sank, wenn der Sonnenuntergang einen schmutzig-orangen Streifen am westlichen Horizont bildete und die Sterne schon kalt am Himmel blinkten, konnte er die Baufortschritte allein und ungestört begutachten. Die Augenblicke, die er auf der Plattform verbrachte, wurden ihm immer wichtiger – er vermutete, daß sie ihm auf eine geheime Art Kraft gaben und ihn mit einer Welt verbanden, die wenigstens zur Hälfte noch gesund war. In diesen Augenblicken, bevor er in seine allabendliche Betrunkenheit versank, bevor er den unvermeidlichen Drang bekämpfte, Mary anzurufen, bevor die abendlichen Vorstellungen im Selbstmitleidsland wieder anfingen – war er vollkommen er selbst, fühlte er sich kalt und stocknüchtern. Er umklammerte das Eisengeländer mit bloßen Händen und starrte auf die Baustelle hinunter, bis seine Finger so gefühllos wie das Eisen wurden und er nicht mehr unterscheiden konnte, wo seine Welt – die Welt der menschlichen Dinge – endete und wo die Außenwelt der Bagger und Kräne und Aussichtsplattformen begann. In diesen Augenblicken mußte er nicht mehr flennen oder über die Katastrophe in der Vergangenheit nachgrübeln, die sein ganzes Leben durcheinandergebracht hatte. In diesem Augenblick spürte er, wie sein *Selbst* warm in der gleichgültigen Kälte des frühen Winterabends pulsierte, und er war ein wirklicher Mensch, vielleicht sogar ein gesunder.

Jetzt, als er mit hundert Stundenkilometern über die Autobahn raste, sah er plötzlich, noch gut vierzig Meilen von der Westgate-Zahlstelle entfernt, eine eingemummte Gestalt auf dem Seitenstreifen stehen, als er gerade die Ausfahrt 16 passiert. Sie hatte einen dicken Armeemantel an und eine schwarze Strickmütze auf dem Kopf, und sie hielt ein Schild in die Höhe, auf dem (erstaunlich, in all dem Schnee) LAS VEGAS stand. Darunter stand trotzig geschrieben: ODER VERPISS DICH!

Er trat auf die Bremse und spürte, wie der Sitzgurt ihm durch die abrupte Verlangsamung in die Seite schnitt. Dann ein hysterisches Kreischen seiner Räder auf dem Asphalt. Gut zwanzig Meter hinter der Gestalt hielt er am Straßenrand. Sie steckte schnell das Schild unter den Arm und kam auf ihn zugerannt. Etwas an der Art, wie sie rannte, sagte ihm, daß sein Anhalter ein Mädchen sei.

Sie öffnete die Beifahrertür und stieg ein.

»Hallo, danke schön.«

»Bitte.« Er warf einen Blick in den Rückspiegel und fuhr auf die rechte Spur. Schnell beschleunigte er wieder auf hundert. Die Straße erstreckte sich wie immer vor ihm. »Ziemlich langer Weg nach Las Vegas«, bemerkte er.

»Das kann man wohl sagen.« Sie warf ihm ein Lächeln zu, ihr Standardlächeln für alle Leute, die ihr sagten, wie weit es noch bis Las Vegas sei, und zog ihre dicken Handschuhe aus. »Haben Sie etwas dagegen, wenn ich rauche?«

»Nein, nein, rauchen Sie nur.«

Sie holte eine Schachtel Marlboro hervor. »Möchten Sie auch eine?«

»Nein, danke.«

Sie steckte sich die Zigarette in den Mund, kramte eine Schachtel Küchenstreichhölzer aus ihrer Manteltasche hervor, zündete ihre Zigarette an, nahm einen tiefen Zug und blies den Rauch aus, der für einen Augenblick die Windschutzscheibe vernebelte. Dann steckte sie die Marlboro-Schachtel und die Streichhölzer wieder weg, löste den blauen Wollschal um ihren Hals und sagte: »Ich bin Ihnen wirklich dankbar, daß sie mich mitnehmen. Ganz schön kalt da draußen.«

»Haben Sie lange gewartet?«

»Ungefähr eine Stunde. Der letzte Kerl war betrunken. Gott, war ich froh, aus seinem Wagen rauszukommen.«

Er nickte. »Ich nehme Sie bis zum Ende der Autobahn mit.«

»Ende?« Sie sah ihn verblüfft an. »Fahren Sie ganz bis nach Chicago?«

»Was? Oh, nein.« Er nannte ihr seine Stadt.

»Aber die Autobahn geht doch direkt durch Ihre Stadt.« Sie zog eine Straßenkarte aus ihrer anderen Manteltasche, die vom häufigen Gebrauch überall Eselsohren aufwies. »Jedenfalls steht das hier in der Karte.«

»Falten Sie sie noch mal auf und sehen Sie genau hin.«

Sie tat es.

»Welche Farbe hat der Autobahnabschnitt, auf dem wir gerade fahren?«

»Grün.«

»Und welche Farbe hat der Abschnitt, der durch die Stadt führt?«

»Grün gepunktet. Sie wird... ach, verdammt! Sie wird noch *gebaut*!«

»Richtig. Der weltberühmte 784-Autobahnausbau. Sie werden nie nach Las Vegas kommen, Kindchen, wenn Sie Ihre Karte nicht genau lesen.«

Sie beugte sich so weit über die Karte, daß ihre Nase fast das Papier berührte. Ihre Haut war sehr hell, vielleicht sogar milchig-weiß, aber im Augenblick hatte die Kälte ihr eine zarte Röte auf die Wangen und die Stirn getrieben. Ihre Nasenspitze war ganz rot, und neben dem linken Nasenloch hing ein Wassertropfen. Ihr Haar war kurzgeschnitten, aber es war ein schlechter Schnitt. Eine Pfuscharbeit. Es hatte eine schöne kastanienbraune Farbe. Viel zu schade, um es zu schneiden, schlimmer noch, es so schlecht schneiden zu lassen. Wie war noch mal diese Weihnachtsgeschichte von O'Henry? ›Das Geschenk der

Drei Weisen.‹ Für wen hast du eine Uhrkette gekauft, kleine Vagabundin?

»Die durchgehende grüne Linie fängt wieder an einem Ort an, der Landy heißt«, sagte sie. »Wie weit ist das von der Stelle entfernt, an der sie aufhört?«

»Zirka dreißig Meilen.«

»Verdammt.«

Sie beugte sich wieder über die Karte. Die Ausfahrt 15 flog an ihnen vorbei.

»Und wie ist die Umgehungsstraße?« fragte sie nach einer Weile. »Sie kommt mir ziemlich chaotisch vor.«

»Route 7 wird für Sie das beste sein«, antwortete er. »Es ist die letzte Ausfahrt, sie heißt Westgate.« Er zögerte. »Aber es wäre wohl am besten, wenn Sie's für heute abend aufgeben. Es gibt dort ein Holiday Inn. Wir werden kaum vor dem Dunkelwerden da sein, und Sie wollen doch bestimmt nicht im Dunkeln trampen.«

»Warum nicht?« Sie sah ihn an. Ihre Augen waren von einem verwirrenden Grün; eine Farbe, von der man mal liest, die man aber selten zu sehen bekommt.

»Es ist eine Stadtumgehung«, erklärte er und bog auf die linke Spur, um mehrere Wagen zu überholen, die nur sechzig fuhren. Einige hupten wütend. »Vier breite Spuren mit einem schmalen Mittelstreifen. Zwei führen westwärts nach Landy, zwei nach Osten in die Stadtmitte. Eine Menge Einkaufszentren, Hamburgerbuden, Bowlingbahnen und all das. Die Leute fahren nur kurze Strecken und halten gar nicht erst an.«

»Ja«, seufzte sie. »Fährt vielleicht ein Bus nach Landy?«

»Es gab da mal einen Bus, aber die Firma ist pleite gegangen. Vielleicht fährt der Greyhound.«

»Ach, Scheiße.« Sie knüllte die Karte zusammen und steckte sie in die Manteltasche zurück. Dann starrte sie müde und etwas besorgt vor sich auf die Straße.

»Können Sie sich kein Motelzimmer leisten?«

»Mister, ich hab' gerade dreizehn Dollar bei mir. Ich könnte mir nicht mal 'ne Hundehütte mieten.«

»Sie können bei mir übernachten, wenn Sie wollen.«

»Ja, und vielleicht lassen Sie mich gleich hier aussteigen.«

»Vergessen Sie's, ich ziehe das Angebot zurück.«

»Außerdem, was würde Ihre Frau davon halten?« Sie blickte herausfordernd auf den Ehering an seinem Finger. Der Blick schien anzudeuten, daß sie ihn für einen von den Kerlen hielt, die sich nachmittags in den Schulhöfen herumdrücken, wenn der Hausmeister gegangen ist.

»Meine Frau und ich leben getrennt.«

»Seit kurzem?«

»Ja. Seit dem ersten Dezember.«

»Und jetzt haben Sie all diese Komplexe, bei denen Sie Hilfe gebrauchen könnten«, sagte sie. In ihrer Stimme lag Verachtung, aber es war ein altes Gefühl, das sich nicht speziell gegen ihn richtete. »Besonders die von einem jungen Küken.«

»Ich habe nicht die Absicht, jemanden aufs Kreuz zu legen«, erwiderte er wahrheitsgemäß. »Ich glaube nicht mal, daß ich ihn hochkriegen würde.« Ihm fiel auf, daß er zwei Ausdrücke gebraucht hatte, die er noch nie in Gegenwart einer Frau gesagt hatte, aber es schien ganz in Ordnung zu sein. Weder gut noch schlecht, einfach ganz in Ordnung. Wie ein Gespräch über das Wetter.

»Soll das eine Herausforderung sein?« fragte sie und nahm einen tiefen Zug an ihrer Zigarette. Wieder vernebelte der Rauch die Scheibe.

»Nein«, antwortete er. »Es ist wohl eher eine Floskel, wenn Sie so wollen. Ich nehme an, daß ein Mädchen, das allein durch die Gegend trampt, ständig auf so was gefaßt ist.«

»Und jetzt kommt wohl Nummer drei«, sagte sie. Immer noch lag Feindseligkeit und Verachtung in ihrer Stimme, aber sie schien auch eine gewisse, müde Belustigung über ihn zu empfinden. »Wie kommt so ein nettes Mädchen wie Sie in einen Wagen wie diesen?«

»Ach, zum Teufel«, rief er. »Sie sind unmöglich.«

»Ja, das bin ich.« Sie drückte die Zigarette im Aschenbecher aus und rümpfte plötzlich die Nase. »Nun sehen Sie sich das an. Voller Bonbonpapier, Cellophan und was weiß ich noch alles. Warum besorgen Sie sich nicht eine Mülltüte?«

»Weil ich nicht rauche. Wenn Sie mich vorher angerufen und mit gesagt hätten, Bart, alter Junge, ich werde heute an der Autobahn stehen, du wirst mich doch sicher mitnehmen, oder? Und, übrigens, ich habe die Absicht zu rauchen, also leer vorher deinen Aschenbecher aus, klar? – dann hätte ich ihn sicher vorher geleert. Schmeißen Sie das Zeug doch einfach aus dem Fenster.«

Sie lächelte. »Sie haben einen netten Sinn für Humor.«

»Das liegt an meinem traurigen Leben.«

»Wissen Sie, wie lange es dauert, bis Zigarettenkippen biologisch abgebaut sind? Zweihundert Jahre. Bis dahin sind Ihre Enkelkinder schon tot.«

Er zuckte die Achseln. »Es macht Ihnen nichts aus, mir mit Ihren ausgeatmeten Krebserregern meine Lunge zu verderben, aber Sie wollen nicht einen einzigen Zigarettenfilter auf die Autobahn hinauswerfen. Mir soll's recht sein.«

»Was soll das denn nun wieder heißen?«

»Nichts.«

»Hören Sie, wollen Sie, daß ich aussteige?«

»Nein«, sagte er. »Lassen Sie uns einfach über neutrale Themen reden. Den Stand des Dollars. Den Zustand der Union. Den Staat Arkansas.«

»Ich würde lieber ein bißchen schlafen, wenn es Ihnen nichts ausmacht. Sieht so aus, als ob ich die ganze Nacht auf den Beinen sein werde.«

»Auch gut.«

Sie zog sich die Mütze über die Augen, verschränkte die Arme und wurde ruhig. Nach einer Weile hörte er ihre langen, gleichmäßigen Atemzüge. Er warf ihr immer wieder einen kurzen Blick zu und versuchte, sich ein Bild von ihr zu machen. Sie hatte enge Blue Jeans an. Sie waren verblichen und sehr dünn. Sie schmiegten sich so dicht an ihre Beine, daß er sehen konnte, daß sie keine langen Unterhosen oder noch eine Jeans drunter trug. Ihre Beine, die sie im Augenblick bequem unter dem Armaturenbrett verstaut hatte, waren lang und mußten jetzt krebsrot sein und fürchterlich jukken. Er wollte sie schon fragen, ob ihre Beine juckten, machte sich dann aber klar, daß sich das im Moment etwas seltsam anhören würde. Bei der Vorstellung, daß sie sich die ganze Nacht an der Route 7 rumtreiben, ab und zu eine kurze Mitfahrgelegenheit aufgabeln oder auch sitzenbleiben würde, fühlte er sich unwohl. Nacht, dünne Jeans, Temperaturen um minus zehn Grad. Na ja, das war ihre Sache. Wenn es ihr zu kalt wurde, konnte sie ja irgendwo hingehen und sich aufwärmen. Kein Problem.

Sie fuhren an den Ausfahrten 14 und 13 vorbei. Er hörte damit auf, sie immer wieder zu betrachten, und konzentrierte sich auf die Straße. Die Tachonadel blieb stur auf hundert, und er blieb stur immer auf der Überholspur. Des öfteren wurde er angehupt. Als sie an der Ausfahrt 12 vorbeikamen, hupte ein Kombiwagen mit einem ›FAHREN SIE IMMER 60‹-Aufkleber energisch und blinkte mit der Lichthupe. Er zeigte dem Fahrer den Mittelfinger.

Mit geschlossenen Augen sagte sie: »Sie fahren zu schnell. Deshalb hupen sie alle.«

»Ich weiß, warum sie das tun.«

»Und es ist Ihnen egal?«

»Ja.«

»Und wieder einer unserer besorgten Bürger, die ihren Teil dazu beitragen, Amerika aus der Energiekrise zu retten.«

»Ich scheiß' auf die Energiekrise.«

»Ja, ja, das behaupten sie alle.«

»Ich bin auf der Autobahn immer achtzig gefahren. Nicht mehr und nicht weniger. Das war für meinen Wagen die beste Verbrauchsgeschwindigkeit. Aber jetzt protestiere ich gegen diese Hundedressurethik. Darüber haben Sie doch sicher in Ihren Soziologiekursen gehört. Oder liege ich da falsch? Ich gehe davon aus, daß Sie Studentin sind.«

Sie setzte sich auf. »Das stimmt, ich habe Soziologie studiert. Eine Zeitlang jedenfalls. Aber von der Hundedressurethik habe ich nie etwas gehört.«

»Weil ich sie selbst erfunden habe.«

»Ach so, ein Aprilscherz.« Entrüstung. Sie rutschte in ihren Sitz zurück und zog die Mütze wieder über die Augen.

»Die Hundedressurethik, die Barton George Dawes Ende 1973 entwickelt hat, liefert uns eine vollständige Erklärung für solch mysteriöse Dinge wie die Finanzkrise, die Inflation, den Vietnamkrieg und die gegenwärtige Energiekrise. Nehmen wir die Energiekrise als Beispiel. Das amerikanische Volk wird dressiert wie Hunde. In diesem Fall wird es darauf dressiert, sich in große, Benzin fressende Fahrzeuge zu verlieben, als da sind Autos, Schneemobile, große Boote, Sandbuggies, Motorräder, Wohnmobile und vieles mehr. Zwischen den Jahren 1973 und 1980 wird das amerikanische Volk allerdings umdressiert, damit es dieses Spielzeug in Zukunft verachtet. Das amerikanische Volk liebt es geradezu, auf diese Art erzogen zu werden. Es wedelt mit dem Schwanz. Verbrauche möglichst viel Energie. Verbrauche überhaupt keine Energie. Geh und pinkel auf die Zeitung. Ich habe nichts dagegen, Energie zu sparen, aber ich bin gegen diese Dressur.«

Er mußte plötzlich an Mr. Piazzis Hund denken, der zuerst aufgehört hatte, mit dem Schwanz zu wedeln, dann angefangen hatte, mit den Augen zu rollen, und schließlich Luigi Bronticelli an die Kehle gesprungen war.

»Es ist wie bei Pawlows Hunden«, fuhr er fort. »Sie wurden darauf dressiert, beim Klingeln einer Glocke den Speichel laufen zu lassen. Und wir wurden darauf trainiert, daß uns beim Anblick von teuren Wagen oder eines Zenith-Farbfernsehers mit automatischer Antenne der Speichel im Mund zusammenlief. Ich hab' so einen Fernseher zu Hause. Er hat sogar einen kleinen Telecommander. Man kann bequem in seinem Sessel sitzen bleiben und die Programme wechseln, ihn laut oder leise stellen oder ihn abschalten. Ich hab' mir das Ding mal in den Mund gesteckt und auf einen der Knöpfe gedrückt, und der Kasten ist tatsächlich angesprungen. Das Signal ist direkt durch mein Gehirn gegangen, und es hat funktioniert. Technik ist doch eine wundervolle Sache.«

»Sie sind verrückt.«

»Ja, das bin ich wohl.« Sie kamen an der Ausfahrt 11 vorbei.

»Ich denke, ich schlafe jetzt weiter. Wecken Sie mich, wenn wir zum Autobahnende kommen.«

»Ist gut.«

Sie verschränkte wieder ihre Arme vor der Brust und schloß die Augen.

Sie kamen an der Ausfahrt 10 vorbei.

»Es ist nicht mal so sehr die Dressur, die mir etwas ausmacht«, redete er weiter. »Aber es macht mich rasend, daß die Dompteure alles geistige, moralische und seelische Idioten sind.«

»Sie versuchen doch nur, mit einer Menge Rhetorik Ihr schlechtes Gewissen zu beruhigen«, sagte sie mit geschlossenen Augen. »Fahren Sie doch einfach 60, und es wird Ihnen viel besser gehen.«

»Es wird mir nicht besser gehen!« Er spuckte die Worte so heftig aus, daß sie verblüfft auffuhr und ihn anstarrte.

»Fehlt Ihnen was?«

»Nein, mir fehlt nichts. Ich hab' nur meine Frau und meine Arbeit verloren, weil entweder ich oder die anderen verrückt geworden sind, und jetzt sitze ich hier mit einer Tramperin – einem neunzehnjährigen Kind, verdammt noch mal, eins von der Sorte, das sich daran gewöhnt haben sollte, daß die Welt verrückt geworden ist –, und was will es mir klarmachen? Daß die Welt vollkommen in Ordnung sei. Nicht mehr viel Öl, na ja, aber ansonsten ist alles vollkommen in Ordnung.«

»Ich bin einundzwanzig.«

»Wie schön für Sie«, entgegnete er bitter. »Wenn die Welt wirklich so in Ordnung ist, was suchen Sie dann hier draußen in der Kälte und fahren mitten im Winter nach Las Vegas? Warum wollen Sie die ganze Nacht an der Route 7 verbringen in der Hoffnung, daß jemand Sie mitnimmt? Sie werden Frostbeulen an den Beinen kriegen, weil Sie unter Ihrer Jeans nichts weiter anhaben.«

»Na, hör'n Sie mal, ich *habe* etwas unter meiner Jeans an. Wofür halten Sie mich?«

»Ich halte Sie für blöd!« brüllte er. »Sie werden sich den Arsch abfrieren!«

»Und dann werden Sie kein Stück mehr davon abkriegen, nicht wahr?« flötete sie mit süßer Stimme.

»Junge, Junge«, murmelte er kopfschüttelnd.

Sie rasten an einem Sedan vorbei, der stete 60 fuhr. Der Fahrer betätigte die Lichthupe. *»Fahr zur Hölle!«* schrie er.

»Lassen Sie mich bitte sofort aussteigen!« sagte sie ruhig.

»Vergessen Sie's. Ich werde schon keinen Unfall bauen. Schlafen Sie weiter.«

Sie sah ihn lange mißtrauisch an. Dann verschränkte sie wieder die Arme und machte die Augen zu. Sie fuhren an Ausfahrt 9 vorbei.

Um fünf nach vier erreichten sie Ausfahrt 2. Die Schatten auf der Straße waren länger geworden und hatten eine bestimmte blaue Färbung angenommen, die es nur während der Wintermonate zu geben schien. Venus stand schon am Osthimmel. In Stadtnähe wurde der Verkehr dichter.

Er blickte zu ihr hinüber und sah, daß sie sich aufgerichtet hatte und die auf der Gegenfahrbahn vorbeiflitzenden Wagen betrachtete. Der Wagen direkt vor ihnen hatte einen Weihnachtsbaum auf dem Dach. Die grünen Augen des Mädchens waren jetzt weit aufgerissen, und einen Augenblick versank er in ihnen. Für eine Sekunde überfiel ihn ein Gefühl vollkommenen Mitempfindens, dessen die Menschen nur manchmal, in gnädigen Momenten, fähig sind. Er stellte sich vor, was sie bei all diesen Autos empfinden mußte, die ein warmes Zuhause als Ziel hatten, die irgendwo hinfuhren, wo es Geschäfte zu erledigen oder Freunde zu begrüßen gab oder wo eine ganz normale Familie auf sie wartete. Er verstand ihre Gleichgültigkeit gegenüber all diesen Fremden. Und einen kurzen, glasklaren Augenblick lang begriff er, was Thomas Carlyle mit der großen, toten Lokomotive Welt gemeint hatte, die weiter und weiter stampfte.

»Sind wir bald da?« fragte sie.

»In fünfzehn Minuten.«

»Hören Sie, wenn ich unhöflich zu Ihnen war...«

»Nein, ich war sehr unhöflich zu Ihnen. Wissen Sie, ich habe heute abend nichts Bestimmtes vor. Ich fahr' Sie rüber nach Landy.«

»Nein...«

»Oder ich stecke Sie für die Nacht ins Holiday Inn. Ohne Gegenleistung. Einfach nur fröhliche Weihnachten und so.«

»Leben Sie wirklich von Ihrer Frau getrennt?«

»Ja.«

»Und erst so kurz?«

»Ja.«

»Hat sie die Kinder?«

»Wir haben keine Kinder.« Sie fuhren jetzt auf die Mautstelle zu. Zwei grüne Ampellichter blinkten gleichgültig im Zwielicht.

»Dann nehmen Sie mich mit nach Hause.«

»Sie müssen nicht. Ich meine, Sie müssen nicht...«

»Es wär' mir heute ganz recht, mit jemandem zusammenzusein«, unterbrach sie ihn. »Ich mag nicht gern bei Nacht trampen. Es ist irgendwie unheimlich.«

Er hielt neben dem Schalter und drehte das Fenster herunter. Kalte Luft strömte in den Wagen. Er reichte dem Kassierer seine Karte und einen Dollar neunzig und fuhr langsam weiter. Vor ihnen stand ein großes, reflektierendes Schild:

WIR DANKEN IHNEN FÜRS SICHERE FAHREN!

»In Ordnung«, sagte er vorsichtig. Er wußte, daß es vermutlich nicht richtig war, sie immer wieder zu beruhigen – es würde wahrscheinlich das Gegenteil bewirken –, aber er konnte nicht anders. »Sehen Sie, es ist nur, daß ich mich zu Hause recht einsam fühle. Wir können zusammen essen und uns dann mit Popcorn vor den Fernseher setzen. Sie schlafen oben im Schlafzimmer, und ich werde...«

Sie lachte leise, und er spähte vorsichtig zu ihr hinüber, während er die große Schleife der Ausfahrt hinunterfuhr. Aber er konnte sie im Dämmerlicht kaum mehr erkennen.

Sie war nur eine dunkle Gestalt. Sie hätte auch ein Traum sein können. Der Gedanke gefiel ihm gar nicht.

»Hören Sie, ich sag's ihnen lieber gleich«, begann sie. »Erinnern Sie sich an den betrunkenen Kerl, von dem ich erzählt habe? Ich hab' mit ihm die Nacht zusammen verbracht. Er hat mich bis Stilson gebracht. Das war sein Preis.«

Er hielt vor der roten Ampel am Fuß der Schleife.

»Meine Zimmernachbarin hat mich gewarnt, daß es so kommen würde, aber ich wollte ihr nicht glauben. Ich würde mich niemals quer durchs Land ficken, ich nicht.« Sie warf ihm einen flüchtigen Blick zu, aber er konnte ihren Gesichtsausdruck nicht erkennen. »Es ist nicht so, daß man von den Leuten dazu *gezwungen* wird«, fuhr sie fort. »Man fühlt sich so losgelöst von allem, als würde man im Weltraum herumspazieren. Man kommt in eine fremde Stadt und denkt an all die Leute, die darin leben, und man möchte am liebsten weinen. Ich weiß nicht warum, aber es ist so. Es kann so schlimm werden, daß man sogar mit einem Kerl voller Pickel mitgehen würde, nur damit man nachts jemanden neben sich atmen hört und damit man reden kann.«

»Es interessiert mich nicht, mit wem Sie geschlafen haben«, sagte er und fädelte sich in den Verkehr ein. Er war wieder automatisch auf die Grand Street abgebogen, um zur Baustelle zu fahren.

»Dieser Geschäftsmann«, erzählte sie weiter. »Er ist vierzehn Jahre lang verheiratet gewesen. Das hat er immer wieder gesagt, während er auf mir drauflag. Vierzehn Jahre, Sharon, hat er gesagt, vierzehn Jahre, vierzehn Jahre. Er ist schon nach vierzehn Sekunden gekommen.« Sie lachte kurz auf. Es klang traurig und reuevoll.

»Ist das Ihr Name?« fragte er. »Sharon?«

»Nein. Ich glaube, so hieß seine Frau.«

Er hielt am Straßenrand.

»Was machen Sie da?« fragte sie, wieder mißtrauisch geworden.

»Nichts besonderes«, antwortete er. »Es ist nur ein Teil

meines Heimwegs. Steigen Sie aus, wenn Sie wollen. Ich werde Ihnen etwas zeigen.«

Sie stiegen aus und gingen zur Aussichtsplattform hinüber, die jetzt verlassen dastand. Er legte wie immer seine bloßen Hände ums Geländer und sah nach unten. Sie hatten heute die Straße grundiert. Während der letzten drei Arbeitstage hatten sie das Bett mit Kies ausgefüllt, heute war die Grundierung drangekommen. Die verlassenen Baumaschinen – LKW's, Kräne, gelbe Bagger – standen reglos im Abendlicht wie Ausstellungsstücke in einem Naturkundemuseum. Dinosaurier. Hier haben wir den riesigen Vegetarier, den Stegosaurus, dort drüben den fleischfressenden Triceratops und da hinten den furchtbaren, Erde verschlingenden Dieselschaufelsaurier. *Bon appétit.*

»Was halten Sie davon?« fragte er sie.

»Soll ich etwas davon halten?« gab sie abwehrend zurück, unsicher, was die Situation zu bedeuten hatte.

»Sie müssen doch irgend etwas denken.«

Sie zuckte die Achseln. »Straßenbauarbeiten, was sonst? Man baut hier eine Straße in einer Stadt, die ich vermutlich nie wiedersehen werde. Was soll ich also davon halten? Ich finde es häßlich.«

»Häßlich«, wiederholte er erleichtert.

»Ich bin in Portland in Maine aufgewachsen«, erzählte sie. »Wir haben in einem riesigen Hochhaus gewohnt, und auf der gegenüberliegenden Straßenseite wurde ein großes Einkaufszentrum gebaut...«

»Haben sie dafür etwas abgerissen?«

»Hm?«

»Haben sie...«

»Oh. Oh, nein. Es war vorher ein leerer Platz mit einem großen Feld dahinter. Ich war damals gerade sechs oder sieben. Es kam mir so vor, als ob sie da in alle Ewigkeit den Boden aufreißen und umgraben und umpflügen würden. Und das einzige, was mir dazu einfiel... es ist schon komisch... das einzige, was ich damals dachte, war: Arme, alte Erde, sie geben dir einfach eine Klistierspritze, ohne dich zu fragen, ob du eine willst oder ob du überhaupt krank bist. Ich hatte in diesem Jahr eine Darminfektion und ich war Experte in bezug auf Klistierspritzen.«

»Oh«, sagte er.

»Wir sind mal an einem Sonntag, als sie nicht gearbeitet haben, rübergegangen und haben uns die Baustelle angesehen. Sie sah genauso aus wie diese hier. Sehr still, wie eine Leiche in einem Bett. Sie hatten das Fundament schon halb fertig, und es steckten überall so gelbe Metalldinger im Zement...«

»Verstrebungen.«

»Was auch immer. Und dann waren da noch eine Unmenge von Rohren und Drähten zu sehen, die in durchsichtige Plastikhüllen eingewickelt waren, und überall lag eine Menge von rohem Dreck rum. Das klingt komisch, denn gekochten Dreck gibt's wohl nicht, aber genau so hat es ausgesehen. Roh. Wir haben dort oft Verstecken gespielt, bis meine Mutter eines Tages rübergekommen ist und mich und meine Schwester entsetzlich ausgeschimpft hat. Meine kleine Schwester war erst vier Jahre alt und hat geheult wie ein Schloßhund. Komisch, jetzt nach all der langen Zeit daran zu denken. Können wir wieder ins Auto? Mir ist kalt.«

»Sicher«, sagte er, und sie gingen zurück.

Als sie weiterfuhren, sagte sie: »Ich hätte nie gedacht, daß aus dem Ganzen mal was anderes herauskommt als ein großes Chaos. Aber dann, eines Tages, stand das fertige Einkaufszentrum vor uns. Ich kann mich noch an den Tag erinnern, an dem sie den Parkplatz asphaltiert haben. Ein paar Tage später kam ein Mann mit einem kleinen Wägelchen vorbei und zog überall gelbe Linien. Dann veranstalteten sie eine große Party, und irgend so ein hohes Tier schnitt ein Band durch, und dann fingen alle an, dort einzukaufen. Es war so, als wäre es nie gebaut worden, als hätte es immer schon da gestanden. Es hatte auch einen Namen, sie nannten es *Mammoth Mart*, und meine Mutter ist ständig dorthin gegangen. Manchmal, wenn Angie und ich mit ihr dort einkaufen waren, mußte ich heimlich an all die gelben Metallstreben denken, die jetzt wohl irgendwo im Keller steckten. Es war so etwas wie mein Geheimnis.«

Er nickte. Er kannte sich in Geheimnissen aus.

»Was für eine Bedeutung hat es für Sie?« wollte sie wissen.

»Das versuche ich immer noch herauszufinden«, antwortete er.

Er wollte ihnen ein TV-Dinner warm machen, aber sie warf einen Blick in den Kühlschrank, entdeckte den Schweinebraten und schlug vor, ihn zuzubereiten, wenn er warten wolle, bis er gar sei.

»Klar«, antwortet er erfreut. »Ich wußte bloß nicht, wie lange man ihn braten muß oder bei welcher Temperatur.«

»Sie vermissen Ihre Frau, nicht wahr?«

»Ja, sehr.«

»Weil Sie nicht mal wissen, wie man einen Schweinebraten macht?« hakte sie nach, aber darauf antwortete er nicht. Sie buk noch ein paar Kartoffeln dazu und kochte den tiefgefrorenen Mais. Sie aßen in der Frühstücksecke, und sie langte kräftig zu. Sie schaffte vier dicke Fleischscheiben, zwei Kartoffeln und zwei Portionen Mais.

»Ich habe schon seit einem Jahr nicht mehr so gut gegessen«, erklärte sie dann, zündete sich eine Zigarette an und blickte zufrieden auf ihren leeren Teller. »Jetzt habe ich mich vermutlich überfressen.«

»Wovon haben Sie sich ernährt?«

»Erdnußflips.«

»Was?«

»Erdnußflips.«

»Ich dachte doch, daß ich das gehört hätte.«

»Sie sind billig«, verteidigte sie sich. »Und sie füllen den Magen. Außerdem haben sie auch Nährstoffe, das steht jedenfalls auf der Packung.«

»Nährstoffe, daß ich nicht lache! Davon kriegst du höchstens Pickel, Mädchen. Dafür bist du wirklich zu alt. Komm mit.«

Er führte sie ins Wohnzimmer und öffnete Marys Geschirrschrank. Dort holte er eine silberne Schüssel hervor und zog einen Haufen Geldscheine heraus. Sie riß die Augen auf.

»He, Mister, wen haben Sie überfallen?«

»Meine Versicherung. Ich hab' mir die Police auszahlen lassen. Hier sind zweihundert Dollar. Kaufen Sie sich was zu essen.«

Sie faßte das Geld nicht an. »Sie sind verrückt«, sagte sie. »Was wollen Sie für zweihundert Dollar bei mir erreichen?«

»Nichts.«

Sie lachte.

»Na gut.« Er legte das Geld auf die Kommode und stellte die Schüssel in den Schrank zurück. »Wenn Sie das Geld morgen früh nicht mitnehmen, spül' ich's die Toilette hinunter.« Aber er glaubte selbst nicht, daß er das tun würde.

Sie sah ihm forschend ins Gesicht. »Wissen Sie was? Ich glaube, dazu wären Sie fähig.«

Er schwieg.

»Wir werden sehen«, lenkte sie ein. »Morgen früh.«

»Morgen früh«, wiederholte er.

Er sah sich die Sendung *To Tell the Truth* an. Zwei Frauen erzählten einem Rateteam, daß sie beide Weltmeisterin im Mustang-Zureiten wären, aber nur eine sagte die Wahrheit. Das Rateteam, bestehend aus Soupy Sales, Bill Cullen, Arlene Dahl und Kitty Carlisle, mußte herausfinden, welche von beiden log. Garry Moore, der wohl einzige dreihundertjährige Quizmaster der Welt, lächelte, riß seine Witze und klingelte mit einem Glöckchen, wenn die Ratezeit eines Kandidaten vorbei war.

Das Mädchen stand am Fenster und sah hinaus. »Sagen Sie mal, wer wohnt hier eigentlich?« fragte sie ihn. »Die Häuser sind ja alle dunkel.«

»Die Dankmans und ich«, antwortete er. »Und die Dankmans ziehen am fünften Januar aus.«

»Warum?«

»Die Straße«, sagte er. »Wollen Sie einen Drink?«

»Was soll das heißen, die Straße?«

»Sie führt genau hier durch. Dieses Haus wird meiner Schätzung nach irgendwo im Mittelstreifen liegen.«

»Haben Sie mir deshalb die Baustelle gezeigt?«

»Ich glaube, ja. Ich habe früher in einer Wäscherei gearbeitet, die zwei Meilen von hier entfernt liegt. Die Blue-Ribbon-Wäscherei. Sie steht der Straße auch im Weg.«

»Und deshalb haben Sie Ihre Arbeit verloren? Weil die Wäscherei zugemacht hat?«

»Nein, nicht ganz. Ich sollte eine Option auf eine Fabrik außerhalb der Stadt unterschreiben. Die Waterford-Fabrik. Aber ich hab's nicht getan.«

»Warum nicht?«

»Ich konnte es nicht ertragen«, antwortete er schlicht. »Möchten Sie einen Drink?«

»Sie brauchen mich nicht betrunken zu machen.«

»Oh, nein!« er verdrehte die Augen. »Sie können wohl auch bloß in die eine Richtung denken, was?«

Einen Augenblick herrschte eine unangenehme Stille.

»Es gibt eigentlich nur einen Drink, den ich mag. Screwdrivers. Haben Sie Wodka und Orangensaft?«

»Ja.«

»Ich nehme an, Sie haben kein Hasch?«

»Nein, ich nehme nie welches.«

Er ging in die Küche und machte ihr einen Screwdriver. Sich selbst mixte er einen Southern Comfort mit Seven-up. Mit beiden Drinks kehrte er ins Wohnzimmer zurück. Sie spielte mit dem Telecommander und wechselte von Kanal zu Kanal, bis sie alle siebenunddreißig durchhatte: *To Tell the Truth,* Pfeffer und Salz, *I Dream of Jeannie, Gilligan's Island,* Pfeffer und Salz, *I Love Lucy,* Pfeffer und Salz, Julia Child, die etwas aus Avocados zubereitete, das an einen Haufen Hundeschiet erinnerte, *The New Price is Right,* Pfeffer und Salz, und dann zurück zu Gary Moore, der sein Rateteam jetzt fragte, wer von seinen drei Kandidaten der wirkliche Autor eines Buches sei, das darüber berichtete, wie man sich fühlte, wenn man einen Monat lang durch die Wälder von Saskatchewan geirrt ist.

Er gab ihr ihren Drink.

»Haben Sie unterwegs Käfer gegessen, Nummer zwei?« fragte Kitty Carlisle.

»Was ist eigentlich mit euch hier los?« wollte das Mädchen wissen. »Habt ihr kein *Raumschiff Enterprise*? Seid ihr Heiden?«

»Das kommt nachmittags um vier. Auf Kanal acht.«

»Sehen Sie sich das an?«

»Manchmal. Meine Frau sieht immer Merv Griffin.«

»Ich habe keine Käfer gesehen«, antwortete Nummer zwei. »Aber wenn ich sie gesehen hätte, hätte ich sie bestimmt gegessen.« Das Publikum lachte herzlich.

»Warum ist sie ausgezogen? Sie müssen es mir nicht erzählen, wenn Sie nicht wollen.« Sie sah ihn aufmerksam an, als wäre der Preis für sein Bekenntnis außerordentlich hoch.

»Derselbe Grund, warum man mich gefeuert hat«, antwortete er und setzte sich hin.

»Weil Sie keine neue Fabrik gekauft haben?«

»Nein, weil ich kein neues Haus gekauft habe.«

»Ich stimme für Nummer zwei«, erklärte Souply Sales. »Er sieht so aus, als ob er die Käfer wirklich gegessen hätte, wenn er sie gefunden hätte.« Das Publikum lachte herzlich.

»Sie haben... oooh. Ooooh.« Sie musterte ihn über ihr Glas hinweg, und ihre Augen bewegten sich nicht. In ihnen lag eine Mischung aus Staunen, Bewunderung und Entsetzen. »Und was werden Sie jetzt tun?«

»Ich weiß es nicht.«

»Sie arbeiten nicht?«

»Nein.«

»Was tun Sie dann den ganzen Tag?«

»Ich fahre auf der Autobahn.«

»Und abends sehen Sie fern?«

»Und ich trinke. Manchmal mache ich mir Popcorn. Nachher werde ich uns Popcorn machen.«

»Ich esse kein Popcorn.«

»Dann werde ich es essen.«

Sie drückte auf den AUS-Knopf des Telecommanders (er

bezeichnete ihn manchmal insgeheim als ›Modul‹, denn heutzutage war man geneigt zu glauben, daß alle Dinge, die etwas an- oder ausschalteten, Module sein müßten), und das Fernsehbild zog sich zu einem winzigen Punkt zusammen und verschwand schließlich ganz.

»Ich will mal sehen, ob ich das in eine Reihe kriege«, sagte sie. »Sie haben also Ihre Frau und Ihre Arbeit sausen lassen und...«

»Nicht unbedingt in dieser Reihenfolge.«

»Ist ja egal. Sie haben Sie wegen dieser Straße verloren, ist das richtig?«

Er blickte unsicher auf den leeren Bildschirm. Obwohl er den Sendungen niemals konzentriert folgte, fühlte er sich doch äußerst unwohl, wenn der Kasten nicht lief. »Ich weiß nicht, ob das so richtig ist«, sagte er. »Man braucht eine Sache nicht immer gleich zu verstehen, nur weil man sie getan hat.«

»War es aus Protest?«

»Ich *weiß* es nicht. Wenn man gegen etwas protestiert, dann doch darum, weil man etwas anderes für besser hält. All diese Leute haben doch gegen den Krieg protestiert, weil sie den Frieden für viel besser halten. Die Leute protestieren gegen die Rauschgiftgesetze, weil sie denken, daß andere Rauschgiftgesetze fairer seien oder mehr Spaß brächten oder weniger Schaden anrichten würden oder... ich weiß nicht. Machen Sie doch bitte den Fernseher wieder an.«

»Einen Augenblick noch.« Ihm wurde wieder bewußt, wie grün ihre Augen waren, durchdringend wie die einer Katze. »Haben Sie das getan, weil Sie die Straße hassen? Die technisierte Gesellschaft, die sie repräsentiert? Die dehumanisierende Wirkung der...«

»Nein«, sagte er. Es war so schwierig, ehrlich zu sein, und er fragte sich, warum er sie nicht einfach mit einer Lüge abspeiste, die die Diskussion schnell beenden würde. Sie war genau wie all die anderen jungen Leute, wie Vinnie Mason, die alle glaubten, daß die Wahrheit in der Bildung läge. Sie wollte Propaganda mit Schaubildern und allem Drum und Dran, aber keine Antwort. »Ich habe die Leute mein ganzes

Leben lang Straßen und Häuser bauen sehen. Ich habe nie besonders darüber nachgedacht. Es war bloß immer ärgerlich, eine Umleitung benutzen oder auf der anderen Straßenseite gehen zu müssen, weil sie den Bürgersteig aufgerissen haben oder ein Gebäude abrissen oder...«

»Aber als es Ihr Heim traf... *Ihr* Haus und Ihre Arbeit, da haben Sie plötzlich nein gesagt.«

»Ja, gut, ich habe nein gesagt.« Aber er wußte nicht, zu was er nein gesagt hatte. Oder hatte er nicht eher ja gesagt? Hatte er nicht endlich einem zerstörerischen Impuls nachgegeben, den er schon immer in sich herumgetragen hatte, genauso wie der eingebaute Selbstzerstörungsmechanismus von Charlies Gehirntumor? Er wünschte sich sehnlichst, daß Freddy sich mal wieder meldete. Freddy hätte ihr alles sagen können, was sie hören wollte. Aber Freddy hatte sich offenbar ganz zurückgezogen.

»Sie sind entweder verrückt oder eine wirklich bemerkenswerte Persönlichkeit«, sagte sie.

»Nur die Personen in Büchern sind bemerkenswert«, erwiderte er. »Machen Sie jetzt den Fernseher wieder an.«

Sie gehorchte. Er ließ sie das Programm wählen.

»Was trinken Sie da eigentlich?«

Es war Viertel vor neun. Er war ein bißchen beschwipst, aber lange nicht so betrunken, als wenn er jetzt allein gewesen wäre. Er stand in der Küche und machte Popcorn. Es gefiel ihm zuzusehen, wenn die Körner in der Glasschüssel aufgingen. Sie schoben sich mit einer Gewalt nach oben wie ein Schneesturm, der allerdings nicht von oben fiel sondern von unten hochstieg.

»Southern Comfort mit Seven-up«, antwortete er.

»*Was?*«

Er lachte verlegen.

»Darf ich das mal probieren?« Sie hielt ihm ihr leeres Glas hin und lächelte. Es war das erste völlig ungezwungene Lächeln, seit sie in sein Auto gestiegen war. »Sie mixen einen lausigen Screwdriver.«

»Ich weiß«, sagte er. »Southern Comfort und Seven-up ist mein Privatdrink. In der Öffentlichkeit trinke ich Scotch. Aber ich hasse Scotch.«

Das Popcorn war fertig, und er schüttete es in eine große Plastikschüssel.

»Kann ich einen haben?«

»Natürlich.«

Er mixte ihr einen Southern Comfort mit Seven-up und ließ dann ein großes Stück Butter über dem Popcorn schmelzen.

»Das wird Ihnen eine Menge Cholesterin in den Blutkreislauf jagen«, bemerkte sie. Sie lehnte sich an den Türrahmen zwischen Eßzimmer und Küche und nippte vorsichtig an ihrem Drink. »He, das *schmeckt* mir.«

»Selbstverständlich. Bewahren Sie es als Geheimnis, und Sie sind den anderen immer eine Nasenlänge voraus.«

Er salzte das Popcorn.

»Das Cholesterin blockiert Ihr Herz«, dozierte sie weiter. »Die Blutgefäße werden enger und enger und dann, eines Tages... *aaaarrrggghhh!*« Sie faßte sich dramatisch an die Brust und verschüttete dabei etwas von ihrem Drink.

»Mein Stoffwechsel arbeitet das alles auf«, beruhigte er sie und ging durch die Tür. Mit einem Arm streifte er ihren Busen (züchtig von einem BH verhüllt, wie er feststellte), als er an ihr vorbeikam. Er hatte eine Empfindung, die Marys Busen ihm schon seit Jahren nicht mehr gegeben hatte. Aber es war vielleicht nicht so gut, in diese Richtung weiterzudenken.

Sie aß das meiste von dem Popcorn.

Während der Elf-Uhr-Nachrichten, die sich hauptsächlich mit der Energiekrise und den Nixon-Tonbändern befaßten, fing sie an zu gähnen.

»Gehen Sie nach oben«, sagte er zu ihr. »Gehen Sie ins Bett.«

Sie warf ihm einen komischen Blick zu.

Aufgebracht sagte er: »Wir werden uns niemals richtig vertragen, wenn Sie nicht endlich aufhören, jedesmal wie ein gehetztes Reh zu gucken, wenn ich das Wort ›Bett‹ auch nur erwähne. Der wesentliche Zweck des Großen Amerikanischen Bettes ist der Schlaf, nicht der Geschlechtsverkehr.«

Darüber mußte sie lächeln.

»Wollen Sie nicht mal die Bettdecke aufschlagen?«

»Sie sind doch ein großes Mädchen.«

Sie sah ihn ruhig an. »Sie können mit mir raufkommen, wenn Sie möchten. Ich hab' das vor einer Stunde beschlossen.«

»Nein ... aber Sie haben keine Ahnung, wie attraktiv diese Einladung für mich ist. Ich hab' in meinem ganzen Leben nur mit drei Mädchen geschlafen, und bei zweien ist es so lange her, daß ich mich kaum noch daran erinnern kann. Das war noch vor meiner Ehe.«

»Wollen Sie mich auf den Arm nehmen?«

»Ganz und gar nicht.«

»Hören Sie, es ist nicht, weil Sie mich mitgenommen haben oder mich hier übernachten lassen. Es ist auch nicht wegen des Geldes, das Sie mir angeboten haben.«

»Es ist nett von Ihnen, das zu sagen«, sagte er und stand auf. »Aber gehen Sie jetzt lieber nach oben.«

Sie blieb sitzen. »Sie sollten wissen, warum Sie es nicht tun.«

»Sollte ich das?«

»Ja. Wenn Sie etwas tun, was Sie sich nicht erklären können – so, wie Sie es vorhin geschildert haben –, mag das ganz in Ordnung sein, weil es sowieso geschehen würde. Aber bevor Sie sich entschließen, etwas nicht zu tun, sollten Sie wissen, warum.«

»Also gut«, willigte er ein und nickte zum Eßzimmer hinüber, wo das Geld immer noch auf der Kommode lag. »Es ist wegen des Geldes. Sie sind noch zu jung, um sich als Hure durchzuschlagen.«

»Ich werde es nicht nehmen«, antwortete sie prompt.

»Das weiß ich. Deshalb werde *ich* es auch nicht tun. Ich möchte, daß Sie das Geld nehmen.«

»Weil Sie dann netter sind als all die anderen Kerle?«

»Genau.« Er sah sie herausfordernd an.

Sie schüttelte ärgerlich den Kopf und stand auf. »Na gut. Aber Sie sind ein Burgeois, ist Ihnen das klar?«

»Ja.«

Sie kam auf ihn zu und küßte ihn auf den Mund. Er roch ihren Duft, und der war sehr angenehm. Er hatte sofort eine Erektion.

»Gehen Sie.«

»Wenn Sie es sich heute nacht noch anders überlegen sollten...«

»Das werde ich nicht.« Er sah ihr nach, wie sie barfüßig die Treppe hinaufstieg. »He?«

Sie drehte sich noch mal um und zog die Augenbrauen in die Höhe.

»Wie heißen Sie?«

»Olivia, wenn's gefällig ist. Ein dämlicher Name, nicht wahr? Wie Olivia de Havilland.«

»Nein, gar nicht. Ich finde ihn schön. Gute Nacht, Olivia.«

»Gute Nacht.«

Sie ging hinauf. Er hörte, wie sie das Licht einschaltete, genauso wie er es immer gehört hatte, wenn Mary vor ihm zu Bett gegangen war. Wenn er genau hinhörte, könnte er vielleicht sogar das erregende Knistern ihres Pullovers wahrnehmen, wenn sie ihn über den Kopf zog. Oder das Klicken ihrer Gürtelschnalle, die die Jeans über ihrer Hüfte zusammenhielt...

Sein Penis richtete sich vollends auf, und das war unangenehm. Er wölbte sich gegen den Schritt seiner Hose. Mary hatte das manchmal den Stein vieler Zeitalter genannt. Oder die Schlange, die plötzlich zu Stein wird. Das war, als sie noch jung waren und das Bett für sie nichts als eine Spielwiese bedeutet hatte. Er fummelte an seiner Unterhose herum, aber als es dadurch nicht besser wurde, stand er auf. Nach einer Weile ging die Erektion zurück, und er setzte sich wieder hin.

Als die Nachrichten vorbei waren, kam ein Spielfilm – John Agar in *Brain from Planet Arous*. Er schlief vor dem Fernseher ein, den Telecommander lose in einer Hand haltend. Kurze

Zeit später rührte sich etwas hinter seiner Hosenklappe, und die Erektion kehrte zurück, heimlich, wie ein Mörder, der den Ort eines früheren Verbrechens wieder aufsucht.

7. Dezember 1973

Er ging in dieser Nacht doch zu ihr.

Er hatte wieder von Mr. Piazzis Hund geträumt und war diesmal sicher gewesen, daß der zutrauliche Junge, der den Hund streicheln wollte, Charlie war. Er wußte es noch bevor der Hund aufsprang, und das machte es noch schlimmer. Als die Bestie an Charlies Kehle hing, rappelte er sich aus dem Schlaf hoch wie ein Mann, der sich aus einer flachen, sandigen Grube freizuschaufeln versucht.

Halb schlafend, halb wach griff er mit den Händen ins Leere und verlor schließlich das Gleichgewicht auf der Couch, auf der er sich letztendlich doch zusammengerollt hatte. Einen Augenblick hing er hin- und herschwankend über der Kante, desorientiert und entsetzt über den Tod seines Sohnes, der in seinen Träumen immer wieder sterben mußte.

Dann fiel er, schlug mit dem Kopf auf und verletzte sich an der Schulter. Doch nun war er wach genug, um festzustellen, daß er sich in seinem Wohnzimmer befand und daß der Traum vorbei war. Die Realität war elendig, aber nicht so beängstigend.

Was machte er hier? Ihn überkam eine realistische Vision von dem, was er mit seinem Leben getan hatte, und es war ein unheimlicher Anblick. Er hatte es wie einen alten Lumpen in der Mitte durchgerissen. Nichts war mehr in Ordnung. Er litt. Er hatte einen faulen Southern-Comfort-Geschmack im Mund und stieß plötzlich eine saure Magenflüssigkeit auf, die er angeekelt hinunterschluckte.

Dann fing er fürchterlich an zu zittern und umklammerte seine Knie, damit es aufhörte. Was machte er hier auf dem

Fußboden in seinem Wohnzimmer, seine Knie umklammernd und zitternd wie ein Alkoholiker in der Gosse? Oder ein Geisteskranker, ein bescheuerter Psychopath, das kam der Sache wohl näher. War er das wirklich? War er geisteskrank? Nicht so etwas Komisches und Harmloses wie ein Spinner oder ein Knallkopf oder einfach nur ein Verrückter, sondern ein wirklicher, echter Psychopath? Der Gedanke erfüllte ihn erneut mit Schrecken. War er wirklich zu einem Berufsverbrecher gegangen, um sich den Sprengstoff zu besorgen? Hatte er wirklich zwei Gewehre in seiner Garage versteckt, von denen eins groß genug war, um einen Elefanten zu töten? Ein hoher, wimmernder Ton entschlüpfte seiner Kehle, und er versuchte vorsichtig aufzustehen. Seine Knochen knackten wie die eines sehr alten Mannes.

Er torkelte die Treppen hinauf, wobei er sich jeden weiteren Gedanken verbot, und trat ins Schlafzimmer. »Olivia?« Es war volkommen lächerlich, wie in einem altmodischen Rudolph-Valentino-Film. »Bist du noch wach?«

»Ja«, antwortete sie, kein bißchen schläfrig. »Die Uhr hat mich nicht einschlafen lassen. Diese Digitaluhr. Sie hat ständig *klick* gemacht. Ich hab' den Stecker rausgezogen.«

»Das ist schon in Ordnung«, sagte er. Lächerlich, einfach lächerlich. »Ich habe schlecht geträumt.«

Die Bettdecke wurde zurückgeschlagen. »Komm«, sagte sie. »Komm zu mir.«

»Ich...«

»Willst du wohl den Mund halten.«

Er schlüpfte ins Bett. Sie war nackt. Sie liebten sich und danach schliefen sie ein.

Am nächsten Morgen herrschten draußen immer noch zehn Grad minus. Sie fragte, ob er eine Zeitung ins Haus bekäme.

»Früher mal«, antwortete er. »Kenny Upslinger hat sie immer ausgetragen. Seine Familie ist jetzt nach Iowa gezogen.«

»Iowa, immerhin«, bemerkte sie und drehte das Radio an. Sie hörten gerade noch den Wetterbericht. Es würde ein kalter, klarer Tag werden.

»Möchtest du ein Spiegelei?«

»Zwei, wenn du soviel hast.«

»Sicher. Hör mal, wegen gestern nacht...«

»Mach dir keine Sorgen deswegen. Ich bin gekommen. Das ist bei mir sehr selten. Es hat mir gefallen.«

Er war insgeheim stolz darauf, aber vielleicht wollte sie genau das erreichen. Er briet die Eier, zwei für sie und zwei für sich. Kaffee und Toast. Sie trank drei Tassen mit Zucker und Sahne.

»Was wirst du jetzt tun?« fragte sie, als sie beide ihr Frühstück beendet hatten.

»Ich bring' dich nach Landy«, antwortete er prompt.

Sie fuhr ungeduldig mit einer Hand durch die Luft. »Das meine ich nicht. Was fängst du mit deinem *Leben* an?«

Er grinste. »Das klingt verdammt ernst.«

»Nicht für mich«, entgegnete sie, »sondern für dich.«

»Ich hab' noch nicht darüber nachgedacht. Weißt du, ehe« – er betont das ›ehe‹ leicht, als wolle er damit andeuten, daß sein gesamtes Leben und alles, was dazugehörte, bis ans Ende der Welt weggesegelt war – »ehe dieses Beil auf mein Glück gefallen ist, habe ich mich wie ein zum Tode Verurteilter in der Todeszelle gefühlt. Nichts war mehr real. Ich kam mir vor wie in einem gläsernen Traum, der niemals aufhören würde. Aber letzte Nacht... das war sehr real.«

»Ich bin froh«, sagte sie und sie sah auch froh aus. »Aber was wirst du jetzt tun?«

»Ich weiß es wirklich nicht.«

»Ich finde es traurig«, sagte sie.

»Ist es das?« Es war eine ehrlichgemeinte Frage.

Sie saßen wieder im Wagen und fuhren auf der Route 7 nach Landy. Der Stadtverkehr war zähflüssig, die Leute waren auf dem Weg zu ihrer Arbeit. Als sie an der Baustelle vorbeikamen, fingen die täglichen Arbeiten dort gerade an. Männer mit gelben Sturzhelmen und grünen Gummistiefeln kletterten auf ihre Maschinen. In der Kälte hing ihr gefrorener Atem in weißen Wölkchen vor ihren Mündern. Der Motor eines orangefarbenen LKWs röhrte auf, blieb still, röhrte nochmals und sprang mit einem explosionsartigen Geräusch an. Dann hustete er wieder, bis er in ein ungleichmäßiges Tuckern fiel. Der Fahrer trat ein paarmal aufs Gaspedal, und der Auspuff ballerte los wie ein Maschinengewehr.

»Von hier oben sehen sie aus wie kleine Jungen, die mit ihren Lastern im Sandkasten spielen«, sagte sie.

Draußen vor der Stadt war der Verkehr nicht mehr so dicht. Sie hatte die zweihundert Dollar ohne Verlegenheit und ohne Zögern genommen – aber sie war dabei auch nicht besonders eifrig gewesen. Sie hatte eine Naht ihres Armeemantels aufgetrennt, die beiden Geldscheine hineingeschoben und sie dann mit einer Nadel und einem blauen Faden aus Marys Nähkästchen wieder zugenäht. Sein Angebot, sie zum Busbahnhof zu fahren, hatte sie mit der Begründung abgelehnt, daß das Geld länger reichen würde, wenn sie weiter trampte.

»Also, was macht denn nun so ein nettes Mädchen wie du in einem Auto wie diesem?« fragte er sie.

»Hä?« Sie sah ihn, aus ihren Gedanken gerissen, verwirrt an.

Er lächelte. »Warum du? Warum Las Vegas? Du lebst genau wie ich am Rande der Gesellschaft. Erzähl mir was von dir.«

Sie zuckte die Achseln. »Da gibt's nicht viel zu erzählen. Ich war Studentin an der Universität von New Hampshire in Durham. Das liegt in der Nähe von Portsmouth. Ich hab' im letzten Jahr dort angefangen und außerhalb des Campus mit einem Kerl zusammengewohnt. Wir sind da in eine schlimme Drogensache hineingeraten.«

»Meinst du etwa Heroin?«

Sie lachte belustigt. »Nein, ich hab' nie jemanden kennengelernt, der Heroin spritzt. Wir netten kleinen Mittelklassefixer bleiben lieber bei den Halluzinogenen. Lysergsäure, Meskalin, manchmal auch Peyote und LSD. Chemische Drogen eben. Zwischen September und November hatte ich so sechzehn oder achtzehn Trips.«

»Wie ist das denn so?« wollte er wissen.

»Meinst du damit, ob ich einige Horrortrips hatte?«

»Nein, das habe ich überhaupt nicht gemeint«, antwortete er abwehrend.

»Ich hatte einige schlechte Trips, aber die hatten auch schöne Teile. Und ich hatte einige gute Trips mit schlechten Phasen. Einmal habe ich mir eingebildet, ich hätte Leukämie. Das war unheimlich. Im großen und ganzen sind alle Trips seltsam. Aber ich habe nie Gott gesehen und wollte nie Selbstmord begehen und habe auch nie versucht, jemanden umzubringen.«

Sie dachte einen Augenblick lang nach. »Ich finde, daß die Leute in bezug auf chemische Drogen fürchterlich übertreiben. Die gutbürgerlichen wie Art Linkletter sagen, daß sie einen umbringen. Die Freaks wiederum behaupten, daß sie einem alle Türen öffnen, die man in sich öffnen muß. Als ob man in sich einen Tunnel zu seinem wahren Selbst finden könnte. Und als ob die Seele so etwas wie ein Schatz aus einem Roman von H. Rider Haggard sei. Hast mal was von ihm gelesen?«

»Ich hab' mal *She* gelesen, als ich noch ein Kind war. Ist das von ihm?«

»Ja. Glaubst du, daß die Seele so etwas ist wie ein Smaragd auf der Stirn irgend eines Götteridols?«

»Darüber hab' ich nie nachgedacht.«

»Ich glaube das nicht«, sagte sie. »Ich werde dir den besten und den schlechtesten Trip erzählen, den ich mit dem Zeug hatte. Der beste war, als ich einmal in unserer Wohnung ausgeflippt bin und die ganze Zeit die Tapete angeschaut habe. Sie hatte überall so kleine, runde Punkte, und für mich wurden sie plötzlich zu Schnee. Ich saß über eine Stunde im Wohnzimmer und beobachtete den Schneesturm an der Wand. Plötzlich sah ich, wie sich ein kleines Mädchen durch den Schnee kämpfte. Es hatte ein Taschentuch über dem Kopf, ein sehr großes Tuch wie aus Sackleinen, und sie hielt es etwa so...« Sie hob eine Faust unters Kinn, als würde sie das Tuch festhalten. »Ich dachte mir, daß es nach Hause wollte, und, *zack,* ich hab' tatsächlich eine richtige Straße an der Wand gesehen, die über und über mit Schnee bedeckt war. Das Mädchen stapfte die Straße entlang und verschwand dann in einem richtigen Haus. Das war der beste Trip. In unserem Wohnzimmer zu sitzen und Wandvision zu genießen. Jeff hat es später Kopfvision genannt.«

»Ist Jeff der Typ, mit dem du zusammengelebt hast?«

»Ja. Der schlimmste Trip war, als ich eines Tages das Abflußrohr von unserem Waschbecken reinigen wollte. Man kommt manchmal schon auf komische Ideen, wenn man auf einem Trip ist, aber in dem Augenblick kommt einem das völlig normal vor. Ich *mußte* dieses Abflußrohr unbedingt absaugen. Ich holte mir also den Sauger und fing damit an ... und dann stieg auf einmal all dieser Dreck hoch. Ich hab' heute noch keine Ahnung, wieviel ich mir davon nur eingebildet habe und wieviel echt war. Kaffeesatz. Ein alter Hemdfetzen. Große geronnene Fettklumpen. Eine rote Flüssigkeit, die wie Blut aussah. Und dann die Hand. Eine Männerhand.«

»Eine *was?*«

»Eine *Hand.* Ich rief sofort nach Jeff und wollte ihm sagen: ›He, da hat jemand einen Mann in unserem Abfluß runtergespült.‹ Aber Jeff war weggegangen, und ich stand ganz allein da. Ich habe wie der Teufel mit dem Sauger gearbeitet, bis ich den ganzen Arm draußen hatte. Die Hand lag jetzt im Waschbecken, völlig verdreckt mit Kaffeesatz und all dem Zeug, und der Arm steckte noch im Abflußrohr. Ich ging noch mal ins Wohnzimmer, um nachzusehen, ob Jeff endlich nach Hause gekommen war, und als ich in die Küche zurückkam, war die Hand und der Arm verschwunden. Es hat mich irgendwie beunruhigt. Heute träume ich manchmal noch davon.«

»Das ist verrückt«, sagte er und nahm das Gas weg, weil sie gerade über eine Brücke fuhren, an der gebaut wurde.

»Dieses Zeug macht einen verrückt«, erwiderte sie. »Manchmal ist es eine gute Sache. Aber meistens ist es das nicht. Jedenfalls steckten wir meiner Meinung nach zu tief drin. Hast du mal so ein Atommodell gesehen. Mit dem Kern in der Mitte und den Protonen und Elektronen, die drum herum kreisen?«

»Ja.«

»Mir kam es mit der Zeit so vor, als sei unsere Wohnung der Atomkern, und all die Leute, die dort ständig ein und aus gingen, seien die Protonen und Elektronen. Sie tauchten einfach auf und verschwanden wieder und hatten überhaupt keine Verbindung miteinander. Wie in *Manhattan Transfer*.«

»Das habe ich nicht gelesen.«

»Solltest du mal. Jeff hat immer gesagt, Dos Passos wäre *der* Subkulturjournalist. Ein ausgeflipptes Buch. Wie dem auch sei, wir saßen abends vor dem Fernseher, hatten den Ton abgeschaltet und dazu eine Platte laufen lassen, und knallten uns die Birne voll. Im Schlafzimmer lagen sie auf dem Bett und vögelten, und ich hatte nie eine Ahnung, wer, zum Teufel, all diese Leute waren. Verstehst du, was ich meine?«

Er dachte an die Partys, auf denen er betrunken und so verwirrt wie Alice im Wunderland herumgelaufen war, und sagte: »Ja.«

»An einem Abend lief die Bob-Hope-Spezialshow. Alle saßen sie um den Fernseher herum, alle waren sie high und lachten sich über seine blöden Witze halbtot. Alle hatten sie denselben dämlichen Gesichtsausdruck und machten ihre wohlwollenden Scherze über die machthungrigen Idioten in Washington. Sie saßen genauso da wie ihre alten Mammies und Daddies zu Hause, und ich dachte mir, dafür sind wir also durch den Vietnamkrieg gegangen, damit Bob Hope den Generationsunterschied ausgleicht. Es ist nur die Frage, auf welche Art man high wird.«

»Und du warst dafür zu ehrlich?«

»Ehrlich? Nein, das war nicht der Grund. Ich hab' nachgedacht und mir die letzten fünfzehn Jahre wie ein Monopolyspiel vorgestellt. Francis Gary Powers auf der Straße erschossen. Eine Runde aussetzen. Negeraufstand in Selma mit Wasserwerfern aufgelöst. Gehen Sie direkt ins Gefängnis. Friedensprotestler in Mississippi niedergeschossen, Märsche, Aufstände, Lester Maddox mit seinem Axtschaft, Kennedy in Dallas erschossen, Vietnam, wieder Friedensmärsche, Kent State, Studentenunruhen, Frauenbefreiungsbewegung, und wofür das alles? Damit so ein paar Idioten angeturnt in einer vergammelten Wohnung vor dem Fernseher sitzen und sich Bob Hope reinziehen? Nein! Deshalb bin ich abgehauen.«

»Und was ist mit Jeff?«

Sie zuckte die Achseln. »Er hat ein Stipendium und er ist ziemlich gut. Er sagt, er will nächsten Sommer Examen machen, aber ich werde nicht nach ihm suchen.« Ihr Gesicht nahm einen eigenartig enttäuschten Ausdruck an, so als empfinde sie innerlich eine abgestumpfte Nachsicht für ihn.

»Vermißt du ihn?«

»Jede Nacht.«

»Warum nach Las Vegas? Kennst du dort jemanden?«

»Nein.«

»Ich finde, das ist ein seltsamer Ort für eine Idealistin.«

»Hältst du mich für eine Idealistin?« fragte sie lachend und zündete sich eine Zigarette an. »Vielleicht bin ich das. Aber ich glaube nicht, daß ein Ideal eine bestimmte Umgebung braucht. Ich möchte mir die Stadt ansehen. Sie ist so verschieden von dem Rest dieses Landes, daß es bestimmt gut wird. Aber ich werde dort nicht spielen. Ich suche mir einfach 'ne Arbeit.«

»Und dann?«

Sie stieß den Rauch aus. Draußen flog ein Schild vorbei:

LANDY 5 MEILEN

»Ich werde versuchen, mir etwas zusammenzusparen. Ich werde mir keine Drogen mehr reinknallen und ich werde auch versuchen, damit aufzuhören.« Sie hielt die Zigarette in die Luft und beschrieb mit ihr einen unfreiwilligen Kreis. Es sah so aus, als ob ihre Zigarette es besser wüßte. »Ich werde damit aufhören, mir immer wieder vorzumachen, daß mein Leben noch gar nicht angefangen hätte. Es *hat* angefangen, und zwanzig Prozent davon sind schon vorüber. Ich habe den Rahm schon abgeschöpft.«

»Da vorne ist die Autobahnauffahrt.«

Er fuhr den Wagen an die Seite und hielt.

»Und was ist nun mit dir? Was wirst du in Zukunft tun?«

Vorsichtig antwortete er: »Mal sehen, wie sich das so entwickelt. Mir alle Möglichkeiten offenhalten.«

»Du bist in keiner guten Verfassung, wenn ich dir das mal so sagen darf.«

»Du darfst.«

»Hier, nimm das.« Sie hielt eine Kugel aus Aluminiumfolie zwischen Daumen und Zeigefinger ihrer rechten Hand.

Er nahm sie und betrachtete sie fragend. Die Folie reflektierte ein paar Sonnenstrahlen, die auf sein Gesicht fielen. »Was ist das?«

»Synthetisches Meskalin. Man nennt es Produkt Vier. Die sauberste und stärkste chemische Droge, die je hergestellt worden ist.« Sie zögerte einen Augenblick. »Vielleicht solltest du sie einfach in der Toilette hinunterspülen, wenn du nach Hause kommst. Aber sie könnte dir auch helfen. Ich hab' schon öfters gehört, daß es hilft.«

»Hast du es auch gesehen?«

Sie lächelte bitter. »Nein.«

»Würdest du mir einen Gefallen tun? Wenn du kannst?«

»Wenn ich kann.«

»Ruf mich am Heiligen Abend an.«

»Warum?«

»Du bist für mich wie ein Buch, das ich nicht ausgelesen habe. Ich möchte ein bißchen mehr darüber wissen, wie es ausgeht. Melde es als R-Gespräch an, hier, ich geb' dir schnell die Nummer.«

Er wollte schon sein Notizbuch aus der Tasche holen, aber sie sagte: »Nein.«

Er sah sie verwirrt und verletzt an. »Nein?«

»Ich kann mir die Nummer von der Auskunft geben lassen, wenn ich sie brauche. Aber vielleicht ist es das beste, wenn ich es nicht tue.«

»Warum?«

»Ich weiß nicht. Ich mag dich, aber es kommt mir so vor, als hätte dich jemand mit einem rätselhaften Leiden geschlagen. Ich kann das nicht weiter erklären. Ich habe das Gefühl, als würdest du bald etwas ganz Wahnsinniges tun.«

»Du hältst mich also für einen Spinner«, murmelte er. »Scheiße.«

Sie wurde steif und stieg aus dem Wagen. Er beugte sich hinüber. »Olivia...«

»Vielleicht heiße ich gar nicht so.«

»Vielleicht aber doch. Bitte, ruf mich an.«

»Sei vorsichtig mit dem Zeug«, warnte sie ihn, auf das Aluminiumpäckchen zeigend. »Du spazierst ebenfalls frei im Weltraum herum.«

»Wiedersehen. Paß auf dich auf.«

»Aufpassen? Was ist das?« Wieder war das bittere Lächeln da. »Auf Wiedersehen, Mr. Dawes. Und vielen Dank. Sie sind verdammt gut im Bett, darf ich Ihnen das sagen? Es stimmt. Auf Wiedersehen.«

Sie knallte die Tür zu, überquerte die Route 7 und stellte sich am Fuß der Auffahrtsrampe auf. Er beobachtete, wie sie ein paar vorbeikommenden Wagen den Daumen entgegenstreckte. Keiner hielt. Dann war die Straße frei, und er kehrte den Wagen in einem großen Bogen. Als er wieder an ihr vorbeifuhr, hupte er noch mal kurz. Im Rückspiegel sah er ihre immer kleiner werdende Gestalt, die ihm nachwinkte.

Dumme Pute, lachte er. Total eingebildet und voll der seltsamsten Vorurteile in dieser Welt. Doch als er die Hand ausstreckte, um das Radio einzuschalten, merkte er, wie sie zitterte.

Er fuhr durch die Stadt zurück und wieder auf die Staatsautobahn, auf der er gut zweihundert Kilometer mit Tempo hundert dahinraste. Einmal hätte er das kleine Aluminiumpäckchen fast aus dem Fenster geworfen. Ein anderes Mal war er versucht, sich das Zeug in den Mund zu stecken. Schließlich ließ er es einfach in seine Manteltasche gleiten.

Als er nach Hause kam, war er müde und leer, er empfand keine Gefühle mehr für sie. Der Ausbau der 784 war diesen Tag zügig vorangegangen. In einer Woche war die Wäscherei dran. Sie hatten schon alle schweren Maschinen rausgeräumt. Tom Granger hatte es ihm bei einem seltsam gespreizten Telefongespräch vor drei Abenden erzählt. Er wollte rausfahren und den ganzen Tag dabei zusehen, wie sie sie einrissen. Er würde sich sogar ein Picknick mitnehmen.

Von Marys Bruder in Jacksonville war ein Brief gekommen. Dann wußte er also noch nichts von ihrer Trennung. Er legte ihn zerstreut auf den Stapel mit der anderen Post für Mary; er vergaß immer wieder, sie ihr nachzusenden.

Er schob sich ein TV-Dinner in den Herd und überlegte, ob er sich einen Drink machen sollte. Dann beschloß er, das heute abend nicht zu tun. Er wollte lieber an die sexuelle Begegnung mit dem Mädchen denken, sie noch einmal auskosten, die verschiedenen Nuancen erforschen. Wenn er sich dabei betrank, würde das Erlebnis die unnatürlichen, übertriebenen Farben eines Sexfilmes annehmen, und er wollte nicht in dieser Weise an sie denken.

Aber die Erinnerung wollte nicht kommen, jedenfalls nicht so, wie er sich das vorstellte. Er konnte das Gefühl ihrer festen Brüste nicht mehr empfinden, und auch der delikate Geschmack ihrer Brustwarzen fiel ihm nicht mehr ein. Er wußte nur noch, daß der eigentliche Akt des Geschlechtsverkehrs mit ihr schöner gewesen war als mit Mary. Olivias Scheide hatte ihn enger umfaßt, und einmal war er mit einem hörbaren Geräusch herausgerutscht, wie der Korken aus dem Hals einer Champagnerflasche. Er konnte aber nicht mehr genau sagen, was denn nun eigentlich schöner gewesen war. Statt sich hineinzufühlen, hatte er plötzlich das Bedürfnis, sich selbst zu befriedigen. Der Wunsch ekelte ihn an. Schlimmer noch, sein Ekel stieß ihn ab. Schließlich war sie keine Heilige, versicherte er sich, als er sich mit dem Essen vor den Fernseher setzte. Sie war nichts weiter als eine Tramperin unterwegs. Noch dazu nach Las Vegas. Er spürte in sich den Wunsch, den ganzen Vorfall durch Magliores zynische Augen sehen zu können, und das ekelte ihn am meisten.

Später am Abend betrank er sich doch, trotz seiner guten Vorsätze, und gegen zehn Uhr quälte ihn wieder der vertraute, sentimentale Drang, Mary anzurufen. Statt dessen masturbierte er vor dem Fernseher und kam in dem Augenblick, als ein Ansager dem Publikum klarmachte, daß Anacin mit Abstand das beste und stärkste Schmerzmittel von allen sei.

8. Dezember 1973

Am Samstag fuhr er nicht auf die Autobahn hinaus. Statt dessen wanderte er ziellos im Haus herum und schob alles vor sich her, was eigentlich dringend erledigt werden mußte. Schließlich rief er bei seinen Schwiegereltern an. Lester und Jean Calloway, Marys Eltern, gingen beide auf die Siebzig zu. Ein paar seiner früheren Anrufe hatte Jean (Charlie nannte sie immer ›Mamma Jean‹) beantwortet, und ihre Stimme war jedesmal zu Eis gefroren, wenn sie festgestellt hatte, daß er am anderen Ende war. Für sie und zweifellos auch für Lester war er so etwas wie ein wildes Tier, das plötzlich durchgedreht war und ihre Tochter gebissen hatte. Und jetzt rief dieses Tier immer wieder bei ihnen an, heulte ihnen betrunken etwas vor und wollte ihr kleines Mädchen zurück, damit es sie wieder beißen konnte.

Doch diesmal war Mary selbst am Telefon: »Hallo?«, und er war so erleichtert, daß er mit normaler Stimme sagen konnte:

»Mary? Ich bin's.«

»Oh, Bart. Wie geht es dir?« Ihre Stimme verriet ihm nichts.

»Einigermaßen.«

»Und? Reichen deine Southern-Comfort-Vorräte noch aus?«

»Mary, ich bin nicht betrunken.«

»Und, bist du da besonders stolz darauf?« Ihre Stimme war kalt, und das gab ihm einen Stich. In ihren Augen stand er denkbar schlecht da. Konnte ihm ein Mensch, den er so lange gekannt hatte und von dem er geglaubt hatte, ihn wirklich gut zu kennen, so schnell entgleiten?«

»Ich glaube, so ist es«, antwortete er gedehnt.

»Ich habe gehört, daß die Wäscherei schließen mußte«, sagte sie.

»Wahrscheinlich nur vorübergehend«, wandte er ein. Er hatte plötzlich das unangenehme Gefühl, als würde er sich mit einer Fremden in einem Fahrstuhl unterhalten, die seine Konversation ausgesprochen langweilig fand.

»Das ist aber nicht das, was Tom Grangers Frau mir erzählt hat.« Endlich, der Vorwurf. Vorwürfe waren besser als gar nichts.

»Für Tom ist das überhaupt kein Problem. Die Konkurrenz ist schon seit Jahren hinter ihm her. Die Brite-Kleen-Leute.«

Er glaubte, sie seufzen zu hören. »Warum hast du mich angerufen, Bart?«

»Ich finde, daß wir uns mal sehen sollten«, antwortete er vorsichtig. »Wir müssen endlich mal darüber sprechen, Mary.«

»Du meinst, über die Scheidung?« fragte sie. Ihre Stimme klang zwar ruhig, aber er vermeinte nun bei ihr einen Anflug von Panik zu hören.

»Willst du denn eine?«

»Ich weiß nicht, *was* ich will.« Ihre Ruhe war verschwunden, und sie klang plötzlich verärgert und ängstlich. »Ich hatte gedacht, alles wäre in Ordnung. Ich war glücklich, und ich dachte, du wärst es auch. Und dann, auf einmal, war alles verändert.«

»Du hast gedacht, alles wäre in Ordnung?« wiederholte er aufgebracht. Plötzlich war er wütend auf sie. »Dann mußt du ziemlich blöd gewesen sein. Hast du etwa geglaubt, ich schmeiße meine Arbeit einfach aus Spaß hin wie ein Highschool-Junge, der eine Stinkbombe in die Schultoilette wirft?«

»Aber was war es dann, Bart? Was ist geschehen?«

Seine Wut fiel in sich zusammen wie ein schmutziger Schneehaufen im Frühling, und er entdeckte, daß sich darunter Tränen verbargen. Er kämpfte grimmig dagegen an und fühlte sich irgendwie betrogen. So etwas durfte nicht passieren, wenn er nüchtern war. Wenn man nüchtern war, sollte man, verdammt noch mal, in der Lage sein, sich zu beherrschen. Aber da stand er nun und hatte den einzigen Wunsch, ihr sein ganzes Leid zu klagen und sich in ihrem Schoß auszuheulen wie ein kleines Kind mit einem kaputten Rollschuh und einem aufgeschlagenen Knie. Er konnte ihr nicht sagen, was schiefgelaufen war, denn er wußte es ja selbst nicht, und ohne Grund zu heulen erweckte den Eindruck, daß er reif fürs Irrenhaus sei.

»Ich weiß es nicht«, antwortete er schließlich.

»War es Charlie?«

Hilflos erwiderte er: »Wenn das ein Teil davon war, wie konntest du dann nur so blind für den Rest sein?«

»Ich vermisse ihn auch, Bart. Immer noch. Jeden Tag.«

Wieder empfand er Auflehnung. *Dann hast du aber eine komische Art, es zu zeigen.*

»So hat es keinen Sinn«, sagte er endlich. Die Tränen rannen ihm die Wange hinunter, aber er versuchte krampfhaft, sich nichts anmerken zu lassen. *Meine Herren, ich glaube, wir haben die Sache im Griff,* dachte er und hätte fast darüber gelacht. »Nicht am Telefon. Ich wollte dir vorschlagen, daß wir uns am Montag zum Lunch treffen. Bei *Handy Andy's*?«

»Gut. Um welche Zeit?«

»Ist mir egal. Ich kann mir von der Arbeit freinehmen.« Der Witz verpuffte wirkungslos.

»Um eins?« schlug sie vor.

»Gut. Ich besorg' uns einen Tisch.«

»Laß lieber einen reservieren. Du brauchst nicht schon um elf dazusein und dich zu betrinken.«

»Das werde ich nicht«, entgegnete er demütig, aber wahrscheinlich würde er gerade das tun.

Eine Pause entstand. Offenbar gab es nichts mehr zu sagen. Im Rauschen des Äthers unterhielten sich geisterhafte Stimmen über geisterhafte Dinge. Und dann sagte sie etwas, das ihn vollkommen überraschte.

»Bart, du solltest zu einem Psychiater gehen.«

»Zu einem was?«

»Psychiater. Ich weiß, es klingt komisch, wenn ich dich einfach so damit überfalle, aber ich möchte dir sagen, daß ich nicht zu dir zurückkommen werde, egal, was wir beschließen, wenn du nicht bereit bist, einen aufzusuchen.«

»Wiedersehen Mary«, sagte er langsam. »Bis Montag.«

»Bart. Du brauchst Hilfe, die ich dir nicht geben kann.«

Darauf bedacht, ihr das Messer so schmerzhaft in die Brust zu stechen, wie es über zwei Meilen Entfernung möglich war, sagte er: »Das wußte ich sowieso schon, Mary. Auf Wiedersehen.«

Er legte auf, bevor er ihre Reaktion hören konnte, und er freute sich. Spiel, Satz, Sieg. Er warf einen Plastikbecher durch die Küche und bedauerte es, nichts Zerbrechliches erwischt zu haben. Er öffnete den Küchenschrank und schmiß die beiden ersten Gläser, die er zu fassen kriegte, auf den Boden. Sie zerbrachen.

Baby, du verdammtes, beschissenes Baby! schrie er sich selbst an. *Du Narr! Halt doch einfach die Luft an und warte, bis du endlich BLAU bist!*

Er schlug mit der Faust gegen die Wand, um die schreiende Stimme abzutöten, und schrie dann erst recht vor Schmerzen auf. Er hielt sich die verletzte Rechte mit der linken Hand und stand zitternd in der Küche. Als er sich wieder unter Kontrolle hatte, nahm er eine Schaufel und einen Besen und kehrte die Scherben zusammen. Er fühlte sich ängstlich, seiner selbst überdrüssig und verkatert.

9. Dezember 1973

Er bog auf die Autobahn ein, fuhr hundertfünfzig Meilen und kehrte wieder um. Er wagte es nicht weiterzufahren. Heute war der erste autofreie Sonntag, und alle Autobahntankstellen waren geschlossen. Und er hatte keine Lust zu laufen. Siehst du? sagte er sich. Auf diese Art kriegen sie auch so kleine Scheißer wie dich zu fassen, Georgie.

Fred? Bist du das wirklich? Was verschafft mir die Ehre deines Besuches, Freddy?

Ach, laß mich in Ruhe.

Auf dem Heimweg hörte er die Nachrichten im Radio:

›Sie machen sich also auch Sorgen wegen des Benzinmangels und Sie wollen sichergehen, daß Sie und Ihre Familie in diesem Winter nicht zu kurz kommen. Und jetzt sind Sie also auf dem Weg zu der nächsten Tankstelle in Ihrer Nachbarschaft und wollen sich Ihr Dutzend Zwanzigliterkanister auffüllen lassen. Wenn Sie sich wirklich Sorgen um Ihre Familie machen, dann kehren Sie lieber gleich wieder um und fahren Sie nach Hause zurück. Denn die unsachgemäße Lagerung von Benzin ist gefährlich. Sie ist außerdem illegal, aber das ist im Augenblick nicht so wichtig. Aber denken Sie daran: Wenn Benzindunst an die Luft kommt und sich mit ihr vermischt, wird er explosiv. Ein Zwanzigliterkanister Benzin hat die Explosionskraft von zwölf Stäben Dynamit. Denken Sie mal darüber nach, bevor sie die Kanister auffüllen lassen. Und denken Sie auch an Ihre Familie. Sie sehen also, wir wollen, daß Sie überleben.

Dies war eine Durchsage der WLDM. Die Musikfirma möchte Sie daran erinnern, die Benzinaufbewahrung denen zu überlassen, die etwas davon verstehen und die die richtige Ausrüstung dafür haben.‹

Er stellte das Radio ab, bremste den Wagen auf 60 Stundenkilometer ab und ordnete sich in die rechte Spur ein. »Zwölf Stäbe Dynamit«, sagte er. »Mann, das ist ja erstaunlich.«

Wenn er jetzt in den Rückspiegel geblickt hätte, hätte er gesehen, daß er grinste.

10. Dezember 1973

Er kam um kurz nach halb zwölf zu *Handy Andy's*, und der Oberkellner gab ihm einen Tisch neben den wie Fledermausflügel gestalteten Schwingtüren, die zum Hinterzimmer führten. Es war kein besonders guter Tisch, aber einer der wenigen, die noch frei waren. Das Restaurant war um diese Zeit ziemlich voll. *Handy Andy's* hatte sich auf Steaks, Koteletts und Andyburger spezialisiert, eine Art Hamburger, der mit einem ›Chefsalat‹ garniert zwischen zwei Sesambrötchenhälften steckte, die von einem Zahnstocher zusammengehalten wurden. Wie alle großen Restaurants im Geschäftsviertel der Stadt hatte auch dieses seine bestimmten ›In‹- und ›Out‹-Zeiten, die in undefinierbaren Zyklen wechselten. Er hätte vor zwei Monaten um die Mittagszeit hier aufkreuzen und sich den Tisch nach seinem Geschmack wählen können, und in zwei Monaten könnte es wieder genauso sein. Für ihn war es eins der kleineren Geheimnisse des Lebens wie die Ereignisse in den Büchern von Charles Fort oder wie der Instinkt der Schwalben, der sie immer wieder nach Capistrano zurückfliegen ließ.

Der Kellner stand sofort neben ihm. »Einen Drink, Sir?«

»Ja bitte, einen Scotch on the Rocks.«

»Sehr wohl, Sir.«

Er blieb bis zwölf beim ersten Drink, trank bis halb eins noch zwei weitere und bestellte sich dann aus reiner Sturheit einen Doppelten. Er war gerade beim letzten Tropfen angekommen, als er Mary entdeckte. Sie blieb im Windfang vor der Glastür zum Restaurant stehen und sah sich suchend nach ihm um. Einige Köpfe drehten sich nach ihr um, und er dachte: *Mary, du solltest mir eigentlich dankbar sein – du bist wunderschön.* Er hob die rechte Hand und winkte ihr zu.

Sie winkte zurück und kam an seinen Tisch. Sie hatte ein knielanges, graugemustertes Wollkleid an, und ihr Haar war zu einem Zopf geflochten, der ihr bis auf die Schulter reichte. Er hatte diese Frisur noch nie bei ihr gesehen (was wohl auch der Grund war, warum sie ihn heute trug). Sie wirkte viel jünger, und plötzlich durchzuckte ihn der Gedanke an Olivia, mit der er in dem Bett geschlafen hatte, das er so lange mit Mary geteilt hatte.

»Hallo, Bart«, begrüßte sie ihn.

»Hallo. Du siehst fantastisch aus.«

»Danke.«

»Möchtest du einen Drink?«

»Nein... nur einen Andyburger. Wie lange bist du schon hier?«

»Oh, nicht allzulange.«

Die meisten Mittagsgäste waren inzwischen gegangen, und so kam der Kellner sofort zu ihnen. »Möchten Sie jetzt bestellen, Sir?«

»Ja. Zwei Andyburger. Ein Glas Milch für die Dame und für mich noch einen Doppelten.« Er warf Mary einen kurzen Blick zu, aber ihr Gesicht blieb gleichgültig. Das war schlecht. Hätte sie protestiert, dann hätte er den zweiten Doppelten wohl sein lassen. Er hoffte, daß er nicht aufs Klo mußte, denn er war nicht sicher, ob er noch ohne zu schwanken gehen konnte. Das wäre natürlich ein gefundenes Fressen für die Alten zu Hause gewesen. Oh, bring mich nach Hause ins alte Virginia, dachte er und hätte fast gekichert.

»Nun, du bist noch nicht betrunken, aber du bist auf dem besten Wege dahin«, bemerkte sie, während sie ihre Serviette auseinanderfaltete.

»Das ist ein ziemlich guter Satz«, spottete er. »Hast du ihn geprobt?«

»Bart, laß uns nicht streiten.«

»Ist schon gut«, sagte er beschwichtigend.

Sie spielte mit ihrem Wasserglas, er mit seinem Pappuntersatz.

»Nun?« fragte sie schließlich.

»Was nun?«

»Du wolltest mir doch etwas sagen, als du angerufen hast. Also, da du dir ja genug Mut angetrunken hast, was ist es?«

»Deine Erkältung ist besser geworden«, sagte er dämlich und bohrte ein Loch in den Untersatz, ohne daß er das eigentlich wollte. Er konnte ihr das, was ihn gerade am meisten beschäftigte, nicht sagen: wie sehr sie sich verändert hatte, wie gepflegt und – gefährlich sie auf einmal auf ihn wirkte, wie eine Sekretärin auf Männersuche, die extra spät zum Lunch gekommen war und von keinem Mann einen Drink akzeptieren würde, der nicht mindestens einen Vierhundert-Dollar-Anzug trug, was sie sofort am Schnitt erkennen konnte.

»Was wirst du jetzt tun, Bart?«

»Ich werde zu einem Psychiater gehen, wenn du willst«, antwortete er leise.

»Wann?«

»Bald.«

»Du kannst dir noch heute nachmittag einen Termin geben lassen, wenn du willst.«

»Ich kenne keinen Seelenklemp- ich kenne keinen.«

»Schau auf den Gelben Seiten nach.«

»Das scheint mir eine reichlich blöde Art zu sein, sich einen Seelenklempner zu suchen.«

Sie sah ihn nur an und blickte dann peinlich berührt zur Seite.

»Du bist böse auf mich, nicht wahr?« fragte sie.

»Na ja, ich habe zur Zeit keine Arbeit. Fünfzig Dollar pro Stunde sind für einen arbeitslosen Angestellten viel Geld.«

»Was glaubst du eigentlich, wovon ich jetzt lebe?« fragte sie wütend. »Von der Wohltätigkeit meiner Eltern. Und die leben, wie du weißt, von ihrer Rente.«

»Soweit ich informiert bin, besitzt dein Vater genug Vermögen in Wertpapieren, um euch alle drei noch bis ins nächste Jahrhundert hinein gut zu versorgen.«

»Bart, das stimmt nicht.« Sie klang schockiert und beleidigt.

»Ach *Quatsch*, das stimmt nicht. Sie sind letztes Jahr im Winter nach Jamaika gefahren und im Jahr davor nach Miami ins Hotel Fountainbleau, darunter ging gar nichts, und *davor* waren sie in Honolulu. Das schafft keiner bloß vom Altersgeld eines Ingenieurs. Also hör auf mit dem Verarmungswahn, Mary...«

»Bart, sei still! Du bist schon ganz grün vor Neid.«

»Ganz zu schweigen von ihren Cadillac Gran De Ville und ihrem Bonneville-Kombiwagen. Nicht schlecht. Mit welchem holen sie sich eigentlich ihre Lebensmittelmarken ab?«

»*Sei still!*« zischte sie ihn an. Ihre Lippen waren leicht zurückgezogen und gaben ihre kleinen, weißen Zähne preis, mit den Händen umklammerte sie die Tischkante.

»'tschuldigung«, flüsterte er.

»Da kommt das Essen.«

Ihre aufgebrachten Gemüter beruhigten sich etwas, während der Kellner ihnen die beiden Andyburger vorsetzte und das Gemüse, bestehend aus kleinen Erbsen und Silberzwiebeln, auf den Tisch stellte. Dann zog er sich diskret zurück. Sie aßen eine Weile schweigend und konzentrierten sich darauf, nichts von der Sauce auf ihr Kinn oder in den Schoß klekkern zu lassen. Ich frage mich, wie viele Ehen so ein Andyburger wohl schon gerettet hat, dachte er. Einfach durch die glückliche Fügung, daß man nicht weiterreden konnte, wenn man sich mit ihm beschäftigte.

Sie legte ihren halb verzehrten Andyburger auf den Teller zurück, wischte sich den Mund mit der Serviette ab und sagte: »Schmeckt immer noch so gut, wie ich es in Erinnerung habe. Bart, hast du überhaupt einen vernünftigen Vorschlag zu machen, was wir jetzt tun können?«

»Natürlich habe ich das«, antwortete er verletzt. Aber er hatte keine Ahnung, wie dieser Vorschlag aussehen sollte. Wenn er sich noch einen Doppelten hätte bestellen können, wäre ihm vielleicht etwas eingefallen.

»Willst du die Scheidung?«

»Nein.« Es schien einfach notwendig, etwas Positives zu sagen.

»Willst du, daß ich zu dir zurückkomme?«

»Willst du das denn?«

»Ich weiß es nicht«, antwortete sie. »Soll ich dir mal was sagen, Bart? Ich mache mir Sorgen um mich. Zum ersten Mal seit zwanzig Jahren habe ich Angst um mich selbst. Ich muß mich *allein* durchbringen.« Sie nahm den Andyburger in die Hand, um noch einen Bissen zu nehmen, legte ihn dann aber zurück. »Weißt du eigentlich, daß ich dich fast nicht geheiratet hätte? Ist dir dieser Gedanke eigentlich schon mal gekommen?«

Sein überraschtes Gesicht schien sie zu befriedigen.

»Das dachte ich mir doch. Ich war schwanger, also wollte ich dich natürlich heiraten. Aber irgend etwas in mir wollte es nicht. Es flüsterte mir immer wieder zu, daß das der größte Fehler in meinem Leben sein könnte. Ich habe drei Tage lang darüber nachgebrütet und mich jeden Morgen beim Aufwachen übergeben, und dafür habe ich *dich* gehaßt. Ich hab' mir alle Möglichkeiten überlegt: abhauen, eine Abtreibung, das Baby bekommen und zur Adoption freigeben, das Baby bekommen und es allein großziehen. Aber schließlich habe ich mich entschieden, das einzig Vernünftige zu tun. Das Vernünftige!« Sie lachte traurig. »Und dann habe ich es verloren.«

»Ja, das hast du«, murmelte er und wünschte insgeheim, daß sie sich über andere Dinge unterhalten könnten. Es war so, als öffnete man einen lange verschlossenen Schrank und müßte sich durch all den darin verborgenen Unrat wühlen.

»Aber ich bin glücklich mit dir gewesen, Bart.«

»Warst du das?« fragte er automatisch. Am liebsten wäre er davongelaufen. Die Sache mußte schiefgehen. Für ihn allemal.

»Ja. In einer Ehe geschieht etwas mit einer Frau, was einem Mann nie passiert. Kannst du dich noch daran erinnern, wie es war, als du ein Kind warst und dir nie über deine Eltern Gedanken gemacht hast. Du hast einfach erwartet, daß sie für dich da sind, und sie waren immer da, genauso wie das Essen und die Kleidung.«

»Ich glaube schon. Klar.«

»Und ich dumme Kuh hab' mich schwängern lassen. Und für drei Tage hat sich mir eine völlig neue Welt eröffnet.« Sie beugte sich mit glänzenden Augen vor, und er stellte erschrocken fest, daß diese Erinnerungen *wichtig* für sie waren. Das hatte für sie mehr Bedeutung gehabt als die Zusammenkünfte mit ihren kinderlosen Freundinnen oder die Entscheidung, welche Hose sie sich bei Banberry's kaufen sollte, oder die Frage, welche Gäste Merv Griffin wohl heute abend in seiner Sendung vorführen würde. Hatte sie wirklich zwanzig Jahre ihrer Ehe mit diesem einen, *wichtigen* Gedanken verbracht? Hatte sie das? Sie hatte ja fast so etwas gesagt. Oh, mein Gott. Ihm wurde auf einmal übel. In seiner Erinnerung gefiel ihm das Bild von dem fröhlichen Mädchen, das triumphierend auf der anderen Straßenseite mit der gefundenen Pfandflasche winkt, viel besser.

»Ich habe mich plötzlich als unabhängigen Menschen gesehen«, fuhr sie fort. »Ich brauchte niemandem mehr etwas zu erklären, mich niemandem mehr unterzuordnen. Niemand war mehr da, der versuchen würde, mich zu ändern, denn ich glaube, ich war sehr leicht zu beeinflussen. In der Hinsicht war ich schon immer schwach. Aber andererseits wäre dann auch niemand mehr dagewesen, auf den ich mich hätte verlassen können, wenn ich mal krank wäre oder Angst hätte oder wenn's mir schlecht ginge. Also habe ich mich für das Vernünftige entschieden. Wie meine Mutter und *ihre* Mutter und alle meine Freundinnen. Ich hatte es langsam satt, Brautjungfer zu spielen und immer wieder zu versuchen, den Brautstrauß einzufangen. Also sagte ich ja, wie du es erwartet hast, und alles war in Ordnung. Ich hatte keine Sorgen mehr, und als das Baby dann starb und danach Charlie, warst du immer für mich da. Und du warst gut zu mir. Das weiß ich zu schätzen. Aber ich lebte in einer völlig abgeschlossenen Umgebung. Ich hörte auf zu denken. Ich glaubte zwar, daß ich nachdachte, aber das stimmte nicht. Und jetzt tut das Nachdenken weh. Es tut *weh.*« Sie sah ihn eine Minute lang voller Ablehnung an, doch dann wurde ihr Gesicht weicher. »Ich bitte dich also, für mich mitzudenken, Bart. Was sollen wir jetzt tun?«

»Ich suche mir eine Arbeit«, log er.

»Eine Arbeit.«

»Und ich werde zu einem Psychiater gehen. Mary, es wird alles wieder gut, ehrlich. Ich war ein kleines bißchen aus der Bahn geworfen, aber jetzt ist es wieder gut. Ich werde...«

»Möchtest du, daß ich wieder zu dir nach Hause komme?«

»Klar, in ein paar Wochen. Ich muß mich nur noch ein bißchen fangen und dann...«

»Nach Hause? Wovon rede ich eigentlich? Sie reißen es ja bald ab. Was für ein Blödsinn – nach Hause!« Sie stöhnte auf. »Oh, was für ein Durcheinander. Wie konntest du mich nur in so ein Durcheinander hineinziehen, Bart?«

Er konnte sie so nicht ertragen. Es war überhaupt nicht mehr die Mary, die er kannte. »Vielleicht reißen sie es ja gar nicht ab, Mary«, sagte er und langte über den Tisch, um ihre Hand zu nehmen. »Vielleicht ändern sie ihre Meinung doch noch, wenn ich zu ihnen gehe und die Sache noch mal durchspreche, wenn ich ihnen die Situation erkläre...«

Sie entriß ihm ihre Hand und starrte ihn entsetzt an.

»Bart«, flüsterte sie.

»Was ist?« fragte er unsicher. Was hatte er gesagt? Was konnte es, um Gottes willen, gewesen sein, daß sie auf einmal so furchtbar bleich aussah?

»Du *weißt*, daß sie das Haus abreißen werden. Du hast es schon sehr lange gewußt. Und jetzt sitzen wir hier und drehen uns immer wieder im Kreis, und...«

»Nein, das tun wir nicht«, widersprach er. »Ganz und gar nicht. Wir... wir...« Aber *was* taten sie dann? Ihm erschien plötzlich alles so unwirklich.

»Bart, ich glaube, ich gehe jetzt lieber.«

»Ich suche mir eine Arbeit...«

»Wir reden später miteinander.« Sie stand hastig auf und stieß mit der Hüfte gegen die Tischkante. Die Teller klirrten.

»Ich gehe zu einem Psychiater, Mary, ich verspreche dir...«

»Mama wollte, daß ich noch etwas für sie einkaufe...«

»Dann hau doch ab, du blöde Ziege!« brüllte er los. Mehrere Köpfe drehten sich nach ihnen um. »Sieh zu, daß du hier rauskommst, du Hexe! Du hast alles von mir gekriegt, und was bleibt mir jetzt? Ein Haus, das die Stadt bald abreißen wird. Verschwinde!«

Sie floh. Im Restaurant herrschte eine furchtbare Stille, die eine Ewigkeit zu dauern schien. Dann wurden die Gespräche vereinzelt wieder aufgenommen. Er blickte zitternd auf seinen halbverzehrten Andyburger hinab und fürchtete, daß er sich gleich übergeben würde. Als der Anfall vorbei war, bezahlte er und verließ das Lokal, ohne sich umzublicken.

12. Dezember 1973

Er hatte in der letzten Nacht (betrunken) eine Liste mit Weihnachtsgeschenken zusammengestellt, und jetzt war er mit einer rigide gekürzten Version in der Stadt, um seine Einkäufe zu erledigen. Die vollständige Liste war umwerfend gewesen – über einhundertundzwanzig Namen, wobei er an alle nahen und entfernten Verwandten von Mary und sich gedacht hatte, an alle gemeinsamen Freunde und Bekannten, und ganz unten hatte er noch – Gott erhalte den König – Steve Ordner mitsamt seiner Frau und seinem *Dienstmädchen* draufgesetzt.

Die meisten Namen hatte er wieder ausgestrichen und dabei irritiert über sich selbst gelacht. Jetzt schlenderte er langsam an den Schaufenstern voller Weihnachtsgeschenke vorbei, die alle im Namen eines vor langer Zeit verstorbenen deutschen Diebes verteilt werden sollten, der durch den Kamin in die Häuser geklettert war und den Leuten alles gestohlen hatte, was sie besaßen. Mit einer Hand streichelte er einen Packen von fünfhundert Dollar in Zehndollarscheinen in seiner Manteltasche.

Er lebte jetzt ganz von seinem Versicherungsgeld, und die

ersten tausend Dollar waren mit erstaunlicher Geschwindigkeit ausgegeben. Er schätzte, daß das Geld, wenn er so weitermachte, höchstens bis Mitte März kommenden Jahres reichen würde, vermutlich nicht einmal so lange. Aber das bereitete ihm kein großes Kopfzerbrechen. Der Gedanke an den März und was er dann machen würde war ihm ebenso unverständlich wie Integralrechnungen.

Er betrat ein Juweliergeschäft und kaufte eine silberne Anstecknadel für Mary. Sie hatte die Form einer Eule, deren Augen aus kalt blinkenden Diamanten bestanden, und kostete ihn einhundertfünfzig Dollar plus Mehrwertsteuer. Die Verkäuferin gab sich überschwenglich. Sie sei sicher, daß seine Frau die Brosche lieben würde. Er lächelte ihr zu. Das waren mindestens drei Stunden bei Dr. Psycho, Freddy. Wie findest du das?

Freddy sprach wieder nicht mit ihm.

Er ging in ein großes Kaufhaus und fuhr mit dem Fahrstuhl zur Spielzeugabteilung hinauf, die von einer riesigen Anlage mit einer elektrischen Modelleisenbahn beherrscht wurde. Grüne Plastikhügel, die von Tunneln durchzogen und mit Unter- und Überführungen, Plastikbahnhöfen, Signalen und Weichen gespickt waren, und durch das Ganze kämpfte sich eine kleine Lokomotive, die synthetische graue Rauchfäden aus dem Schornstein stieß und eine Unmenge von Güterwagen hinter sich herzog: B & O, SOO LINE, GREAT NORTHERN, GREAT WESTERN, WARNER BROTHERS (WARNER BROTHERS ??), DIAMOND INTERNATIONAL, SOUTHERN PACIFIC. Kleine Jungen standen mit ihren Vätern am Zaun, der die Anlage umgab, und er spürte plötzlich eine Welle von warmherziger Zuneigung für sie, die nicht von Neidgefühlen getrübt war. Er wäre am liebsten auf sie zugegangen, um seine Liebe und Dankbarkeit auszudrücken, die er sowohl für sie als auch für die schöne Vorweihnachtszeit empfand. Und er hätte sie gewarnt, daß sie bloß vorsichtig sein sollten.

Er schlenderte durch die Puppenabteilung und wählte jeweils eine Puppe für seine drei Nichten aus: *Chatty Cathy* für

Tina, *Maisie*, die Akrobatin, für Cindy und eine *Barbie*-Puppe für Sylvia, die gerade elf geworden war. Danach kaufte er einen GI Joe für Bill und, nach einiger Überlegung, ein Schachspiel für Andy. Andy war jetzt zwölf und bereitete seinen Eltern in letzter Zeit ziemliche Sorgen. Die gute alte Bea aus Baltimore hatte Mary anvertraut, daß sie in letzter Zeit immer wieder nasse Flecken in Andys Bettwäsche entdeckte. War das möglich? So früh schon? Mary hatte ihr erklärt, daß die Kinder heutzutage immer frühreifer würden. Bea glaubte, daß es an der vielen Milch läge, die sie immer trinken würden, und natürlich an den Vitaminen, aber sie wünschte sich sehnlichst, daß Andy sich mehr für Sport interessieren würde oder fürs Sommerlager oder fürs Reiten oder was auch immer.

Mach dir nichts draus, Andy, dachte er und schob die Schachkassette unter seinen Arm. Ab jetzt übst du eben den Rösselsprung und Dame auf B-4, und masturbierst dabei unterm Tisch, wenn du das Verlangen danach hast.

Vor der Spielzeugabteilung stand ein großer Thron für den Weihnachtsmann, aber er war leer. Auf dem leeren Sitz lag ein Schild:

DER WEIHNACHTSMANN ISST GERADE
IN UNSEREM BERÜHMTEN GRILLRESTAURANT
LEISTEN SIE IHM DOCH GESELLSCHAFT!

Ein junger Mann in einer Jeansjacke stand mit den Armen voller Pakete vor dem Thron und betrachtete ihn nachdenklich. Als er sich umdrehte, erkannte er Vinnie Mason.

»Vinnie!« rief er.

Vinnie lächelte ihm zu und wurde ein bißchen rot, als ob er bei einem Streich erwischt worden wäre. »Hallo, Bart«, sagte er und kam zu ihm herüber. Sie brauchten sich über das Händeschütteln keine Gedanken zu machen, dazu waren sie beide zu bepackt.

»Machst du ein paar Weihnachtseinkäufe?« fragte er Vinnie.

»Ja.« Vinnie lachte verlegen. »Letzten Samstag habe ich Sharon und Bobbie – das ist meine kleine Tochter Roberta – hergebracht. Sie ist jetzt drei. Wir wollten, daß sie sich zusammen mit dem Weihnachtsmann fotografieren läßt, aber sie wollte nicht. Sie machen das immer samstags, weißt du, kostet nur einen Dollar. Jedenfalls hat sie geschrien wie am Spieß. Sharon war das etwas peinlich.«

»Na ja, das ist ja auch ein großer, fremder Mann mit einem unheimlichen Bart. Davor haben die Kleinen manchmal Angst. Vielleicht schafft ihr's nächstes Jahr.«

»Ja, vielleicht.« Vinnie lächelte kurz.

Er lächelte ebenfalls und dachte, daß es mit Vinnie jetzt viel leichter ging. Er hätte ihm gerne gesagt, daß er ihn nicht zu sehr hassen solle. Er wollte ihm sagen, daß es ihm leid tue, wenn er sein Leben zu sehr durcheinandergebracht hätte. »Und, was machst du jetzt so?« fragte er statt dessen.

Vinnie fing an zu strahlen. »Du wirst es kaum glauben, mir geht's ausgezeichnet. Ich bin jetzt Manager von einem Kino. Im nächsten Sommer kommen noch drei hinzu.«

»Etwa bei *Media Associates*?« Das war eine von Amrocos Firmen.

»Ja, genau. Wir gehören zu einer Kinokette. Der Verleih schickt uns alle Filme... alles Kassenschlager. Aber das Westfall-Kino leite ich ganz selbständig.«

»Und sie geben dir noch ein paar Kinos dazu?«

»Ja. Kino II und III im nächsten Sommer. Und dann noch das Beacon-Autokino, das übernehme ich auch.«

Er zögerte. »Vinnie, sag's mir, wenn ich zu weit gehen sollte, aber ich frage mich, wenn die Gesellschaft alle Filme auswählt und dir zuschickt... was hast du dann eigentlich noch zu tun?«

»Ich verwalte das Geld, was denn sonst? Und ich erledige alle Besorgungen. Weißt du, daß man allein von den Einnahmen des Bonbonkiosks die Miete für einen ganzen Abend bestreiten kann, wenn man's richtig macht? Dann sind da noch die Wartungsarbeiten und...« er schluckte vernehmlich »...die Personalverwaltung. Ich werde ganz schön zu tun haben. Sharon gefällt es, denn sie ist ein richtiger Kinofan. Für Paul Newman und Clint Eastwood schwärmt sie besonders. Und mir gefällt es, weil ich statt neuntausend nun elftausendfünfhundert Dollar verdiene.«

Er musterte Vinnie mürrisch und fragte sich, ob er es ihm sagen sollte. Das war also Ordners Preis. Braves Hündchen, komm her, hier ist dein Knochen.

»Sieh zu, daß du da raus kommst, Vinnie«, sagte er. »So schnell wie möglich.«

»Aber Bart?« Vinnie runzelte ehrlich verwirrt die Augenbrauen.

»Weißt du, was das Wort *Gofer* bedeutet, Vinnie?«

»*Gopher*? Na klar, das sind so kleine Erdhörnchen, die überall Löcher in die Erde buddeln...«

»Nicht mit ph, mit f. *G o f-e-r*.«

»Keine Ahnung, Bart. Ist das was Jüdisches?«

»Es bedeutet, ein niederer Angestellter zu sein. Einer, der Befehle ausführen muß. Ein Laufbursche. Geh, hol mir 'nen Kaffee! Bring mir ein paar Sandwiches! Geh doch kurz mal um den Block für mich!«

»Bart, wovon redest du eigentlich? Ich meine...«

»Ich meine, daß Steve Ordner sich deines Falles angenommen und ihn dem Aufsichtsrat – den Leuten, auf die es eigentlich ankommt – unterbreitet hat. Hört mal her, Leute, wir müssen was mit diesem Mason unternehmen, eine delikate Sache. Er hat uns gewarnt, daß dieser Dawes eine krumme Sache im Schilde führt. Er hat zwar nicht stark genug auf die Pauke gehauen, daß wir rechtzeitig hätten einschreiten können, bevor die Wäscherei kaputtging, aber wir sind ihm trotzdem etwas schuldig. Natürlich können wir ihm nicht zuviel Verantwortung überlassen. Und weißt du auch, warum, Vinnie?«

Vinnie sah ihn böse an. »Ich weiß, daß ich mir deinen Mist nicht mehr gefallen lassen muß, Bart. Das habe ich nicht mehr nötig.«

Er machte ein ernstes Gesicht. »Ich will dich nicht reinlegen, Vinnie. Was du tust oder läßt, geht mich nichts mehr an.

Aber, um Himmels willen, Vinnie, du bist noch jung. Ich kann nicht mitansehen, wie du dir dein Leben auf diese Weise vermiesen läßt. Der Job, den sie dir da gegeben haben, ist zwar auf kurze Sicht eine Riesenorange, aber auf lange Sicht wird er sich als Zitrone erweisen. Die verantwortungsvollste Entscheidung, die du je zu treffen haben wirst, wird sein, ob du mehr Pappbecher oder Milkyways für den Automaten bestellen sollst. Und Ordner wird dafür sorgen, daß es immer so bleibt. Jedenfalls solange du bei dieser Gesellschaft bleibst.«

Die Vorweihnachtsfreude, wenn es das überhaupt gewesen war, war aus Vinnies Augen verschwunden. Er umklammerte seine Pakete so fest, daß das Papier bei einigen zerriß, und seine Augen wurden grau vor Ärger. Das Bild eines jungen Mannes, der in freudiger Erwartung auf sein Mädchen das Haus verläßt und feststellen muß, daß jemand alle vier Reifen seines Wagens aufgeschlitzt hat. *Er hört mir gar nicht zu. Ich könnte es ihm immer wieder auf Tonband vorspielen, er würde nicht darauf hören.*

»Wie sich herausgestellt hat, hast du das Richtige getan«, fuhr er fort. »Ich weiß zwar nicht, was die Leute über mich reden...«

»Sie halten dich alle für verrückt, Bart«, zischte Vinnie mit spitzer, feindseliger Stimme.

»Ist ja auch egal. Jedenfalls hattest du recht. Aber in anderer Hinsicht hattest du auch wieder unrecht. Du hast mich verraten. Und Verrätern geben sie keine hohen Positionen, nicht einmal, wenn sie der Gesellschaft einen Dienst erwiesen haben, und auch dann nicht, wenn die Gesellschaft – falls sie geschwiegen hätten – besonders geschädigt worden wäre. Diese Leute in der vierzigsten Etage sind wie die Ärzte, Vinnie. Sie mögen es nicht, wenn über Interna geredet wird, genausowenig wie die Ärzte es leiden können, wenn man sich über einen Kollegen das Maul zerreißt, der im Suff einen Patienten falsch operiert hat.«

»Du hast dir allen Ernstes vorgenommen, mein Leben kaputtzumachen, nicht wahr?« fragte Vinnie ihn. »Aber ich arbeite nicht mehr für dich, Bart. Geh und verspritz dein Gift woanders.«

Der Weihnachtsmann kam vom Mittagessen zurück. Er trug einen riesigen Sack über der Schulter, lachte gutmütig und zog eine Reihe von kleinen Kindern wie eine bunte Papierschlange hinter sich her.

»Vinnie, sei doch nicht blind! Sie haben dir nur die bittere Pille versüßt. Klar, du verdienst jetzt elftausendfünfhundert im Jahr, und im nächsten, wenn die drei Kinos hinzukommen, werden es vielleicht vierzehntausend sein. Aber dabei wirst du dann auch die nächsten zwölf Jahre bleiben. Und dann kriegt man nicht mal mehr 'ne Cola für lausige dreißig Cents. Besorgen Sie uns einen neuen Teppich. Kümmern Sie sich um den Bezug der Sitze. Schicken Sie diese Filmrollen zurück, die sind nur aus Versehen hier gelandet. Willst du diesen Mist immer noch machen, wenn du vierzig bist? Ohne Zukunftsaussichten außer einer goldenen Uhr zum Firmenjubiläum?«

»Immer noch besser als das, was du tust.« Vinnie drehte sich abrupt um und wäre fast mit dem Weihnachtsmann zusammengestoßen, der unter seinem Bart gar nicht so freundlich murmelte: »Können Sie nicht aufpassen, Sie Idiot?«

Er lief hinter Vinnie her. Etwas an seinem Gesichtsausdruck hatte ihm verraten, daß er doch zu ihm durchgedrungen war, trotz seiner abweisenden Haltung. Lieber Gott, bitte, laß ihn mich anhören.

»Laß mich in Ruhe, Bart. Hau ab!«

»Gib den Job auf«, wiederholte er. »Wenn du bis zum nächsten Sommer wartest, könnte es schon zu spät sein. Der Arbeitsmarkt wird so eng wie ein Keuschheitsgürtel werden, wenn das mit der Energiekrise so weitergeht, Vinnie. Es könnte deine letzte Chance sein. Es...«

Vinnie fuhr herum. »Ich sage es dir zum letzten Mal, Bart!«

»Du spülst deine wertvolle Zukunft im Klo hinunter, Vinnie. Dazu ist das Leben zu kurz. Was wirst du deiner Tochter sagen, wenn du...«

Vinnie schlug ihn direkt aufs Auge. Ein greller Schmerz

durchzuckte ihn, und er stolperte mit rudernden Armen zurück. Die Kinder, die dem Weihnachtsmann gefolgt waren, fielen über die Spielsachen, die er gekauft hatte – Puppen, GI Joe, Schachspiel – und die jetzt in hohem Bogen durch die Luft flogen. Er fiel in ein Regal mit Spieltelefonen, die sich über den Boden verstreuten. Ein kleines Mädchen schrie auf wie ein verwundetes Tier, und er dachte: *Weine nicht, meine Kleine, es ist nur der alte George, der fällt auch zu Hause öfter mal um.* Jemand anderer, vielleicht der liebe, gute Weihnachtsmann, fluchte und rief nach dem Hausdetektiv. Dann lag er auf dem Boden inmitten von Plastikgehäusen, Telefondrähten, herausgefallenen Batterien und losen Hörern. Aus einem sagte eine Stimme wieder und wieder in sein Ohr: ›Möchtest du mit mir in den Zirkus gehen? Möchtest du mit mir in den Zirkus gehen? Möchtest du...‹

17. Dezember 1973

Das Schrillen des Telefons riß ihn aus einem unruhigen Mittagsschlaf. Er hatte geträumt, daß ein junger Wissenschaftler die Möglichkeit entdeckt hätte, durch eine Änderung der chemischen Zusammensetzung von Erdnüssen unbegrenzte Mengen von umweltfreundlichem Benzin zu erzeugen. Das schien sämtliche Probleme zu lösen, die nationalen wie die persönlichen, und der Traum hatte ihn in eine Stimmung von aufkeimender Freude versetzt. Das Telefon hatte allmählich einen Kontrapunkt dazu gebildet, der ihm immer mehr ins Bewußtsein gedrungen war, bis der Traum sich schließlich aufgelöst und der unwillkommenen Realität Platz gemacht hatte.

Er rappelte sich von der Couch auf, schlurfte zum Apparat hinüber und nahm den Hörer ab. Sein Auge tat nicht mehr weh, aber im Spiegel konnte er immer noch das Veilchen erkennen.

»Hallo?«

»Hallo Bart, hier ist Tom.«

»Oh, Tom. Wie geht es dir?«

»Ganz gut. Hör mal, Bart, ich dachte, du würdest es gern wissen. Sie reißen morgen das Blue Ribbon ab.«

Er riß die Augen weit auf. »Morgen? Das kann doch nicht sein. Sie... Himmel, es ist doch bald Weihnachten.«

»Gerade darum.«

»Aber sie sind doch noch gar nicht soweit.«

»Es ist das letzte Geschäftsgebäude, das ihnen noch im Weg steht. Sie wollen es noch wegräumen, bevor sie in die Weihnachtsferien gehen.«

»Bist du sicher?«

»Ja, sie habe es heute morgen in den lokalen Nachrichten gebracht.«

»Wirst du dir das ansehen?«

»Sicher. Ich hab' zu viele Jahre meines Lebens in den alten Mauern verbracht, um mir das entgehen zu lassen.«

»Dann sehe ich dich wohl morgen.«

»Das nehme ich an.«

Er zögerte einen Augenblick. »Hör mal, Tom, ich möchte mich bei dir entschuldigen. Ich glaube nicht, daß sie das Blue Ribbon wieder aufmachen werden, weder in Waterford noch sonstwo. Wenn ich dein Leben völlig durcheinandergeworfen habe...«

»Nein, nein, mir geht es gut. Ich bin jetzt Techniker bei den *Brite-Kleen*-Leuten. Kürzere Arbeitszeit, bessere Bezahlung. Ich hab' wohl die Rose auf dem Misthaufen gefunden.«

»Wie ist es da?«

Tom seufzte durch die Leitung. »Nicht sehr schön. Aber ich bin schon über fünfzig, da ist es schwierig, sich umzugewöhnen. In Waterford wäre es wohl dasselbe gewesen.«

»Tom, was ich getan habe...«

»Ich will nichts davon hören, Bart. Das ist eine Sache zwischen dir und Mary und geht mich nichts an.«

»In Ordnung.«

»Eh... kommst du zurecht?«

»Klar. Ich hab' da so einiges in Aussicht.«

»Freut mich zu hören.« Tom schwieg, bis die Stille belastend wurde, und er wollte ihm schon für den Anruf danken und auflegen, als Tom plötzlich weitersprach: »Steve Ordner hat mich deinetwegen angerufen. Direkt hier bei mir zu Hause.«

»Oh, tatsächlich? Wann?«

»Letzte Woche. Er ist verdammt sauer auf dich, Bart. Er hat immer wieder gefragt, ob einer von uns etwas davon gewußt hat, daß du das Waterford-Geschäft platzen lassen wolltest. Aber das war nicht alles. Er wollte alles mögliche wissen.«

»Was denn zum Beispiel?«

»Ob du mal was aus dem Geschäft mit nach Hause genommen hättest, Büromaterial oder was weiß ich. Ob du jemals Geld aus der Kasse genommen hast, ohne einen Beleg hineinzutun, oder ob du deine Privatwäsche auf Geschäftskosten gewaschen hast. Er hat mich sogar gefragt, ob du mit einigen Motels vielleicht Extraverträge gehabt hast.«

»Dieser Hurensohn«, sagte er nachdenklich.

»Wie ich schon sagte, dieser Mistkerl sucht nach einem dicken Kolben, mit dem er dir das Maul stopfen kann, Bart. Ich glaube, er hofft, dir was Kriminelles anhängen zu können, um dich dranzukriegen.«

»Das wird ihm nicht gelingen. Es bleibt alles in der Familie. Und die ist auseinandergebrochen.«

»Sie ist schon vor langer Zeit kaputtgegangen«, sagte Tom gelassen. »Als Ray Tarkington gestorben ist. Ich kenne sonst niemanden, der sauer auf dich ist, außer eben Ordner. Diese Kerle in der Verwaltung... für die zählen nur Dollars und Cents. Sie haben keinen blassen Schimmer vom Wäschereigeschäft, und sie wollen auch gar nichts davon wissen.«

Darauf fiel ihm nichts zu sagen ein.

»Also...« Tom seufzte. »Ich dachte, das solltest du wissen. Sag mal, hast du das von Johnny Walkers Bruder gehört?«

»Arnie? Nein, was ist mit ihm?«

»Er hat sich umgebracht.«

»Was?«

Tom machte ein Geräusch, als würde er Luft durch seine

Vorderzähne saugen. »Er hat einen Schlauch vom Auspuffrohr durch das Fenster seines Wagens geführt und alles dichtgemacht. Der Zeitungsjunge hat ihn gefunden.«

»Heiliger Jesus«, flüsterte er und dachte an Arnie, wie er auf dem Krankenhausstuhl gekauert und gezittert hatte. »Das ist ja schrecklich.«

»Ja...« Tom machte wieder dieses saugende Geräusch. »Wir sehen uns dann morgen, Bart.«

»Klar. Danke, daß du angerufen hast.«

»Bitte, bitte. Wiedersehen.«

Er legte langsam den Hörer auf und dachte immer noch an Arnie und an das hohe, wimmernde Weinen, in das Arnie ausgebrochen war, als er den Priester gesehen hatte.

Jesus, er hat seine Hostien dabei, haben Sie das gesehen?

»Das ist eine Schande«, sagte er ins leere Wohnzimmer, und die Worte hallten tot von den Wänden zurück. Dann ging er in die Küche und mixte sich einen Drink.

Selbstmord.

Das Wort hatte einen zischenden, bedrängenden Klang wie eine Schlange, die sich durch einen engen Spalt windet. Es schlüpfte wie ein entfliehender Sträfling zwischen der Zunge und dem Gaumen hervor.

Selbstmord.

Seine Hand zitterte, als er den Southern Comfort ins Glas schüttete, und der Flaschenhals klapperte gegen den Glasrand. Warum hat er das getan, Freddy? Sie waren doch nur zwei alte Kumpel, die eine gemeinsame Wohnung hatten. Jesus Christus, warum tut jemand so was?

Aber er glaubte, daß er den Grund kannte.

18.–19. Dezember 1973

Er kam schon morgens um acht zur Wäscherei. Obwohl die Abbrucharbeiten nicht vor neun beginnen würden, stand schon eine ansehnliche Menschengruppe herum, die Hände tief in den Manteltaschen vergraben und den Atem in weißen Wölkchen vor den Mündern wie Sprechblasen. Tom Granger, Ron Stone, Ethel Diment, die Hemdenbüglerin, die sich während der Mittagspause meistens betrank und dann den ganzen Nachmittag über sämtliche Hemdenkrägen verbrannte, Gracie Floyd und ihre Cousine Maureen, die beide an den Heißmangeln gearbeitet hatten, und noch zehn oder fünfzehn andere.

Die Straßenbaubehörde hatte gelbe Sägeböcke und Warnblinker sowie große orangefarbene Schilder mit schwarzer Schrift aufstellen lassen:

UMLEITUNG

Die Schilder lenkten den Verkehr um den Block herum. Auch der Bürgersteig gegenüber der Wäscherei war abgesperrt.

Tom Granger grüßte ihn kurz mit einem Kopfnicken, kam aber nicht zu ihm herüber. Die anderen von der Wäscherei warfen ihm neugierige Blicke zu und steckten die Köpfe zusammen.

Verfolgungswahn, Freddy. Wer wird der erste sein, der auf mich zugeht und mir *j'accuse* ins Gesicht brüllt?

Aber Freddy sagte heute wieder nichts.

Um Viertel vor neun fuhr ein brandneuer Toyota Corolla vor, der das Zehn-Tage-Probefahrt-Schild noch im Rückfenster kleben hatte, und Vinnie Mason stieg aus. Er war elegant gekleidet, wirkte aber noch etwas unsicher in dem teuren Kamelhaarmantel und mit den Lederhandschuhen. Er warf ihm einen wütenden Blick zu, der selbst Stahlnägel verbogen hätte, und ging auf die Gruppe zu, in der Ron Stone, Dave und Pollack zusammenstanden.

Um zehn vor neun kam der Kran die Straße herauf. Die

große Stahlkugel baumelte wie eine riesige, vom Körper losgetrennte äthiopische Titte vom Kranhals herab. Der Kran rollte langsam und betulich auf seinen schweren, brusthohen Rädern daher, und das Dröhnen des Dieselmotors hämmerte wie der Meißel eines Bildhauers, der eine Skulptur aus einem unförmigen Block herausschlägt, in die kühle, silbrige Morgenluft.

Ein Mann mit einem gelben Sturzhelm lotste ihn über den Randstein auf den Parkplatz hinauf; oben in der Kabine konnte er einen zweiten Mann erkennen, wie er die Gänge wechselte und die Kupplung mit seinem großen, klobigen Fuß betätigte. Aus dem Schornstein pufften braune Rauchwolken empor.

Seit er seinen Wagen drei Blocks entfernt geparkt und hierhergelaufen war, hatte ihn ein eigenartiges, schleichendes Gefühl befallen, das er sich nicht ganz erklären konnte. Als er jetzt beobachtete, wie der Kran vor dem alten Ziegelsteinbau direkt in der früheren Ladezone hielt, wurde es ihm plötzlich klar. Es war, als käme man zum letzten Kapitel eines Romans von Ellery Queen, in dem alle Hauptpersonen versammelt sind, um den Hergang des Verbrechens erklärt zu bekommen, bis der Schurke entlarvt wird. Gleich würde jemand – höchstwahrscheinlich Steve Ordner – aus der Menge heraustreten, mit dem Finger auf ihn zeigen und *Der ist es! Bart Dawes! Er hat das Blue Ribbon umgebracht!* brüllen. Dann würde er seine Pistole ziehen, um den Rächer zum Schweigen zu bringen, statt dessen aber selbst von Polizeikugeln durchlöchert werden.

Die Vorstellung verwirrte ihn. Er blickte die Straße hinunter, um sich zu beruhigen, aber sein Magen sank einen Stock tiefer, als er plötzlich Ordners flaschengrünen Delta 88 entdeckte, der mit laufendem Motor direkt hinter der gelben Absperrung stand. Steve Ordner musterte ihn ruhig durch die polarisierten Gläser seiner Brille.

In diesem Augenblick schwang die Stahlkugel in einem flachen, kreischenden Bogen, und die Menge stieß einen Seufzer aus, als sie gegen die Ziegelmauer traf und mit dem hohlen, donnernden Detonationsgetöse einer Kanonenkugel hindurchschlug.

Um vier Uhr am Nachmittag war vom Blue Ribbon nur noch ein unordentlicher Haufen aus Glas und Ziegelbrocken übrig, aus dem die ehemaligen, jetzt zerschmetterten Stützbalken wie das Skelett eines ausgegrabenen Dinosauriers herausragten.

Was er später tat, geschah, ohne daß er sich Gedanken darüber machte, was für Folgen es haben könnte. Er befand sich dabei in einem ähnlichen Geisteszustand wie einen Monat zuvor, als er die Gewehre in Harveys Waffengeschäft gekauft hatte. Nur brauchte er jetzt nicht mehr die Sicherung herauszudrehen. Freddy sagte nichts mehr.

Er fuhr zur Tankstelle und ließ den LTD volltanken. Der Himmel hatte sich im Laufe des Tages bewölkt, und im Radio wurde ein Schneesturn angekündigt – fünfzehn bis zwanzig Zentimeter Neuschnee. Er kam nach Hause, stellte den Wagen in der Garage ab und ging in den Keller hinunter.

Unter der Treppe standen zwei große Kartons voller leerer Soda- und Bierflaschen, die mit einer zentimeterdicken Staubschicht bedeckt waren. Einige der Flaschen waren wohl schon über fünf Jahre alt. Selbst Mary mußte sie während des letzten Jahres vergessen haben, denn sie hatte aufgehört, ihn zu drängen, er solle sie endlich zum Laden zurückbringen. Die meisten Geschäfte nahmen heute ja sowieso keine Pfandflaschen mehr an. Gebrauchen und wegwerfen war die Devise. Zum Teufel damit.

Er stellte einen Karton auf den anderen und trug sie zur Garage hinauf. Als er in die Küche ging, um ein Messer, Marys Trichter und ihren Putzeimer zu holen, hatte es zu schneien angefangen.

Er drehte das Garagenlicht an und holte den grünen Gartenschlauch vom Nagel, wo er seit der dritten Septemberwoche gehangen hatte. Er schnitt die Düse ab, die mit einem unbedeutenden *Klick* auf den Zementfußboden fiel. Dann maß er zirka drei Fuß ab und schnitt ihn noch mal durch. Den Rest stieß er mit dem Fuß zur Seite und betrachtete das Stück, das er in der Hand hielt, einen Augenblick nachdenklich. Er schraubte die Benzinkappe vom Tank und ließ den Schlauch sanft wie ein zärtlicher Liebhaber hineingleiten.

Er hatte schon öfter beim Benzinabsaugen zugesehen und kannte das Prinzip, aber er hatte es noch nie selbst ausprobiert. Jetzt wappnete er sich innerlich gegen den Geschmack und sog dann an dem einen Schlauchende. Einen Augenblick spürte er nur eine unsichtbaren Widerstand, doch plötzlich füllte sein Mund sich mit einer so kalten und fremdartigen Flüssigkeit, daß er sich sehr beherrschen mußt, um nicht nach Luft zu schnappen und das Zeug aus Versehen runterzuschlucken. Er zog eine Grimasse und spuckte es aus, aber der Geschmack blieb wie ein lebensbedrohender Begleiter auf seiner Zunge. Er hängte das Schlauchende über den Rand von Marys Putzeimer und sah zu, wie ein dünner rötlicher Strahl auf den Eimerboden spritzte. Nach einer Weile tröpfelte der Strahl nur noch, und er hatte schon Angst, daß er das Ganze noch mal machen müßte, doch dann wurde er wieder dicker und floß beständig weiter. Es hörte sich an wie das Urinieren in einem öffentlichen Klo.

Er spuckte auf den Boden, spülte seinen Mund mit Speichel und spuckte nochmals. Nun hatte er fast jeden Tag in seinem Erwachsenenleben mit Benzin zu tun gehabt, aber so einen intimen Kontakt hatte er noch nie erlebt. Er hatte es nur einmal mit den Fingern berührt, als er den kleinen Tank seines Rasenmähers überfüllt hatte. Plötzlich war er froh, daß es geschehen war. Selbst der unangenehme Geschmack im Mund schien ganz in Ordnung zu sein.

Während der Eimer sich füllte, ging er wieder ins Haus (es schneite jetzt stärker) und holte ein paar Putzlumpen aus dem Schrank unter der Küchenspüle. Er nahm sie in die Garage mit und riß sie dort in Streifen, die er auf der Motorhaube des LTD ausbreitete.

Als der Eimer halb voll war, hängte er den Schlauch in den kleinen galvanisierten Stahleimer, in dem er normalerweise Asche und Schlacke aufbewahrte, um damit die glatte Auffahrt im Winter zu streuen. Während dieser sich füllte, stellte er die zwanzig Bier- und Sodaflaschen in vier ordentlichen Reihen auf und füllte sie mit Hilfe des Trichters dreiviertel voll Benzin. Danach zog er den Schlauch aus dem Stahleimer und schüttete den Inhalt in Marys Putzeimer um. Der Eimer war jetzt fast randvoll.

Er steckte einen Fetzen Stoff in jeden Flaschenhals, um sie dicht zu verschließen. Dann brachte er den Trichter ins Haus zurück. Der Schnee bedeckte jetzt in kleinen, schiefen Windverwehungen den Boden, und die Auffahrt war schon ganz weiß. In der Küche stellte er den Trichter ins Spülbekken und nahm den Plastikdeckel von Marys Eimer aus dem Schrank. Wieder in der Garage, deckte er den Eimer fest damit zu. Er öffnete den Kofferraum des LTD und stellte den Eimer hinten rein. Dann stellte er seine Molotowcocktails in einen der Kartons, dich nebeneinander, so daß sie nicht umkippen konnten und aufgereiht wie wachsame Soldaten dastanden. Den Karton stellte er in Reichweite auf den Beifahrersitz. Dann ging er ins Haus zurück, setzte sich in seinen Sessel und schaltete mit seinem Raumfahrtcommander den Fernseher ein. Der ›Dienstagabendfilm der Woche‹ war ein Western mit David Janssen in der Hauptrolle. Er fand, daß David Janssen einen ziemlich bescheuerten Cowboy abgab.

Als der Film vorbei war, behandelte Marcus Welby einen geistig gestörten Teenager auf Epilepsie. Der Teenager fiel immer wieder in der Öffentlichkeit in Ohnmacht. Marcus Welby heilte ihn natürlich. Danach folgten zwei Reklamespots, einer für Hundefutter und einer für ein Schallplattenalbum mit einundvierzig beliebten Spirituals. Dann die Nachrichten. Die Wettervorhersage kündigte an, daß es die ganze Nacht über und die Hälfte des nächsten Tages schneien würde. Die Bevölkerung wurde gebeten, möglichst zu Hause zu bleiben. Die Straßen wären gefährlich glatt, und die Räumfahrzeuge würden erst gegen zwei Uhr morgens mit ihrer Arbeit beginnen. Starke Winde sorgten für Schneeverwehungen, und alles in allem würden in den nächsten zwei Tagen die Straßenverhältnisse ziemlich schlecht sein.

Nach den Nachrichten kam Dick Cavett dran. Er sah sich die Sendung ungefähr eine halbe Stunde an und schaltete den Fernseher dann ab. Ordner wollte ihm also etwas Kriminelles anhängen, was? Nun, wenn er hinterher mit seinem LTD steckenblieb, konnte er das haben. Aber er glaubte, daß seine Chancen ganz gut standen. Der LTD war ein schwerer Wagen und hatte Spikes auf den Hinterrädern.

Er zog sich seinen Mantel, Hut und Handschuhe an und blieb dann zögernd in der Küchentür stehen. Er machte noch mal einen Rundgang durch das warme, erleuchtete Haus und sah sich alles an – den Küchentisch, den Herd, den Eßzimmerschrank mit den am oberen Regal aufgehängten Teetassen, das Alpenveilchen auf dem Kaminsims im Wohnzimmer – und eine heiße Woge von Zuneigung durchströmte ihn. Er wollte das alles beschützen. Er stellte sich vor, wie die Stahlkugel mit Getöse durchs Haus fahren, die Mauern einstürzen, die Fenster zersplittern, die Trümmer über die Fußböden verstreuen würde. Niemals. Das würde er nie zulassen. Auf diesen Böden war Charlie herumgekrochen. Im Wohnzimmer hatte er seine ersten Schritte gelernt. Er war einmal von den Stufen vor der Haustür heruntergefallen und hatte seine Eltern damit fast zu Tode erschreckt. Charlies Zimmer war jetzt eine Art Arbeitszimmer im ersten Stock, aber es war trotzdem noch der Raum, in dem er seine ersten Kopfschmerzen bekommen, in dem er zum ersten Mal doppelt gesehen und diese seltsamen Gerüche wahrgenommen hatte. Manchmal wie Schweinebraten, dann wie verbranntes Gras, manchmal auch die Schnipsel vom Spitzen eines Bleistifts. Als Charlie gestorben war, waren über hundert Leute kondolieren gekommen, und Mary hatte sie in diesem Wohnzimmer mit Kaffee und Kuchen bewirtet.

Nein, Charlie, dachte er, *nicht, wenn ich es verhindern kann.*

Er zog das Garagentor auf und stellte fest, daß schon gut zehn Zentimeter Schnee in der Auffahrt lagen, Pulverschnee. Er stieg in den LTD und ließ den Motor warmlaufen.

Der Tank war noch zu Dreiviertel voll. Während er in dem mysteriösen grünen Licht der Blinklämpchen vom Armaturenbrett saß, mußte er an Arnie Walker denken. Nur die Länge eines Gartenschlauchs, das war gar nicht so schlimm. Es wäre genauso, als würde man einschlafen. Er hatte mal irgendwo gelesen, daß eine Kohlenmonoxidvergiftung wie Einschlafen wäre. Es brachte einem sogar die Farbe ins Gesicht zurück, so daß man rosig und gesund aussah, voller Vitalität und Leben. Es...

Er schauerte zusammen, als wäre ihm sein eigener Geist begegnet. Er schaltete die Heizung ein. Als der Motor gleichmäßig lief und er zu zittern aufgehört hatte, legte er den Rückwärtsgang ein und setzte den Wagen zurück in den Schnee. Er konnte das Benzin in Marys Putzeimer glucksen hören, und das erinnerte ihn daran, daß er etwas vergessen hatte.

Er stellte den Wagen ab und ging noch mal ins Haus zurück. In der Schreibtischschublade fand er ein Paket Streichhölzer und packte seine Manteltaschen mit gut zwanzig Heftchen voll. Dann lief er wieder nach draußen.

Die Straße war sehr glatt.

An manchen Stellen befanden sich blanke Eisplatten unter dem Schnee, und als er vor der Ampel an der Crestallen-Garner-Kreuzung bremste, stellte der LTD sich quer. Als er den rutschenden Wagen abgefangen hatte, schlug sein Herz wie wild gegen seine Rippen. Das war wirklich ein verrücktes Unterfangen. Wenn er mit all dem Benzin einen Unfall baute, könnte man ihn nur noch mit einem Löffel von der Straße abkratzen und seine Überreste in einer Hundefutterschachtel begraben.

Besser als Selbstmord. Selbstmord ist eine Todsünde.

Reverenz an die Katholiken. Aber er glaubte nicht, daß es zu einem Unfall kommen würde. Es waren so gut wie keine Autos auf den Straßen, und er sah auch weit und breit keine Bullen. Die saßen wohl zusammengepfercht wie die Hühner in den Nebenstraßen in ihren Autos.

Er bog vorsichtig auf die Kennedy-Promenade ein, die für ihn wohl immer die Dumont Street bleiben würde. So hatte die Straße bis Januar 1964 geheißen, als der Stadtrat in einer Sondersitzung beschlossen hatte, sie umzubenennen. Die Dumont/Kennedy-Promenade führte vom Westend direkt in die Stadtmitte und lief gut zwei Meilen parallel zur neuen 784-Autobahn. Er blieb etwa eine Meile auf ihr und bog dann in die Grand Street ab. Eine halbe Meile weiter hörte die Straße plötzlich auf, ausgelöscht so wie das Grand Theatre selbst, möge es in Frieden ruhen. Im nächsten Sommer würde man die Grand wieder zum Leben erwecken, dann in Form einer Überführung (eine von den dreien, die er Magliore gegenüber erwähnt hatte), aber es würde nie wieder die alte Straße sein. Anstelle des Kinos sah man dann zur Rechten nur sechs – oder waren es acht? – dicht befahrene Fahrspuren unter sich. Er hatte sich durch das Fernsehen und die Tageszeitung eine Menge Informationen über die Baustelle angeeignet, aber nicht etwa bewußt, es war eher durch eine Art Osmose geschehen. Vielleicht sammelte er das Material ebenso instinktiv wie ein Eichhörnchen seinen Nußvorrat für den Winter. So wußte er zum Beispiel, daß die Baufirmen, die bei der Stadt unter Vertrag standen, ihre Hauptarbeiten für den Winter fast abgeschlossen hatten und daß sie alle notwendigen Demolierungen (das wär' doch mal ein Wort für dich, Freddy, *Demolierungen!* – aber Freddy nahm das Stichwort nicht auf) innerhalb der Stadtgrenzen bis Ende Februar beendet haben würden. Das schloß auch die Crestallen Street West mit ein. In gewisser Weise entbehrte die Sache nicht der Ironie. Wenn Mary und er nur eine Meile weiter außerhalb der Stadt gewohnt hätten, wäre ihr Haus nicht vor dem Frühling demoliert worden – vielleicht Ende Mai, Anfang Juni 1974. Und wenn Wünsche Pferde wären, würden alle Bettler hoch zu Roß daherkommen. Was er aber durch seine *bewußte* Beobachtung noch wußte, war, daß die meisten Baumaschinen genau an dem Punkt abgestellt worden waren, an dem sie die Grand Street gekillt hatten.

Beim Abbiegen scherte der Wagen hinten aus. Er steuerte

gegen und redete dem Wagen gut zu, der einen kleinen Satz machte und dann mit gleichmäßigem Surren wieder geradeaus durch den fast jungfräulichen Schnee fuhr – die Fahrspuren der Fahrzeuge, die vor ihm hier vorbeigekommen waren, waren verwischt und fast nicht mehr zu sehen. Bei dem Anblick von so viel Neuschnee fühlte er sich gleich wohler. Es war gut, in Bewegung zu sein, endlich etwas zu *tun*.

Als er langsam mit dreißig Stundenkilometern (er hatte keine große Eile) die Straße entlangfuhr, wanderten seine Gedanken zu Mary und zu der katholischen Auffassung von Sünde zurück. Läßliche Sünden und Todsünden. Mary war katholisch erzogen worden und als Kind in eine kirchliche Grundschule gegangen. Die meisten dieser religiösen Vorstellungen hatte sie – zumindest vom Verstand her – als Erwachsene aufgegeben, aber als sie sich damals begegnet waren, hatte das Zeug ihr noch tief in den Knochen gesteckt – das, was einem sozusagen mit der Muttermilch eingetrichtert wurde. Mary sagte immer, die Nonnen hätten ihr sechs Schichten Politur und drei Schichten Wachs aufgelegt. Nach ihrer Fehlgeburt hatte ihre Mutter ihr einen Pfarrer ins Krankenhaus geschickt, damit sie eine richtige Beichte ablegen könnte, und bei seinem Anblick war sie in Tränen ausgebrochen. Er hatte neben ihrem Bett gesessen, als der Pfarrer mit seinen Hostien ins Zimmer getreten war, und Marys Tränen hatten ihm das Herz zerrissen, was seitdem nur noch einmal wieder passiert war.

Er hatte sie einmal gebeten, ihm die Sünden zu nennen, und sie hatte ihm die ganze vollständige Liste heruntergeleiert, die läßlichen und die Todsünden. Obwohl sie ihren Katechismus vor zwanzig, fünfundzwanzig, ja dreißig Jahren gelernt hatte, war er ihr immer noch (wenigstens in seinen Augen) fehlerfrei und vollständig präsent. Es gab da eine Frage der Auslegung, die er nicht ganz verstehen konnte. Manchmal war eine Sache eine Todsünde, unter anderen Umständen aber läßlich. Es kam dabei wohl auf die geistige Verfassung des Sünders an. *Das Bewußtsein tut das Böse.* War das etwas, das sie damals während ihrer lange Diskussionen gesagt hatte, oder hatte Freddy ihm das gerade eingeflüstert? Der Gedanke bereitete ihm Sorgen. *Das Bewußtsein tut das Böse.*

Schließlich glaubte er verstanden zu haben, was die beiden größten Sünden waren, die beiden schweren, unwiderruflichen Todsünden: Mord und Selbstmord. Aber bei einer späteren Unterhaltung – war es mit Ron Stone gewesen? er glaubte ja – war ihm selbst dies nicht mehr ganz klar. Ron hatte gemeint, daß Mord manchmal auch nur eine läßliche Sünde sein könnte. (Sie hatten zusammen ein Bier getrunken, und es kam ihm so vor, als wäre es schon zehn Jahre her.) Oder unter gewissen Umständen auch gar keine. Wenn man einen Kerl kaltblütig ermordete, der die eigene Frau vergewaltigt hatte, könnte das sicher als läßliche Sünde gelten. Und wenn man jemanden in einem *gerechten Krieg* tötete – genau das waren Rons Worte gewesen, er konnte ihn noch genau wie damals hören, als hätte er eine Tonbandaufzeichnung im Gehirn –, dann galt das überhaupt nicht als Sünde. Ron glaubte, daß alle amerikanischen GIs, die Nazis und Japsen umgebracht hatten, am Tag des Jüngsten Gerichts gut dastehen würden.

Blieb noch Selbstmord. Dieses häßliche Wort.

Er kam jetzt zur Baustelle. Sie war mit schwarz-weißen Sägeböcken abgesperrt, auf denen orangefarbene Lampen blinkten. Große organgefarbene Schilder mit schwarzer Aufschrift leuchteten im Schein der Lampen auf. Auf einem stand:

DIE STRASSE ENDET VORÜBERGEHEND HIER

Auf dem nächsten:

UMLEITUNG – FOLGEN SIE DEN HINWEISSCHILDERN

Und auf einem anderen:

SPRENGGEBIET!

Er fuhr an die Seite, schaltete das Getriebe auf Leerlauf und die Warnblinkanlage ein und stieg aus dem Wagen. Dann ging er zur Absperrung hinüber. Die Schneeflocken wirkten in dem orangefarbenen Blinklicht irgendwie dicker und nahmen eine völlig absurde Farbe an.

Er wußte auch noch, daß die Frage der Absolution ihn verwirrt hatte. Zu Anfang hatte er das Ganze für ziemlich einfach gehalten: Wenn man eine Todsünde begangen hatte, war die Seele tödlich verwundet und für immer verdammt. Man konnte so viele Ave Marias beten, bis einem die Zunge rausfiel, man würde trotzdem zur Hölle fahren. Aber Mary sagte, daß es nicht unbedingt immer so sein müßte. Da gab es die Beichte und die Buße und den Segen und so weiter. Es war wirklich sehr verwirrend. Christus hatte zwar gesagt, daß ein Mörder niemals das ewige Leben erlangen könne, aber er hatte auch gesagt: ›Wer an mich glaubt, dem wird nichts mangeln.‹ Es kam ihm so vor, als gäbe es in der kirchlichen Dogmatik ebensoviele Fallstricke wie in einem Kaufvertrag eines Winkeladvokaten. Selbstmord natürlich ausgenommen. Man konnte Selbstmord nicht beichten oder bereuen oder sühnen, denn mit diesem Akt schnitt man das silberne Band durch und tauchte in andere Welten ein, welche das auch immer sein mochten. Und…

Aber warum dachte er überhaupt darüber nach? Er hatte nicht die Absicht, jemanden zu töten, und ganz bestimmt hatte er nicht vor, sich selbst umzubringen. Er hatte sich ja noch niemals Gedanken über Selbstmord gemacht. Jedenfalls nicht bis vor kurzem.

Er blickte über die Absperrung hinweg und fühlte sich plötzlich innerlich kalt und leer.

Da standen die mit einer Schneehaube bedeckten Baumaschinen unter der Herrschaft des riesigen Abbruchkrans. In seiner feindseligen Unbeweglichkeit wirkte er wie ein tyrannischer Schreckensherrscher. Der skelettartige Hals, der sich hoch in den dunklen Schneehimmel reckte, erinnerte ihn an eine Gottesanbeterin, die sich in unbekannte Gefilde zur Winterkontemplation zurückgezogen hat.

Er schob einen der Sägeböcke zur Seite. Er war sehr leicht. Dann ging er zum Wagen zurück, stieg ein und legte einen niedrigen Gang ein. Langsam ließ er den Wagen über den Randstein kriechen und den Abhang hinunterrollen. Das Gelände war von den schweren Baumaschinen ziemlich ausgefahren. Der Sand unter dem Schnee verringerte die Tendenz des LTD, unter ihm auszubrechen. Als er unten angekommen war, legte er wieder den Leerlauf ein und schaltete alle Lichter aus. Er kletterte den Hügel hinauf, ziemlich bald außer Atem, und stellte den Bock zurück an seinen Platz. Dann stieg er wieder nach unten.

Dort öffnete er den Kofferraum und holte Marys Putzeimer heraus. Er ging mit ihm um den Wagen herum, öffnete die Beifahrertür und stellte ihn neben den Karton mit seinen Feuerbomben auf den Boden. Er hob den Deckel ab und tauchte, leise vor sich hin summend, jeden Flaschendocht ins Benzin. Nachdem er das erledigt hatte, ging er mit dem Eimer zum Kran hinüber und kletterte vorsichtig, um nicht abzurutschen, in die unverschlossene Kabine. Er war jetzt aufgeregt, sein Herz schlug schnell und seine Kehle war vor bitterer Erregung wie zugeschnürt.

Er schüttete das Benzin über den Sitz, das Armaturenbrett, die Gangschaltung. Danach trat er auf das schmale Gitter, das die Motorhaube des Krans umrandete, und ließ den Rest des Benzins über die Maschine laufen. Benzindämpfe füllten die Luft. Seine Handschuhe waren völlig durchnäßt, und seine Hände wurde sofort taub. Er sprang hinunter, streifte die Handschuhe ab und steckte sie in die Manteltasche. Das erste Streichholzheft glitt ihm aus den Fingern, die so steif und gefühllos wie Holz waren. Er versuchte es mit dem zweiten Heft, aber der Wind blies sofort das erste Streichholz aus. Er drehte sich mit dem Rücken zum Wind, beugte sich schützend über die Streichhölzer, und endlich brannte eines. Er hielt es an die restlichen Hölzer, die zischend Feuer fingen. Das brennende Heftchen warf er in die Kabine.

Zuerst dachte er, daß sie doch wieder ausgegangen wären, denn es geschah nichts. Doch bald darauf hörte er ein leises, explosives *Wusch*, und das Feuer brach mit einer Wucht aus der Kabine, daß er unwillkürlich einige Schritte zurückwich. Er schirmte seine Augen vor der hell lodernden Blume ab, die da oben aufgeblüht war.

Eine Flamme züngelte aus der Kabine, erreichte die Motorhaube, zögerte einen Moment, als überlegte sie es sich noch einmal, und entzündete dann den Motor. Diesmal war die Explosion nicht so leise. *TSCHABUMM!* Die Motorhaube flog in die Luft, so hoch, daß sie kaum mehr zu sehen war, drehte sich wild und fiel irgendwo zu Boden. Etwas sauste an seinem Kopf vorbei.

Er brennt, dachte er. *Er brennt wirklich!*

In der flammenhellen Dunkelheit tanzte er einen Feuertanz, sein Gesicht vor Freude so verzerrt, daß seine Züge zu zersplittern und in tausend kleine, lächelnde Stücke zu zerfallen drohten. Seine Hände hatte er zu Fäusten geballt, mit denen er wild über seinem Kopf wedelte.

»Huuuraaahh!« schrie er laut in den Wind, und der Wind schrie zurück: *»Huuuraaahh! Verdammt noch mal, huuuraaahh!«*

Er raste um seinen Wagen herum, rutschte im Schnee und fiel auf den Bauch, und das rettete ihm vermutlich das Leben, denn in dem Augenblick explodierte der Benzintank, und der Kran zerbarst und verstreute seine Einzelteile in einem Umkreis von zwanzig Metern. Ein heißes Metallstückchen flog durch das rechte Rückfenster und schlug ein abgezirkeltes Loch in die Sicherheitsscheibe, von dem sich bald ein grobes Spinnennetz von Splissen ausbreitete.

Er stand auf, klopfte den Schnee ab, der die ganze Vorderseite seines Mantels bedeckte, und kletterte hinters Lenkrad. Dort zog er die Handschuhe wieder an – Fingerabdrücke! – aber das war auch die letzte Vorsichtsmaßnahme, an die er dachte. Er startete den Wagen mit klammen Fingern, die den Zündschlüssel kaum fühlten, und trat wie ein Wilder aufs Gaspedal. ›Sich in Sicherheit bringen‹ hatten sie das als Kinder genannt, als die Welt noch jung war. Der Wagen scherte hinten abwechselnd nach rechts und links aus. Der Kran brannte lichterloh, viel besser, als er sich das vorgestellt hatte. Die Kabine war ein einziges Inferno, die Windschutzscheibe schon lange fortgeflogen.

»Verdammte Scheiße!« brüllte er. »Oh, Freddy, siehst du das?«

Er rutschte vorne am Kran vorbei. Das Flammenmeer warf einen hellen Schimmer von Weltuntergangsfarben auf sein Gesicht. Nach dem dritten Versuch gelang es ihm, den Zigarettenanzünder reinzudrücken, nachdem er mit dem Zeigefinger immer wieder abgerutscht war. Die Baumaschinen standen nun zu seiner Linken. Er kurbelte das Fenster runter. Marys Putzeimer rollte auf dem Boden hin und her, und die Flaschenbomben klirrten hektisch, als der Wagen über den unebenen, gefrorenen Boden rumpelte.

Der Zigarettenanzünder sprang wieder heraus, und er trat mit beiden Füßen auf die Bremse. Der Wagen machte einen Satz und kam zum Stehen. Er zog den Anzünder aus seiner Halterung, nahm eine Flasche aus dem Karton und drückte den glühenden Kopf gegen den benzindurchtränkten Lappen. Eine Flamme züngelte hoch, und er warf die Flasche durchs Fenster. Sie zerschellte an der dreckbespritzten Haube eines Bulldozers, und die Flammen breiteten sich fröhlich züngelnd aus. Er drückte den Anzünder wieder rein, fuhr zwanzig Meter weiter und warf drei Molotowcocktails auf den dunklen Schatten eines Lastwagens. Einer flog vorbei. Der zweite landete auf dem Boden, und das Benzin versickerte im Schnee. Der dritte traf die Kabinenscheibe und flog in einem sauberen Bogen ins Innere.

»Verdammte, heilige Scheiße!« brüllte er.

Noch einen Bulldozer. Und einen kleinen Lastwagen. Dann erreichte er den aufgebockten Wohnwagen, in dem das Büro untergebracht war. Ein Schild an der Tür verkündete:

LANE CONSTRUCTION CO.
BAUSTELLENBÜRO
RAUCHEN ODER FEUER ANZÜNDEN VERBOTEN!

Er fuhr den Wagen direkt vor die Querseite des Büros und warf vier brennende Flaschen auf das große Fenster neben der Tür. Alle trafen. Die erste zersplitterte die Scheibe, wobei sie selbst zerschellte, und zog einen Schwanz heller Flammen hinter sich her.

Hinter dem Wohnwagen parkte ein Unimog. Er stieg aus und probierte, ob die Fahrertür abgeschlossen war. Sie war offen. Er entzündete eine weitere Flasche und warf sie hinein. Die Flammen fraßen sich hungrig in den Fahrersitz.

Als er zu seinem Wagen zurückkam, stellte er fest, daß nur noch vier Flaschen übrig waren. Er fuhr weiter, vor Kälte zitternd, nach Benzin stinkend, mit tropfender Nase – und grinsend. Ein Schaufelbagger. Er warf die letzten Flaschen auf ihn, richtete aber nur mit einer Schaden an, die den hinteren Reifen zerfetzte und von der Aufhängung riß.

Er griff wieder in den Karton, erinnerte sich, daß er jetzt leer sei, und blickte in den Rückspiegel.

»Hurenbock!« rief er. »O du heiliger, verdammter Hurenbock! Oh, Freddy, du alter Scheißkerl!«

Hinter sich sah er eine Reihe von vereinzelten Leuchtfeuern in der schneeverhangenen Dunkelheit, die wie Signalfeuer einer Landebahn wirkten. Hungrige Flammen züngelten aus den Fenstern des Bürowagens hervor. Der Unimog war nur noch ein Feuerball. Die Kabine des Lastwagens war ein orangefarbener Höllenschlund. Aber der Kran, das war sein Meisterstück. Der Kran war ein tosendes, hellgelbes Lichtermeer, eine aufrechte, lodernde Fackel inmitten der Baustelle.

»Demo-scheiß-lierungen!« brüllte er.

Doch dann meldete sich wieder ein Anflug von Vernunft. Er wagte es nicht, auf demselben Weg zurückzufahren, auf dem er gekommen war. Bald würde die Polizei hier auftauchen, vielleicht war sie sogar schon unterwegs. Und die Feuerwehr. Ob er weiter vorne rausfahren konnte, oder war er eingesperrt?

Heron Place. Er könnte es am Heron Place versuchen. Der Abhang hatte an dieser Stelle zwar fünfundzwanzig Prozent Steigung, vielleicht sogar dreißig, und er würde mit dem Wagen voll durch die Straßenabsperrung brechen müssen, aber wenigstens war das Schutzgeländer nicht mehr da. Er glaubte, daß er es schaffen würde. Ja, er *würde* es schaffen. Heute nacht gelang ihm alles.

Er lenkte den LTD rutschend und schliddernd durch das unfertige Straßenbett. Aus Vorsicht hatte er nur das Standlicht eingeschaltet. Als er rechts über sich die Straßenbeleuchtung des Heron Place entdeckte, gab er etwas mehr Gas und beobachtete die Tachonadel, die über vierzig kletterte, während er den steilen Abhang hinaufkroch. Sie stand auf fünfzig, als er die Kuppe anvisierte und hinaufschoß. Auf halbem Wege drehten die Hinterreifen durch und verloren den Bodenkontakt. Er schaltete einen niedrigeren Gang ein. Der Motor röhrte einmal auf, und der Wagen machte einen Satz nach vorn. Er war mit der Nase schon fast über den Randstein, als die Räder wieder durchdrehten und Schnee, Steine und gefrorene Erdklumpen hochwirbelten. Einen Augenblick hing er in der Luft, doch dann funktionierte der einfache Vorwärtsantrieb des LTD – vielleicht in Gemeinschaft mit purer Willenskraft – und trug ihn auf die Straße hinauf.

Mit der Stoßstange stieß er die schwarz-weiße Straßensperre zur Seite. Sie fiel in eine Schneewehe und wirbelte eine verträumte, kleine Schneewolke auf. Als er den Randstein hinter sich hatte, war er fast erschrocken, sich wieder auf einer normalen Straße zu befinden. Als ob gar nichts geschehen wäre. Er schaltete den normalen Fahrgang ein und fuhr mit ruhigen vierzig Stundenkilometern die Straße entlang.

Er wollte schon auf den Heimweg abbiegen, als ihm einfiel, daß er ja Spuren hinterließ, die der Schnee oder die Räumfahrzeuge frühestens in zwei Stunden beseitigen würden. Also folgte er, anstatt in die Crestallen Street einzubiegen, der Heron bis zur River Street und fuhr auf dieser weiter bis zur Route 7. Seit es zu schneien angefangen hatte, war nur wenig Verkehr auf den Straßen gewesen, aber es war noch genug, um die Schneedecke auf der Straße in eine rutschige Masse zu verwandeln.

Er reihte sich in die Spur der anderen Wagen ein, die nach Osten fuhren, und beschleunigte langsam auf sechzig.

Er fuhr gut zehn Meilen auf der Route 7, bevor er in die Stadt zurückkehrte und in die Crestallen einbog. Unterwegs traf er ein paar Schneepflüge, die sich wie gigantische orangefarbene Doggen mit glühenden gelben Augen durch die Nacht schaufelten. Ab und zu warf er einen Blick zur Baustelle hinüber, aber im wirbelnden Schneesturm konnte er dort nichts erkennen.

Auf halbem Weg nach Hause stellte er plötzlich fest, daß es im Wagen, obwohl die Heizung lief und alle Fenster hochgedreht waren, kalt war. Er sah sich um und entdeckte das Loch in der hinteren rechten Scheibe. Auf dem Rücksitz lagen Schnee und Glassplitter.

Wie ist denn das passiert? fragte er sich verwirrt. Er konnte sich beim besten Willen nicht erinnern.

Er kam von Norden in die Crestallen Street und fuhr direkt zu seinem Haus. Es stand noch genauso da, wie er es verlassen hatte. Das Küchenlicht, das er angelassen hatte, war das einzige Licht an der gesamten Straßenfront. Es standen keine Polizeiwagen vor dem Haus, aber die Garagentür war offen. So eine Dummheit. Man machte die Garagentür immer zu, wenn es schneite. Deshalb hatte man ja ein Tor, um seinen Besitz vor den Elementen zu schützen. Das hatte sein Vater immer zu ihm gesagt. Sein Vater war auch in der Garage gestorben, wie Johnnys Bruder, aber Ralph Dawes hatte sich nicht umgebracht. Es war ein Schlaganfall gewesen. Ein Nachbar hatte ihn gefunden. Er hatte noch seine Gartenschere in den steifen Fingern, und neben ihm auf dem Boden hatte ein Schleifstein gelegen. Ein gewöhnlicher Vorstadttod. O Lord, schicke seine weiße Seele in den Himmel, wo kein Unkraut wächst und die Nigger einen gebührenden Abstand wahren.

Er stellte den Wagen ab, zog das Garagentor herunter und

ging ins Haus. Er zitterte vor Erschöpfung und Aufregung. Es war Viertel nach drei. Er hängte seinen Mantel in die Garderobe, und als er schon die Tür schließen wollte, bekam er einen regelrechten Schock. Wie ein Schluck Whisky auf nüchternen Magen. Er fummelte wie wild in seinen Manteltaschen und stieß einen erleichterten Pfiff aus, als er seine Handschuhe fand. Sie waren immer noch mit Benzin durchtränkt und zu kleinen, zerknitterten Bällen gefroren.

Er überlegte, ob er sich einen Kaffee machen sollte, entschied sich dann aber dagegen. Er hatte leicht pochende Kopfschmerzen, die vermutlich vom Benzindunst herrührten und durch die angsterfüllte Nachtfahrt durch den Schnee noch verstärkt worden waren. Im Schlafzimmer zog er sich aus und warf die Kleider achtlos auf einen Stuhl, ohne sie erst zusammenzulegen. Er dachte, daß er sofort einschlafen würde, kaum daß er den Kopf aufs Kissen gelegt hätte, aber dem war nicht so. Jetzt, da er sich zu Hause in Sicherheit befand, überfiel ihn eine erbarmungslose Wachheit. Und mit ihr die Angst. Sie würden ihn schnappen und ins Gefängnis stecken. Sein Bild würde in allen Zeitungen erscheinen. Die Leute, die ihn kannten, würden mit dem Kopf schütteln und in den Kneipen und Kantinen über ihn tuscheln. Vinnie Mason würde zu seiner Frau sagen, er hätte schon immer gewußt, daß Dawes wahnsinnig sei. Marys Eltern würden Mary nach Reno schicken, wo sie sich zuerst eine Wohnung suchen und dann die Scheidung einreichen würde. Vielleicht fand sie auch jemanden, der sie fickte. Es würde ihn nicht überraschen.

Er lag hellwach im Bett und redete sich ein, daß sie ihn nicht finden würden. Er hatte seine Handschuhe angehabt. Keine Fingerabdrücke. Marys Eimer hatte er samt Deckel wieder mitgenommen. Er hatte seine Spuren verwischt und mögliche Verfolger wie ein Flüchtling abgeschüttelt, der die Bluthunde verwirrt, indem er ein Stück im Bach entlangwatet. Aber keiner dieser Gedanken spendete ihm Trost oder brachte ihm Schlaf. Sie würden ihn schnappen. Vielleicht hatte jemand seinen Wagen am Heron Place beobachtet und sich gefragt, warum er sich zu so später Stunde im Schneesturm auf der Straße befand. Vielleicht hatte sich sogar jemand seine Autonummer aufgeschrieben und wurde genau in diesem Augenblick von der Polizei beglückwünscht. Vielleicht hatte sein Wagen Lackspuren an der Straßenbarriere hinterlassen, und jetzt saßen sie schon vor dem Computer und versuchten, den Namen des Schuldigen herauszufinden. Vielleicht...

Er wälzte sich im Bett hin und her und wartete auf die blauen, tanzenden Sirenenlichter, auf das heftige Klopfen an der Tür, auf die geisterhafte, kafkaeske Stimme, die ›*Machen Sie auf!*‹ brüllen würde. Endlich schlief er ein, ohne es zu merken, denn seine Gedanken gingen weiter. Sie flossen so glatt vom Bewußtsein in die verschlüsselte Traumwelt des Unterbewußtseins über wie bei einem Auto, das man von einem höheren in einen tieferen Gang schaltet. Selbst im Traum hielt er sich immer noch für wach; er beging wieder und wieder Selbstmord: Er verbrannte sich; er prügelte sich zu Tode, indem er unter einem Amboß stand und immer wieder an der Schnur zog; er erhängte sich; er blies die Sicherheitsflamme seine Gasherds aus und drehte alle vier Flammen und das Backrohr weit auf; er erschoß sich; er sprang aus dem Fenster; er warf sich vor einen beschleunigenden Greyhound-Bus; er schluckte Tabletten; er trank ein scharfes Desinfektionsmittel zur Toilettenreinigung; er steckte sich eine Spraydose in den Mund, drückte auf den Knopf und atmete das Zeug so lange ein, bis sein Kopf sich so leicht fühlte wie ein Luftballon; er beging, in einer Kathedrale kniend und einem verdutzten Priester seinen Selbstmord beichtend, Harakiri, während seine Eingeweide sich wie Hackfleisch im Beichtstuhl ausbreiteten und er mit ersterbender Stimme in seinem Blut und den dampfenden Gedärmen liegend einen Akt der Reue vollzog. Aber am lebendigsten wiederholte sich immer wieder die Vorstellung, wie er in der geschlossenen Garage hinter dem Steuer seines LTD saß, den Motor laufen ließ, tief und regelmäßig einatmete, ein Exemplar des *National Geographic* in den Händen hielt, die lebensechten Bilder von Tahiti, Aukland und vom Karneval in New Orleans betrachtete und die Seiten immer langsamer umblätterte, bis das Geräusch des Motors immer leiser wurde, ein süßes, gleichmäßiges Rauschen der grünen Brandung im Südpazifik, das ihn allmählich einlullte, wie ein Baby wiegte und ihn endlich mit seinen silbernen Schaumarmen umfing.

19. Dezember 1973

Es war schon mittags um halb eins, als er aufwachte und aus dem Bett stieg. Er fühlte sich wie gerädert, hatte grauenhafte Kopfschmerzen, und seine Blase war so voll, daß sie schmerzte. Ein schaler, bitterer Geschmack füllte seinen Mund, und als er ein paar Schritte ging, schlug sein Herz wie eine Buschtrommel. Er konnte sich nicht den Luxus gönnen, auch nur eine Sekunde lang zu glauben, daß all die Erinnerungen an die letzte Nacht nur ein Traum gewesen seien. Der Benzingestank war tief in seine Haut eingedrungen und stieg in üblen Duftwolken aus seinem Kleiderhaufen hervor. Es hatte aufgehört zu schneien, der Himmel war klar, und seine Augen bettelten in dem grellen Sonnenlicht um Gnade.

Er ging ins Bad und setzte sich auf die Kloschüssel. Ein überwältigender Durchfall rauschte durch seine Därme wie ein Schnellzug durch einen verlassenen Bahnhof. Sein Abfall fiel in einer Serie von Blähungen und Krämpfen ins Wasser, und er stöhnte und hielt seinen Kopf in den Händen. Er pinkelte, ohne aufzustehen, während der widerliche, dicke Gestank seines Verdauungsendproduktes das Badezimmer füllte.

Er betätigte die Spülung, holte sich saubere Kleidung und wankte auf zittrigen Beinen nach unten. Er wollte warten, bis der entsetzliche Gestank sich verzogen hatte, um dann zu duschen. Wenn nötig den ganzen Nachmittag lang.

Er schluckte drei Excedrinpillen aus dem grünen Fläschchen auf dem Küchenregal, die er mit zwei großen Schlucken

Pepto-Bismol herunterspülte. Dann setzte er Wasser für Kaffee auf und zerbrach seine Lieblingstasse, als er sie vom Haken nehmen wollte. Er fegte die Scherben zusammen und nahm sich eine andere. Er schüttete etwas Pulverkaffee in die Tasse und ging dann ins Eßzimmer.

Dort drehte er das Radio an und suchte nach einem Sender, der Nachrichten brachte. Sie kamen, wie die Polizei, nie, wenn man sie brauchte. Popmusik. Landwirtschaftsberichte. Eine Quizsendung. Eine Talkshow, bei der man anrufen konnte. Der Börsenbericht. Paul Harvey, der für eine Lebensversicherung warb. Noch mehr Popmusik. Keine Nachrichten.

Das Kaffeewasser kochte. Er ließ die Popmusik laufen, holte sich seinen Kaffee ins Eßzimmer, setzte sich an den Tisch und trank ihn schwarz. Die beiden ersten Schlucke verursachten ihm Brechreiz, aber danach ging es besser.

Endlich kamen die Nachrichten, zuerst die nationalen, dann die lokalen.

> In den frühen Morgenstunden wurde ein Teil der 784-Autobahnbaustelle in der Nähe der Grand Street in Brand gesetzt. Lieutenant Henry King von der Ortspolizei gab an, daß die Brandstifter vermutlich Benzinbomben benutzt hätten, um einen Abbruchkran, zwei Lastwagen, zwei Bulldozer, einen Unimog und das Baustellenbüro zu zerstören, das völlig ausgebrannt ist.

Bei den Worten *völlig ausgebrannt* schnürte ihm Erregung, so bitter und schwarz wie der Kaffee, die Kehle zusammen.

> Nach Darstellung von Francis Lane, dessen Firma einen großen Teil der Bauarbeiten ausführt, sind die Schäden an den Lastwagen und Bulldozern eher gering, aber der Abbruchkran im Wert von 60000 Dollar wird wohl erst in zwei Wochen wieder einsatzfähig sein.

Zwei Wochen? War das alles?

Schlimmer ist, wie Lane sagte, der Schaden, der im ausgebrannten Baustellenbüro angerichtet worden sei, in dem man die Zeitpläne, Arbeitsberichte und die Kostenaufstellung für die letzten drei Monate aufbewahrt habe. ›Es wird verdammt schwierig, das wieder einzuarbeiten‹, sagte Lane. ›Das kann uns einen Monat oder mehr zurückwerfen.‹

Vielleicht waren das gute Neuigkeiten. Vielleicht war der Aufschub von einem Monat doch noch die ganze Mühe wert.

Laut Lieutenant King sind die Brandstifter in einem Kombiwagen von der Baustelle geflohen, vermutlich in einem alten Chevroletmodell. Er bittet jeden, der zu diesem Zeitpunkt einen solchen Wagen am Heron Place oder in der Umgebung gesehen hat, sich bei ihm zu melden. Francis Lane schätzt den Totalschaden auf der Baustelle auf 100000 Dollar.
Weitere Lokalnachrichten. Die Bundesabgeordnete Muriel Reston forderte wiederholt...

Er schaltete das Radio aus.
Jetzt, da er es bei Tageslicht gehört hatte, sah alles nicht mehr so schlimm aus. Er konnte die Dinge vernünftig betrachten. Natürlich brauchte die Polizei nicht alle Hinweise im Radio preiszugeben, doch wenn sie wirklich nach einem Chevrolet und nicht nach einem Ford suchten und wenn sie auf Augenzeugen angewiesen waren, durfte er sich sicher fühlen. Wenigstens für den Augenblick. Und wenn es tatsächlich einen Augenzeugen geben sollte, dann würde er es auch nicht dadurch ändern, daß er sich große Sorgen machte.
Er würde Marys Putzeimer mitsamt dem Deckel wegwerfen und die Garage kräftig lüften, um den Benzingestank zu vertreiben. Dann würde er sich eine Geschichte ausdenken, um das Loch im hinteren Wagenfenster zu erklären, falls ihn jemand danach fragte. Vor allem aber würde er sich innerlich auf den Besuch der Polizei vorbereiten. Als letzter Anwohner

an der Crestallen Street West war es nur allzu natürlich, daß sie ihn zumindest überprüften. Und sie brauchten nicht lange in seiner Vorgeschichte rumzuwühlen, um herauszufinden, daß er sich in letzter Zeit ziemlich unberechenbar benommen hatte. Er hatte die Wäscherei ruiniert, seine Frau hatte ihn verlassen, und einer seiner früheren Angestellten hatte ihn in einem Kaufhaus niedergeschlagen. Und er besaß einen Kombiwagen. Zwar keinen Chevrolet, aber immerhin. Das sprach alles gegen ihn. Aber es war alles noch kein Beweis.

Und wenn sie dann doch noch einen Beweis ausgraben sollten, nun, dann würde er eben ins Gefängnis gehen. Es gab Schlimmeres. Das Gefängnis bedeutete nicht den Weltuntergang. Er würde dort Arbeit und genug zu essen kriegen und brauchte sich keine Sorgen mehr zu machen, was passierte, wenn das Versicherungsgeld zu Ende ging. Es gab wesentlich schlimmere Dinge als das Gefängnis. Selbstmord, zum Beispiel, das war gemeiner. Er ging nach oben und duschte.

Später am Nachmittag rief er Mary an. Ihre Mutter war am Telefon und ging Mary mit einem hochmütigen Schnauben holen; als sie dann selbst am Apparat war, klang sie ganz fröhlich.

»Hallo Bart. *Merry Christmas* im voraus.«

»Nein, *Mary Christmas*«, sagte er lachend. Es war ein alter Scherz zwischen ihnen, der mit der Zeit Tradition geworden war.

»Ja, sicher«, antwortete sie. »Was willst du, Bart?«

»Ich hab' hier ein paar Geschenke ... nur ein paar Kleinigkeiten ... für dich und deine Neffen und Nichten. Ich wollte fragen, ob wir uns irgendwo treffen können, damit ich sie dir geben kann. Die Geschenke für die Kinder hab' ich noch nicht eingepackt, aber ...«

»Das mach' ich gern für dich. Aber das hättest du nicht tun sollen, Bart. Schließlich bist du ohne Arbeit.«

»Aber ich arbeite daran«, erwiderte er.

»Bart, hast du ... hast du etwas in der Sache unternommen, über die wir gesprochen haben?«

»Du meinst – den Psychiater?«

»Ja.«

»Ich habe zwei angerufen. Der eine ist bis Juni ausgebucht. Der andere bleibt bis Ende Mai auf den Bahamas, aber er hat gesagt, danach würde er mich nehmen.«

»Wie heißen sie?«

»Wie sie heißen? Himmel, Liebling, da müßte ich noch mal im Telefonbuch nachsehen, um dir das sagen zu können. Ich glaube, einer hieß Adams. Nicholas Adams...«

»Bart!« sagte sie traurig.

»Es könnte auch Aarons gewesen sein«, fuhr er heftig fort.

»Bart.«

»Na gut. Glaub doch, was du willst. Das tust du ja sowieso.«

»Bart, wenn du doch nur...«

»Was ist nun mit den Geschenken? Ich habe wegen der Geschenke angerufen und nicht wegen dieses gottverdammten Seelendoktors.«

Sie seufzte. »Wie wär's, wenn du sie Freitag hierherbrächtest? Ich kann...«

»Was? Damit dein Vater und deine Mutter Charles Manson anheuern können, um mich an der Tür abzufangen? Treffen wir uns doch lieber auf neutralem Boden.«

»Sie werden nicht zu Hause sein«, erklärte sie. »Sie verbringen die Weihnachtsferien bei Joanna.« Joanna St. Claire war Jean Calloways Cousine, die in Minnesota lebte. Sie waren seit ihrer Kindheit enge Freundinnen (seit der Zeit zwischen dem Krieg von 1812 und der Konföderation, dachte er manchmal), und Joanna hatte im letzten Juli einen Schlaganfall erlitten. Sie erholte sich allmählich, aber Jean hatte ihm und Mary erzählt, die Ärzte wären der Ansicht, daß sie jederzeit sterben könnte. Muß lustig sein, dachte er, mit so einer Zeitbombe im Kopf zu leben. Hallo, Bombe, ist es heute soweit? Bitte nicht, Bombe, ich hab' meinen Victoria-Holt-Roman noch nicht ausgelesen.

»Bart? Bist du noch da?«

»Ja, ja. Ich hab' grad ein wenig geträumt.«

»Ist dir ein Uhr recht?«
»Ja, sicher.«
»Gut. Gibt es sonst noch was?«
»Nein, eigentlich nicht.«
»Also...«
»Paß gut auf dich auf, Mary.«
»Mach' ich. Wiedersehen, Bart.«
»Wiedersehen.«

Sie legten auf, und er ging in die Küche, um sich einen Drink zu mixen. Diese Frau, mit der er da gerade am Telefon gesprochen hatte, war nicht mehr dieselbe Frau, die noch vor einem Monat in Tränen aufgelöst auf der Wohnzimmercouch gesessen und ihn um eine Erklärung angefleht hatte, wieso auf einmal so ein großes Unglück über sie hereingebrochen sei und die Arbeit von zwanzig Jahren kaputtgemacht hätte. Es war erstaunlich. Er schüttelte den Kopf, wie er ihn bei der Nachricht geschüttelt hätte, daß Jesus vom Himmel herabgefahren wäre, um Präsident Nixon in einem Feuerwagen ins Paradies zu holen. Sie hatte sich erholt. Mehr als das, sie hatte eine Persönlichkeit wiedergefunden, die er kaum kannte, eine jugendliche Frau, an die er sich nicht erinnern konnte. Wie ein Archäologe hatte sie diese Frau wieder ausgegraben und gefunden; sie war zwar von der langen Lagerung ein bißchen steif in den Gelenken, aber sonst vollkommen brauchbar. Die Gelenke würden sich mit der Zeit lokkern, und die neue-alte Person würde eine gesunde Frau werden. Sie würde von der Aufregung zwar noch ein paar Narben zurückbehalten, aber sie war nicht ernstlich beschädigt. Er erkannte das vielleicht deutlicher, als sie glaubte. Allein ihr Tonfall hatte ihm gesagt, daß sie auf eine Scheidung lossteuerte. Sie wollte einen klaren Bruch mit der Vergangenheit... einen, der glatt heilen und kein Hinken zurücklassen würde. Sie war erst achtunddreißig. Das halbe Leben lag noch vor ihr. Und es gab keine Kinder, die unter dem Scheitern ihrer Ehe leiden könnten. Er würde ihr die Scheidung nicht vorschlagen, aber wenn sie es täte, würde er einwilligen. Er beneidete sie um die neue Persönlichkeit und um ihre neugewonnene Schönheit. Wenn sie ihre gemeinsame Ehe in zehn Jahren als einen dunklen Tunnel betrachtete, der sie ans Licht geführt hatte, würde er traurig sein, daß sie es so empfand, aber er würde es ihr nicht übelnehmen. Nein, er konnte es ihr nicht verdenken.

21. Dezember 1973

Er hatte ihr die Geschenke in Jean Calloways Wohnzimmer überreicht, das von einer laut tickenden Messinguhr beherrscht wurde, und die darauf folgende Unterhaltung war gespreizt und unnatürlich gewesen. Er war noch nie mit ihr allein in diesem Raum gewesen und hatte ständig das Gefühl, sie müßten die Situation ausnutzen und miteinander schmusen. Es war eine eingerostete, überholte Anwandlung, und er kam sich selbst wie eine schlechte Neuausgabe seines früheren College-Selbst vor.

»Hast du dir die Haare färben lassen?« fragte er.

»Nur ein bißchen.« Sie zuckte die Achseln.

»Sieht nett aus. Macht dich jünger.«

»Du wirst an den Schläfen ein bißchen grau, Bart. Das macht dich distinguierter.«

»Quatsch, es macht mich alt.«

Sie lachte – ein bißchen zu hoch – und betrachtete die Geschenke, die sie auf einem Beistelltisch abgelegt hatte. Er hatte nur die Eulenbrosche eingepackt, die Puppen und das Schachspiel überließ er ihr. Die Puppen blickten unbeteiligt an die Zimmerdecke, als warteten sie auf ein paar kleine Mädchenhände, die sie zum Leben erwecken würden.

Er sah Mary an. Ihre Blicke trafen sich einen Moment, und sie wirkte sehr ernst. Er dachte, daß sie drauf und dran sei, die unwiderruflichen Worte auszusprechen, und er hatte Angst. Doch in dem Augenblick sprang der Kuckuck aus der Uhr und verkündete, daß es halb zwei sei. Sie zuckten beide zusammen und lachten dann. Der Augenblick war vorüber.

Er stand auf, damit er nicht wiederkehren könnte. Von einem Kuckuck gerettet, dachte er. Das paßt.

»Ich muß gehen«, sagte er.

»Hast du eine Verabredung?«

»Ein Vorstellungsgespräch.«

»Wirklich?« fragte sie erfreut. »Eine Arbeit? Wann? Wo? Wieviel?«

Er schüttelte lachend den Kopf. »Es gibt mindestens ein Dutzend Bewerber, die ebenso gute Chancen haben wie ich. Ich werd's dir sagen, wenn ich sie gekriegt habe.«

»Du bist eingebildet.«

»Klar.«

»Bart, was machst du zu Weihnachten?« Sie sah ernst und feierlich drein, und plötzlich kam ihm der Gedanke, daß es eine Weihnachtseinladung und nicht der Vorschlag zur Scheidung im neuen Jahr gewesen war, was sie vorhin beschäftigt hatte. Mein Gott! Fast wäre er in Lachen ausgebrochen.

»Ich bleibe zu Hause.«

»Du kannst herkommen«, sagte sie. »Wir werden beide allein sein.«

»Nein«, sagte er zögernd und dann mit fester Stimme: »Nein. Zu Weihnachten geraten die Gefühle immer irgendwie außer Kontrolle. Lieber ein andermal.«

Sie nickte nachdenklich.

»Wirst du dann allein hier essen?« erkundigte er sich.

»Ich kann zu Bob und Janet gehen. Bist du wirklich sicher?«

»Ja.«

»Na, dann...« Aber sie wirkte erleichtert.

Sie gingen zur Haustür und gaben sich einen flüchtigen Kuß.

»Ich ruf' dich an«, sagte er.

»Ist gut.«

»Und grüß Bobby und Janet von mir.«

»Mach' ich.«

Er war schon halb die Auffahrt hinuntergegangen, da rief sie ihm nach: »Bart! Bart, warte noch einen Augenblick.«

Er drehte sich beinahe ängstlich um.

»Das hätte ich fast vergessen«, sagte sie. »Wally Hamner hat mich angerufen und uns zu Silvester eingeladen. Ich habe für uns beide zugesagt, aber wenn du nicht willst...«

»Wally?« Er runzelte die Stirn. Walter Hamner war so ziemlich der einzige Freund, den sie auf der anderen Seite der Stadt hatten. Er arbeitete für eine städtische Werbeagentur. »Weiß er denn gar nicht, daß wir uns getrennt haben?«

»Doch, aber du kennst ja Wally. Solche Dinge jucken ihn nicht sehr.«

Das stimmte allerdings. Beim bloßen Gedanken an Wally mußte er schon lächeln. Walter, der immer damit drohte, seinen Reklamejob aufzugeben und sich als ernsthafter Graphiker zu versuchen. Er wollte obszöne Limericks und noch obszönere Parodien auf die heutige Alltagswelt entwerfen. Er war zweimal geschieden und jedesmal fürchterlich ausgenommen worden. Wenn man dem Klatsch glaubte, war er jetzt impotent, und er glaubte fest, daß der Klatsch in diesem Fall stimmte. Wie lange hatte er ihn wohl nicht mehr gesehen? Vier Monate? Sechs? Auf jeden Fall viel zu lange.

»Das könnte ganz lustig werden«, sagte er, doch dann erschreckte ihn ein Gedanke.

Sie sah es ihm wie früher sofort am Gesicht an und sagte schnell: »Es werden keine Leute von der Wäscherei kommen.«

»Er und Steve Ordner kennen sich.«

»Ach so, *der*...« Sie zuckte die Achseln, um anzudeuten, wie unwahrscheinlich sie es fand, ausgerechnet *den* an Silvester dort zu treffen; unwillkürlich zog sie die Ellenbogen an und fing an zu zittern. Es war nur drei Grad unter Null.

»He, geh schnell ins Haus«, sagte er. »Du erfrierst mir ja, Dummchen.«

»Möchtest du hingehen?«

»Ich weiß es noch nicht. Ich werde darüber nachdenken.« Er gab ihr noch einen Kuß, diesmal einen festeren, und sie erwiderte ihn. In solchen Augenblicken hätte er alles bereuen können – aber die Reue war weit, weit weg, ein rein theoretisches Bedürfnis.

»Fröhliche Weihnachten, Bart.« Er sah, daß sie weinte.

»Nächstes Jahr wird alles besser«, tröstete er sie, auch wenn der Satz keinen Funken von Bedeutung hatte. »Geh rein, bevor du dir eine Lungenentzündung holst.«

Sie ging ins Haus, und er fuhr weg. Unterwegs dachte er über Wally Hamner und seine Silvesterparty nach. Er glaubte, daß er doch hingehen würde.

24. Dezember 1973

Er fand eine kleine Autowerkstatt in Norton, die die zerbrochene Fensterscheibe für neunzig Dollar reparieren würde. Als er den Mechaniker fragte, ob er auch noch einen Tag vor Weihnachten arbeiten würde, antwortete der hastig: »Teufel, ja! Wir nehmen alle Aufträge, die wir kriegen können.«

Auf dem Weg zur Werkstatt hielt er vor einem Waschsalon und stopfte zwei Maschinen voll. Automatisch überprüfte er die Trommeln, um festzustellen, in welchem Zustand sich die Federn befanden. Dann belud er sie sorgfältig, damit die Schleudern nicht wegen Überfüllung aus dem Rhythmus gerieten. Er lächelte über sich selbst. Man konnte einen Jungen aus der Wäscherei holen, aber man konnte die Wäscherei nicht aus dem Jungen rausholen. Nicht wahr, Fred? Fred? Ach, scheiß die Wand an.

»Das ist aber ein verdammt großes Loch«, sagte der Mechaniker, als er mit zusammengekniffenen Augen das Spinnennetz betrachtete.

»Ein Kind mit einem Schneeball«, erklärte er. »Der Schneeball hatte einen Stein in der Mitte.«

»Ah, ja«, sagte der Mechaniker. »So, so.«

Als das neue Fenster eingesetzt war, fuhr er zum Waschsalon

zurück, steckte seine Wäsche in den Trockner, den er auf mittlere Hitze einstellte, und warf dreißig Cents in den Schlitz. Dann setzte er sich hin und griff zu einer Zeitung, die gerade neben ihm lag. Außer ihm war nur noch eine müde aussehende junge Frau mit einer Nickelbrille im Salon. Sie hatte hell gebleichte Strähnen in ihrem schönen rotbraunen Haar und eine kleine Tochter bei sich. Das Mädchen hatte offenbar einen Wutanfall. »Ich will meine Flasche.«

»Verdammt noch mal, Rachel...«

»FLASCHE!«

»Daddy wird dich verhauen, wenn wir nach Hause kommen«, versprach ihr die junge Mutter grimmig. »Und keine Geschichte vor dem Zubettgehen.«

»FLAAAAASCHE!«

Warum muß eine so hübsche Frau sich das Haar bleichen lassen, fragte er sich und schlug die Zeitung auf. Die Schlagzeile lautete:

KLEINER MENSCHENAUFLAUF IN BETHLEHEM
PILGER BEFÜRCHTEN HEILIGEN TERROR

Unten auf der Seite fiel ihm eine kleinere Schlagzeile ins Auge, und er las sie sorgfältig:

WINTERBURGER SAGT, VANDALISMUS WIRD
IN ZUKUNFT NICHT MEHR TOLERIERT

(Eigener Bericht) Victor Winterburger, demokratischer Kandidat für die Nachfolge des kürzlich bei einem Autounfall ums Leben gekommene Donald P. Naish, erklärte gestern, daß solche Akte des Vandalismus, wie sich einer am frühen Mittwoch morgen an der 784-Baustelle im Westend zugetragen und einen Schaden von 100000 Dollar angerichtet hat, in Zukunft in einer ›zivilisierten amerikanischen Stadt‹ nicht mehr toleriert werden könnten. Winterburger hielt seine Rede bei einem Abendessen der American Legion und erhielt dafür eine stehende Ovation.

»Wir haben ja gesehen, was in den anderen Städten passiert ist«, sagte Winterburger. »Die beschmierten Busse, U-Bahnwagen und Gebäude in New York. Eingeworfene Fensterscheiben und sinnlos zerstörte Schulen in Detroit und San Francisco. Die Zerstörung von öffentlichen Einrichtungen, Museen und Galerien. Wir dürfen nicht zulassen, daß das größte Land der Welt von Hunnen und Barbaren überrannt wird.«

Die Polizei wurde in der Nacht zum Mittwoch zur Grand Street gerufen, als eine Serie von Explosionen...

(Fortsetzung Seite 5, Spalte 2)

Er faltete die Zeitung zusammen und legte sie auf einen Stapel von zerlesenen Zeitschriften. Die Waschmaschinen summten und summten, ein leises, einschläferndes Geräusch. Hunnen und Barbaren! Sie waren die Hunnen! Sie waren die Randalierer, die Zerstörer, die Verwüster, die die Leute aus ihren Häusern warfen und ihr Leben zerstörten, so wie ein kleiner Junge einen Ameisenhaufen achtlos mit den Füßen zertritt.

Die junge Frau zog ihre Tochter aus dem Waschsalon. Die Kleine brüllte immer noch nach ihrer Flasche. Er schloß die Augen und döste vor sich hin, während er seine Wäsche trocknete. Ein paar Minuten später fuhr er erschrocken hoch, weil er glaubte, eine Feuerglocke gehört zu haben. Aber es war nur ein Weihnachtsmann der Heilsarmee, der mit seiner Geldbüchse rasselte. Als er den Salon mit seinem vollen Wäschekorb verließ, warf er alles Kleingeld, das er in der Tasche finden konnte, in die Büchse.

»Gott segne Sie«, sagte der Weihnachtsmann.

25. Dezember 1973

Das Telefon weckte ihn am nächsten Morgen um zehn. Er fummelte nach dem Hörer auf dem Nachttisch und preßte ihn gegens Ohr. Die kristallklare Stimme der Telefonistin drang in seinen Schlaf ein: »Nehmen Sie ein R-Gespräch von Olivia Brenner an, Sir?«

Verwirrt stammelte er: »Wer? Was? Ich schlafe noch.«

Eine entfernte, leicht vertraute Stimme sagte: »Ach, verdammte Scheiße!« Und da fiel's ihm wieder ein.

»Ja«, sagte er. »Ich nehme das Gespräch an.« Oder hatte sie schon aufgelegt? Er stützte sich auf den Ellenbogen, um es herauszufinden. »Olivia? Bist du noch da?«

»Gut, dann sprechen Sie«, sagte die Telefonistin, ohne sich aus der Ruhe bringen zu lassen.

»Olivia? Bist du da?«

»Ja, ich bin hier.« Die Stimme klang brüchig und weit entfernt.

»Ich bin froh, daß du anrufst.«

»Ich dachte schon, du würdest den Anruf nicht annehmen.«

»Ich hab' noch geschlafen. Bist du angekommen? In Las Vegas?«

»Ja«, antwortete sie tonlos. Das Wort hatte einen seltsamen unterdrückten Beiklang wie ein Brett, das auf einen Holzboden fiel.

»Und? Wie ist es? Wie geht es dir?«

Ihr Seufzer war so bitter, daß er fast wie ein trockenes Schluchzen klang. »Nicht so gut.«

»Nein?«

»Ich hab' hier in der zweiten... nein, in der dritten Nacht, nachdem ich angekommen war, einen Kerl getroffen. Wir sind zusammen auf 'ne Party gegangen, und... oooooh, das war sooo beschissen...«

»Drogen?« fragte er vorsichtig. Ihm war sehr bewußt, daß das hier ein Ferngespräch war und daß die Regierung ihre Ohren überall hatte.

»Drogen?« fragte sie ärgerlich zurück. »Natürlich waren es Drogen. Scheiße, ich war voll von dem Zeug und bin... ich glaube, ich bin vergewaltigt worden.«

Das klang so dramatisch, daß er verblüfft nachfragte: »Was?«

»VERGEWALTIGT!« schrie sie so laut, daß der Hörer zitterte. »Das ist, wenn so ein dämlicher Kerl sich großtut und den Feierabendhippie spielt, der mal kurz seine Salami verstecken will, während du völlig aus dem Häuschen bist und dein Gehirn hinter dir die Wand runterrennt! Vergewaltigung, hast du überhaupt eine Ahnung, was das ist?«

»Ja, das weiß ich.«

»Einen Dreck weißt du.«

»Brauchst du Geld?«

»Warum fragst du mich ausgerechnet das? Ich kann dich nicht übers Telefon ficken. Ich kann dich nicht mal fernbedienen.«

»Ich hab' etwas Geld übrig«, erklärte er. »Ich könnte es dir schicken, das ist alles. Das ist der einzige Grund.« Instinktiv sprach er ganz leise, nicht beruhigend, aber leise, damit sie sich konzentrieren und zuhören mußte.

»Ja, ja.«

»Hast du eine Adresse?«

»Postlagernd, das ist meine Adresse.«

»Hast du denn keine Wohnung?«

»Doch, doch. Ich hab' zusammen mit einer anderen traurigen Schachtel ein Zimmer gefunden. Die Briefkästen sind alle kaputt. Vergiß es und behalt dein Geld. Ich hab' hier einen Job. Scheiße, ich glaub', ich werd' ihn kündigen und zurückkommen. Fröhliche Weihnachten für mich.«

»Was ist das für ein Job?«

»Ich verkaufe Hamburger in einem Schnellimbiß. Die haben da ein paar Spielautomaten in der Halle stehen, und die Leute spielen die ganze Nacht daran und fressen ihre Hamburger. Kannst du dir das *vorstellen?* Das letzte, was wir tun müssen, bevor der Laden schließt, ist, sämtliche Automaten abzuwischen. Sie sind voller Senf und Mayonnaise und

Ketchup. Du solltest die Leute hier unten mal sehen! Sie sind alle fett und haben einen Sonnenbrand. Und wenn sie dich nicht gerade ficken wollen, betrachten sie dich als ein Möbelstück. Ich hab' schon von beiden Geschlechtern Angebote bekommen. Gott sei Dank, ist meine Zimmergenossin so sexy wie ein Wacholderstrauch. Ich... ach Scheiße, warum erzähl' ich dir das alles? Ich weiß nicht mal, warum ich dich eigentlich angerufen habe. Am Wochenende mach' ich hier die Fliege, wenn sie mich ausbezahlt haben.«

Er hörte sich selbst sagen: »Laß dir noch einen Monat Zeit.«

»*Was?*«

»Laß dich nicht ins Bockshorn jagen. Wenn du so schnell aufgibst, wirst du nie wissen, warum du dorthin gegangen bist.«

»Hast du in der Highschool Football gespielt? Ich wette, du hast.«

»Ich war nicht mal der Wasserträger.«

»Woher weißt du dann so gut übers Leben Bescheid, hä?«

»Ich denke daran, mich umzubringen.«

»Du hast ja nicht mal... was hast du gesagt?«

»Ich spiele mit dem Gedanken, mich umzubringen.« Er sagte es ganz ruhig. Er dachte nicht mehr daran, daß dies ein Ferngespräch war und daß es Leute gab, die das Gespräch aus Spaß, oder Gott weiß warum, abhören konnten – die Telefongesellschaft, das Weiße Haus, die CIA oder das FBI. »Ich hab' es immer wieder versucht, aber mir ist nichts geglückt. Ich glaube, ich bin schon zu alt, um die Dinge wieder in Ordnung zu bringen. Vor ein paar Jahren ist etwas in meinem Leben schiefgegangen, und ich wußte, daß es sehr schlimm war, aber ich wußte nicht, daß es für *mich* so schlimm werden würde. Ich dachte, daß es eben passiert sei und daß ich darüber hinwegkommen würde. Aber jetzt fällt ständig etwas in mir zusammen. Es macht mich ganz krank. Ich mache ständig Unsinn.«

»Hast du Krebs?« flüsterte sie.

»Ich glaube ja.«

»Dann geh ins Krankenhaus und laß...«

»Es handelt sich um Seelenkrebs.«

»Mann, du bist auf einem miesen Egotrip.«

»Kann schon sein«, sagte er. »Aber ist das so wichtig? Die Dinge sind so oder so schon entschieden und werden genauso laufen, wie sie wollen. Nur eins ärgert mich manchmal. Von Zeit zu Zeit habe ich das Gefühl, ich wäre die Hauptperson in einem Roman von einem schlechten Schriftsteller. Der hat schon längst beschlossen, wie mein Leben ausgehen wird und warum. Es ist einfacher, sich die Dinge so zu erklären, als Gott dafür die Schuld zu geben – wann hätte der auch je etwas für mich getan? Weder Gutes noch Schlechtes. Nein, nein, es ist dieser schlechte Schriftsteller, der hat an allem schuld. Er hat meinen Sohn getötet, indem er ihm einen Gehirntumor angedichtet hat. Das war das erste Kapitel. Und kurz vor dem Epilog kommt das Kapitel: Selbstmord oder kein Selbstmord. Es ist eine miese Geschichte.«

»Hör mal«, sagte sie unangenehm berührt, »wenn es in eurer Stadt eine Telefonseelsorge gibt, dann solltest du vielleicht mal dort anrufen...«

»Ich glaube kaum, daß die mir helfen können«, erwiderte er. »Aber das ist auch nicht so schlimm. Ich möchte *dir* helfen. Verdammt noch mal, sieh dich doch erst mal richtig um, bevor du dich unterkriegen läßt. Hör mit den Drogen auf, wie du es dir vorgenommen hattest. Wenn du dich das nächste Mal umsiehst, bist du vielleicht schon vierzig, und die meisten Chancen sind vertan.«

»Nein, ich halt' es hier nicht aus. An einem anderen Ort...«

»Es wird an jedem Ort dasselbe sein, wenn du deine Einstellung nicht änderst. Es gibt keine magischen Orte, an denen du dir den Kopf zurechtsetzen lassen kannst. Wenn du dich beschissen fühlst, ist alles, was du siehst, ebenfalls Scheiße. Ich *kenne* das. Alles, was ich lese, die Schlagzeilen oder sogar nur ein Straßenschild, sagt mir: Du hast recht, George, zieh den Stecker raus. Das hier ist alles zuviel für dich.«

»Hör mal...«

»Nein, jetzt hörst du mir zu. Wisch dir die Ohren sauber.

Altwerden ist wie durch Schnee zu fahren, der immer tiefer und tiefer wird. Wenn er erst mal über die Radkappen reicht, drehen die Räder durch. Du kannst machen, was du willst, du kommst nicht von der Stelle. So ist das Leben. Es gibt keine Schneepflüge, die dich wieder ausgraben. Dein Schiff wird niemals in einen Hafen einlaufen, Mädchen. Es gibt keine Lotsen, für niemanden. Und es gibt auch keine Kamera, die deinen Kampf für die Nachwelt aufzeichnet. Das ist alles! Alles! Mehr gibt es nicht!«

»Du hast keine Ahnung, *wie* es hier aussieht!« Sie weinte.

»Nein, aber ich weiß, wie es *hier* aussieht.«

»Du bist nicht für mein Leben verantwortlich.«

»Ich werde dir fünfhundert Dollar schicken – Olivia Brenner, postlagernd, Las Vegas.«

»Ich werde nicht mehr dasein. Sie werden sie zurückschikken.«

»Das können sie nicht. Ich werde keinen Absender angeben.«

»Dann wirf es lieber gleich weg.«

»Nimm's und such dir damit eine bessere Arbeit.«

»Nein.«

»Dann benutz es als Toilettenpapier«, sagte er kurz angebunden und legte auf. Seine Hände zitterten.

Fünf Minuten später klingelte das Telefon wieder. Die Telefonistin fragte: »Nehmen Sie ein R-Gespräch...«

Er sagte: »Nein«, und legte wieder auf.

Das Telefon klingelte an dem Tag noch zweimal, aber es war beide Male nicht Olivia.

Gegen zwei Uhr rief Mary ihn aus Bobby und Janet Prestons Wohnung an. Bob und Janet erinnerten ihn immer an Fred und Wilma Feuerstein. Wie es ihm ginge. Gut. Eine Lüge. Was er zum Abendessen vorhabe. Er würde ins Alte Zollhaus gehen und dort einen Truthahn mit allen Zutaten verspeisen. Eine Lüge. Ob er nicht statt dessen rüberkommen und mit ihnen essen wolle? Janet hätte eine Menge Reste, die sie gerne loswerden wolle. Nein, im Augenblick sei er wirklich nicht hungrig. Die Wahrheit. Er hatte schon ziemlich geladen und sagte ihr aus einer spontanen Laune heraus, daß er zu Wally Hamners Party kommen wolle. Sie klang sehr erfreut. Ob er wüßte, daß sie die Getränke selbst mitbringen sollten? Wann hätte Hamner je eine Party geschmissen, bei der es nicht so wäre? war seine Antwort, und sie lachten beide darüber. Dann legten sie auf, und er setzte sich mit einem Drink vor den Fernseher.

Um halb sieben klingelte das Telefon nochmals, und jetzt war er stinkbesoffen.

»-lo?«

»Dawes?«

»Hiersdawes, wersda?«

»Magliore, Dawes. Sal Magliore.«

Er blinzelte und spähte in sein Glas. Dann guckte er auf den Farbfernseher, der gerade einen Film mit dem Titel *Home for the Holidays* brachte. Es ging um eine Familie, die sich am Heiligen Abend im Haus ihres sterbenden Patriarchen versammelt hatte und nach und nach von einem Mörder umgebracht wurde. Sehr weihnachtlich.

»Mr. Magliore«, artikulierte er sorgfältig. »Frohe Weihnachten, Sir! Und ein besonders gutes neues Jahr!«

»Wenn Sie wüßten, wie sehr mir 1974 schon jetzt zum Hals raushängt«, jammerte Magliore. »Das wird das Jahr, in dem die Ölbarone die Macht ergreifen werden, Dawes. Sie werden es sehen. Wenn Sie mir nicht glauben, sollten Sie sich mal meine Einnahmen vom Dezember ansehen. Ich hab' neulich einen Chevy Impala verkauft. Der Wagen war blitzsauber. Und wissen Sie, was ich dafür gekriegt habe? *Tausend Dollar!* Können Sie sich das vorstellen? Das sind fünfundvierzig Prozent Verlust in nur einem Jahr! Aber ich kann alle '71-Vegas, die ich in die Hände kriege, für fünfzehn, sechzehnhundert Dollar loswerden. Nun frage ich Sie, was sind das für Autos?«

»Sie sind sehr klein?« fragte er vorsichtig.

»Das sind verdammte Maxwell-House-Kaffeekannen!« rief

Magliore aufgeregt. »Keksschachteln auf Rädern! Man braucht sie bloß mit schiefen Augen anzusehen und kurz zu husten, schon fällt der Motor raus oder der Auspuff runter oder das Lenkrad bricht ab. Pintos, Vegas, Gremlins, es ist alles dasselbe. Kleine Selbstmordkisten. Die kann ich so schnell verkaufen, wie ich sie reinkriege, aber so ein gutes, sauberes Auto wie einen Chevy Impala, den muß ich verschenken, um nicht darauf sitzenzubleiben. Und Sie wünschen mir ein gutes, neues Jahr! Jesus, Maria und Joseph, der Zimmermann!«

»Das paßt gut zur Jahreszeit«, kicherte er.

»Es ist sowieso nicht der Grund, warum ich angerufen habe«, fuhr Magliore fort. »Ich wollte ihnen gratulieren.«

»Gratuwas?« Er war ehrlich verdutzt.

»Sie wissen schon. Krach-Krach-Bumm-Bumm.«

»Oh, Sie meinen...«

»Psst, nicht am Telefon. Bleiben Sie cool, Dawes.«

»Klar. Krach-Krach-Bumm-Bumm. Das ist gut.« Er lachte.

»Das waren doch Sie, oder?«

»Ihnen würde ich nicht mal meinen zweiten Vornamen sagen.«

Magliore brüllte vor Lachen. »Das ist gut. Sie sind sehr gut, Mr. Dawes. Sie sind zwar ein Spinner, aber wenigstens ein intelligenter. Ich bewundere das.«

»Danke«, sagte er und schluckte ganz intelligent den Rest seines Drinks herunter.

»Ich wollte Ihnen auch noch mitteilen, daß da unten alles nach Plan weiterläuft. Froh und munter.«

»Was?«

Das Glas schlüpfte ihm aus den Fingern und rollte über den Teppich.

»Sie haben natürlich für alles Ersatzmaschinen, Dawes. Für manche Maschinen sogar doppelten Ersatz. Sie müssen ihre Leute bar ausbezahlen, bis die Bücher wieder in Ordnung sind, aber die Arbeit geht auch so weiter.«

»Sie spinnen.«

»Nein. Ich finde nur, Sie sollten es wissen. Ich hab's Ihnen ja gesagt, Dawes, manche Dinge können Sie einfach nicht beseitigen.«

»Sie Mistkerl, Sie lügen. Warum rufen Sie einen so armen Mann zu Weihnachten an und erzählen ihm Lügen?«

»Ich lüge nicht. Jetzt sind Sie wieder dran, Dawes. In diesem Spiel werden immer *Sie* am Drücker sein.«

»Ich glaube Ihnen nicht.«

»Sie armer Spinner.« Magliore schien wirklich Mitleid mit ihm zu haben, und das war das Schlimmste. »Ich glaube, das wird auch für Sie kein gutes Jahr werden«, sagte er und legte auf.

Das war Weihnachten.

26. Dezember 1973

Er fand einen Brief von IHNEN im Briefkasten (er hatte sich angewöhnt, an die Leute von der Stadtverwaltung nur noch in Personalpronomen zu denken, die er sich in Großbuchstaben, in riesigen, zerlaufenden Lettern gedruckt vorstellte, wie sie auf Plakaten von Horrorfilmen zu sehen waren), als wollten SIE ihm bestätigen, was Magliore ihm erzählt hatte.

Er nahm ihn in die Hand, betrachtete den steifen weißen Geschäftsumschlag und empfand dabei so ziemlich alle negativen Gefühle, zu denen der menschliche Geist fähig ist: Verzweiflung, Haß, Angst, Wut, Verlorenheit. Am liebsten hätte er ihn in tausend Stücke zerrissen und in den Schnee geworfen, aber ihm war klar, daß er das nicht tun konnte. Er öffnete ihn, wobei er den Umschlag beinahe in der Mitte durchriß, und stellte fest, daß er sich vor allem betrogen fühlte. Sie hatten ihn angeschmiert. Reingelegt. Er hatte ihre Maschinen und Geschäftsbücher zerstört, und sie waren einfach mit ihrem Ersatzzeug dahergekommen und hatten weitergearbeitet. Ebensogut könnte er versuchen, alleine gegen die chinesische Armee anzukämpfen.

Jetzt sind Sie wieder dran, Dawes. In diesem Spiel werden immer Sie am Drücker sein.

Die anderen Briefe waren alles vorgedruckte Formulare gewesen: *Lieber Freund, bald wird ein großer Kran bei Ihnen vorbeikommen und Ihr Haus einreißen. Bereiten Sie sich auf dieses aufregende Ereignis vor. WIR VERSCHÖNERN IHRE STADT!*

Aber dieser Brief war nicht von der Baubehörde, sondern vom Stadtrat, und er war ›persönlich‹:

Mr. Barton G. Dawes 20. Dezember 1973
1241 Crestallen Street West
M--------, W--------

Sehr geehrter Mr. Dawes,

Wir haben in Erfahrung gebracht, daß Sie der letzte Anwohner in der Crestallen Street West sind, der noch nicht umgezogen ist. Wir hoffen, daß sich Ihnen bei der Bewältigung dieses Problems keine besonderen Schwierigkeiten stellen. In unseren Akten befindet sich zwar das Formular 19642-A (die Bestätigung, daß Sie vom Straßenbauprojekt 6983-426-73-74-HC informiert worden sind), aber Ihr Umzugsformular (6983-426-73-73-HC-9004) ist uns leider abgängig. Wie Sie sicher wissen, können wir Ihnen ohne dieses Formular keine Entschädigung überweisen. Aufgrund unserer Schätzung von 1973 hat das Anwesen an der Crestallen Street West, Nr. 1241, einen Wert von 63500 Dollar. Wir sind überzeugt, daß Ihnen die Dringlichkeit dieser Angelegenheit ebenso bewußt ist wie uns. Nach dem Gesetz müssen Sie bis zum 20. Januar 1974 ausgezogen sein, dem Tag, an dem die Bauarbeiten an der Crestallen Street West planmäßig beginnen sollen.

Wir müssen Sie darauf hinweisen, daß Sie sich aufgrund des Enteignungsgesetzes (L. L. 19452-36) strafbar machen, sollten Sie Ihr Haus bis Mitternacht des 19. Januar 1974 nicht verlassen haben. Wir sind sicher, daß Sie sich darüber im klaren sind, weisen aber der Vollständigkeit halber nochmals darauf hin.

Sollten Sie mit dem Umzug Schwierigkeiten haben, rufen Sie mich doch bitte während der Bürostunden an, oder besser noch, kommen Sie vorbei, damit wir die Angelegenheit besprechen können. Ich bin sicher, daß sich alles regeln lassen wird. Wir sind gerne bereit, Ihnen in dieser Angelegenheit behilflich zu sein, und Sie werden vor allen Dingen feststellen, wie sehr wir zur Kooperation bereit sind. Inzwischen darf ich Ihnen ein frohes Fest und ein erfolgreiches neues Jahr wünschen.

Mit frdl. Grüßen
John T. Gordon
Für den Stadtrat

JTG/tk

»Nein«, stammelte er. »Das darfst du mir nicht wünschen. Du nicht.« Er zerriß den Brief und warf ihn in den Papierkorb.

An diesem Abend saß er vor dem Fernseher und mußte plötzlich an die Zeit zurückdenken, fast zweiundvierzig Monate war das jetzt her, in der Mary und er entdeckt hatten, daß Gott ein paar Straßenbauarbeiten am Gehirn ihres Sohnes geplant hatte.

Der Arzt hatte Younger geheißen. Hinter seinem Namen war eine Latte von Titeln auf dem Diplom zu lesen gewesen, das an der getäfelten Wand in seinem Büro gehangen hatte. Das einzige, was er mit Sicherheit verstanden hatte, war, daß Younger Neurologe war, ein Mann, der sich mit Gehirnkrankheiten befaßte.

Er und Mary waren an einem warmen Juninachmittag auf Youngers Bitte hin ins Krankenhaus gekommen, in dem Charlie damals schon seit neunzehn Tagen lag. Younger war ein gutaussehender Mann Mitte Vierzig, der sich mit Golfspielen – ohne einen elektrischen Buggy – fit gehalten hatte. Seine Haut war tief gebräunt. Aber vor allem hatten ihn die Hände des Arztes fasziniert. Sie wirkten groß und ungeschickt, doch wenn er sie über dem Schreibtisch bewegte – ab und zu einen Bleistift aufnehmend, durch seinen Terminkalender blätternd oder einfach mit dem silbernen Briefbeschwerer spielend –, besaßen sie eine geschmeidige Grazie, die ihn beinahe schon abgestoßen hatte.

»Ihr Sohn hat einen Gehirntumor«, hatte er gesagt. Er hatte es ausdruckslos und ohne besondere Betonung gesagt, aber seine Augen hatten sie dabei gemustert, als ob er soeben eine explosive Bombe auf sie losgelassen hätte.

»Tumor«, hatte Mary leise, verständnislos wiederholt.

»Wie schlimm ist es?« hatte er Younger gefragt.

Die Symptome hatten sich während der letzten acht Monate entwickelt. Zuerst die Kopfschmerzen, zu Anfang vereinzelt, dann immer häufiger. Dann sah er manchmal doppelt, was besonders nach den Turnstunden passierte. Und danach, für Charlie äußerst beschämend, das Bettnässen. Sie hatten ihn jedoch erst zum Arzt gebracht, als er auf dem linken Auge vorübergehend blind wurde. Das Auge war plötzlich rot wie ein Sonnenuntergang, der das klare Blau von Charlies Augen zerstörte. Das hatte sie entsetzt. Der Arzt hatte ein paar Tests mit ihm gemacht, und dann waren weitere Symptome gefolgt: Phantomgerüche von geschälten Orangen und gespitzten Bleistiften; vorübergehende Taubheit in der linken Hand; gelegentliche Ausbrüche von kindlichem Unsinn und Obszönitäten.

»Es steht sehr schlimm«, hatte Younger geantwortet. »Sie müssen auf das Schlimmste gefaßt sein. Es läßt sich nicht operieren.«

Läßt sich nicht operieren.

Die Worte hallten noch über Jahre hinweg in ihm nach. Er hätte nie geglaubt, daß Worte einen Geschmack besäßen, aber diese hatten einen. Einen ekelhaften, doch irgendwie saftigen Geschmack nach verdorbenem, rohem Hackfleisch.

Läßt sich nicht operieren.

Irgendwo tief in Charlies Gehirn, hatte Dr. Younger ihnen erklärt, befände sich eine Ansammlung von bösen Zellen, die ungefähr die Größe einer durchschnittlichen Walnuß besäße.

Wenn man diesen Zellenhaufen vor sich auf dem Schreibtisch hätte, könnte man ihn mit einem Handschlag zerstören. Aber er war leider nicht auf dem Tisch. Er befand sich in der Mitte von Charlies Kopf, wo er wohlgeborgen weiterwachsen und ihren Sohn mit der Krankheit erschlagen konnte.

Kurz nach der Visite bei dem Arzt hatte er Charlie in der Mittagspause im Krankenhaus besucht. Sie hatten sich über Baseball unterhalten und sich sogar vorgenommen, zu den Playoff-Spielen der American Baseball League zu gehen, wenn ihr Stadtteam gewinnen sollte.

Plötzlich hatte Charlie gesagt: »Ich glaube, wenn sie es mmmmmmm, mmmmmm, mmmmmmmmm wenn sie es mmmmmm nnn mmmmm schaffen mmmmmmm...«

Er hatte sich vorgebeugt. »Was ist los, Fred? Ich kann dich nicht verstehn.«

Charlie hatte nur noch die Augen verdreht.

»Fred?« hatte er geflüstert. »Freddy...?«

»Gottverdammtermutterfickendermmmmnnnnmmmhurensohn!« hatte Charlie plötzlich in dem weißen Krankenhausbett losgebrüllt. *»Mösenleckendes, schwanzstreichelndes, arschleckendes Aaaaarschloch...«*

»Schwester!« hatte er gerufen, während Charlie in Ohnmacht fiel. *»O GOTT, SCHWESTER!«*

Es waren diese bösen Zellen, diese gemeinen kleinen Biester, die ihn so haben reden lassen. Ein Haufen von kleinen, bösen Gehirnzellen, nicht größer – so hatte man ihm gesagt – als eine Walnuß. Die Krankenschwester sagte ihm, daß Charlie eines Nachts über fünf Minuten lang das Wort *Buschland* geschrien hätte. Er hätte es wieder und wieder gebrüllt. Die bösen Zellen, wissen Sie. Nicht größer als die gewöhnliche Gartenwalnuß. Sie ließen ihn toben wie einen unflätigen Hafenarbeiter, ließen ihn ins Bett machen, verursachten seine Kopfschmerzen und nahmen ihm die Möglichkeit – so um die erste Juniwoche herum –, seine linke Hand zu bewegen.

»Sehen Sie mal her«, hatte Dr. Younger sie an diesem strahlenden Junitag, der zum Golfspielen gerade richtig war, aufgefordert und eine Papierrolle vor ihnen ausgebreitet. Es war eine Aufzeichnung von Charlies Gehirnwellen gewesen. Er hatte eine Aufzeichnung von gesunden Gehirnwellen zum Vergleich daneben gelegt, aber das wäre gar nicht nötig gewesen. Er hatte sich angesehen, was im Kopf seines Sohnes vor sich ging, und hatte wieder diesen ekelhaften Geschmack im Mund gespürt. Auf dem Papier war eine unregelmäßige Serie von Gebirgsspitzen und Tälern zu sehen gewesen, die wie eine Reihe von schlecht gezeichneten Dolchen gewirkt hatte.

Läßt sich nicht operieren.

Wenn sich dieser bösartige Zellenhaufen irgendwo am Rand von Charlies Gehirn befunden hätte, wäre es ein leichtes gewesen, ihn mit einer kleineren Operation zu entfernen. Kein Schweiß, kein Streß, keine Schmerzen am Herzen, wie sie als kleine Jungen immer gesagt hatten. Aber er war nun mal mitten im Gehirn entstanden und wuchs mit jedem Tag. Wenn sie es mit dem Messer oder dem Laserstrahl probierten oder versuchten, die Zellen durch Kälte zu zerstören, würde von ihrem Sohn nur ein gesundes, atmendes Stück Fleisch übrigbleiben. Wenn sie aber keins von diesen Dingen ausprobierten, würden sie ihn wohl bald in einen Sarg legen und begraben können.

Dr. Younger hatte ihnen das alles ausführlich erklärt und die Ausweglosigkeit der Situation mit einer Reihe von technischen Redewendungen zu kaschieren versucht, die den Schrecken zunächst etwas dämpften. Aber das hielt nicht lange vor. Mary hatte nur dagesessen und verwirrt den Kopf geschüttelt, aber er hatte alles ganz genau verstanden. Sein erster Gedanke, klar und deutlich und unverzeihlich, war: *Gott sei Dank, ist mir das nicht passiert.* Dann war dieser seltsame Geschmack zurückgekehrt, und er hatte angefangen, um seinen Sohn zu trauern.

Heute eine Walnuß und morgen die Welt. Das unheimliche Unbekannte. Was gab es da zu verstehen?

Charlie starb im Oktober. Er hinterließ keine dramatischen Abschiedworte. Er hatte vorher drei Wochen im Koma gelegen.

Er seufzte, ging in die Küche und machte sich einen Drink. Die Dunkelheit belagerte von außen die Küchenfenster. Das Haus wirkte jetzt, da Mary nicht mehr da war, entsetzlich leer. Ständig stolperte er über seine Sachen – alte Schnappschüsse, sein alter Jogginganzug im Schrank, ein paar alte Hausschuhe unter dem Schreibtisch im oberen Zimmer. Es war sehr, sehr schlimm, immer wieder daran erinnert zu werden.

Nach seinem Tod hatte er nie, nie wieder um Charlie geweint, nicht einmal auf seiner Beerdigung. Aber Mary hatte geweint. Wochenlang war sie mit geröteten Augen herumgelaufen. Und schließlich war sie langsam darüber hinweggekommen.

Charlies Tod hatte auch bei ihr Narben hinterlassen, das war nicht zu übersehen. Aber ihre Narben waren äußerlich. Es gab eine Mary davor und eine Mary danach. Die Mary davor hatte selten Alkohol zu sich genommen, höchstens mal bei den gesellschaftlichen Anlässen, die für seine Karriere wichtig waren. Sie ließ sich dann einen milden Screwdriver mixen und trug ihn den ganzen Abend mit sich herum. Das höchste war ein Grog vor dem Zubettgehen, wenn sie schwer erkältet war, aber das war auch alles. Die Mary danach trank einen Cocktail mit ihm, wenn er von der Arbeit nach Hause kam, und nahm auch oft vor dem Zubettgehen noch einen Drink. Gemessen an normalen Maßstäben war es kein ernsthaftes Trinken, sie trank nie so viel, daß ihr schlecht wurde und sie sich übergeben mußte, aber sie trank doch mehr als vorher. Ein kleiner, wärmespendender Schutzmantel. Genau das, was der Arzt ihr verordnet hätte. Vorher hatte sie selten geweint. Aber nachher weinte sie über die kleinsten Kleinigkeiten, doch nur, wenn sie allein war. Über ein angebranntes Abendessen, über einen Platten am Wagen und damals bei dem Wasserrohrbruch im Keller, als die Heizungsrohre eingefroren waren und der Ölofen ausging, da war sie untröstlich gewesen. Die Mary davor war ein Folkmusik-Fan gewesen – *White Folk* und *Blues*, Van Ronk, Gary Davis, Tom Rush, Tom Paxton, Spider John Koerner. Die Mary danach hatte schlichtweg alles Interesse daran verloren. Sie sang jetzt ihren eigenen Blues, klagte ihr Leid auf einer inneren Stereoanlage. Sie hörte auf, über ihre gemeinsame Reise nach England zu reden, die sie für den Fall seiner Beförderung geplant hatten. Sie fing an, ihr Haar zu Hause zu frisieren, und der Anblick einer mit Lockenwicklern vor dem Fernseher sitzenden Mary wurde alltäglich. Sie war es, die von ihren gemeinsamen Freunden bedauert wurde – und er fand das ganz in Ordnung. Er wollte sich selbst bemitleiden und tat es auch, aber insgeheim. Sie war fähig gewesen, ihre Bedürfnisse anzumelden und sich zu nehmen, was man ihr als Trost anbot, und das hatte sie gerettet. Es hatte sie vor den fürchterlichen Gedanken bewahrt, mit denen er sich nächtelang rumplagte. Nach ihrem Schlummertrunk war sie jede Nacht sanft eingeschlafen. Und während sie schlief, hatte er über die seltsame Welt nachgedacht, in der eine kleine Anzahl von bösartigen Gehirnzellen seinen Sohn zerstören und ihn für immer von ihm wegnehmen konnte.

Er hatte sie nie wegen ihrer Heilung gehaßt und sie nie um die Achtung beneidet, die ihr andere Frauen mit Recht entgegenbrachten. Sie betrachteten sie mit den Augen, mit denen ein junger Arbeiter auf den Ölfeldern die narbige, verbrannte Haut im Gesicht oder an den Händen eines alten Veteranen betrachten mochte – mit dem Respekt, den die Unverletzten den ehemals Verwundeten und nun Geheilten entgegenbrachten. Sie hatte ihre Zeit in der Hölle durchgemacht, und diese Frauen wußten das. Aber sie hatte es überwunden. Es hatte ein Davor gegeben, dann die Hölle und dann ein Danach. Und dann war die Zeit Danach-Danach gekommen, in der sie sich wieder zwei von ihren ehemals vier Frauenclubs angeschlossen hatte. Sie hatte wieder mit ihrem Makramee angefangen (er besaß einen Gürtel, den sie im letzten Jahr gearbeitet hatte, eine wundervoll geknüpfte Kreation mit einer schweren Silberschnalle und seinem Monogramm BGD in der Mitte) und sich nachmittags vor den Fernseher gesetzt und sich die Seifenopern und Merv Griffin im Gespräch mit seinen Berühmtheiten angesehen.

Und was war jetzt? fragte er sich, als er mit seinem Drink ins Wohnzimmer zurückging. Danach-Danach-Danach? Es kam ihm so vor. Eine neue Frau, eine schöne, gesunde Frau, die sich aus der Asche erhoben hatte, die er so ungestüm aufgewühlt hatte. Der alte Ölfeldarbeiter mit seinen Narben blieb zwar, aber er erlangte ein neues, gewinnendes Aussehen. War Schönheit nur so tief wie die Haut? Nein, Schönheit lag in den Augen des Betrachters, und sie konnte sehr, sehr tief sein.

Seine Narben waren alle innerlich. In den langen Nächten nach Charlies Tod hatte er jede seiner Wunden einzeln betrachtet, hatte sie mit der morbiden Faszination, mit der ein Mann seinen Stuhl auf Blutspuren untersucht, katalogisiert. Er hätte es so gern gesehen, daß Charlie im Baseballteam der Schule mitspielte. Er hätte seine Zeugnisse sehen und mit ihm darüber reden wollen. Er hätte ihm wieder und wieder sagen wollen, daß er endlich sein Zimmer aufräumen solle. Er hätte sich um die Mädchen Sorgen machen wollen, mit denen Charlie ausging, um die Freunde, die er sich aussuchte, um seine seelische Verfassung. Er hätte zu gerne gesehen, was aus seinem Sohn geworden wäre und ob sie immer Freunde geblieben wären. Und dann waren ein paar bösartige Zellen zwischen sie getreten, nicht größer als eine Walnuß, und hatten sie wie eine düstere, habgierige Frau voneinander getrennt.

Mary hatte gesagt: *Er war immer dein Sohn.*

Das stimmte. Sie hatten beide so gut zueinander gepaßt, daß Namen völlig überflüssig und daß Worte wie mein und dein fast ein bißchen anstößig waren. So waren sie zu Fred und George geworden, ein Komikerpaar, zwei Glorreiche Halunken gegen die ganze Welt.

Wenn eine Anhäufung von ein paar bösartigen Zellen nicht größer als eine Walnuß all das zerstören konnte, diese intimen Dinge, die man kaum richtig ausdrücken konnte, die so persönlich waren, daß man ihre Existenz kaum vor sich selbst einzugestehen wagte, was blieb dann noch übrig? Wie konnte man dann je das Vertrauen ins Leben zurückgewinnen? Wie konnte man dann glauben, daß sie mehr Bedeutung gehabt hatten als eine Autokarambolage am Wochenende?

All das war tief in ihm verborgen, und er war sich eigentlich nie dessen bewußt geworden, wie tief, wie unabänderlich diese Gedanken ihn verändert hatten. Und jetzt lag alles offen vor ihm, wie eine obszöne, ausgekotzte Masse auf dem Kaffeetisch, nach Verdauungssäften stinkend und voller unverdauter Nahrungsklumpen. Wenn die Welt tatsächlich nur eine Karambolage war, wieso hatte er dann kein Recht, einfach aus seinem Wagen zu steigen? Aber was kam danach? Das ganze Leben schien eine einzige Vorbereitung auf die Hölle zu sein.

Er bemerkte, daß er seinen Drink unbewußt in der Küche in den Ausguß gegossen hatte; er war mit einem leeren Glas ins Wohnzimmer gekommen.

31. Dezember 1973

Er war noch zwei Häuserblocks von Wally Hamners Haus entfernt, als er in seine Jackentasche griff, um nachzusehen, ob er noch ein paar Pfefferminzbonbons hatte. Statt dessen fand er eine kleine, zusammengeknüllte Aluminiumkugel, die im stumpfen, grünen Licht des Armarturenbrettes aufleuchtete. Er betrachtete sie mit einem kurzen, abwesenden Blick und wollte sie schon in den Aschenbecher werfen, als ihm wieder einfiel, was sie enthielt.

In Gedanken hörte er Olivias Stimme wieder: *Synthetisches Meskalin. Man nennt es Produkt Vier. Sehr starkes Zeug.* Er hatte es total vergessen.

Er steckte die Kugel in die Jackentasche zurück und bog in Walter Hamners Straße ein. Auf beiden Straßenseiten waren in langen Reihen Wagen geparkt. Das sah Walter ähnlich – er würde sich nie mit einer einfachen Party abgeben, wenn eine große Massenfummelei in Aussicht stand. Das Prinzip des

Freudenschubs nannte er das. Er behauptete immer, daß er dieses Prinzip eines Tages patentieren lassen und Handbücher herausgeben würde, wie man es anzuwenden hatte. Seine Idee, die dahintersteckte, lautete etwa folgendermaßen: Wenn man nur genug Leute auf engem Raum zusammenpferchte, waren sie gezwungen, sich zu vergnügen – sie wurden ›hineingeschoben‹. Als Walter diese Theorie einmal vor ihnen in einer Bar ausgeführt hatte, hatte er das mit einer lynchenden Menge verglichen. »Na seht ihr«, hatte Walter darauf ungerührt geantwortet. »Bart hat meine Theorie soeben bewiesen.«

Er fragte sich, was Olivia wohl gerade machte. Sie hatte nicht wieder versucht, ihn anzurufen, obwohl er wahrscheinlich schwach geworden wäre und den Anruf entgegengenommen hätte. Vielleicht war sie gerade so lange in Las Vegas geblieben, bis das Geld angekommen war, und hatte sich dann in einen Bus nach...? gesetzt. Nach Maine vielleicht? Würde sich jemand mitten im Winter in Las Vegas in einen Bus nach Maine setzen? Sicher nicht.

Man nennt es Produkt Vier. Sehr starkes Zeug.

Er parkte den Wagen hinter einem sportlichen roten GTX mit schwarzen Rennstreifen an den Seiten und stieg aus. Der Silvesterabend war klar und bitterkalt. Am Himmel hing eine kühle Mondsichel, die aussah, als hätten Kinder sie aus gelbem Papier ausgeschnitten. Die Sterne funkelten in verschwenderischer Fülle wie Pailletten. Sein Atem hing als helle Wolke in der dunklen Luft.

Als er noch drei Häuser von Wallys Wohnung entfernt war, hörte er schon die Baßtöne der Stereoanlage. Die spielten mal wieder verrückt. Wallys Partys hatten so etwas an sich, dachte er, Freudenschub oder nicht. Man konnte in der besten Absicht bei ihm aufkreuzen, nur auf einen Sprung hereinzuschauen, man blieb immer und betrank sich bei ihm, bis man silberne Glöckchen im Kopf klingeln hörte, die sich am nächsten Morgen in bleierne Kirchenglocken verwandelten. Die leidenschaftlichsten Rockmusik-Hasser tanzten letztendlich Boogie in seinem Wohnzimmer, wenn alle so betrunken waren, daß Wally die alten Gassenhauer aus den Fünfzigern und Sechzigern auskramte und sie in Nostalgie und Jugenderinnerungen versanken. Sie soffen und tanzten Boogie, tanzten Boogie und soffen, bis sie alle vor Erschöpfung hechelten wie kleine Hunde.

Auch heute würden sich diverse Ehehälften unterschiedlicher Paare in der Küche küssen, würde mancher Körper Zentimeter um Zentimeter erforscht werden, würde man die Mauerblümchen mit Gewalt aus ihren Ecken reißen, und manch einer, der sich normalerweise nie betrank, würde am Neujahrsmorgen mit einem fürchterlichen Kater aufwachen und sich entsetzt daran erinnern, wie er mit einem Lampenschirm auf dem Kopf durch die Menge getanzt war und dabei laut getönt hatte, er würde seinem Chef endlich mal die Meinung sagen. Wally schien die Leute zu solchen Sachen zu inspirieren, nicht mit bewußter Anstrengung, sondern einfach dadurch, daß er Wally war – und eine Silvesterparty war schließlich nicht irgendeine Party.

Er ertappte sich dabei, wie er die parkenden Wagenreihen nach Stephan Ordners grünem Delta 88 absuchte, konnte ihn aber nirgends entdecken.

Als er sich dem Haus näherte, vereinigte sich der Rest der Bandklänge mit den Baßtönen, und er hörte Mick Jagger kreischen:

Ooooh, children –
It's just a kiss away,
Kiss away, kiss away…

Das Haus war hell erleuchtet – Scheiß auf die Energiekrise –, abgesehen vom Wohnzimmer natürlich, in dem während der langsamen Nummern das große Schmusen stattfand. Durch das Dröhnen der voll aufgedrehten Lautsprecher konnte er gut über hundert in fünfzig Unterhaltungen verwickelte Stimmen hören, als sei der Turm von Babel eben erst eingestürzt.

Wenn es Sommer (oder wenigstens Herbst) gewesen wäre,

hätte es ihm wohl mehr Spaß gemacht, einfach draußen stehenzubleiben und dem ganzen Zirkus zuzuhören. Er hätte die Entwicklung bis zum Höhepunkt und den allmählichen Ausklang registriert. Plötzlich sah er sich selbst – eine schreckliche, angsteinflößende Vision – auf Wally Hamners Rasen stehen und eine EEG-Aufzeichnung in den Händen halten, die die unregelmäßige, gezackte Linie eines kranken Gehirns zeigte: die Monitoraufzeichnung eines gigantischen Partygehirntumors. Er schauerte und steckte die Hände in die Taschen, um sie zu wärmen.

Seine rechte Hand fand die Aluminiumkugel wieder, und er holte sie heraus. Neugierig wickelte er sie trotz der Kälte, die ihm mit stumpfen Zähnen in die Finger biß, aus. Es war eine kleine lilafarbene Pille, die auf den Nagel seines kleinen Fingers paßte, ohne die Ränder zu berühren. Viel kleiner als, sagen wir mal, eine Walnuß. Konnte ihn ein so kleines Etwas tatsächlich klinisch verrückt machen? Konnte es ihn Dinge sehen lassen, die nicht existierten, ihm Gedanken eingeben, die er noch nie gedacht hatte? Konnte es die Auswirkungen, die die tödliche Krankheit seines Sohnes bei ihm ausgelöst hatte, aufheben?

Beinahe zerstreut steckte er die Pille in den Mund. Sie schmeckte nach nichts. Er schluckte sie hinunter.

»BART!« schrie eine Frau. »BART DAWES!« Sie hatte ein schulterfreies schwarzes Abendkleid an und hielt einen Martini in der Hand. Ihre dunklen Haare waren zu einer Partyfrisur aufgetürmt und wurden von einem glitzernden, mit falschen Diamanten besetzten Band zusammengehalten.

Er hatte das Haus durch die Küchentür betreten. Die Küche war gesteckt voll. Es war erst halb neun, die Flutwelle hatte also noch nicht eingesetzt. Die Flutwelle war eine weitere von Wallys Partytheorien: wenn eine Party fortschritt, so glaubte er, verteilten die Leute sich in allen vier Ecken des Hauses. »Die Mitte trägt nicht«, hatte Wally weise lächelnd erklärt. »Das habe ich von T. S. Eliot.« Angeblich hatte Wally mal einen Gast oben auf dem Dachboden gefunden, achtzehn Stunden, nachdem die Party vorbei war.

Die Frau in dem schwarzen Abendkleid küßte ihn warmherzig auf die Lippen und preßte ihren massigen Busen sanft gegen seine Brust. Dabei verschüttete sie etwas Martini auf den Boden.

»Hi«, sagte er. »Wer sind Sie?«

»Tina *Howard*, Bart. Erinnerst du dich nicht mehr an unsere Klassenfahrt?« Sie fuchtelte ihm mit einem langen, dolchförmigen Fingernagel unter der Nase herum. »Du BÖSER Junge!«

»*Du* bist Tina? Bei Gott, du bist es!« Er verzog seinen Mund zu einem verdutzten Lächeln. Das war noch etwas, das Wallys Partys auszeichnete: es tauchten immer wieder Leute aus der eigenen Vergangenheit auf. Wie alte Fotografien. Der beste Freund aus dem Nachbarviertel (vor dreißig Jahren!); das Mädchen, das man im College beinahe mal aufs Kreuz gelegt hätte; der Typ, mit dem man vor achtzehn Jahren mal in den Ferien zusammen gearbeitet hatte.

»Aber ich heiße jetzt Tina Howard Wallace«, fuhr die Frau im schwarzen Abendkleid fort. »Mein Mann muß sich hier irgendwo rumtreiben...« Sie sah sich suchend um, verschüttete noch etwas Martini und trank den Rest schnell aus, bevor er ihr abhanden kam. »Ist das nicht SCHRECKLICH? Ich muß ihn verloren haben.«

Sie musterte ihn mit einem warmen, abschätzenden Blick, und er konnte es fast nicht glauben, daß diese Frau das Mädchen sein sollte, das ihn zum ersten Mal mit weiblichem Fleisch in Berührung gebracht hatte – die Klassenfahrt der Grover Cleveland Highschool hatte vor zirka hundertneun Jahren stattgefunden. Er hatte ihre Brust durch die weiße Baumwollbluse streicheln dürfen, als...

»Cotter's Stream«, sagte er laut.

Sie wurde rot und kicherte. »Ah, du erinnerst dich also.«

Sein Blick fiel in einem vollkommen unfreiwilligen Reflex auf ihren Busen, und sie jauchzte vor Vergnügen. Wieder lächelte er sie hilflos an. »Wie ich sehe, vergehen die Jahre schneller, als wir...«

»Bart!« rief Wally Hamner über das allgemeine Partygebrabbel hinweg. »He, alter Kumpel, ich bin richtig froh, daß du gekommen bist.«

Er kam in seinem ebenfalls zu patentierenden, gewandten Partyzickzack auf ihn zu, ein dünner, beinahe glatzköpfiger Mann in einem tadellos sitzenden gestreiften Hemd Jahrgang 1962 und mit einer Hornbrille auf der Nase. Er schüttelte Walters ausgestreckte Hand. Sein Händedruck war immer noch so fest, wie er ihn in Erinnerung hatte.

»Wie ich sehe, hast du Tina schon getroffen«, sagte Walter.

»Himmel, wir kennen uns schon seit Jahrzehnten«, antwortete er und lächelte Tina verlegen zu.

»Aber sag das ja nicht meinem Mann, du böser Junge«, kicherte Tina. »Entschuldigt mich bitte. Wir sehen uns ja noch, nicht wahr, Bart?«

»Klar«, sagte er.

Sie schlängelte sich um eine Gruppe, die sich um einen Tisch mit Partyhappen versammelt hatte, herum und verschwand im Wohnzimmer. Er nickte ihr noch einmal zu und fragte Walter: »Sag mal, wo gabelst du die Leute immer auf? Das war mein erstes Mädchen. Ich komme mir vor wie bei: ›Das war mein Leben‹.«

Walter zuckte bescheiden die Achseln. »Gehört alles zum Freudenschub, mein Junge.« Er deutete auf die braune Papiertüte unter seinem Arm. »Was hast du denn da in diesem schlichten braunen Beutel?«

»Southern Comfort. Ich hoffe, du hast etwas Ginger Ale da.«

»Natürlich«, antwortete Walter und verzog das Gesicht. »Willst du wirklich dieses widerliche Zeug trinken? Ich hatte dich immer für einen Scotchmann gehalten.«

»Insgeheim bin ich immer ein Southern-Comfort-Ginger-Ale-Mann gewesen. Jetzt bin ich endlich entlarvt.«

Walter lachte. »Mary treibt sich hier auch irgendwo rum. Sie hat vorhin nach dir Ausschau gehalten. Hol dir einen Drink, und dann gehen wir sie suchen, ja?«

»Guter Vorschlag.«

Er kämpfte sich durch die Küche und begrüßte Leute, die ihm irgendwie bekannt vorkamen, sich an ihn aber überhaupt nicht zu erinnern schienen, antwortete anderen, die ihn zuerst ansprachen, deren Gesichter er aber nicht kannte. Zigarettenrauch wälzte sich in majestätischen Schwaden durch den Raum. Gesprächsfetzen drangen in seine Ohren und verklangen ebenso rasch wieder wie diverse Radiostationen, wenn man auf der Suche nach einem bestimmten Sender war. Sie waren laut und bedeutungslos:

... Freddy und Jim hatten ihre Stundenpläne vergessen, also habe ich ...

... sagte vorhin, daß seine Mutter kürzlich gestorben ist, also kriegt er nachher bestimmt einen Weinkrampf, wenn er zuviel trinkt ...

... als er also die Farbe runtergekratzt hatte, stellte er fest, daß er ein wirklich schönes Stück erwischt hatte, vielleicht noch von vor der Revolution ...

... da kam doch tatsächlich dieser kleine Jude an die Tür und wollte mir Enzyklopädien verkaufen ...

... sehr chaotisch; er willigt wegen der Kinder nicht in die Scheidung ein und säuft wie ein Loch ...

... ein furchtbar schönes Kleid ...

... so betrunken, daß er voll über den Tisch gekotzt hat, als die Kellnerin die Rechnung brachte ...

Vor dem Herd und der Spüle stand ein langer Tisch, auf dem sich schon eine Unmenge von geöffneten Schnapsflaschen und Gläsern in verschiedenen Größen, manche halb ausgetrunken und abgestellt, befanden. Die Aschenbecher waren überfüllt. In der Spüle standen drei Eiskübel voller Eiswürfel. Über dem Herd hing ein großes Poster, das Richard Nixon mit Kopfhörern darstellte. Die Leitung der Kopfhörer steckte im Hinterteil eines Esels, der sich am Bildrand befand. Darunter stand in großen Buchstaben:

WIR HÖREN BESSER ZU!

Zu seiner Linken stand ein Mann mit weit ausgestellten Hosenbeinen, der in jeder Hand einen Drink hielt (ein Wasserglas voller Whisky in der Rechten, einen vollen Bierkrug in der Linken), und unterhielt eine gemischte Gruppe mit Witzen. »Dieser Typ kommt also in eine Bar und findet den Esel, der auf dem Hocker direkt neben ihm sitzt. Er bestellt ein Bier, und als es kommt, fragt er den Barkeeper: ›Wem gehört eigentlich dieser Esel? Süßes kleines Tierchen.‹ Und der Barkeeper sagt zu ihm: ›Oh, der Esel, der gehört dem Klavierspieler.‹ Da dreht er sich um und...«

Er mixte sich seinen Drink und sah sich nach Walt um, aber der war schon wieder zur Tür gegangen, um ein paar Neuankömmlinge zu begrüßen – ein junges Pärchen. Der Mann hatte eine altmodische Autokappe und eine alte Rennbrille aufgesetzt und trug einen abgenutzten Kittel mit der Aufschrift:

KEEP ON TRUCKIN'

Einige Leute lachten schallend, und Walter heulte gequält auf. Der Witz, den dieser Kerl gerade erzählte, mußte einen langen Bart haben.

...der Kerl geht also zum Klavierspieler rüber und sagt: ›Ist Ihnen klar, daß Ihr Esel gerade in mein Bier gepißt hat?‹ Und der Klavierspieler antwortet: ›Nein, aber wenn Sie mir ein paar Takte vorsummen, mache ich es ihm nach.‹« Mäßiges Gelächter. Der Mann mit den weit ausgestellten Hosenbeinen schluckte seinen Whisky und spülte ihn mit dem Bier herunter.

Er nahm seinen Drink und schlenderte ins verdunkelte Wohnzimmer, wobei er sorgfältig darauf achtete, an Tina Howard Wallaces Rücken vorbeizuschleichen, bevor sie ihn entdeckte und ihn in eine lange Konversation mit dem Tenor ›Wo sind die Jahre geblieben?‹ verwickelte. Sie gehörte genau zu der Kategorie von Leuten, die jedes Kapitel aus dem Leben ihrer früheren Klassenkameraden runterbeten konnte, besonders von denen, die gescheitert waren – Scheidung, Nervenzusammenbruch und Kriminalität würden ganz oben auf der Liste stehen. Und diejenigen, die es zu etwas gebracht hatten, würde sie als Unmenschen abstempeln.

Jemand hatte die unvermeidliche Rock'n'Roll-Platte aus den Fünfzigern aufgelegt, und zirka fünfzehn Paare twisteten begeistert und sehr schlecht über die Tanzfläche. Er entdeckte Mary, die mit einem großen, schlanken Mann tanzte, den er von irgendwoher kannte, aber nicht einordnen konnte. Jack? John? Jason? Der Name fiel ihm einfach nicht mehr ein. Sie trug ein Partykleid, das er noch nie an ihr gesehen hatte. Es hatte eine Knopfleiste auf der rechten Seite, und sie hatte genug Knöpfe offengelassen, um die sexy Rundung ihres Oberschenkels über dem Knie zu zeigen. Er wartete auf eine starke Empfindung bei dem Anblick – Neid oder Trauer oder ein bißchen Sehnsucht –, aber er spürte nichts. Nachdenklich nippte er an seinem Drink.

Sie wandte den Kopf um und entdeckte ihn. Er hob beiläufig eine Hand, um sie zu grüßen und ihr zu sagen, daß sie ruhig weitertanzen solle, aber sie nahm ihren Partner bei der Hand und kam zu ihm herüber.

»Ich bin so froh, daß du gekommen bist, Bart«, sagte sie. Sie sprach mit erhobener Stimme, um die Stereoanlage zu übertönen. »Erinnerst du dich noch an Dick Jackson?«

Bart reichte dem schlanken Mann die Hand, und er schüttelte sie. »Sie haben mal mit Ihrer Frau in unserer Straße gewohnt. Vor fünf... nein, sieben Jahren, nicht wahr?«

Jackson nickte. »Wir wohnen jetzt drüben in Willowood.«

Sozialer Wohnungsbau, dachte er. Seit einiger Zeit wußte er über sämtliche städtischen Baumaßnahmen und ihre geographische Lage sehr genau Bescheid.

»Nicht schlecht. Arbeiten Sie immer noch für Piels?«

»Nein, ich habe jetzt mein eigenes Geschäft. Ich besitze zwei Lastwagen. Riesige Transporter. Hören Sie, wenn Ihre Wäscherei irgendwelche Lieferungen braucht... Chemikalien oder so...«

»Ich arbeite nicht mehr in der Wäscherei«, sagte er und

bemerkte, wie Mary leicht zusammenzuckte, als hätte jemand an eine alte Wunde gerührt.

»Nicht? Was machen Sie denn jetzt?«

»Ich bin selbständig«, antwortete er und grinste. »Haben Sie an dem Streik der unabhängigen Lastwagenfahrer teilgenommen?«

Jacksons Gesicht, das vom Alkohol schon etwas gerötet war, wurde noch dunkler. »Und ob ich das habe! Ich habe mir sogar persönlich einen Kerl vorgenommen, der nicht einsehen wollte, wozu der Streik nützen sollte. Haben Sie eine Ahnung, was diese Mistkerle in Ohio heutzutage für Diesel verlangen? 31,9! Das verringert meinen Profit von zwölf auf neun Prozent! Und davon soll ich dann noch die ganzen Wartungskosten zahlen. Von diesen verdammten, halsabschneiderischen Geschwindigkeitsbegrenzungen ganz zu schweigen...«

Er ließ sich lang und breit über die Freuden und Gefahren eines selbständigen Transportunternehmens in einem Land aus, das plötzlich unter einem schlimmen Energiemangel litt, und Bart hörte zu, nickte an den richtigen Stellen und nahm ab und zu einen Schluck. Mary entschuldigte sich und ging in die Küche, um sich einen Punsch zu holen. Der Mann in dem alten Autokittel tanzte einen übertriebenen Charleston nach einer alten Everly-Brothers-Platte, und einige Umstehende lachten und applaudierten ihm fröhlich.

Jacksons Frau, ein stämmiges, muskulöses Persönchen mit einem karottenroten Haarschopf, kam auf sie zu und wurde ihm vorgestellt. Sie wirkte schon ziemlich angetrunken, und ihre Augen waren so stumpf wie die Blinklichter eines Flipperautomaten. Sie schenkte ihm ein gläsernes Lächeln, gab ihm die Hand und sagte zu ihrem Mann: »Liebling, ich glaube, ich muß mich übergeben. Wo ist das Badezimmer?«

Jackson führte sie weg. Er ging über die Tanzfläche und setzte sich auf einen der am Rand stehenden Stühle, wo er sein Glas leertrank. Mary ließ sich Zeit. Vermutlich hatte sie jemand in eine Unterhaltung verwickelt.

Er griff in seine Jackentasche, holte ein Päckchen Zigaretten heraus und zündete sich eine an. Er rauchte jetzt nur noch auf Partys. Das war ein großer Fortschritt im Vergleich zu früher, als er zu der Drei-Packungen-am-Tag-Krebsbrigade gehört hatte.

Als er die Zigarette halb aufgeraucht hatte, während er die Küchentür im Auge behielt, um Marys Rückkehr abzupassen, blickte er zufällig auf seine Hand und stellte fest, wie interessant sie plötzlich war. Es war außerordentlich interessant, wie sein Zeige- und Mittelfinger die Zigarette hielten, so selbstverständlich, als hätten sie sein Leben lang nichts anderes gemacht.

Der Gedanke war so komisch, daß er lachen mußte.

Es kam ihm so vor, als hätte er seine Finger schon eine ganze Weile studiert, als er plötzlich einen eigenartigen Geschmack im Mund bemerkte. Nicht schlecht, aber seltsam. Die Spucke schien viel dicker geworden zu sein. Und seine Beine... seine Beine waren ganz hippelig, als wollten sie den Takt der Musik mitschlagen, als wäre das das einzige, was sie entspannen könnte, damit sie sich wieder so leicht und normal wie Beine anfühlten...

Er bekam ein wenig Angst. Der Gedanke, der ganz gewöhnlich angefangen hatte, nahm plötzlich einen völlig anderen, geschraubten Weg, wie ein Mann, der sich in einem riesigen Haus verlaufen hat und jetzt eine große, *krrrrissstalllene* Wendeltreppe hinaufkletterte...

Da war es wieder. Es mußte an der Pille liegen, die er geschluckt hatte. Ja, es war Olivias Pille. Und was für eine komische Art, Kristall zu sagen. *Krrrrissstalll.* Ein aufregender, knisternder Klang, wie die Spannung, wenn die Stripteasetänzerin ihr Kostüm auszog.

Er lächelte angestrengt und betrachtete wieder seine Zigarette, die jetzt erstaunlich *weiß* und erstaunlich *rund* aussah, das erstaunliche Symbol für Amerikas Reichtum und Wohlstand. Nur in Amerika schmeckten die Zigaretten so gut. Er nahm einen Zug. Wundervoll. Er dachte an die Unmengen von Zigaretten, die von Amerikas Fließbändern quollen, in Winston-Salem und sonstwo, eine Unmenge von Zigaretten, ausgeschüttet wie aus einem Füllhorn. Es lag am Meskalin. Er war auf seinem Trip. Wenn die Leute wüßten, wie er das Wort Kristall dachte *(krrrrissstalll)*, sie würden die Köpfe zusammenstecken und über ihn tuscheln: *Ja, seht nur, er ist wirklich verrückt. Ein totaler Spinner!* Spinner, das war noch so ein schönes Wort. Plötzlich wünschte er sich, daß Sal Magliore hier wäre. Er und der Einäugige Sally würden sich zusammensetzen und alle Aspekte der Organisation von Hehlergeschäften durchdiskutieren. Sie würden über alte Huren und Explosionen reden. Vor seinem inneren Auge sah er sich und Sally Magliore in einem italienischen *ristorante* mit dunkelgetäfelten Wänden sitzen und an einem rissigen Holztisch Pizza essen, während im Hintergrund leise Violinenklänge aus dem Film *Der Pate* aus der Stereoanlage säuselten. Es war ein verschwenderischer Technicolorfilm, in den er sich hineinfallen ließ wie in ein warmes Schaumbad.

»Krrrrissstalll«, sagte er leise zu sich selbst und grinste. Es schien, als hätte er schon stundenlang so dagesessen und über diese Dinge nachgedacht, aber die Asche an seiner Zigarette war nicht einen Millimeter weitergewachsen. Es war erstaunlich. Er zog noch einmal.

»Bart?«

Er blickte auf. Es war Mary. Sie hatte ihm einen Happen zu essen mitgebracht. Er lächelte ihr zu. »Setz dich. Ist das für mich?«

»Ja.« Sie reichte ihm das Sandwich. Es war ein kleines, dreieckiges Stückchen Brot mit einem rosa Fleck in der Mitte. Ihm fiel plötzlich ein, daß Mary ängstlich, ja entsetzt reagieren würde, wenn sie wüßte, daß er sich auf einem Trip befand. Sie würde sofort den Notarzt rufen, die Polizei, Gott weiß wen. Er mußte sich also normal verhalten. Aber die Vorstellung von Normalität fand er ausgesprochen seltsam.

»Ich werde es später essen«, sagte er und steckte das Sandwich in seine Jackentasche.

»Bart? Bist du betrunken?«

»Nur ein bißchen«, antwortete er. Er konnte die Poren ihrer Gesichtshaut sehen. Er konnte sich nicht daran erinnern, sie jemals so klar und deutlich gesehen zu haben. So viele kleine Löcher, als ob Gott ein Bäcker und ihr Gesicht eine Kuchenkruste wäre. Er kicherte, und als sie die Stirn runzelte, sagte er verschwörerisch: »Erzähl's nicht weiter.«

»Was?« Sie war ehrlich verblüfft.

»Das mit dem Produkt Vier.«

»Bart, was, in Gottes Namen, hast du...«

»Ich muß mal aufs Klo«, sagte er. »Bin gleich zurück.« Er stand auf und ging weg, ohne sich noch einmal nach ihr umzublicken, aber er spürte die Strahlen ihrer Verwirrung hinter ihm hereilen wie die Hitzestrahlen eines Mikrowellenherdes. Wenn er sich nicht umdrehte, würde er sich möglicherweise nicht verraten. In dieser besten aller möglichen Welten war ja alles möglich, selbst krrristallene Wendeltreppen. Er lächelte selbstzufrieden. Das Wort war schon ein alter Freund geworden.

Der Trip zum Badezimmer war eine Odyssee, eine Safari. Der Partylärm hatte einen zyklischen Rhythmus angenommen, er schien regelmäßig ANZUSCHWELLEN und alle DREI SILBEN wieder ABZUSCHWELLEN, und selbst die STEREOANLAGE wurde immer wieder LAUTER und LEISER. Er murmelte ein paar Sätze zu Leuten, die er zu kennen glaubte, weigerte sich jedoch, an einer Unterhaltung teilzunehmen. Wenn man ihn ansprach, deutete er nur lächelnd auf seine Hosenklappe und ging vorbei. Fragende Gesichter sahen ihm nach. Warum gab es nie eine Party voller Fremder, wenn man so etwas brauchte? schimpfte er im stillen.

Das Klo war besetzt. Er wartete, wie es schien, stundenlang, und als er endlich drankam, konnte er nicht pinkeln, obwohl er glaubte, daß er es dringend nötig hätte. Er betrachtete die Wand hinter dem Klo und hatte das Gefühl, daß sie sich in gleichmäßigem Dreiertakt nach innen und nach außen wölbte. Obwohl er nichts gemacht hatte, spülte er für den Fall, daß draußen jemand stand und zuhörte. Das Wasser wirbelte in dunkelrosa Strudeln in der Kloschüssel. Es sah aus, als habe der letzte Besucher Blut abgelassen. Beunruhigend.

Er verließ das Badezimmer, und der Partylärm schlug ihm mit aller Wucht entgegen. Gesichter kamen näher und verschwanden wie segelnde Luftballons. Aber die Musik war sehr schön. Eine Elvis-Platte. Guter alter Elvis. Sing weiter, Elvis, sing weiter.

Marys Gesicht tauchte vor ihm auf, besorgt, verärgert. »Bart, was ist mit dir los?«

»Mit mir? Nichts.« Er war verwundert, äußerst verwundert. Die Worte kamen ihm in sichtbaren Musiknoten aus dem Mund. »Ich habe Halluzinationen«, sagte er laut, aber er sprach mehr zu sich selbst.

»Bart, was hast du eingenommen?« Sie sah jetzt wirklich ängstlich aus.

»Meskalin«, antwortete er.

»Mein Gott, Bart! Drogen? Warum?«

»Warum nicht?« erwiderte er, nicht, weil er flippig sein wollte, sondern weil ihm so schnell keine andere Antwort einfiel. Wieder flogen die Worte in Noten aus seinem Mund, einige davon hatten sogar kleine Fähnchen.

»Soll ich dich zu einem Arzt bringen?«

Er sah sie überrascht an und ließ sich den Vorschlag durch den Kopf gehen, um zu prüfen, ob er eine versteckte Nebenbedeutung haben könnte; freudianische Erinnerungen an die Klapsmühle. Er mußte wieder kichern, und sein Lachen schwebte in Notenlinien vor seinem Gesicht, in die Kristallnoten mit Notenschlüssel, Pausenzeichen und allem Drum und Dran eingezeichnet waren.

»Was soll ich bei einem Arzt?« fragte er, jedes Wort vorsichtig wählend. Das Fragezeichen war eine hochgestellte Viertelnote. »Es ist genauso, wie sie gesagt hat. Weder gut noch schlecht. Einfach interessant.«

»Wer hat das gesagt?« wollte sie wissen. »Wer, Bart? Von wem hast du das Zeug gekriegt?« Ihr Gesicht veränderte sich. Es wurde ganz spitz und nahm einen reptilienartigen Ausdruck an. Mary als billiger Schundromandetektiv, der seine Schreibtischlampe direkt auf die Augen des Verdächtigen richtet – *Na los, McGonigal, wie wollen Sie's haben, auf die sanfte oder auf die harte Tour?* Aber es kam noch schlimmer. Mary erinnerte ihn auf unangenehme Weise an die Geschichten von H. P. Lovecraft, die er als Kind gelesen hatte, besonders die Chtulu-Mythen, in denen vollkommen normale Menschen auf Verlangen des Ältestenrates in fischartige, kriechende Wesen verwandelt wurden. Ihre Gesichtshaut wurde auf einmal schuppig, und sie sah aus wie ein Aal.

»Nicht so wichtig«, antwortete er ängstlich. »Warum kannst du mich nicht in Ruhe lassen? Hör auf, mir auf die Nerven zu gehen; ich belästige dich ja schließlich auch nicht.«

Sie zuckte zusammen. Ihr Gesicht wurde wieder das alte Marygesicht, das ihn jetzt verletzt und mißtrauisch ansah. Sie tat ihm leid. Die Party brandete in lauten Wogen um sie herum. »Wie du willst, Bart«, sagte sie ruhig. »Du kannst dir auf jede Weise schaden, die dir gefällt, aber bring mich bitte nicht in Verlegenheit. Darf ich wenigstens das von dir verlangen?«

»Ja, natürlich, du k...«

Aber sie wartete seine Antwort nicht ab. Sie drehte sich um und ging in die Küche, ohne sich noch einmal nach ihm umzusehen. Es tat ihm leid, aber er war auch erleichtert. Doch was würde passieren, wenn jemand anderes sich mit ihm unterhalten wollte? Sie würden es ja alle sofort merken. Er konnte im Augenblick keine normale Unterhaltung führen. Er konnte den Leuten kaum vormachen, daß er nur betrunken sei.

»Rrrriet«, sagte er und rollte das R genüßlich zwischen Gaumen und Zunge. Diesmal kamen die Noten in einer Reihe von Achtelnoten, die mit ihren Fähnchen auf einer einzigen Notenlinie entlangeilten. Er konnte die ganze Nacht Noten produzieren und dabei glücklich sein, es würde ihm nichts ausmachen. Aber nicht hier, wo jeder, der gerade vorbeikam, ihn ansprechen konnte. Er brauchte einen ruhigen Ort, an dem er sich selbst denken hören konnte. In dem Partylärm hatte er das Gefühl, als stünde er hinter einem Wasserfall. Er war zu laut, um dagegen anzudenken. Er wollte sich lieber einen stillen Tümpel suchen, vielleicht bei einem Radio. Er hatte das Gefühl, daß Musik seine Gedanken beflügeln würde, und er mußte über eine Menge Dinge nachdenken. Ganze Bände von Dingen.

Außerdem war er sicher, daß die Leute ihn insgeheim beobachteten. Mary mußte die Nachricht verbreitet haben. *Ich mache mir Sorgen. Bart hat Meskalin geschluckt.* Sie wanderte jetzt von Gruppe zu Gruppe. Sie würden weiter so tun, als ob sie tanzten, tränken oder sich miteinander unterhielten, aber in Wirklichkeit beobachteten sie ihn heimlich und tuschelten hinter vorgehaltenen Händen. Er konnte es sehen. Es war *krrrristallklar*.

Ein Mann mit einem riesigen Drink kam mit leicht schwankenden Schritten an ihm vorbei. Er packte ihn an seiner Sportjacke und fragte mit heiserer Stimme: »He, was reden die da über mich?«

Der Mann lächelte betrunken und blies ihm seine warme Scotchfahne ins Gesicht. »Ich werd's Ihnen aufschreiben«, sagte er und ging weiter.

Endlich fand er Walters Bibliothek (er hatte keine Ahnung, wie lange das gedauert hatte), und als er die Tür hinter sich schloß, wurde der Lärm abgeschnitten. Gesegnete Ruhe. Er bekam große Angst. Der Trip hatte seinen Höhepunkt noch nicht erreicht; die Eindrücke wurden immer stärker. Er schien das Wohnzimmer im Laufe eines Lidschlages durchquert zu haben; nur einen weiteren Augenaufschlag hatte es gedauert, das Schlafzimmer zu untersuchen, in dem die Mäntel abgelegt waren; mit dem dritten Augenaufschlag war er durch den Flur gewandert. Die normale Kette der Ereignisse, wie man sie im Wachsein erlebt, war durchgeschnitten, und die Perlen der Realität waren in alle Richtungen verstreut. Es gab keine Kontinuität mehr, und sein Zeitgefühl war völlig zerstört. Wenn er nun niemals runterkam? Wenn es ewig so bleiben würde? Vielleicht sollte er sich auf dem Sofa zusammenrollen und den Trip ausschlafen, aber er war nicht sicher, ob er das könnte. Und wenn er es tat, Gott weiß, was für Träume er dann haben würde. Die leichtherzige, spontane Art, mit der er die Pille geschluckt hatte, stieß ihn jetzt ab. Dies war ganz anders als betrunken zu sein. Es gab keinen letzten nüchternen Zufluchtsort mehr, keinen inneren Kern in seiner Mitte, der niemals betrunken wurde. Er war durch und durch verrückt.

Aber hier drinnen war es besser. Vielleicht konnte er hier von selbst wieder die Kontrolle über sich gewinnen. Und wenn er ausflippen sollte, würde er wenigstens nicht...

»Guten Abend.«

Er zuckte vor Schreck zusammen und sah sich suchend um. Ein Mann saß in einem Ohrensessel neben Walters Bücherregal und hatte ein aufgeschlagenes Buch auf dem Schoß liegen. War das eigentlich ein Mann? Es gab nur eine Lichtquelle im Raum, eine kleine Lampe auf dem runden Tisch links von der Gestalt. Sie warf lange Schatten auf sein Gesicht, so daß ihre Züge sardonisch und bösartig wirkten. Einen Augenblick lang glaubte er, hier in Walters Bibliothek über den Satan persönlich gestolpert zu sein. Die Gestalt stand auf, und er sah, daß es sich wirklich nur um einen Mann handelte. Er war hochgewachsen, vielleicht sechzig Jahre alt, hatte blaue Augen, und seine Nase sah so aus, als hätte er mehrere Kämpfe mit der Flasche verloren. Aber er hielt keinen Drink in der Hand, und er konnte auch sonst nirgends einen entdecken.

»Noch ein unruhiger Wanderer, wie ich sehe«, sagte der Mann und streckte seine Hand aus. »Phil Drake.«

»Barton Dawes«, antwortete er, vor Angst immer noch ganz verwirrt. Sie schüttelten sich die Hand. Drakes Hand war wie verknotet und hatte eine dicke Narbe – eine Brandwunde vielleicht? Aber es war nicht unangenehm, sie anzufassen. *Drake.* Der Name kam ihm bekannt vor, aber er konnte sich nicht erinnern, wo er ihn schon mal gehört hatte.

»Geht es Ihnen gut?« fragte Drake besorgt. »Sie sehen ein bißchen...«

»Ich bin high«, sagte er schlicht. »Ich habe Meskalin genommen, und jetzt bin ich verdammt high.« Er betrachtete die Bücherregale, und sie schienen immer näher zu kommen und dann wieder zu verschwinden. Das gefiel ihm gar nicht. Es erinnerte ihn an ein riesiges, schlagendes Herz. Er hatte keine Lust mehr, die Dinge so zu sehen.

»Ich verstehe«, sagte Drake. »Setzen Sie sich, und erzählen Sie mir davon.«

Er sah Drake erstaunt an und spürte plötzlich eine ungeheure Erleichterung. Er setzte sich. »Kennen Sie sich mit Meskalin aus?« fragte er.

»Oh, ein bißchen. Ich habe ein kleines Kaffeehaus in der Stadt. Die Kinder wandern bei mir ein und aus ... die meisten davon sind rauschgiftsüchtig ... ist es ein guter Trip?« erkundigte er sich höflich.

»Gut und schlecht«, antwortete er. »Er ist ... *heavy*. Ich finde, das ist ein gutes Wort dafür.«

»Ja, das stimmt.«

»Ich hab' ein wenig Schiß bekommen«, gestand er und blcke zum Fenster hinaus, wo er eine hell erleuchtete Autobahn entdeckte, die quer über den düsteren Nachthimmel verlief. Er sah wieder zur Seite, als ob nichts wäre, mußte sich aber doch kurz über die Lippen lecken. »Sagen Sie mir ... wie lange dauert so ein Trip normalerweise?«

»Wann haben Sie sie eingeworfen?«

»Eingeworfen?« Das Wort fiel ihm in einzelnen Buchstaben aus dem Mund, landete auf dem Teppich und löste sich dort auf.

»Ich meine, wann haben Sie das Zeug eingenommen?«

»Oh ... so gegen halb neun.«

»Jetzt ist es ...« Er blickte auf seine Uhr. »Es ist Viertel vor zehn.«

»*Was*? Erst *Viertel vor zehn?* So früh?«

Drake lächelte. »Das Zeitgefühl wird zu Gummi, nicht wahr? Ich nehme an, daß Sie gegen halb zwei ziemlich *down* sein werden.«

»Wirklich?«

»Ja, das ist zu erwarten. Im Augenblick sind Sie auf dem Höhepunkt. Ist es ein visueller Trip?«

»Ja. Ein bißchen *zu* visuell.«

»Es gibt mehr Dinge zu sehen, als das menschliche Auge eigentlich wahrnehmen sollte«, bemerkte Drake und schenkte ihm ein seltsam verzerrtes Lächeln.

»Ja, so ist es. Genau so ist es.« Seine Erleichterung, mit diesem Mann zusammenzusein, wurde immer größer. Er fühlte sich geborgen. »Was tun Sie sonst noch, außer sich mit Männern im mittleren Alter zu unterhalten, die ins Mauseloch gefallen sind?«

Drake lachte. »Das ist sehr gut. Leute, die Meskalin oder LSD genommen haben, können sich normalerweise nicht mehr artikulieren. Meistens stammeln sie unzusammenhängendes Zeug. Ich verbringe fast alle meine Abende in der Telefonseelsorge. An den Wochentagen arbeite ich nachmittags im Kaffeehaus, das ich vorhin erwähnt habe, es heißt *Drop Down Mamma.* Die Kundschaft besteht hauptsächlich aus Straßenfreaks und Arbeitslosen. Morgens spaziere ich durch die Straßen und unterhalte mich mit meinen Gemeindemitgliedern, wenn sie schon auf sind. Und zwischendurch arbeite ich im Gefängnis.«

»Sind Sie ein Pfarrer?«

»Sie nennen mich einen Straßenpriester. Sehr romantisch. Malcolm Boyd, nimm dich in acht. Ich bin wirklich mal Priester gewesen.«

»Und jetzt nicht mehr?«

»Ich habe den Schoß der Mutter Kirche verlassen«, sagte er leise. Aber die Worte hatten einen grausamen, unwiderruflichen Klang. Es war, als könnte er die Eisentüren hören, die sich für immer hinter diesem Mann geschlossen hatten.

»Warum haben Sie das getan?«

Drake zuckte die Achseln. »Das tut nichts zur Sache. Was ist mit Ihnen? Wie sind Sie an das Meskalin herangekommen?«

»Ich hab's von einem Mädchen, das nach Las Vegas getrampt ist. Ich fand sie ganz nett. Sie hat mich zu Weihnachten angerufen.«

»Um Hilfe?«

»Ich glaube, ja.«

»Haben Sie ihr geholfen?«

»Ich weiß es nicht.« Er lächelte angestrengt. »Vater, erzählen Sie mir was über meine Seele.«

Drake zuckte zusammnen. »Ich bin nicht Ihr Vater.«

»Na gut, dann lassen Sie's.«

»Was wollen Sie über Ihre ›Seele‹ hören?«

Er sah auf seine Finger hinunter. Er konnte Blitze aus den Spitzen hervorschießen lassen, wenn er es wollte. Es verlieh ihm ein trunkenes Machtgefühl. »Ich will wissen, was mit ihr geschieht, wenn ich Selbstmord verübe.«

Drake rutschte unruhig im Sessel hin und her. »Sie sollten nicht an Selbstmord denken, wenn Sie sich auf einem Rauschgifttrip befinden. Es ist das Zeug, das aus Ihnen redet, nicht Sie selber.«

»*Ich* rede«, sagte er aufgebracht. »Antworten Sie mir.«

»Das kann ich nicht. Ich weiß nicht, was mit Ihrer Seele geschieht, wenn Sie Selbstmord begehen. Aber ich weiß, was aus Ihrem Körper wird. Er wird verrotten.«

Erschrocken schaute er wieder auf seine Hände hinunter. Als ob sie den Gedanken bestätigen wollten, schienen sie sich vor seinen Augen aufzulösen und zu verfaulen. Er mußte an eine Geschichte von Edgar Allan Poe denken: *The Strange Case of M. Valdemar.* Was für eine Nacht, Poe und Lovecraft! Möchte jemand einen A. Gordon Pym? Oder wie wär's mit dem verrückten Araber Abdul Allhazred? Beunruhigt blickte er wieder auf, aber er war noch nicht gänzlich entmutigt.

»Wie geht es Ihrem Körper?« erkundigte Drake sich.

»Häh?« Er runzelte die Stirn und versuchte, einen Sinn in der Frage zu entdecken.

»Es gibt immer zwei Trips«, erklärte Drake. »Einen im Kopf und einen im Körper. Ist Ihnen schlecht? Haben Sie Schmerzen? Fühlen Sie sich sonst irgendwie krank?«

Er befragte seinen Körper. »Nein«, antwortete er. »Ich fühle mich nur... aufgekratzt.« Er mußte über das Wort lachen, und Drake lächelte. Es beschrieb seinen Zustand ziemlich gut. Obwohl sein Körper in Ruhestellung war, schien er sehr aktiv zu sein. Sehr leicht, aber nicht ätherisch. Er hatte sein *Fleisch* noch nie so intensiv gespürt. Es war ihm nie bewußt gewesen, wie sehr die geistigen und körperlichen Prozesse miteinander verwoben waren. Untrennbar. Man konnte nicht einfach das eine aus dem anderen herausschälen. Du bist damit fest verwachsen, Baby. Integration. Entropie. Die Idee strahlte durch ihn hindurch wie ein rascher tropischer Sonnenaufgang. Er saß da und kaute sie in dem Licht seiner gegenwärtigen Situation durch, versuchte, ein System in dem Ganzen herauszufinden, wenn es eins gab. Aber...

»Aber da ist noch die Seele«, sagte er laut.

»Was ist mit Ihrer Seele?« fragte Drake freundlich.

»Wenn Sie das Gehirn töten, töten Sie den Körper und umgekehrt«, erklärte er. »Aber was geschieht mit der *Seele?* Das ist die verdeckte Karte, Va... Mr. Drake.«

»In diesem Schlaf des Todes, welche Träume mögen da kommen? *Hamlet,* Mr. Dawes.«

»Glauben Sie, daß die Seele weiterlebt? Gibt es ein Leben nach dem Tod?«

Drakes Augen wurden dunkel. »Ja«, sagte er. »Es gibt ein Leben nach dem Tod... in irgendeiner Form.«

»Und glauben Sie, daß Selbstmord eine Todsünde ist, die die Seele in die Hölle verdammt?«

Drake schwieg eine lange Weile. Dann sagte er: »Selbstmord ist falsch. Das glaube ich von ganzem Herzen.«

»Das beantwortet aber nicht meine Frage.«

Drake stand auf. »Ich habe nicht die Absicht, Ihre Frage zu beantworten. Ich habe mit der Metaphysik nichts mehr zu tun. Ich bin jetzt Laie. Möchten Sie auf die Party zurück?«

Er dachte an den Lärm und Trubel und schüttelte den Kopf.

»Möchten Sie nach Hause?«

»Ich könnte nicht fahren. Ich hätte Angst.«

»Ich werde Sie fahren.«

»Würden Sie das tun? Aber wie kommen Sie zurück?«

»Ich werde mir bei Ihnen ein Taxi rufen. In der Silvesternacht ist immer leicht ein Taxi zu kriegen.«

»Das wäre schön«, sagte er dankbar. »Ich glaube, ich wäre jetzt ganz gern allein. Ich möchte fernsehen.«

»Sind Sie sicher, daß Sie allein zu Hause sind?« fragte Drake ernst.

»Wer ist das schon?« fragte er genauso ernst zurück, und beide lachten.

»Na gut. Möchten Sie sich noch verabschieden?«

»Nein. Gibt es hier eine Hintertür?«

»Ich denke, wir werden eine finden.«

Auf dem Heimweg redeten sie nicht viel. Die vorbeifliegenden Straßenlichter regten ihn mehr auf, als er eigentlich ertragen konnte. Als sie an der Baustelle vorbeikamen, fragte er Drake, was er davon hielt.

»Sie bauen immer größere Straßen für benzinfressende Teufel, während die Kinder auf der Straße verhungern«, antwortete Drake grimmig. »Was ich davon halte? Ich finde, es ist ein gemeines Verbrechen.«

Er wollte Drake schon von seinen Benzinbomben, vom brennenden Kran und dem ausgebrannten Baustellenbüro erzählen, besann sich dann aber. Drake könnte es für eine von seinen Halluzinationen halten. Oder, schlimmer noch, er könnte es ihm glauben.

Der Rest des Abends blieb in seiner Erinnerung nicht ganz klar. Er lotste Drake zu seinem Haus. Drakes Kommentar war, daß wohl alle Anwohner außerhalb feierten oder sehr früh zu Bett gegangen seien. Dann bestellte er ein Taxi. Sie sahen zusammen fern, ohne sich weiter zu unterhalten – Guy Lombardo sang im Waldorf-Astoria, begleitet von den süßesten Sphärenklängen. In seinen Augen sah Guy Lombardo eindeutig wie ein Frosch aus.

Um Viertel vor zwölf kam das Taxi. Drake fragte ihn nochmals, ob er allein zurechtkomme.

»Ja, ich glaube, ich komme jetzt wieder runter.« Das stimmte. Die Halluzinationen wurden langsam weniger und verschwanden wieder in seinem Hinterkopf.

Drake öffnete die Haustür und schlug den Mantelkragen hoch. »Denken Sie nicht mehr an Selbstmord. Es ist feige.«

Er nickte lächelnd, diesen Rat weder abweisend noch annehmend. Er nahm ihn einfach hin wie alles in der letzten Zeit. »Ein gutes neues Jahr«, sagte er.

»Ihnen auch, Mr. Dawes.«

Das Taxi hupte ungeduldig.

Drake ging hinaus, und er folgte dem gelben Taxilicht mit den Augen, als es wegfuhr.

Dann ging er ins Wohnzimmer zurück und setzte sich wieder vor den Fernseher. Sie hatten jetzt von Guy Lombardo auf den Times Square umgeschaltet. Die leuchtende Kugel war schon oben auf dem Allis-Chalmers-Gebäude montiert und wartete darauf, ihr strahlendes Licht über das Jahr 1974 zu ergießen. Er war müde, ausgelaugt, schläfrig. Die Lichtkugel würde nun bald fallen, und er segelte mit einem verdammten Trip ins neue Jahr hinüber. Irgendwo in Amerika schob jetzt ein Neujahrsbaby seinen plazentaverschmierten Kopf aus dem Schoß seiner Mutter und begab sich damit in die beste aller möglichen Welten. Auf Walter Hamners Party würden alle Gäste jetzt ihr Glas erheben und langsam mitzählen. Man würde gute Vorsätze für das neue Jahr fassen, die sicher nicht nutzbringender als nasses Klopapier waren. Spontan faßte er seinen eigenen Vorsatz und sprang trotz seiner Müdigkeit auf die Füße. Sein Körper schmerzte, und seine Wirbelsäule fühlte sich an, als wäre sie aus Glas – das mußte schon der Kater sein. Er ging in die Küche und nahm den Hammer vom Regal. Als er damit ins Wohnzimmer zurückkam, rollte die Lichtkugel gerade den Pfahl hinunter. Der Bildschirm zeigte ein geteiltes Bild – auf der einen Seite war der Times Square zu sehen, auf der anderen die lustige Gesellschaft im Waldorf, die den Countdown mitsang: »Acht... sieben... sechs... fünf...« Eine fette Lady entdeckte sich selbst auf dem Monitor, lächelte verdutzt und winkte dann ihrem Lande zu.

Der Jahreswechel, dachte er. Absurd, aber er spürte plötzlich eine Gänsehaut auf seinen Armen.

Die Kugel war unten angekommen, und oben auf dem Allis-Chalmers-Gebäude flammten Leuchtziffern auf:

1974

Im selben Augenblick holte er mit dem Hammer aus, und der Bildschirm explodierte. Glassplitter spritzten auf den Teppich. Die heißen Drähte zischten, fingen aber kein Feuer. Um sicherzugehen, daß der Fernseher nicht in der Nacht aus Rache das Haus in Brand stecke, schlug er mit dem Fuß den Stecker raus.

»Frohes neues Jahr«, sagte er leise und ließ den Hammer fallen.

Dann legte er sich aufs Sofa und schlief fast augenblicklich ein. Er hatte das Licht angelassen. In dieser Nacht hatte er keine Träume.

Dritter Teil

JANUAR

Finde ich keinen Unterschlupf,
Oh, dann werde ich vergehen...

ROLLING STONES

5. Januar 1974

Die Sache, die sich an diesem Tag im Supermarkt ereignete, schien das einzige in seinem Leben zu sein, das wirklich für ihn geplant, für ihn gedacht und nicht bloß zufällig war. Es war, als hätte ein unsichtbarer Finger eine Botschaft auf einen seiner Mitmenschen geschrieben, die ausdrücklich nur für ihn bestimmt war.

Er ging gerne einkaufen, es war eine beruhigende, gesunde Beschäftigung. Und seit seiner Begegnung mit dem Meskalin genoß er es außerordentlich, ganz normale, gesunde Dinge zu tun. Er war am Neujahrstag erst spät nachmittags aufgewacht und den Rest des Tages orientierungslos, so als befände er sich außerhalb von Raum und Zeit, ums Haus gewandert. Ab und zu hatte er einen Gegenstand aufgehoben und ihn betrachtet und dabei war er sich vorgekommen wie Jago, der Yoricks Schädel untersucht. Dieses Gefühl war, etwas abgeschwächt, auch am nächsten Tag noch geblieben, und selbst am übernächsten Tag war es noch nicht ganz verschwunden. Aber in anderer Hinsicht war die Wirkung gar nicht so schlecht. Sein Geist fühlte sich gereinigt und entstaubt, so als hätte eine sauberkeitsfanatische innere Putzfrau das Unterste zuoberst gekehrt und ihn bis in den letzten Winkel geschrubbt und gescheuert. Er betrank sich nicht und mußte demzufolge auch nicht heulen. Als Mary ihn – ganz vorsichtig – am Abend des ersten Januars anrief, hatte er ganz ruhig und vernünftig mit ihr gesprochen. Ihre Positionen schienen sich nicht sehr verändert zu haben. Sie spielten eine Art Schach, bei dem jeder von ihnen eine Figur darstellte, die darauf wartete, daß der andere den ersten Zug tat. Doch dann hatte sie sich gerührt und das Wort Scheidung fallenlassen. Nur die Andeutung einer Möglichkeit, ein winziger Fingerzeig, aber es war ein Zug. Doch das störte ihn nicht. Nein, was ihn während der Nachwehen seines Trips am meisten aufregte, war der eingeschlagene Bildschirm seines Zenith-Farbfernsehers. Er konnte nicht verstehen, warum er das getan hatte. Er hatte sich so viele Jahre lang einen Farbfernseher gewünscht, auch wenn seine Lieblingsfilme die alten, schwarzweißen waren. Es war auch nicht die Handlung selbst, die ihn so verstörte, sondern ihr übriggebliebener Beweis – die verstreuten Glassplitter und die offenliegenden Drähte. Sie schienen ihn vorwurfsvoll anzusehen: *Warum hast du mir das angetan? Ich habe dir treu gedient, und du hast mich einfach zerschlagen. Ich habe dir nichts getan, und trotzdem mußtest du mich kaputtmachen. Ich konnte mich nicht verteidigen.* Außerdem war es eine furchtbare Mahnung an das, was man bald seinem Haus antun würde. Schließlich holte er eine alte Decke und legte sie über die Trümmer. Das machte es sowohl besser als auch schlechter. Besser, weil er sie so nicht mehr sehen konnte, schlechter, weil er so das Gefühl hatte, eine verhüllte Leiche im Hause aufzubewahren. Den Hammer warf er weg, als wäre er eine Mordwaffe.

Aber hier im Supermarkt einzukaufen, das war eine gute Sache. So angenehm wie Kaffeetrinken in Benji's Grill oder den Wagen durch eine Autowaschanlage zu fahren oder kurz an Henry's Zeitungsstand in der Stadt zu halten, um sich eine *Times* zu kaufen. Der Supermarkt war riesig, mit breiten Neonröhren an der Decke und voller Frauen, die ihre Einkaufswagen durch die Gänge schoben, ihre Kinder schimpften und mit kritischem Blick die Tomaten musterten, die in durchsichtige Plastikfolie eingepackt waren, so daß man sie nicht richtig drücken konnte. Aus den Deckenlautsprechern tröpfelte diskrete Musik, die so leise und gleichmäßig ins Ohr eindrang, daß man sie kaum wahrnahm.

Heute, an einem Samstag, befand sich eine Menge Wochenendeinkäufer im Laden, und es waren mehr Männer darunter als gewöhnlich. Sie begleiteten ihre Frauen und machten sie mit ihren stümperhaften Einkaufsvorschlägen nervös. Er beobachtete diese Ehemänner, ihre Frauen und ihre diversen Arten von Partnerschaft mit gütigen Augen. Der Tag war strahlend klar, und das Sonnenlicht, das durch die großen Fensterscheiben fiel, warf warme quadratische Flecken auf die Registrierkassen und ließ ab und zu das Haar von der einen oder anderen Frau in der Warteschlange aufleuchten. Die Dinge wirkten nicht so ernst, wenn ein Tag schön war wie dieser, aber nachts wurde alles wieder schlimmer.

Sein Einkaufswagen war mit der normalen Auswahl von Lebensmitteln, die ein Mann, der sich ganz plötzlich allein versorgen muß, achtlos hineinwirft, gefüllt: Spaghetti, Fleischsoße im Glas, vierzehn TV-Dinners, ein Dutzend Eier und ein Netz Navel-Orangen, um sich vor Skorbut zu schützen.

Er befand sich im Mittelgang und wollte den Wagen gerade zur Kasse fahren, als Gott – vielleicht – zu ihm sprach. Vor ihm stand eine Frau in einer graublauen Hose und einem selbstgestrickten marinefarbenen Pullover. Ihr Haar war sehr blond. Sie mochte so um die fünfunddreißig sein, und ihr Gesicht hatte einen offenen, schönen Ausdruck. Plötzlich drang ein eigenartiges, krächzendes Geräusch aus ihrer Kehle und sie stolperte. Die Senftube, die sie in der Hand gehalten hatte, fiel auf den Boden und rollte weg, dabei eine rote Plakette mit der Aufschrift FRENCH'S zeigend.

»Ma'am?« Er lief auf sie zu. »Ist alles in Ordnung?«

Die Frau fiel hintenüber, und ihre linke Hand, mit der sie Halt gesucht hatte, fegte ein ganzes Regal mit Kaffeedosen leer, die auf den Boden kollerten. Auf jeder Dose stand:

MAXWELL HOUSE
Bis zum letzten Tropfen gut

Es ging alles so schnell, daß er gar nicht erst Angst bekam – um sich selbst sowieso nicht –, aber da war eine Sache, an die er später immer wieder denken mußte und die ihn bis in seine Träume verfolgte. Ihre Augen waren plötzlich völlig stumpf und ausdruckslos geworden, so wie Charlies Augen während seiner Anfälle.

Die Frau fiel zu Boden unb hustete schwach. Ihre Füße, die

in schweren Lederschuhen mit Salzrändern an den Hacken steckten, trommelten auf den Kachelfußboden. Eine Frau, die hinter ihm stand, schrie auf. Ein Angestellter, der gerade einige Suppendosen mit Preisschildern versah, ließ seinen Stempel fallen und rannte den Gang entlang. Zwei von den Kassenmädchen kamen zum Kopfende des Ganges und starrten mit weit aufgerissenen Augen zu ihnen herunter.

Er hörte sich sagen: »Ich glaube, sie hat einen epileptischen Anfall.«

Aber das stimmte nicht. Es war kein epileptischer Anfall, sondern eine Gehirnblutung, und der Arzt, der gerade mit seiner Frau einkaufen war, stellte ihren Tod fest. Der junge Arzt wirkte sehr ängstlich, so als hätte er gerade erst erfahren, daß sein Beruf ihn mit dem Tod in Verbindung brachte wie ein rachsüchtiges Horrormonster. Als er seine Untersuchung beendet hatte, hatte sich eine mittelgroße Menge um die Frau versammelt, die jetzt inmitten der heruntergefallenen Kaffeedosen lag, den letzten Dingen dieser Welt, mit denen sie in Berührung gekommen war. Jetzt war sie in eine andere Welt hineingetreten, und andere Menschen würden für sie handeln. Ihr Einkaufswagen war mit Vorräten für eine Woche angefüllt, und bei dem Anblick der Schachteln, Dosen und eingepackten Fleischwaren fuhr ihm plötzlich ein scharfer, schmerzvoller Stich des Entsetzens durch den Körper.

Er fragte sich, was nun wohl mit ihren Lebensmitteln passieren würde. Ob man sie einfach in die Regale zurückstellte? Oder würde man sie neben dem Büro des Abteilungsleiters aufbewahren, bis jemand sie bezahlte? Als Beweis dafür, daß die Dame des Hauses mitten aus dem Leben herausgerissen worden war?

Jemand hatte einen Polizisten gerufen, der sich jetzt durch die Menge bei den Kassen drängte. »Vorsicht«, rief er mit wichtigtuerischer Miene. »Machen Sie ihr Luft!« Als ob sie die noch brauchen könnte.

Er drehte sich um und wand sich aus der Menge heraus, wobei er sich mit den Schultern den Weg freibahnte. Die

Ruhe, die er während der letzten fünf Tage so genossen hatte, war dahin. Wahrscheinlich für immer. Hatte es je ein deutlicheres Omen gegeben? Sicher nicht. Aber was hatte es zu bedeuten? Was nur?

Als er nach Hause kam, schob er die TV-Dinners ins Gefrierfach und mixte sich einen starken Drink. Sein Herz pochte laut in seiner Brust. Den ganzen Weg vom Supermarkt nach Hause hatte er darüber nachdenken müssen, was sie damals mit Charlies Kleidern gemacht hatten.

Seine Spielsachen hatten sie zu einem Wohltätigkeitsladen in Norton gebracht, und die tausend Dollar von seinem Sparbuch – sein Collegegeld, sie hatten immer die Hälfte von all dem Geld, das er von den Verwandten zu Weihnachten und zu seinem Geburtstag bekommen hatte, trotz Heulens und Protesten seinerseits auf dieses Konto überwiesen – hatten sie auf ihr gemeinsames Konto umbuchen lassen. Sein Bett hatten sie auf Mamma Jeans Rat hin verbrannt. Er hatte damals nicht so ganz eingesehen, warum, aber er hatte nicht den Mut gehabt, sich dagegen aufzulehnen. Eine ganze Welt war um ihn zusammengebrochen, da sollte er um ein paar Sprungfedern und Matratzen kämpfen? Aber die Kleider, das war eine ganz andere Sache. Was hatten sie mit Charlies Kleidern gemacht?

Die Sache beschäftigte ihn den ganzen Nachmittag, bis er ganz nervös wurde. Beinahe hätte er Mary angerufen und sie danach gefragt, aber das wäre wohl das letzte Tüpfelchen auf dem i gewesen. Dann hätte sie nicht mehr raten müssen, in welcher geistigen Verfassung er sich befand.

Kurz vor Sonnenuntergang kletterte er auf den kleinen Dachboden hinauf, den man durch eine Falltür erreichte, welche in die Decke vom Ankleidezimmer des ehelichen Schlafzimmers eingelassen war. Er mußte sich auf einen Stuhl stellen und hochziehen. Schon seit ewigen Zeiten war er nicht mehr da oben gewesen, aber die Hundert-Watt-Birne brannte noch. Sie war dick mit Staub und Spinnweben bedeckt, aber sie brannte.

Er öffnete einen der verstaubten Kartons und entdeckte all seine Highschool- und College-Jahrbücher, die ordentlich darin verstaut waren. Auf jedem Highschool-Jahrbuch waren folgende Worte eingestanzt:

DER ZENTURIO
Bay High School...

Die College-Jahrbücher waren schwerer und besser gebunden. Auf ihrem Deckel war eingestanzt:

DAS PRISMA
Wir wollen uns erinnern...

Er schlug zuerst die Highschool-Jahrbücher auf und blätterte sie schnell bis zu den hinteren, signierten Seiten durch (›In der Oberstadt, in der Unterstadt und um die ganze Stadt herum, ich bin der Kerl, der euer Jahrbuch verdorben hat, hab' alles falsch herum geschrieben – A. F. A., Connie‹). Dann folgten die Fotografien ihrer ehemaligen Lehrer – lang, lang ist's her –, die steif hinter ihren Schreibtischen saßen oder neben der Tafel standen und vage in die Kamera lächelten. Danach die Fotos von Klassenkameraden, an die er sich kaum erinnerte. Darunter waren ihre außerschulischen Aktivitäten mit Noten aufgelistet (Rednerclub 1,2; Studentenbeirat 2,3,4; Poe-Gesellschaft, 4) zusammen mit ihren Spitznamen und einem kleinen Slogan. Von einigen kannte er das Schicksal (Armee, Tod bei einem Autounfall, stellvertretender Bankmanager), aber die meisten waren schon lange aus seinem Gesichtskreis verschwunden, und er hatte keine Ahnung, was aus ihnen geworden war.

Im letzten Jahrbuch seiner Abiturklasse stieß er auf das Foto eines jungen Barton George Dawes, der verträumt in die Zukunft blickt. Es war ein retouchiertes Bild, das sie damals im Atelier Cressey hatten machen lassen. Er war erschüttert, wie wenig dieser Junge noch von seiner Zukunft wußte und wie sehr er seinem Sohn ähnelte, dessen Spuren er ja eigentlich hier oben suchen wollte. Dieser Junge da auf dem Bild hatte noch nicht einmal den Samen produziert, aus dem später der Sohn werden sollte. Unter dem Bild stand:

BARTON G. DAWES
›Whizzer‹
(Wanderverein, 1, 2, 3, 4
Poe-Gesellschaft, 3, 4)

Bay High School
Bart, der Klassenclown, hat uns unsere schwere Last leichter gemacht!

Er packte die Jahrbücher in den Karton zurück und stöberte weiter auf dem Dachboden herum. Ein paar alte Vorhänge, die Mary vor fünf Jahren abgenommen hatte. Ein alter Lehnstuhl mit abgebrochenem Arm. Ein kaputter Radiowecker. Ein Hochzeitsfotoalbum, das er lieber nicht anguckte. Stapelweise Zeitschriften – *die muß ich mal raustragen,* dachte er. *Im Sommer ist das feuergefährlich.* Ein alter Waschmaschinenmotor, den er irgendwann mal von der Wäscherei mit nach Hause genommen und vergeblich daran herumgebastelt hatte. Und Charlies Kleider.

Sie waren in drei Pappkartons verstaut, die alle nach Mottenkugeln stanken. Charlies Pullover, Hemden und Hosen und sogar Charlies Unterwäsche. Er nahm alles einzeln heraus und betrachtete die Sachen aufmerksam, wobei er sich vorzustellen versuchte, daß Charlie sie tatsächlich getragen, sich daran bewegt, seine kleine Welt in ihnen erlebt hatte. Der Gestank der Mottenkugeln vertrieb ihn endlich vom Dachboden. Zitternd stieg er vom Stuhl und zog eine Grimasse. Er brauchte jetzt unbedingt einen Drink. Der Geruch von Dingen, die jahrelang ruhig und nutzlos da oben rumgelegen hatten, die keinen weiteren Zweck erfüllten, als weh zu tun. Er mußte den ganzen Abend an sie denken, bis er so betrunken war, daß er nicht mehr denken konnte.

Um Viertel nach zehn klingelte es an der Haustür, und als er sie öffnete, sah er einen Mann in Anzug und Mantel, der ein wenig gekrümmt vor ihm stand und ihn freundlich anblickte. Er war sauber rasiert und hatte eine schmale Aktentasche in der Hand. Zuerst glaubte er, daß es sich um einen Vertreter handelte, der seine Proben in der Aktentasche mit sich führte – Amway oder Zeitschriftenexemplare oder vielleicht sogar dieses verräterische Swipe –, und er war bereit, ihn freundlich hereinzubitten, seine Reklamerede aufmerksam anzuhören, Fragen zu stellen und vielleicht sogar etwas zu kaufen. Abgesehen von Olivia war es sein erster Besucher, seit Mary das Haus verlassen hatte.

Aber der Mann war kein Vertreter. Er war Rechtsanwalt, hieß Philip T. Fenner, und sein Klient war der Stadtrat. Er unterrichtete ihn von diesen Dingen mit einem scheuen Lächeln.

»Kommen Sie herein«, sagte er seufzend. Er dachte, daß dieser Kerl auf eine gemeine Weise tatsächlich ein Vertreter sei. Man könnte sogar sagen, daß er so etwas wie Swipe verkaufen wollte.

Fenner redete drauf los, er schaffte eine Meile pro Minute.

»Ein wunderschönes Haus haben Sie hier. Wirklich wunderschön. Man sieht es ihm doch gleich an, daß es sorgfältig instand gehalten wird. Ich werde Ihre Zeit nicht lange beanspruchen, Mr. Dawes, ich weiß, Sie sind ein beschäftigter Mann. Aber Gordon Jackson sagte mir, ich solle doch mal kurz reinschauen, da ich sowieso hier vorbeikäme, und Ihnen das Umzugsformular dalassen. Ich denke mir, daß Sie es schon schriftlich angefordert haben, aber in dem ganzen Weihnachtstrubel gehen solche Dinge leicht verloren. Natürlich stehe ich Ihnen auch zur Verfügung, wenn Sie Fragen haben.«

»Ja, ich habe eine Frage«, sagte er, ohne zu lächeln.

Die fröhliche Miene seines Besuchers verschwand für einen Augenblick, und er sah den echten Fenner, der hinter dieser Fassade lauerte, ein kalter, mechanischer Rechner wie eine Pulsar-Uhr. »Was für eine Frage, Mr. Dawes?«

Er lächelte. »Möchten Sie eine Tasse Kaffee?«

Und da war er wieder, der leutselige, fröhliche Stadtbote. »Oh, das wäre sehr nett. Draußen ist es doch ein bißchen kalt, nur um die zehn Grad. Ich finde, die Winter werden immer kälter, meinen Sie nicht auch, Mr. Dawes?«

»Da haben Sie recht.« Das Wasser war noch heiß vom Frühstück. »Ich hoffe, Sie haben nichts gegen Pulverkaffee. Meine Frau ist für eine Weile zu ihrer Familie gefahren, und deshalb muß ich mich selbst um alles kümmern.«

Fenner lachte gutmütig, und er stellte fest, daß dieser Mann genau über die Situation zwischen ihm und Mary unterrichtet war. Vermutlich kannte er sich auch genau in seinen Beziehungen zu anderen Personen oder Institutionen aus: Steve Ordner, Vinnie Mason, die Gesellschaft, Gott.

»Nein, nein, Pulverkaffee ist sehr gut. Ich trinke ihn immer. Ehrlich gesagt, ich kann da keinen großen Unterschied feststellen. Darf ich hier ein paar Papiere auf dem Tisch ausbreiten?«

»Nur zu. Nehmen Sie Sahne?«

»Nein, ich trinke ihn schwarz. Schwarz schmeckt er am besten.« Er knöpfte seinen Mantel auf, zog ihn aber nicht aus. Er strich ihn nur unter sich glatt, als er sich hinsetzte, so wie eine Frau ihren Rock glättet, damit er keine Falten bekommt. Bei einem Mann wirkte diese Geste ausgesprochen pingelig. Er öffnete die Aktentasche und zog ein gelochtes Formular daraus hervor, das wie eine Steuererklärung aussah. Er goß Fenner eine Tasse Kaffee ein und reichte sie ihm.

»Danke. Vielen Dank. Trinken Sie keinen?«

»Ich glaube, ich hole mir lieber einen Drink«, antwortete er.

»Aha«, sagte Fenner und lächelte gewinnend. Dann nippte er an seinem Kaffee. »Gut. Sehr gut. Genau das Richtige.«

Er mixte sich einen großen Drink und fragte Fenner:

»Würden Sie mich bitte einen Augenblick entschuldigen? Ich muß jemanden anrufen.«

»Aber natürlich, selbstverständlich.« Er trank einen weiteren Schluck Kaffee und schmatzte mit den Lippen.

Er ging zum Telefon im Flur und ließ die Tür offen. Er wählte die Nummer der Calloways, und Jean nahm den Hörer ab.

»Hier ist Bart«, sagte er. »Kann ich mit Mary sprechen, Jean?«

»Sie schläft.« Jeans Stimme war eisig.

»Dann weck sie bitte auf. Es ist sehr wichtig.«

»Das wette ich. Ich wette, daß es wichtig ist. Ich hab' neulich mit Lester darüber gesprochen. Es wird Zeit, daß wir uns eine geheime Telefonnummer besorgen, hab' ich zu ihm gesagt, und er war damit einverstanden. Wir finden beide, daß du völlig verrückt geworden bist, Bart, und das ist die ungeschminkte Wahrheit.«

»Tut mir leid, das zu hören. Aber ich muß jetzt wirklich...«

Oben im Schlafzimmer wurde der Hörer abgenommen, und Mary sagte: »Bart?«

»Ja. Mary, hat dich ein Rechtsanwalt namens Fenner aufgesucht? So ein kleiner Schleimscheißer, der versucht, sich wie James Stewart zu geben?«

»Nein«, antwortete sie. *Scheiße, daneben.* Dann fügte sie hinzu: »Er hat mich angerufen.« *Volltreffer!* Fenner stand jetzt mit dem Kaffee in der Tür und trank ihn in aller Seelenruhe. Der halb scheue, halb fröhliche, ach so gewinnende Ausdruck war jetzt völlig aus seinem Gesicht verschwunden. Er wirkte eher genervt.

»Mamma, geh aus der Leitung«, sagte Mary. Jean Calloway legte mit einem höhnischen Schnaufen den Hörer auf.

»Hat er nach mir gefragt?« fragte er Mary.

»Ja.«

»Hat er nach der Party mit dir gesprochen?«

»Ja, aber... ich habe ihm nichts darüber erzählt.«

»Du hast ihm wahrscheinlich mehr gesagt, als du weißt. Er kommt wie ein verschlafenes Hündchen angekrochen, doch in Wirklichkeit ist er die Bulldogge des Stadtrats.« Er warf Fenner ein süßes Lächeln zu. Fenner lächelte spitz zurück. »Hast du eine Verabredung mit ihm?«

»Eh... ja.« Sie klang überrascht. »Aber er will doch nur über das Haus mit dir reden. Bart...«

»Nein, das hat er dir nur vorgemacht. In Wirklichkeit will er etwas über mich erfahren. Ich habe den Verdacht, daß diese Kerle meine Zurechnungsfähigkeit überprüfen wollen.«

»Sie wollen... was?« Sie schien jetzt völlig durcheinander zu sein.

»Ich hab' ihr Geld nicht genommen, also muß ich komplett verrückt sein. Mary, erinnerst du dich noch daran, worüber wir bei Handy Andy's gesprochen haben?«

»Bart, ist dieser Mr. Fenner gerade bei dir?«

»Ja.«

»Der Psychiater«, sagte sie benommen. »Ich hab' ihm gesagt, daß du einen aufsuchen wolltest... oh, Bart, es tut mir so leid.«

»Das ist schon in Ordnung«, sagte er leise und meinte es auch so. »Es kommt alles in Ordnung, Mary, ich schwöre es dir. Vielleicht geht sonst alles schief, aber das hier nicht.«

Er legte auf und drehte sich zu Fenner um. »Soll ich Steve Ordner anrufen?« fragte er ihn. »Oder Vinnie Mason? Ron Stone oder Tom Granger brauche ich gar nicht erst zu belästigen, sie hätten so einen billigen Gauner wie Sie sofort erkannt, noch bevor Sie Ihren Aktenkoffer geöffnet hätten. Aber Vinnie ist zu dumm, und Steve Ordner würde Sie mit offenen Armen empfangen. Er hat es auf mich abgesehen.«

»Das ist nicht nötig«, antwortete Fenner. »Sie haben mich völlig mißverstanden, Mr. Dawes. Und Sie verstehen auch meine Klienten ganz offensichtlich falsch. Diese Sache ist überhaupt nicht persönlich. Es ist niemand darauf aus, Ihnen eins auszuwischen. Aber wir *haben* in letzter Zeit festgestellt, daß Sie eine Abneigung gegen die 784-Autobahn zu haben scheinen. Letzten August haben Sie einen Leserbrief an die Zeitung geschrieben...«

»Letzten August«, wiederholte er nachdenklich. »Ihr Kerle sammelt wohl alle Zeitungsausschnitte, was?«

»Selbstverständlich.«

Plötzlich beugte er sich vor, hielt sich den Bauch und verdrehte die Augen. »Mehr Zeitungsmeldungen! Mehr Rechtsanwälte. Ron, geh mal raus und seif die Reporter ein! Wir sind von Feinden umzingelt! Mavis, bring mir meine Pillen!« Er richtete sich wieder auf. »Verfolgungswahn? Scheiße, ich hab' schon gemerkt, daß ich nicht gut war.«

»Schließlich haben wir eine Presseabteilung«, sagte Fenner steif. »Wir verhandeln hier nicht über Pfennige und Fünfer, Mr. Dawes, es geht um ein Zehn-Millionen-Dollar-Projekt.«

Er schüttelte angewidert den Kopf. »Sie sollten die Leute von der Straßenbaubehörde auf ihre Zurechnungsfähigkeit überprüfen lassen und nicht mich.«

Fenner sagte: »Ich werde Ihnen alle meine Karten offen auf den Tisch legen, Mr. Dawes.«

»Wissen Sie, meiner Erfahrung nach ist dies genau der Zeitpunkt, an dem ein Kerl mit den kleinen Schwindeleien aufhört und anfägt, mir die richtig dicken Lügen aufzutischen.«

Fenner wurde rot. Endlich war er wütend. »Schließlich haben *Sie* an die Zeitung geschrieben. *Sie* haben die Verhandlungen um eine neue Fabrik für die Blue-Ribbon-Wäscherei verzögert und sind deswegen gefeuert worden...«

»Das stimmt nicht. Ich habe eine halbe Stunde, bevor sie mich an die Luft gesetzt haben, gekündigt.«

»...und *Sie* haben unseren gesamten Briefwechsel in bezug auf dieses Haus ignoriert. Wir sind uns darin einig, daß Sie vermutlich so etwas wie eine öffentliche Demonstration am zwanzigsten im Schilde führen. Die Zeitungen informieren, die Nachrichtensender anrufen werden, damit sie alle hier draußen sind, wenn's losgeht. Der heroische Hausbesitzer, der von den Gestapoleuten der Stadt schreiend und um sich schlagend von seinem Heim und Herd weggezerrt wird.«

»Und das macht Ihnen Kummer, nicht wahr?«

»Natürlich machen wir uns Sorgen! Die öffentliche Meinung ist sehr sprunghaft. Sie dreht sich im Wind wie eine Wetterfahne...«

»Und Ihre Klienten sind gewählte Volksvertreter.«

Fenner sah ihn ausdruckslos an.

»Also, was ist nun?« fragte er ungeduldig. »Machen Sie mir jetzt das große Angebot, das ich nicht ablehnen kann?«

Fenner seufzt. »Ich verstehe wirklich nicht, worüber wir hier streiten. Die Stadt hat ihnen sechzigtausend Dollar für das Haus angeboten und...«

»Es waren dreiundsechzigtausendfünfhundert.«

»Ja, gut. Die bekommen Sie für das Haus und das Grundstück. Eine Menge Leute haben wesentlich weniger gekriegt. Und was bekommen Sie für das Geld? Keinen Ärger, keine Schwierigkeiten, keinen Streß. Das Geld ist praktisch steuerfrei, denn Sie haben Vater Staat die Steuern ja schon von dem Geld bezahlt, mit dem Sie das Haus gekauft haben. Das einzige, was Sie versteuern müssen, ist der Wertanstieg. Nun, halten Sie dieses Angebot etwa nicht für fair?«

»Fair genug«, antwortete er und dachte an Charlie. »Soweit es die Dollars und Cents betrifft, ist es fair. Es ist vermutlich sogar mehr Geld, als ich auf dem offenen Markt dafür herausschlagen würde, wenn ich es selbst verkaufen wollte. So wie die Preise heutzutage stehen...«

»Also, *worüber* streiten wir uns dann?«

»Wir streiten ja gar nicht«, erwiderte er und nippte an seinem Drink. Doch, es stimmte, er hatte einen Vertreter im Haus. »Haben Sie ein eigenes Haus, Mr. Fenner?«

»Ja, natürlich«, antwortete Fenner prompt. »Ein sehr schönes Haus in Greenwood. Und wenn Sie mich jetzt fragen, was ich tun oder wie ich mich fühlen würde, wenn ich mich in Ihrer Lage befände, dann sage ich Ihnen frei heraus, ich würde die Stadt ausnehmen, so gut es nur geht, und auf dem Weg zur Bank würde ich mir ins Fäustchen lachen.«

»Ja, das würden Sie wohl«, sagte er und lachte leise. Dann mußte er an Don und Ray Tarkington denen. Sie würden den Stadtrat an seinen empfindlichsten Stellen treffen und ihnen den Fahnenmast der Stadtflagge möglichst weit in den Arsch rammen. »Dann glaubt ihr also wirklich, daß ich den Verstand verloren habe?«

Fenner antwortete vorsichtig: »Wir wissen es nicht. Aber Ihre Lösung für das Umzugsproblem der Wäscherei ist wohl kaum normal zu nennen.«

»Hören Sie, ich werde Ihnen mal was sagen. Ich hab' noch genug Verstand im Kopf, um mir selbst einen Rechtsanwalt zu nehmen, der mit dem Enteignungsgesetz des Staates gar nicht einverstanden ist – einer von der guten alten Sorte, die immer noch an das altmodische Sprichwort glauben, daß das Heim eines Menschen seine Burg ist. Er könnte erst mal einen Aufschub erwirken, so daß Ihnen für ein, vielleicht auch zwei Monate die Hände gebunden sind. Mit etwas Glück und den richtigen Richtern können wir die ganze Sache bis zum nächsten September verzögern.«

Fenner wirkte eher erfreut als beunruhigt, wie er es eigentlich erwartet hatte. Aber Fenner dachte nach. Das ist der Haken, Freddy, gefällt dir das? Ja, George, ich muß zugeben, es gefällt mir.

»Was wollen Sie?« fragte Fenner kurz.

»Wieviel dürfen Sie mir geben?«

»Wir erhöhen den Preis fürs Haus um fünftausend Dollar und keinen Cent mehr. Und niemand wird etwas von dem Mädchen erfahren.«

Alles stand still, war auf der Stelle wie tot.

»Wie bitte?« flüsterte er.

»Das *Mädchen*, Mr. Dawes. Das, mit dem Sie gebumst haben. Es hat vom sechsten auf den siebenten Dezember bei Ihnen übernachtet.«

Innerhalb von wenigen Sekunden wirbelte ihm ein Strudel von Gedanken durch den Kopf. Davon waren einige ganz vernünftig, aber die meisten waren mit einer grünen Patina aus Angst überzogen und daher unglaubwürdig. Doch hinter den vernünftigen Gedanken und seiner Furcht verspürte er eine unheimliche Wut. Am liebsten wäre er über den Tisch gesprungen, hätte diesen Tick-Tack-Mann am Kragen gefaßt und ihn so lange geschüttelt, bis ihm sein Uhrwerk zu den Ohren herausfiel. Aber das durfte er nicht tun; vor allem das nicht.

»Geben Sie mir eine Nummer«, sagte er.

»Nummer...?«

»Eine Telefonnummer. Ich rufe Sie heute nachmittag an und sage Ihnen, wie ich mich entschieden habe.«

»Es wäre aber viel besser, wenn wir die Dinge gleich jetzt erledigen könnten.«

Das könnte Ihnen so passen, wie? Schiedsrichter, verlängern Sie diese Runde bitte um dreißig Sekunden. Der Mann hängt schon in den Seilen.

»Nein, das finde ich nicht. Bitte, verlassen Sie mein Haus.«

Fenner zuckte gelassen die Achseln. »Hier ist meine Karte. Die Telefonnummer steht drauf. Ich werde zwischen halb drei und vier in meinem Büro zu erreichen sein.«

»Ich werde Sie anrufen.«

Fenner ging. Er beobachtete durch das kleine Seitenfenster neben der Haustür, wie er durch den Vorgarten ging, in seinen blauen Buick stieg und davonfuhr. Dann knallte er mit aller Wucht seine Faust gegen die Wand.

Er mixte sich noch einen Drink und setzte sich an den Küchentisch, um die Lage zu überdenken. Sie wußten also von Olivia. Und sie würden diese Information als Ansatzhebel benutzen. Als Ansatzhebel, um ihn aus dem Haus zu werfen, war er allerdings nicht sehr gut. Sie konnten damit zweifellos seine Ehe beenden, aber die war ja sowieso schon in Auflösung begriffen. Schlimmer war, daß sie ihn *ausspioniert* hatten.

Die Frage war bloß, wie?

Wenn ihn einige Männer unter Beobachtung hätten, dann hätten sie doch sicher auch von dem berühmten Krach-Krach-Bumm-Bumm gehört. Und wenn das der Fall wäre, dann hätten sie das doch schon längst gegen ihn verwendet. Warum sollten sie sich mit so einer schäbigen Ehebruchssache abgeben, wenn sie den aufsässigen Hausbesitzer gleich wegen Brandstiftung ins Gefängnis sperren konnten? Also hatten sie sein Telefon abgehört. Als ihm jetzt einfiel, daß er im Suff drauf und dran gewesen war, Magliore das Verbrechen am Telefon zu gestehen, traten ihm kleine, kalte Schweißperlen auf die Stirn. Gott sei Dank, hatte Magliore ihn sofort unterbrochen. Krach-Krach-Bumm-Bumm war schon schlimm genug.

Er wohnte also in einem Haus voller Wanzen, und die Frage war, wie er nun auf Fenners Angebot und Fenners Vertretermethoden reagieren sollte.

Er schob fürs Mittagessen ein TV-Dinner in den Herd und setzte sich mit einem weiteren Drink an den Tisch, um darauf zu warten. Sie hatten ihm also nachspioniert und versucht, ihn zu bestechen. Je mehr er darüber nachdachte, desto wütender wurde er.

Er holte sein TV-Dinner aus dem Herd und aß es. Dann wanderte er im Haus umher und betrachtete seine Habseligkeiten. Langsam nahm eine Idee in einem Kopf Gestalt an.

Um drei Uhr rief er Fenner an und sagte, er solle ihm das Formular schicken. Er würde es unterzeichnen, wenn Fenner die beiden Dinge erledigte, über die sie gesprochen hätten. Fenner klang sehr erfreut, ja beinahe erleichtert. Er sagte, er würde sich gern um diese Dinge kümmern und dafür sorgen, daß er das Formular spätestens am nächsten Tag im Haus hätte. Er sei sehr froh, daß er sich entschieden habe, Vernunft anzunehmen.

»Ich habe aber noch ein paar Bedingungen«, sagte er.

»Bedingungen?« wiederholte Fenner und klang sofort wieder mißtrauisch.

»Keine Angst, es ist nichts, womit Sie nicht fertig werden könnten.«

»Lassen Sie hören«, sagte Fenner. »Aber ich warne Sie, Dawes, Sie haben schon alles aus uns rausgepreßt, was möglich ist.«

»Sie schicken mir bis morgen das Formular ins Haus«, fuhr er ungerührt fort. »Ich bringe es Ihnen Mittwoch ins Büro zurück. Ich erwarte, daß Sie dann einen Scheck über achtundsechzigtausendfünfhundert Dollar für mich bereitliegen haben. Einen *Barscheck*. Ich gebe Ihnen dieses Formular nur gegen den Scheck.«

»Mr. Dawes, auf dieser Basis können wir keine Geschäfte machen...«

»Vielleicht dürfen Sie das nicht, aber Sie *können* es. Sie dürfen ja schließlich auch keine Wanzen in mein Telefon einbauen, und Gott weiß was noch alles. Kein Scheck, kein Formular. Dann gehe ich statt dessen zu meinem Rechtsanwalt.«

Fenner schwieg. Er konnte ihn beinahe denken hören.

»Also gut. Was noch?«

»Nach Mittwoch möchte ich von Ihnen nicht mehr belästigt werden. Ab dem zwanzigsten gehört das Haus Ihnen. Bis dahin bleibt es meins.«

»Gut«, sagte Fenner sofort, denn das war natürlich überhaupt keine Bedingung. Nach dem Gesetz blieb das Haus bis Mitternacht des neunzehnten in seinem Besitz, eine Minute später ging es unweigerlich in die Hände der Stadt über. Wenn er das Formular unterzeichnet und die Entschädigung der Stadt einkassiert hatte, konnte er sich die Lunge rausbrüllen, keine Zeitung und kein Nachrichtensender würde auch nur einen Funken von Mitleid für ihn aufbringen.

»Das ist alles.«

»Sehr schön«, sagte Fenner, der jetzt ausgesprochen fröhlich klang. »Ich bin froh, daß wir die Angelegenheit endlich auf eine vernünftige Weise regeln konnten, Mr....«

»Leck mich«, sagte er und legte auf.

8. Januar 1974

Er war nicht zu Hause, als der Kurier den dicken braunen Umschlag mit dem 6983-73-74-Formular (blauer Aktenordner) durch seinen Briefschlitz warf. Er war in den finstersten Teil von Norton hinausgefahren, um mit Sal Magliore zu reden. Magliore war nicht gerade erfreut, ihn zu sehen, aber während er sprach, wurde er immer nachdenklicher.

Das Mittagessen wurde hereingebracht – Spaghetti, Fleischsauce, eine Flasche Rotwein. Ein wundervolles Mahl. Als er zu dem Punkt mit den fünftausend Dollar Bestechung und Fenners Information über Olivia kam, hob Magliore eine Hand. Er griff zum Telefonhörer und sprach kurz mit einem Mann am anderen Ende. Er gab ihm die Adresse der Crestallen Street West durch. »Nehmt den Lastwagen«, sagte er dann noch und legte wieder auf. Er wickelte noch mehr Spaghetti um seine Gabel und nickte ihm zu, damit er mit der Geschichte fortfahre.

Als er zu Ende erzählt hatte, sagte Magliore: »Haben Sie ein Glück, daß man Sie nicht beschattet hat. Sie säßen sonst schon längst im Knast.«

Er war so satt, daß er beinahe platzte; er konnte keinen Bissen mehr runterbringen. Seit fünf Jahren hatte er nicht mehr so gut gegessen. Das sagte er Magliore mit einem Kompliment. Magliore lächelte.

»Einige meiner Freunde essen keine Pasta mehr. Sie müssen ihr Image pflegen. Also essen sie jetzt nur noch in den Steakhäusern, französischen Restaurants, schwedischen Lokalen, oder was weiß ich. Und was haben sie davon? Magenschmerzen. Und warum das? Weil ein Mann nichts anderes sein kann, als er ist.« Er goß die Spaghettisauce aus dem fettigen Karton, in dem das Essen geliefert worden war, auf seinen Teller und wischte sie mit dem Knoblauchbrot auf. Dann hielt er inne und blickte ihn mit seinen eigenartig vergrößerten Augen über den Tisch hinweg an. »Sie bitten mich, Ihnen dabei zu helfen, eine Todsünde zu begehen«, sagte er ernst.

Er starrte ihn verdutzt an, unfähig, seine Überraschung zu verbergen.

Magliore lachte verärgert. »Ich weiß, was Sie denken. Ein Gauner wie ich dürfte eigentlich nicht über Sünde reden. Ich hab' Ihnen ja erzählt, daß ich einen Kerl umgebracht habe. Mehr als einen, wenn man's genau nimmt. Aber ich habe nie einen Menschen getötet, der es nicht verdient hätte. Ich sehe das so: Ein Kerl, der stirbt, bevor Gott es für ihn vorgesehen hatte, erlebt so etwas wie ein Fußballspiel, das wegen Regen abgebrochen wird. Die Sünden, die er begangen hat, zählen nicht. Gott muß ihn einfach zu sich ins Paradies lassen, denn der Kerl hatte ja gar nicht mehr die Zeit zu bereuen, so wie Er es für ihn geplant hatte. Wenn ich also einen umbringe, erspare ich ihm dadurch die Qualen der Hölle. Auf diese Art tue ich sogar mehr für ihn, als der Papst selbst es je tun könnte. Ich glaube, daß Gott das weiß. Aber das ist nicht meine Sache. Ich kann Sie gut leiden. Sie haben Mut. Für dieses Ding mit den Benzinbomben haben Sie eine Menge Mut gebraucht. Aber das hier, hmm, das ist etwas völlig anderes.«

»Ich bitte Sie ja nicht darum, irgend etwas zu tun. Es geschieht aus meinem eigenen, freien Willen.«

Magliore verdrehte die Augen. »Jesus! Maria! Und Joseph, der Zimmermann! Warum können Sie mich eigentlich nicht in Ruhe lassen?«

»Weil Sie das haben, was ich brauche.«

»Ich wünschte bei Gott, ich hätte es nicht.«

»Werden Sie mir helfen?«

»Ich weiß es nicht.«

»Ich hab' jetzt das Geld. Das heißt, ich werde es bald haben.«

»Es geht hier nicht ums Geld. Es geht ums Prinzip. Ich habe noch nie mit so einem Spinner wie Sie Geschäfte gemacht. Ich muß erst mal darüber nachdenken. Ich werde Sie anrufen.«

Er sah ein, daß es keinen Sinn hatte, ihn weiter zu bedrängen, und ging.

Magliores Männer kamen, als er gerade das Formular ausfüllte. Sie fuhren in dem weißen Lastwagen eines Fernsehgeschäftes vor. RAY'S FERNSEHGESCHÄFT UND REPARATUREN stand auf der Seite unter einem aufgemalten, tanzenden Fernseher mit einem lächelnden Gesicht als Bildschirm. Zwei Männer in grünen Arbeitsanzügen stiegen aus. Sie hatten beide einen großen, bauchigen Werkzeugkoffer in der Hand, der die gesamte Ausrüstung zur Fernsehreparatur und noch einige andere Werkzeuge enthielt. Sie sollten sein Haus ›reinigen‹. Es dauerte eine halbe Stunde. Sie fanden zwei Wanzen in seinem Telefon, eine im Schlafzimmeranschluß, die andere im Apparat, der im Eßzimmer stand. Gott sei Dank, keine in der Garage, was ihn außerordentlich erleichterte.

»Diese Scheißkerle«, sagte er, als er die Wanzen in der Hand hielt. Er ließ sie auf den Boden fallen und zertrat sie mit seinem Schuhabsatz.

Auf dem Weg nach draußen sagte einer der Mechaniker nicht ohne Anerkennung: »Donnerwetter, den Fernseher haben Sie aber ganz schön kleingekriegt. Wie oft mußten Sie da zuschlagen?«

»Nur einmal«, antwortete er.

Als sie in der kühlen Abendsonne davongefahren waren, fegte er die Wanzen auf eine Schaufel und warf ihre zertretenen, blinkenden Überreste in den Abfalleimer. Dann mixte er sich einen Drink.

9. Januar 1974

Nachmittags um halb drei befanden sich nur wenige Kunden in der Bank, und er ging mit seinem Barscheck von der Stadt direkt auf einen der in der Mitte stehenden Tische zu. Dort zog er hinten aus seinem Scheckbuch einen Einzahlungsschein heraus und füllte ihn auf die Summe von $34250 aus. Dann ging er zu einem der Kassenschalter und legte dort den Einzahlungsschein und den Barscheck vor.

Die Kassiererin war ein junges Mädchen mit schwarzen Haaren in einem sündhaft kurzen, roten Kleid. Ihre langen, in glatten Nylonstrümpfen steckenden Beine hätten selbst den Papst umgeworfen. Sie blickte mit gerunzelter Stirn abwechselnd auf ihn und auf den Scheck.

»Stimmt etwas mit dem Scheck nicht?« fragte er freundlich. Er mußte zugeben, daß er die Situation genoß.

»Nnnein... Sie wollen also $34250 einzahlen und $34250 in *bar?* Ist das so richtig?«

Er nickte.

»Einen Augenblick bitte, Sir.«

Er nickte lächelnd und ließ seinen Blick auf ihren Beinen ruhen, während sie zum Schreibtisch des Zweigstellenleiters hinüberging, der sich hinter einer Holzbarriere befand. Allerdings stand er nicht in einem Glaskäfig – als sollte damit angedeutet werden, daß auch der Chef ein Mensch wie du und ich ist... oder jedenfalls beinahe. Der Zweigstellenleiter war ein Mann mittleren Alters, der sich aber jünger kleidete. Sein Gesicht wirkte verhärmt und verklemmt, und als er zu der Kassiererin in ihrem roten Minikleid aufblickte, zog er eine Augenbraue in die Höhe.

Sie berieten sich über den Einzahlungsschein, über die Barauszahlung, die darin für die Bank enthaltenen Implikationen und vermutlich auch über das gesamte staatliche Buchungssystem. Das Mädchen hatte sich über den Tisch gebeugt, wodurch ihr Kleid sich am Rücken in die Höhe schob und einen malvenfarbenen Unterrock mit Spitzenrändern enthüllte. *Liebe, Liebe, ach du junge, sorglose Liebe,* dachte er. Komm mit mir nach Hause, und wir werden zusammen spielen, bis die Welt untergeht oder bis sie mein Haus demolieren, was immer zuerst kommen mag. Bei dem Gedanken mußte er lächeln. Er hatte eine Erektion... na, wenigstens eine halbe. Er wandte die Augen von ihr ab und blickte sich in der Schalterhalle um. Zwischen dem Safe und den Eingangstüren stand ein Wächter, vermutlich ein pensionierter Polizist. Eine alte Lady füllte mit weit ausholenden Gesten ihren blauen Sozialversicherungsscheck aus. An der linken Wand hing ein riesiges Poster, auf dem die Erde aus der Weltraumperspektive abgebildet war. Eine große, blaugrüne Kugel, die sich von einem schwarzen Hintergrund abhob. Über dem Planeten stand in groß gedruckten Buchstaben:

VERREISEN SIE

Und unter der Erdkugel in etwas kleineren Buchstaben:

MIT EINEM FERIENKREDIT DER FIRST BANK

Die schöne Kassiererin kam zu ihm zurück. »Ich muß es Ihnen in Fünfhundertern und Hundertern auszahlen«, erklärte sie.

»Das geht in Ordnung.«

Sie schrieb ihm eine Quittung für die Einzahlung aus und verschwand in den Gewölben der Bank. Als sie zurückkam, hielt sie einen kleinen Aktenkoffer in der Hand. Sie sprach kurz mit dem Wächter, und er kam mit ihr an den Schalter. Dort musterte er ihn mißtrauisch.

Sie zählte jeweils drei Stapel mit zehntausend Dollar ab, zwanzig Fünfhundertdollarscheine auf jedem Stapel. Dann band sie jeden Stapel zusammen und steckte jeweils einen Kassenbon zwischen die oberste Note und die Banderole. Auf jedem Kassenbon stand:

$10000

Danach zählte sie die zweiundvierzig Hunderter ab, wobei sie die Noten mit der Gummikappe auf ihrem rechten Zeigefinger flink durchblätterte. Auf diesen Stapel legte sie fünf Zehndollarscheine. Dann band sie auch diesen Stapel zusammen und steckte wiederum einen Kassenbon unter die Banderole, auf dem diesmal

$4250

stand.

Die vier Notenbündel lagen in einer Reihe auf dem Schalter, und alle drei betrachteten sie einen Augenblick nachdenklich. Es war Geld genug, um sich ein Haus zu kaufen oder fünf Cadillacs oder ein kleines Piper-Cub-Flugzeug oder beinahe hunderttausend Packungen Zigaretten.

Dann sagte sie etwas zaghaft: »Ich kann Ihnen eine Tasche mit Reißverschluß geben, wenn Sie...«

»Nein, ich nehme es so.« Er griff mit beiden Händen nach dem Geld und ließ es in seine Manteltasche gleiten. Der Wächter beobachtete dieses Kavaliersdelikt am *raison d'être* mit großmütiger Gelassenheit; die schöne Kassiererin war fasziniert (da verschwand ihr Gehalt von mindestens fünf Jahren einfach so in einem ganz gewöhnlichen, von der Stange gekauften Mantel und hinterließ noch nicht einmal eine Ausbeulung). Der Zweigstellenleiter musterte ihn mit unverhohlener Abneigung, denn eine Bank war schließlich ein Tempel, in dem das Geld so diskret und ehrfürchtig wie Gott behandelt werden wollte.

»Sehr schön«, sagte er und stopfte das Scheckbuch zu den Tausendern in die Tasche. »Angenehmen Tag noch.«

Er ging, und sie blickten ihm alle nach. Die alte Lady schlurfte jetzt auf den Schalter zu, um ihren mittlerweile unterschriebenen Versicherungsscheck einzulösen. Die schöne Kassiererin zahlte ihr zweihundertfünfunddreißig Dollar und dreiundsechzig Cent aus.

Als er nach Hause kam, steckte er das Geld in einen staubigen Bierkrug, der oben auf dem Küchenregal stand. Mary hatte ihn ihm vor fünf Jahren aus Jux zum Geburtstag geschenkt. Er hatte sich nie besonders viel aus dem Geschenk gemacht, denn er trank Bier lieber aus der Flasche. An der Seite des Kruges war das Emblem der olympischen Fackel eingestanzt und darunter stand geschrieben:

U. S. SAUFTEAM

Er stellte den Krug mit seinem wertvollen Gebräu auf das Regal zurück und ging nach oben in Charlies Zimmer, in dem jetzt sein Schreibtisch stand. In der unteren Schublade fand er einen braunen, verstärkten Briefumschlag. Er setzte sich an den Schreibtisch und rechnete seinen neuen Kontostand aus. 35053 Dollar und 49 Cents befanden sich jetzt darauf. Er schrieb Marys neue Adresse auf den Umschlag, schob das Scheckbuch hinein und klebte ihn zu. Dann durchstöberte er den Schreibtisch, bis er ein halb aufgebrauchtes Heft mit Briefmarken fand. Er riß fünf Acht-Cent-Marken heraus und frankierte damit den Umschlag. Dann betrachtete er sein Werk eine Weile und schrieb

EINSCHREIBEN

unter die Adresse.

Den Umschlag ließ er auf dem Schreibtisch liegen, ging nach unten in die Küche und mixte sich einen Drink.

10. Januar 1974

Es war sehr spät, es schneite, und Magliore hatte noch nicht angerufen. Er saß mit einem Drink im Wohnzimmer und hörte sich Platten auf der Stereoanlage an, denn der Fernseher war immer noch zertrümmert. Am Nachmittag hatte er sich zwei Zehndollarscheine aus dem Bierkrug genommen, war in die Stadt gefahren und hatte sich vier Rock-Langspielplatten gekauft. Eine hieß ›*Let It Bleed*‹ und war von den Rolling Stones. Er hatte sie auf der Party gehört, und sie gefiel ihm besser als die drei anderen, die er etwas schmalzig fand. Eine LP mit Crosby, Stills, Nash und Young fand er sogar so schmalzig, daß er sie über seinem Knie zerbrochen hatte. Aber *Let It Bleed* war laut, anzüglich, kraftvoll. Eine einschlagende, klirrende Musik, die er sehr gern mochte. Sie erinnerte ihn an ›*Let's Make a Deal*‹, das Monte Hall einmal aufgenommen hatte. Im Augenblick sang Mick Jagger gerade:

Wir brauchen alle jemanden zum Ausweinen,
Und wenn du willst, kannst du dich bei mir ausweinen.

Er dachte über das Poster nach, das er in der Bank gesehen hatte. Die große, runde Erde, die aus dieser Perspektive so neuartig und anders wirkte, und darunter die Einladung an den Betrachter zu VERREISEN. Das erinnerte ihn an die Reise, die er am Silvesterabend unternommen hatte. Ja richtig, er war verreist. Sehr weit weg sogar.

Und hatte er es nicht auch genossen?

Der Gedanke ließ ihn einen Augenblick innehalten.

Die letzten zwei Monate war er wie ein Hund herumgelaufen, dessen Schwanz in der Tür eingeklemmt worden ist. Aber hatte es unterwegs nicht auch einige Entschädigungen gegeben? Er hatte Dinge getan, die er sonst nie hätte tun können. Die Fahrten auf der Autobahn, so gedankenlos und frei wie der Flug der Zugvögel. Das Mädchen und der Sex, das Gefühl ihrer Brüste, die so ganz anders waren als die von Mary. Das Gespräch mit einem Mann, der ein Verbrecher war. Und endlich von diesem Mann akzeptiert und ernst genommen zu werden. Das verbotene Hochgefühl, als er seine Benzinbomben geworfen hatte, und das traumatische Entsetzen, das Gefühl, als würde er ertrinken, als sein Wagen nicht über den Straßenrand zu kommen schien, um ihn von der Baustelle wegzubringen. Das waren intensive Gefühle gewesen, die wie eine finstere antike Religion aus den tiefen Schichten seiner Angestelltenseele aufgestiegen waren, als hätte ein Archäologe sie vorsichtig freigelegt. Er wußte jetzt, was es hieß: *am Leben zu sein.*

Aber es hatte auch schlimme Dinge gegeben. Zum Beispiel, daß er bei Handy Andy's die Selbstbeherrschung verloren und Mary angeschrien hatte. Und die nagende Einsamkeit in den ersten zwei Wochen, in denen er allein gewesen war, zum ersten Mal seit zwanzig Jahren allein und nur den furchtbaren, quälenden Schlag des eigenen Herzens zur Gesellschaft. Dann der Schlag, den Vinnie Mason – ausgerechnet Vinnie Mason! – ihm im Kaufhaus aufs Auge verpaßt hatte. Die fürchterliche Angst, die er am Morgen, nachdem er die Baustelle bombardiert hatte, durchmachen mußte. Die blieb in seiner Erinnerung am stärksten.

Aber selbst diese Erfahrungen, so schlimm sie auch gewesen sein mochten, waren etwas Aufregendes, Neues gewesen, so wie der Gedanke, daß er wahnsinnig geworden sei oder wenigstens auf dem besten Weg dazu. Die Spuren, denen er während der letzten zwei Monate durch seine innere Landschaft nachgewandert (oder gekrochen?) war, waren die einzigen, die es gab. Er hatte sich selbst erforscht, und wenn auch das meiste, was er dabei herausgefunden hatte, banal war, so hatte er auch aufregende und schöne Dinge entdeckt.

Seine Gedanken wanderten zu Olivia zurück, wie er sie mit ihrem Schild ›LAS VEGAS ... ODER VERPISS DICH!‹ an der Auffahrtrampe zur Autobahn gesehen hatte, das sie trotzig der kalten Gleichgültigkeit ihrer Umwelt entgegenhielt. Und dann dachte er wieder an das Poster in der Bank: VERREISEN SIE. Warum eigentlich nicht? Hier gab es nichts, was ihn hielt, abgesehen von seiner ekelhaften Manie. Keine Frau und nur das Gespenst eines Kindes, keine Arbeit und nur ein Haus, das in anderthalb Wochen keins mehr sein würde. Er hatte eine Menge Bargeld und ein Auto, das ganz und gar ihm gehörte. Warum stieg er nicht einfach ein und fuhr los?

Plötzlich erfaßte ihn Aufregung. Er sah sich schon alle Lichter im Haus ausschalten, in den LTD steigen und mit dem Geld in der Tasche nach Las Vegas abbrausen. Er würde Olivia suchen und *»LASS UNS ABHAUEN!«* zu ihr sagen. Dann würden sie nach Kalifornien fahren, den Wagen verkaufen und eine Reise in die Südsee buchen. Von dort nach Hongkong, weiter nach Saigon, Bombay und nach Athen, Madrid, Paris, London, New York. Und dann ...

Hierher zurück?

Die Welt war rund, und das war die furchtbare Wahrheit. So war es ja auch Olivia ergangen, die nach Nevada wollte, um endlich aus ihrer Scheiße rauszukommen. Und dann bekifft sie sich und läßt sich in der ersten Nacht auf dem neuen Gleis vergewaltigen! Denn das neue Gleis ist genau wie das alte, nein, es *ist* das alte, und es führt einen immer nur im Kreis herum, bis man eines Tages so tief drinsteckt, daß man den Absprung endgültig nicht mehr schafft. Dann ist es Zeit, die Garagentür hinter sich zuzumachen, den Zündschlüssel umzudrehen und zu warten... warten...

Der Abend zog sich hin, und seine Gedanken drehten sich immer mehr im Kreis wie eine Katze, die versucht, ihren Schwanz einzufangen und zu verschlucken. Schließlich schlief er auf der Couch ein und träumte von Charlie.

11. Januar 1974

Magliore rief ihn mittags um Viertel nach eins an.

»In Ordnung«, sagte er. »Wir kommen ins Geschäft, Sie und ich. Es wird Sie neuntausend Dollar kosten. Ich nehme an, daß das Ihre Meinung nicht ändern wird.«

»Bargeld?«

»Was denken Sie sich eigentlich? Glauben Sie wirklich, ich würde einen Scheck von Ihnen annehmen?«

»Natürlich nicht. Entschuldigung.«

»Kommen Sie morgen abend um zehn Uhr zur Revel-Lanes-Bowlingbahn. Wissen Sie, wo das ist?«

»Ja, an der Route 7, gleich hinter dem Skyview-Einkaufszentrum.«

»Richtig. Sie werden dort an der Bahn sechzehn zwei Männer in grünen Hemden finden. Auf den Hemdrücken ist in Gold der Name Marlin Avenue Firestone aufgestickt. Sie werden sich zu ihnen gesellen. Während Sie Bowling spielen, wird einer von den beiden Ihnen alles erklären, was Sie wissen müssen. Sie werden zwei oder drei Runden mitspielen, dann nach draußen gehen und die Straße bis zur Town Line Tavern hinunterfahren. Wissen Sie, wo das ist?«

»Nein.«

»Fahren Sie auf der 7 immer nach Westen. Es ist ungefähr zwei Meilen von der Bowlingbahn entfernt, auf derselben Straßenseite. Parken Sie hinter dem Gebäude. Meine Freunde werden sich neben Sie stellen. Sie fahren einen

Dodge-Lieferwagen. Blau. Sie werden eine Kiste aus dem Lieferwagen in Ihren Kombiwagen tragen. Dann geben Sie ihnen einen Umschlag. – Ich muß total verrückt geworden sein, wissen Sie das? Hirnverbrannt. Bei dieser Sache fliege ich höchstwahrscheinlich auf. Dann werde ich Zeit genug haben, darüber nachzudenken, warum, zum Teufel, ich mich darauf eingelassen habe.«

»Ich möchte Sie nächste Woche sprechen. Persönlich.«

»Nein. Absolut nicht. Ich bin nicht Ihr Beichtvater. Ich will Sie nie wieder sehen, auch nicht mit Ihnen sprechen. Um ehrlich zu sein, Dawes, ich möchte nicht mal was über Sie in der Zeitung lesen.«

»Es handelt sich um eine simple Geldsache.«

Magliore schwieg einen Augenblick.

Dann sagte er nochmals: »Nein.«

»Es ist eine Sache, mit der Sie niemand in Verbindung bringen kann«, erklärte er Magliore. »Ich möchte ein ... ein Treuhandkonto für jemanden einrichten.«

»Für Ihre Frau?«

»Nein.«

»Kommen Sie am Dienstag vorbei«, willigte Magliore endlich ein. »Vielleicht empfange ich Sie. Vielleicht bin ich dann aber auch wieder bei Trost.«

Er legte auf.

Wieder im Wohnzimmer, dachte er an Olivia und an das Leben – die beiden schienen untrennbar zusammenzugehören. Er dachte ans VERREISEN. Er dachte an Charlie und konnte sich kaum noch an sein Gesicht erinnern, nur an seine Fotos. Wie konnte dies alles nur passieren?

Mit einem plötzlichen Entschluß stand er auf und ging zum Telefon. Er blätterte die Gelben Seiten nach den Reisebüros durch und wählte eine Nummer. Doch als sich am anderen Ende eine freundliche Frauenstimme meldete: »Reisebüro Arnold. Können wir Ihnen behilflich sein?« legte er schnell wieder auf und trat unsicher vom Telefon zurück. Auf dem Weg ins Wohnzimmer rieb er sich nervös die Hände.

12. Januar 1974

Die Revel-Lanes-Bowlingbahn war eine langgestreckte, von Neonröhren erleuchtete Halle, die von den unterschiedlichsten Geräuschen widerhallte. Leise Musik aus den Deckenlautsprechern, eine Jukebox, das stotternde Geklingel der Flipperautomaten, das Klicken der Billardkugeln und über allem das dumpfe Rumpeln, wenn die Bowlingkegel umfielen, und das dröhnende Rollen der schweren schwarzen Bowlingkugeln.

Er ging an einen Schalter und holte sich ein Paar rotweiß gestreifte Bowlingschuhe, die der Angestellte zeremoniell mit einem Fußdesinfektionsmittel einsprayte, bevor er sie ihm überließ. Dann ging er zu Bahn sechzehn. Die beiden Männer waren schon da. Der eine stand gerade mit einer Kugel in der Hand an der Bahn. Es war der Mechaniker, der am ersten Tag, an dem er Magliores Gebrauchtwagenhandlung aufgesucht hatte, in der Garage einen neuen Auspuff in einen Wagen eingebaut hatte. Der andere, der am Tisch saß und die Ergebnisse aufschrieb, war einer von den beiden, die mit dem Fernsehlastwagen zu seinem Haus gekommen waren. Er trank Bier aus einem Pappbecher. Als er auf sie zu ging, blickten sie beide auf.

»Ich bin Bart«, stellte er sich vor.

»Ich bin Ray«, antwortete der Mann am Tisch. »Und der da drüben« – der Mechaniker ließ jetzt die Kugel rollen – »ist Alan.«

Die Bowlingkugel glitt aus Alans Hand und donnerte die Bahn entlang. Die Kegel fielen in alle Richtungen, und Alan schnaufte verächtlich. Er hatte die Sieben und die Zehn nicht getroffen. Mit der nächsten Kugel versuchte er, beide auf einmal zu erwischen, indem er sie rechts rüberzog, aber die Kugel lief aus der Bahn und verschwand im Hintergrund. Alan schnaufte noch einmal verächtlich, als die Maschine die zehn Kegel wieder aufstellte.

»Du mußt nur auf einen gehen«, belehrte Ray ihn. »Immer nur auf einen. Für wen hältst du dich? Billy Welu?«

»Ich hatte nicht den richtigen Schwung drauf. Ein bißchen mehr Kraft und *Wumm*. Hallo, Bart.«

»Hallo.«

Sie schüttelten sich die Hände.

»Gut, daß du da bist«, sagte Alan und wandte sich dann an Ray. »Machen wir eine neue Runde und lassen Bart mitspielen. Bei dieser hier hast du mich ja sowieso schon in die Pfanne gehauen.«

»Klar.«

»Du bist als erster dran, Bart«, forderte Alan ihn auf.

Er hatte seit über fünf Jahren nicht mehr Bowling gespielt. Er suchte sich eine Zwölf-Pfund-Kugel aus, die sich in seiner Hand gerade richtig anfühlte, und warf sie prompt in die linke Rinne neben der Bahn. Während er ihr nachblickte, fühlte er sich wie ein Versager. Bei der nächsten Kugel warf er sorgfältiger, aber sie traf nur drei Kegel. Ray schaffte alle Zehne. Alan traf neun Kegel und warf mit der zweiten Kugel den letzten um.

Nach dem fünften Durchgang stand das Spiel 89 für Ray, 76 für Alan und 40 für Bart. Aber er genoß den Schweiß auf seinem Rücken und den Einsatz von Muskeln, die er sonst nur selten spürte.

Er war so in das Spiel vertieft, daß er zuerst gar nicht wußte, wovon Ray sprach, als dieser unvermittelt sagte: »Das Zeug nennt sich Malglinit.«

Er blickte stirnrunzelnd hoch, als er das Fremdwort hörte, doch dann verstand er. Alan stand mit der Kugel vor der Bahn und musterte kritisch Kegel vier und sechs. Er war vollkommen darauf konzentriert.

»Aha«, sagte er.

»Es wird in zehn Zentimeter langen Stäben geliefert. Insgesamt sind es vierzig Stäbe. Jeder hat ungefähr die sechzigfache Explosionskraft eines Dynamitstabes.«

»Oh«, sagte er und hatte plötzlich ein unangenehmes Gefühl in der Magengrube. Alan warf die Kugel und sprang vor Freude in die Luft, als er beide Kegel getroffen hatte.

Er spielte, traf sieben Kegel und setzte sich wieder hin. Ray warf alle zehne. Alan ging zum Kugelgestell, hob eine Kugel auf und blickte mit gerunzelter Stirn die polierte Bahn hinunter. Er grüßte den Spieler neben sich und nahm mit vier Schritten Anlauf.

»Es sind einhundertzwanzig Meter Zündschnur dabei. Sie brauchen eine große elektrische Ladung, um die Dinger zu zünden. Wenn Sie eine Lötlampe dranhalten, schmelzen sie nur. Es – *oh, gut! Sehr gut, Al!*«

Alan hatte einen Brooklynwurf gesetzt und alle Kegel getroffen.

Er stand auf, warf zwei Pudel und setzte sich wieder. Ray setzte einmal aus.

Als Alan wieder zur Bahn ging, fuhr Ray fort: »Sie brauchen eine Menge Elektrizität, einen Akkumulator. Haben Sie so etwas?«

»Ja«, antwortete er und blickte auf seinen Spielstand. 47. Sieben Punkte mehr als sein Alter.

»Sie können die Zündschnur auseinanderschneiden und zwei Stäbe zusammenbinden, um eine Simultanexplosion zu erreichen. Haben Sie mich verstanden?«

»Ja.«

Alan warf noch mal alle zehne.

Als er zum Tisch kam, sagte Ray lachend: »Du kannst dich nicht auf den Brooklynwurf verlassen, mein Junge. Du mußt mehr nach rechts rüberwerfen.«

»Spar dir deine Ratschläge. Ich bin nur noch acht Punkte zurück.«

Er spielte, warf sechs Kegel um und setzte sich wieder. Ray schaffte wieder alle zehne. Nach der siebten Runde lag er mit 116 Punkten vorn.

Als er sich wieder setzte, fragte er: »Haben Sie noch Fragen?«

»Nein. Können wir nach dieser Runde gehen?«

»Klar. Sie würden besser spielen, wenn Sie etwas mehr üben würden. Beim Abwerfen verdrehen Sie immer die Hand, das ist Ihr Fehler.«

Alan warf seinen Brooklyn noch einmal so wie vorher, und

ließ die Sieben und die Zehn stehen. Er schnaufte verächtlich. *Als ich gekommen bin, war es genauso,* dachte er.

»Ich hab' dir doch gesagt, du sollst dich nicht auf diesen blöden Wurf verlassen«, rief Ray ihm lachend zu.

»Halt die Klappe«, brummte Alan. Er versuchte es wieder mit beiden Kegeln zugleich und warf die Kugel ins Abseits.

»Einige Leute«, sagte Ray kopfschüttelnd, »einige Leute lernen es nie. Kennen Sie das? Einige Leute sind wie vernagelt.«

Die Town Line Tavern hatte eine große rote Neonreklame. Offenbar hatten die Besitzer noch nichts von der Energiekrise gehört. Sie flackerte mit gedankenloser Zuversicht immer wieder an und aus. Darunter hing ein weißes Schild mit der Ankündigung:

HEUTE ABEND BEI UNS
DIE FABULOUS OYSTERS
DIREKT AUS BOSTON

Rechts neben dem Gebäude befand sich ein planierter Parkplatz, der mit den Wagen der Samstagnacht-Schwärmer voll besetzt war. Er fuhr die Auffahrt entlang und entdeckte, daß der Platz sich L-förmig um die Taverne zog. Hinter dem Haus waren noch einige Plätze frei. Er stellte den Wagen so ab, daß neben ihm eine freie Lücke blieb, schaltete den Motor ab und stieg aus.

Die Kälte erfaßte ihn erbarmungslos. Es war eine dieser Nächte, in denen man die Kälte erst spürt, wenn sie einem die Ohren innerhalb weniger Sekunden an der Luft taubgefroren hat. Über ihm funkelten Millionen Sterne, die in der Kälte besonders klar strahlten. Durch die Rückwand der Taverne hörte er die Fabulous Oysters ›*After Midnight*‹ spielen. Das Lied hat J. J. Cale geschrieben, dachte er und wunderte sich, wo er diese nutzlose Information aufgegabelt hatte. Es war schon erstaunlich, mit wieviel Abfall sich das menschliche Gehirn im Laufe der Zeit füllte. Er konnte sich daran erinnern, wer ›*After Midnight*‹ geschrieben hatte, aber das Gesicht seines verstorbenen Sohnes fiel ihm nicht mehr ein. Das kam ihm sehr grausam vor.

Der blaue Lieferwagen fuhr neben seinen LTD; Alan und Ray stiegen aus. Beide hatten jetzt Geschäftsmienen aufgesetzt, sie trugen dicke Handschuhe und hatten schwere Armeeparkas an.

»Sie haben das Geld dabei?« fragte Ray.

Er zog den Umschlag aus seinem Mantel und reichte ihn hinüber. Ray machte ihn auf und blätterte die Noten durch. Er schien die Summe eher zu schätzen als zu zählen.

»In Ordnung. Machen Sie den Kofferraum auf.«

Er zog die hintere Wagenklappe hoch (in den Werbeprospekten von Ford wurde sie immer die ›Magische Tür‹ genannt), und die beiden schleppten eine schwere Holzkiste herüber und stellten sie hinten im Wagen ab.

»Die Zündschnur liegt auf dem Boden«, erklärte Ray und stieß weiße Atemwolken aus der Nase. »Denken Sie daran, Sie brauchen Saft. Sonst können Sie die Dinger gleich als Geburtstagskerzen verwenden.«

»Ich werde daran denken.«

»Sie sollten mehr Bowling spielen. Sie haben einen ganz schön kräftigen Wurf.«

Sie stiegen wieder in ihren Lieferwagen und fuhren los. Ein paar Minuten später fuhr er auch weg und überließ die Fabulous Oysters ihrem Schicksal. Seine kalten Ohren prikkelten, als sie in der Heizungsluft langsam auftauten.

Zu Hause angekommen, schleppte er die Kiste hinein und öffnete den Deckel mit einem Schraubenzieher. Das Zeug sah genauso aus wie Ray es ihm beschrieben hatte, wie graue Wachskerzen. Unter den Stäben und einer doppelten Lage Zeitungspapier fand er zwei dicke weiße Zündschnurrollen. Sie wurden von weißen Plastikclips zusammengehalten, die genauso wie diejenigen aussahen, mit denen er seine Müllbeutel verschloß.

Er stellte die Kiste in den Wohnzimmerschrank und versuchte, nicht mehr an sie zu denken. Aber sie schien eine bösartige Strahlung zu verbreiten, die, ausgehend vom Schrank, nach und nach das ganze Haus erfaßte. So, als ob vor langer Zeit in dem Schrank etwas Unrechtes geschehen wäre, das jetzt langsam, aber sicher alles im Haus verdarb.

13. Januar 1974

Er fuhr in die Innenstadt und klapperte auf der Suche nach Drakes Kaffeehaus alle Straßen ab. Alte, belegte Mietshäuser standen Schulter an Schulter am Straßenrand und sahen aus, als würden sie zusammenbrechen, wenn man ihre Nachbarn entfernte. Ein Wald von Fernsehantennen auf den Dächern, die sich wie zu Berge stehende Haare gegen den Himmel abhoben. Bars, die über Mittag geschlossen waren. Ein Autowrack in der Mitte einer Seitenstraße. Es hatte keine Reifen mehr, keine Scheinwerfer und kein Chrom. Es sah aus wie ein verblichenes Kuhskelett im Tal des Todes. In der Gosse glitzerten Glasscherben. Alle Pfandhäuser und Getränkemärkte hatten Schiebegitter vor den Schaufenstern. Das haben wir von den Rassenunruhen vor acht Jahren gelernt, dachte er. Wie wir uns vor Plünderungen schützen können. Als er die Venner Street halb hinuntergefahren war, entdeckte er ein kleines Ladenfenster mit einem Schild, auf dem in altenglischen Buchstaben stand:

DROP DOWN MAMMA KAFFEEHAUS

Er parkte den Wagen, schloß ihn ab und ging hinein. Drinnen waren nur zwei Kunden, ein junger Schwarzer in einer dicken Marinewolljacke, der vor sich hindöste, und ein alter weißer Säufer, der Kaffee aus einem weißen Porzellanbecher trank. Jedesmal, wenn er den Becher zum Mund hob, zitterten seine Hände hilflos. Seine Haut war ganz gelb, und in seinen Augen flackerte ein unheimliches Licht, als wäre dieser

Mann in einem stinkenden inneren Gefängnis gefangen. Er saß zu tief drin, um je wieder herauszukommen.

Drake saß hinter der Theke am anderen Ende des Raumes neben einem kleinen Herd mit zwei Kochplatten. Auf der einen stand eine Glaskanne mit heißem Wasser, auf der anderen eine mit schwarzem Kaffee. Auf der Theke war eine ausgediente Zigarrenkiste, die etwas Kleingeld enthielt. An der Wand hingen zwei Schilder aus Pappe, die mit Kreide beschrieben waren:

SPEISEKARTE:
KAFFEE 15c
TEE 15c
SODAWASSER 25c
BALOGNA 30c
PB&J 25c
HOT DOG 35c

Auf dem anderen Schild stand:

BITTE WARTEN SIE, BIS SIE BEDIENT WERDEN!
Alle Mitarbeiter des Drop In sind FREIWILLIGE HELFER, und wenn Sie sich selbst bedienen, fühlen sie sich nutzlos und überflüssig. Bitte warten Sie, und denken Sie daran, daß
GOTT SIE LIEBT!

Drake blickte von seiner Zeitschrift, einem zerfledderten *National Lampoon*, auf, und einen Augenblick lang legte sich ein Schatten über seine Augen, als ginge er mit einem geistigen Finger eine Namensliste in seiner Erinnerung durch, bis er auf den richtigen traf. Dann sagte er: »Mr. Dawes. Wie geht es Ihnen?«

»Danke, gut. Kann ich eine Tasse Kaffee haben?«

»Natürlich.« Er nahm einen der dicken Porzellanbecher von der aufgestapelten Pyramide hinter sich und goß Kaffee hinein. »Milch?«

»Ich trinke ihn schwarz.« Er gab Drake eine Vierteldollar und erhielt ein Zehncentstück aus der Zigarrenkiste zurück.

»Ich wollte Ihnen noch einmal für neulich nacht danken, und ich möchte Ihnen eine Spende geben.«

»Sie haben mir nichts zu danken.«

»O doch. Auf der Party habe ich mich ziemlich schlecht benommen.«

»Das kann bei synthetischen Drogen passieren. Nicht immer, aber manchmal. Letzten Sommer haben ein paar Jungen einen Freund hergebracht, der im Stadtpark LSD genommen hatte. Der Junge hatte einen Schreikrampf, weil er glaubte, daß die Tauben hinter ihm her seien, um ihn aufzufressen. Klingt wie eine *Reader's Digest*-Horrorstory, nicht wahr?«

»Das Madchen, von dem ich das Meskalin hatte, hat mir erzählt, daß sie eines Tages eine Hand aus dem Abflußrohr in ihrer Küche gezogen hätte. Hinterher wußte sie nicht mehr, ob es wirklich so gewesen war oder nicht.«

»Wer war sie?«

»Das weiß ich nicht«, antwortete er wahrheitsgemäß. »Aber egal, hier.« Er legte einen Packen Geldscheine neben die Zigarrenkiste auf die Theke.

Drake betrachtete sie stirnrunzelnd, ohne sie zu berühren.

»Es ist für das Kaffeehaus«, erklärte er. Ihm war klar, daß Drake das wußte, aber er konnte sein Schweigen nicht ertragen.

Drake löste das Gummiband, mit dem die Banknoten zusammengebunden waren, indem er sie mit der linken Hand festhielt und mit der vernarbten Rechten umständlich herumhantierte. Dann lege er das Gummiband zur Seite und zählte die Scheine langsam.

»Das sind fünftausend Dollar«, sagte er.

»Ja.«

»Wären Sie beleidigt, wenn ich Sie fragen würde, woher...«

»...ich es habe? Nein, ich wäre nicht beleidigt. Ich habe mein Haus an die Stadt verkauft. Sie wollen die Straße direkt hindurchbauen.«

»Und Ihre Frau ist damit einverstanden?«

»Meine Frau hat in dieser Angelegenheit nichts zu sagen.

Wir leben getrennt und werden bald geschieden. Sie hat die Hälfte des Geldes bekommen und kann damit machen, was sie für richtig hält.«

»Ich verstehe.«

Der alte Säufer fing an zu summen. Es war keine Melodie, sondern einfach nur ein Summen.

Drake tippte mit seinem rechten Zeigefinger auf die Geldscheine und betrachtete sie nachdenklich. Sie bogen sich an den Rändern hoch, weil sie zusammengerollt gewesen waren. Schließlich sagte er: »Das kann ich nicht annehmen.«

»Warum nicht?«

»Erinnern Sie sich noch daran, worüber wir gesprochen haben?«

Er erinnerte sich. »Ich habe in der Richtung keine Pläne.«

»Ich glaube doch. Ein Mann, der mit beiden Füßen auf dem Boden steht, gibt so viel Geld nicht einfach aus einer Laune heraus weg.«

»Das ist keine Laune«, widersprach er fest.

Drake musterte ihn scharf. »Wie würden Sie es dann nennen? Eine Zufallsbekanntschaft?«

»Himmel, ich hab' schon Leuten Geld gegeben, die ich nie in meinem Leben gesehen habe. Der Krebsforschung. Dem Kinderhilfswerk. Einer Muskelschwundklinik in Boston. Ich bin noch nicht einmal in Boston gewesen.«

»So große Summen?«

»Nein.«

»Und noch dazu in bar, Mr. Dawes. Ein Mann, der für sein Geld noch Verwendung hat, will es nicht sehen, wenn er es ausgibt. Er bezahlt mit Schecks oder unterschreibt irgendwelche Papiere. Selbst beim Pokerspielen benutzt er Chips. Es ist sozusagen symbolischer. Ein Mann, der in unserer Gesellschaft keine Verwendung für sein Geld mehr hat, hat auch keine Verwendung mehr für sein Leben.«

»Das ist eine verdammt materialistische Einstellung für einen...«

»Einen Priester? Ich bin kein Priester mehr. Nicht mehr, seitdem das hier passiert ist.« Er hielt seine vernarbte rechte

Hand in die Höhe. »Soll ich Ihnen sagen, wie ich das Geld zusammenbringe, um das Kaffeehaus in Gang zu halten? Wir sind für diese Schaufensteraktionen der öffentlichen Wohltätigkeit zu spät gekommen. Für den sozialen Staatsfond genauso wie für die städtische Förderung. Die Leute, die hier arbeiten, sind nicht mehr berufstätig. Alte Leute, die die Kinder, die hierherkommen, zwar nicht verstehen, die aber auch nicht einfach nur ein Gesicht sein wollen, das sich im dritten Stock aus dem Fenster lehnt und den ganzen Tag die Straße beobachtet. Ich hab' hier ein paar Jugendliche auf Bewährung, die für jeden Freitag und Sonnabend eine Band aufgabeln. Die Bands spielen umsonst, aber sie haben so die Möglichkeit, sich der Öffentlichkeit vorzustellen. Wir lassen dann den Hut rumgehen. Aber die meisten Moneten kommen von den Reichen, den oberen Zehntausend. Ich gehe auf Tour, halte meine Reden auf den Teegesellschaften der reichen Ladys. Ich erzähle ihnen von den Kindern auf der Straße und den Rauschgiftsüchtigen, die nachts unter den Brücken schlafen und sich Lagerfeuer aus Zeitungspapier anzünden, um im Winter nicht zu erfrieren. Ich berichte ihnen von dem fünfzehnjährigen Mädchen, das schon seit 1971 auf der Straße lebt und eines Tages zu mir kam. Sie hatte dicke weiße Läuse auf dem ganzen Kopf und in ihrem Schamhaar. Ich erzähle ihnen von der Verbreitung der Geschlechtskrankheiten in Norton und von den Fischern. Das sind Männer, die sich in den Busbahnhöfen rumtreiben und Jungen auflesen, die von zu Hause weggelaufen sind und die sie dann als Strichjungen anheuern. Ich beschreibe ihnen genau, wie diese Jungen in den Kinotoiletten für zehn Dollar Männer mit dem Mund befriedigen. Wenn sie versprechen, den Samen zu schlucken, bekommen sie fünfzehn Dollar. Fünfzig Prozent sind für sie, fünfzig Prozent kriegen ihre Zuhälter. Und diese Frauen bekommen ganz nasse Augen und schmelzen dahin, und ich wette, ihre Schenkel werden ganz feucht und schlüpfrig, aber sie werden spendabel, und das ist die Hauptsache. Manchmal kann man sich an eine ranhängen, und es kommt mehr dabei heraus als nur eine Zehndollarspende.

Sie lädt dich dann zum Abendessen in ihr Haus in Crescent ein, stellt dich ihrer Familie vor und bittet dich, das Dankgebet zu sprechen, sobald das Hausmädchen den ersten Gang aufgetragen hat. Und du betest, egal wie bitter dir die Worte im Mund schmecken, und du streichst dem Kind des Hauses über den Kopf – es ist immer bloß ein Kind da, Mr. Dawes, nur eines. Sie vermehren sich nicht so wie die lästigen Kaninchen hier in Norton, die den ganzen Stall voller Kinder haben. – Und dann sagst du, was für einen prachtvollen jungen Mann wir doch da haben oder was für ein hübsches Mädchen, und wenn du Glück hast, hat die Lady ihre Freundinnen aus dem Bridgeclub oder aus dem Countryclub eingeladen, um sich so einen komischen Straßenpriester einmal anzusehen, der mit größter Wahrscheinlichkeit die Radikalen unterstützt und den Schwarzen Panthern und der Arabischen Befreiungsfront Gewehre liefert. Sie wollen sehen, wie er seine Pater-Brown-Rolle spielt, vielleicht noch ein bißchen vom alten Blarney hinzufügt und lächelt, bis ihm das Gesicht weh tut. Das Ganze nennt sich ›am Geldbaum schütteln‹, und es passiert in der vornehmsten Umgebung, aber wenn du nach Hause kommst, hast du das Gefühl, du hättest selbst den ganzen Tag in einer Kinotoilette gekniet und den hochangesehenen Geschäftsmännern den Schwanz geblasen. Aber was soll's, das gehört zu meinem Spiel. Es ist ein Teil von meiner ›Buße‹, wenn Sie mir das Wort verzeihen wollen, aber meine Buße umfaßt keine Nekrophilie. Und ich habe das Gefühl, Mr. Dawes, daß Sie mir genau das anbieten. Deshalb muß ich Ihr Geld ablehnen.«

»Wofür büßen Sie?«

»Das«, antwortete Drake mit einem verzerrten Lächeln, »ist eine Sache zwischen mir und Gott.«

»Warum wählen Sie dann diese Finanzierungsmethode, wenn sie Sie so sehr abstößt? Warum holen Sie nicht einfach...«

»Ich mache es so, weil mir nichts anderes übrigbleibt. Ich bin ein Gefangener.«

Mit einem plötzlichen, fürchterlichen Gefühl der Verzweiflung merkte er, daß Drake ihm gerade erklärt hatte, warum er hier arbeitete, warum er das alles tat.

»Geht es Ihnen gut, Mr. Dawes? Sie sehen ein bißchen...«

»Mir fehlt nichts. Ich wünsche Ihnen viel Glück, selbst wenn Sie so nichts erreichen werden.«

»Ich mache mir keine Illusionen«, sagte Drake und lächelte. »Sie sollten sich noch einmal besinnen... und nichts Dramatisches unternehmen. Es gibt Alternativen.«

»Gibt es die?« fragte er lächelnd zurück. »Machen Sie den Laden dicht. Gehen Sie mit mir raus, und wir beide machen zusammen ein Geschäft auf. Das ist ein ernsthafter Vorschlag.«

»Sie wollen mich auf den Arm nehmen.«

»Nein«, antwortete er. »Aber vielleicht gibt es da jemanden, der uns beide auf den Arm genommen hat.« Mit diesen Worten ergriff er die Geldscheine und rollte sie wieder fest zusammen. Der Junge in der Wolljacke war eingeschlafen. Der alte Säufer hatte seinen halbvollen Becher auf den Tisch gestellt und betrachtete ihn mit leerem Blick. Er summte immer noch vor sich hin. Als er an ihm vorbeiging, ließ er die Geldrolle in den Kaffeebecher fallen. Braune Brühe spritzte auf die Tischplatte. Mit schnellen Schritten verließ er das Kaffeehaus und schloß den Wagen auf. Insgeheim hoffte er, daß Drake ihm folgen würde, um zu protestieren, vielleicht, um ihn zu retten. Aber Drake kam nicht heraus. Vielleicht erwartete er von ihm, daß er zurückkäme und sich selbst rettete.

Aber er stieg in seinen Wagen und fuhr weg.

14. Januar 1974

Er fuhr in die Stadt und kaufte sich bei Sears eine Autobatterie und ein paar Starthilfekabel. Auf der Seite der Batterie stand mit gehöhten Plastikbuchstaben:

EIN ZÄHER BURSCHE

Als er wieder nach Hause kam, stellte er sie zu der Holzkiste im Wohnzimmerschrank. Er versuchte sich auszumalen, was wohl passieren würde, wenn die Polizei mit einem Hausdurchsuchungsbefehl hier auftauchte. Waffen in der Garage, Sprengstoff im Wohnzimmerschrank und eine Unsumme von Geld im Bierkrug auf dem Küchenregal. B. G. Dawes, der verzweifelte Revolutionär. Geheimagent X-9, von einem ausländischen Kartell beschäftigt, das zu geheim ist, um hier genannt zu werden. Er hatte ein *Reader's Digest*-Abonnement, und die Hefte waren voll von solchen Geschichten und von den endlosen Kreuzzügen: die Anti-Raucher-Kampagne, die Anti-Pornographie-Kampagne, die Anti-Kriminalitäts-Kampagne. Die Geschichten waren viel spannender, wenn der erwähnte Spion einer aus der Nachbarschaft in der Vorstadt, also *einer von uns* war. KGB-Agenten in Willmette oder Des Moines, die in den Drugstore-Leihbibliotheken Mikrofilme austauschten, in Autokinos den gewaltsamen Umsturz der Republik planten und ihre Big Macs mit einem hohlen Zahn kauten, in dem sie Blausäure aufbewahrten.

Ja, ein Hausdurchsuchungsbefehl, und sie würden ihn kreuzigen. Aber er hatte keine Angst mehr. Dazu waren die Dinge schon zu weit fortgeschritten.

15. Januar 1974

»Sagen Sie mir, was Sie wollen«, sagte Magliore müde.

Draußen regnete und schneite es zugleich; es wa ein grauer, trüber Tag. Ein Tag, an dem die Stadtbusse, wenn sie aus den verhangenen Nebelwolken auftauchten und eine Menge Wasser und Matsch hochspritzten, wie bösartige Ungeheuer aus den Fantasien eines manisch-depressiven Menschen wirkten. Ein Tag, an dem einem allein die Tatsache, daß man am Leben war, etwas psychopathisch vorkam.

»Mein Haus? Meinen Wagen? Meine Frau? Sie können alles haben, Dawes, wenn Sie mich nur meine letzten Jahre in Ruhe und Frieden lassen.«

»Sehen Sie«, antwortete er verlegen. »Ich weiß, daß ich eine Plage bin.«

»Er weiß, daß er eine Plage ist«, sagte Magliore zu den Wänden. Er hob seine Hände und ließ sie auf seine dicken Oberschenkel fallen. »Warum, in Gottes Namen, hören Sie denn nicht endlich auf damit?«

»Es ist meine letzte Bitte.«

Magliore verdrehte die Augen. »Das wäre zu schön«, erzahlte er den Wänden. »Und? Was ist es?«

Er zog ein Bündel Geldscheine aus der Tasche und sagte: »Ich habe hier achtzehntausend Dollar. Dreitausend sind für Sie. Ein Finderlohn.«

»Und was soll ich für Sie finden?«

»Ein Mädchen in Las Vegas.«

»Sind die fünfzehntausend für sie?«

»Ja. Ich möchte, daß Sie sie in einem von Ihren Geschäften investieren, gut investieren, und ihr die Dividenden zukommen lassen.«

»Sollen es die legalen Geschäfte sein?«

»Etwas, bei dem große Dividenden rausspringen. Ich verlasse mich da ganz auf Ihr Urteil.«

»Er verläßt sich auf mein Urteil«, informierte Magliore die Wände. »Vegas ist eine große Stadt, Mr. Dawes. Es gibt dort eine Menge Durchreisende.«

»Haben Sie keine Kontakte dort?«

»Zufällig habe ich die. Aber wenn es sich um ein halbbakkenes Hippiemädchen handelt, das schon längst nach San Francisco oder Denver abgehauen ist...«

»Sie heißt Olivia Brenner. Ich glaube, daß sie sich immer noch in Las Vegas aufhält. Sie hat zuletzt in einem Schnellimbißrestaurant gearbeitet...«

»Wovon es in Las Vegas mindestens eine Million gibt«, unterbrach Magliore ihn. »Jesus! Maria! Und Joseph, der Zimmermann!«

»Sie hat zusammen mit einem anderen Mädchen eine Wohnung. Jedenfalls war es so, als ich das letzte Mal mit ihr gesprochen habe. Ich weiß aber nicht wo. Sie ist ungefähr einen Meter zweiundsiebzig groß, hatte dunkles Haar und grüne Augen. Gute Figur. Sie ist zwanzig Jahre alt, jedenfalls hat sie das gesagt.«

»Und wenn ich diese Bombenfigur nun nicht finde?«

»Dann investieren Sie das Geld trotzdem und behalten die Dividenden selbst. Nehmen Sie es als Belästigungsgeld.«

»Woher wollen Sie wissen, daß ich das nicht sowieso tue?«

Er stand auf und ließ das Geld liegen. »Das kann ich wohl nicht wissen. Aber Sie haben ein ehrliches Gesicht.«

»Hören Sie«, sagte Magliore, »ich werde Sie nicht reinlegen. Sie sind ein Mann, der schon zu oft reingelegt worden ist. Aber mir gefällt die Sache nicht. Es kommt mir so vor, als hätten Sie mich zu Ihrem Testamentsvollstrecker gemacht, der Ihren verdammten letzten Willen ausführen soll.«

»Sagen Sie nein, wenn's nicht geht.«

»Nein, nein, nein. Sie haben mich nicht verstanden. Wenn sie immer noch unter dem Namen Olivia Brenner in Las Vegas lebt, werde ich sie finden, und drei Riesen sind ein faires Angebot. Es schadet mir in keiner Weise, egal wie die Sache läuft. Aber Sie sind mir unheimlich, Mr. Dawes. Sie sind wirklich festgefahren.«

»Ja.«

Magliore runzelte die Stirn und blickte nachdenklich auf die Fotos von seiner Frau, seinen Kindern und sich unter der Glasplatte auf seinem Schreibtisch.

»In Ordnung«, sagte er schließlich. »Dieses letzte Mal tue ich es, Mr. Dawes. Aber dann ist Schluß. Danach werde ich mich einfach weigern. Wenn ich Sie je wieder sehen oder am Telefon mit Ihnen sprechen sollte, habe ich Sie vergessen. Das meine ich ernst. Ich hab' genug Probleme, auch ohne mich ständig um Ihre zu kümmern.«

»Diese Bedingung akzeptiere ich.«

Er streckte seine Hand aus, unsicher, ob Magliore sie ergreifen würde, doch Magliore schüttelte sie.

»Ich begreife Sie nicht«, sagte Magliore. »Warum sollte ich einen Kerl wie Sie mögen, der für mich absolut keinen Sinn ergibt?«
»Es ist eine sinnlose Welt«, antwortete er. »Wenn Sie daran zweifeln, denken Sie einfach an Mr. Piazzis Hund.«
»Ich denke oft an ihn«, erwiderte Magliore.

16. Januar 1974

Er brachte den braunen Umschlag mit dem Scheckbuch zum Briefkasten an der Straßenecke und warf ihn hinein. An diesem Abend ging er ins Kino und sah sich den *Exorzisten* an, weil Max von Sydow in dem Film mitspielte und er Max von Sydow schon immer bewundert hatte. In einer Filmszene kotzte ein kleines Mädchen einem katholischen Priester direkt ins Gesicht. Einige Leute in den hinteren Reihen lachten und applaudierten.

17. Januar 1974

Mary rief ihn an. Sie klang auf absurde Weise erleichtert, ja richtig fröhlich, und das machte alles viel leichter.
»Du hast das Haus verkauft«, stellte sie fest.
»Richtig.«
»Aber du wohnst immer noch dort.«
»Nur noch bis Sonnabend. Ich hab' mir ein großes Bauernhaus auf dem Land gemietet. Ich werd' erst mal rausziehen und versuchen, wieder zu mir selbst zu kommen.«
»Oh, Bart, das ist wunderbar. Ich bin so froh.« Ihm wurde plötzlich klar, warum alles so einfach war. Ihre Fröhlichkeit war nur aufgesetzt. Sie war weder froh noch unglücklich. Sie hatte aufgegeben. »Und das Scheckbuch...«
»Ja?«

»Du hast das Geld genau geteilt, nicht wahr?«

»Ja, das habe ich. Wenn du es nachprüfen willst, kannst du Fenner anrufen.«

»Nein. Oh, nein, *das* habe ich nicht gemeint.« Er konnte fast sehen, wie sie abwehrend die Hände hob. »Ich wollte fragen... weil du das Geld so geteilt hast... bedeutet das...«

Sie verstummte bedeutungsvoll, und er dachte: *Aua, du Hexe, jetzt hast du mich erwischt. Volltreffer.*

»Ja, ich glaube, das bedeutet es«, antwortete er. »Die Scheidung.«

»Hast du daran gedacht?« fragte sie mit ernster Stimme. Es klang unecht. »Hast du *wirklich*...«

»Ich habe sehr viel darüber nachgedacht.«

»Ich auch. Es scheint das einzige zu sein, was wir noch tun können. Aber ich habe nichts gegen dich, Bart. Ich bin dir nicht böse.«

Mein Gott, sie hat all die billigen Romane gelesen. Als nächstes sagt sie mir, daß sie wieder aufs College gehen will. Seine Bitterkeit überraschte ihn. Er hätte gedacht, daß er schon längst darüber hinaus wäre.

»Was wirst du jetzt tun?«

»Ich werde wieder aufs College gehen«, antwortete sie, und jetzt klang ihre Stimme nicht mehr unecht, sondern aufgeregt und hell. »Ich habe meine alten Schulsachen ausgegraben; sie lagen immer noch zusammen mit meinen alten Kleidern auf Mutters Dachboden. Weißt du, daß ich nur noch drei oder vier Scheine für mein Diplom brauche, Bart? Das dauert kaum länger als ein Jahr!«

Er stellte sich vor, wie Mary auf dem Dachboden ihrer Mutter in den alten Sachen rumgekramt hatte, und das Bild überlagerte sich mit der eigenen Vorstellung, wie er verwirrt und unglücklich vor Charlies Kleidern gesessen hatte. Er verdrängte die Bilder.

»Bart? Bist du noch da?«

»Ja. Ich freue mich, daß dich dein Alleinsein so ausfüllt.«

»Bart«, sagte sie vorwurfsvoll.

Er hatte jetzt keinen Grund mehr, sie anzuschnauzen oder

zu verärgern oder ihr ein schlechtes Gewissen zu machen. Dazu war es zu spät. Mr. Piazzis Hund hatte zugebissen und suchte ein neues Opfer. Den Gedanken fand er komisch, und er kicherte.

»Bart, weinst du?« Sie klang zärtlich. Unecht, aber zärtlich.

»Nein«, antwortete er tapfer.

»Bart, kann ich irgend etwas für dich tun? Wenn ja, dann möchte ich dir gerne helfen.«

»Nein. Ich glaube, es kommt jetzt alles wieder in Ordnung. Und ich bin froh, daß du wieder aufs College gehst. Hör mal, diese Scheidung – wer soll sie einreichen? Du oder ich?«

»Ich glaube, es wäre besser, wenn ich das tue«, antwortete sie zögernd.

»Ja, ist gut.«

Eine Pause entstand. Plötzlich platzte sie in die Stille hinein, als wären die Worte ihr ohne ihr Wissen oder ihre Zustimmung entschlüpft: »Hast du mit einer anderen Frau geschlafen, seitdem ich dich verlassen habe?«

Er ließ sich die Frage durch den Kopf gehen und überdachte die verschiedenen Antworten: die Wahrheit, ein Lüge oder eine ausweichende Bemerkung, die sie in der kommenden Nacht nicht schlafen lassen würde.

»Nein«, antwortete er vorsichtig und fügte dann schnell hinzu: »Und du?«

»Natürlich nicht«, entgegnete sie, und es gelang ihr, dabei gleichzeitig schockiert und erfreut zu klingen. »So etwas würde ich nicht tun.«

»Letztendlich wohl doch.«

»Laß uns nicht über Sex reden, Bart.«

»Einverstanden«, sagte er bereitwillig, obwohl sie das Thema angeschnitten hatte. Er suchte angestrengt nach einer liebevollen Bemerkung. Er wollte ihr etwas Nettes sagen, an das sie sich erinnern sollte. Aber ihm fiel partout nichts ein, und außerdem war ihm gar nicht so klar, warum sie sich überhaupt an ihn erinnern sollte, so, wie die Dinge nun mal standen. Sie hatten ein paar gute Jahre zusammen verbracht. Es mußte so gewesen sein, denn er konnte sich nicht an viele

Dinge erinnern, die während ihrer Ehe passiert waren. Abgesehen vielleicht von dieser verrückten Fernsehwette.

Plötzlich hörte er sich sagen: »Erinnerst du dich noch an den Tag, an dem wir Charlie zum ersten Mal in den Kindergarten gebracht haben?«

»Ja. Er hat geweint, und du wolltest ihn wieder mit nach Hause nehmen. Du wolltest ihn nie loslassen, Bart.«

»Und du hast es getan.«

Sie stritt seine Behauptung in einem leicht verletzten Tonfall ab, aber er konnte sich noch sehr genau an die Szene erinnern. Die Frau, die den Kindergarten leitete, war eine Mrs. Ricker. Sie hatte ein Staatsdiplom, und sie servierte allen Kindern ein warmes Mittagessen, bevor sie sie um ein Uhr wieder nach Hause schickte. Die Kindergartenräume befanden sich in einem renovierten Kellergeschoß, und er kam sich wie ein Verräter vor, als sie Charlie zwischen sich die Treppe hinunterführten. Wie ein Bauer hatte er sich gefühlt, der seine Kuh streichelt und sie beruhigt, während er sie zur Schlachtbank führt. Sein Charlie war ein wunderschöner Junge gewesen. Blonde Haare, die später etwas dunkler wurden, blaue, wachsame Augen und geschickte Hände, mit denen er schon als kleines Kind viel anfangen konnte. Und da stand er nun stocksteif zwischen ihnen auf der untersten Treppenstufe und beobachtete die anderen Kinder, die durcheinanderschrien und rumrannten, Papier bekritzelten und mit stumpfen Scheren farbige Kartons ausschnitten. Und es waren *so viele*. Charlie hatte nie verletzlicher ausgesehen als in dem Augenblick, als er die anderen Kinder anstarrte. Es war weder Angst noch Freude in seinen Augen gewesen, nur diese Wachsamkeit, dieses Gefühl, ein *Außenseiter* zu sein, und er hatte sich nie so sehr als der Vater seines Sohnes empfunden wie in diesem Augenblick. Nie hatte er sich Charlie so nahe gefühlt. Dann war diese Mrs. Ricker auf sie zugekommen und hatte mit dem Lächeln eines Barrakudas zu ihm gesagt: »Wir werden hier viel Spaß miteinander haben, Chuck.« Woraufhin er am liebsten aufgeschrien hätte: »Das ist nicht sein Name!« Als sie dann ihre Hand nach ihm ausstreckte und Charlie sie nicht nahm, sondern sie nur anblickte, hatte sie einfach seine Hand genommen und ihn mit sich zu den anderen Kindern gezogen. Bereitwillig war Charlie zwei Schritte mitgegangen, doch dann war er stehengeblieben und hatte sich nach ihnen umgeblickt. »Gehen Sie nur«, hatte Mrs. Ricker mt ruhiger Stimme zu ihnen gesagt. »Er wird sich hier schon zurechtfinden.« Und dann hatte Mary ihn angestoßen und: »Nun komm schon, Bart!« zu ihm sagen müssen, denn er stand wie angewurzelt da und sah seinem Sohn in die Augen, deren Botschaft er nur allzu gut verstand: *Wirst du ihnen wirklich erlauben, mir das anzutun, George?* Und seine Augen hatten ihm geantwortet: *Ich glaube, das werde ich, Freddy.* Dann waren Mary und er die Treppe wieder hinaufgestiegen und hatten ihrem Sohn den Rücken gekehrt. Das war das Furchterlichste, was man einem Kind in so einem Augenblick antun konnte, und Charlie hatte angefangen zu heulen. Aber Mary hatte nicht einmal gezögert, denn die Liebe einer Frau ist eigenartig und grausam und fast immer sehr scharfsichtig. Eine Liebe die voraussieht, ist immer entsetzlich. Mary wußte, daß Weggehen das einzig Richtige sei, und so war sie gegangen und hatte sein Geschrei als einen weiteren Teil seiner kindlichen Entwicklung überhört. Es gehörte dazu wie Bauchschmerzen und aufgeschürfte Knie. Doch er hatte einen scharfen Schmerz in seiner Brust gespürt, so stark, daß er ihn fast für einen Herzinfarkt gehalten hatte, aber bald darauf war er einfach verschwunden. Er war erschüttert und unfähig, sich den Schmerz zu erklären, aber heute wußte er, daß es sich um einen ganz prosaischen Abschied gehandelt hatte. Die Rücken von den Eltern waren nicht das Schlimmste auf dieser Welt. Viel schlimmer war die Geschwindigkeit, mit der die Kinder sich aus eigenem Antrieb abkehrten und sich ihren eigenen Angelegenheiten zuwandten – dem Spielen, dem neuen Puzzle, ihrem neuen Freund und schließlich ihrem Tod. Das waren die schrecklichsten Dinge, wie er in der Zwischenzeit erfahren hatte. Charlie hatte schon lange, bevor er krank wurde, zu sterben angefangen. Und es hatte keine Möglichkeit gegeben, dem Einhalt zu gebieten.

»Bart?« fragte sie jetzt. »Bist du noch da, Bart?«

»Ja, ich bin hier.«

»Was hast du davon, die ganze Zeit über Charlie nachzudenken? Es wird dich noch zerfressen. Du bist sein Gefangener.«

»Aber du bist frei«, erwiderte er. »Ja, das bist du.«

»Soll ich nächste Woche zum Rechtsanwalt gehen?«

»In Ordnung.«

»Es wird keine häßlichen Szenen geben, nicht wahr, Bart?«

»Nein, es wird sehr zivilisiert vor sich gehen.«

»Und du wirst deine Meinung nicht ändern und irgendwie Einspruch erheben?«

»Nein.«

»Ich... ich werde dich wieder anrufen.«

»Du hast gewußt, daß es Zeit war, ihn allein zu lassen, und du hast es getan. Ich wünschte bei Gott, ich hätte deinen Instinkt gehabt.«

»Was?«

»Nichts. Auf Wiedersehen, Mary. Ich liebe dich.« Er stellte fest, daß er das erst gesagt hatte, nachdem der Hörer schon wieder auf der Gabel lag. Er hatte es ganz automatisch gesagt, ohne Gefühle oder besondere Betonung. Aber es war kein schlechtes Ende. Nein, das war es ganz und gar nicht.

18. Januar 1974

Die Stimme der Sekretärin fragte ihn: »Wen darf ich melden?«

»Bart Dawes.«

»Einen Augenblick bitte.«

»Ja, danke.«

Sie schaltete die Leitung um, und er stand mit dem Hörer am Ohr wartend da, tippte mit einem Fuß auf den Boden und blickte durch das Fenster auf die Geisterstadt an der Crestallen Street hinaus. Es war ein strahlend klarer, aber sehr kalter Tag. Die Temperaturen bewegten sich um fünf Grad herum, aber es blies ein kalter Wind, so daß man das Gefühl hatte, es wären fünf Grad minus. Der Wind trieb Schnee über die Straße auf das Haus der Hobarts zu, das in brütendem Schweigen an der Straße stand. Eine leere Hülle, die auf den Abbruchkran wartete. Sie hatten sogar die Fensterläden mitgenommen.

Ein Klicken in der Leitung, und er hörte Steve Ordners Stimme: »Hallo, Bart, wie geht es Ihnen?«

»Gut.«

»Was kann ich für Sie tun?«

»Ich habe nur angerufen, weil ich wissen wollte, was mit der Wäscherei passiert ist«, antwortete er. »Was hat die Gesellschaft denn nun in bezug auf den Umzug beschlossen?«

Ordner seufzte und sagte dann mit gutwilliger, aber reservierter Stimme: »Dazu ist es doch wohl ein wenig zu spät, oder?«

»Ich habe Sie nicht angerufen, um mich von Ihnen in die Pfanne hauen zu lassen, Steve.«

»Warum nicht? Schließlich habe Sie uns ja alle damit in die Pfanne gehauen. Aber vergessen wir das. Der Aufsichtsrat hat beschlossen, daß wir uns ganz aus dem industriellen Wäschereigeschäft zurückziehen. Die Waschsalons bleiben natürlich, sie laufen sehr gut. Wir werden den Namen der Kette ändern. In Zukunft heißt sie Handi-Wash. Wie finden Sie das?«

»Schrecklich«, antwortete er abweisend. »Warum schmeißen Sie Vinnie Mason nicht raus?«

»Vinnie?« fragte Ordner überrascht. »Vinnie macht seine Arbeit ausgezeichnet. Er entwickelt sich zu einem richtigen Mogul. Ich muß schon sagen, soviel Bitterkeit hätte ich bei Ihnen ...«

»Na, hören Sie mal, Steve. Vinnies Job hat nicht mehr Zukunft als der Luftschacht einer Mietskaserne. Geben Sie ihm etwas, das sich für ihn wirklich lohnt, oder lassen Sie ihn gehen.«

»Ich glaube kaum, daß Sie das etwas angeht, Bart.«

»Sie haben ihm ein totes Hühnchen um den Hals gehängt; er hat es nur noch nicht bemerkt, weil es noch nicht angefangen hat zu faulen. Er hält es immer noch für sein Abendessen.«

»Soweit ich gehört habe, hat er Sie kurz vor Weihnachten ein wenig zusammengeschlagen.«

»Ich habe ihm die Wahrheit gesagt, und das hat ihm nicht gefallen.«

»Wahrheit ist ein sehr dehnbarer Begriff, Bart. Das sollten Sie doch wohl besser wissen als jeder andere, nach all den Lügen, die Sie mir aufgetischt haben.«

»Das ärgert Sie wohl immer noch, was?«

»Wenn man plötzlich entdecken muß, daß der Mann, den man für einen guten Angestellten gehalten hat, voller Scheiße steckt, ist es nur natürlich, daß einen das ärgert. Ja.«

»Daß einen das ärgert«, wiederholte er. »Wissen Sie was, Steve? Sie sind der einzige Mensch, den ich in meinem Leben kennengelernt habe, der sich so ausdrückt. Daß einen das ärgert! Das klingt so, als bekämen Sie Ihre Sprache in der Konservendose geliefert.«

»Sonst noch etwas, Bart?«

»Nein, eigentlich nicht. Ich wünschte, Sie würden Vinnie nicht mehr reinlegen. Er ist ein guter Mann. Sie verheizen ihn, und das wissen Sie verdammt genau.«

»Ich wiederhole es noch einmal: Warum sollte ich Vinnie ›reinlegen‹?«

»Weil Sie mich nicht in die Finger kriegen.«

»Sie leiden an Verfolgungswahn, Bart. Ich habe kein Verlangen danach, Ihnen etwas anzutun. Ich will Sie nur vergessen.«

»Ist das der Grund, warum Sie mich überprüfen lassen? Warum Sie nachfragen, ob ich meine Privatwäsche auf Geschäftskosten erledigt hätte oder Sonderverträge mit einigen Motels abgeschlossen hätte? Soweit ich gehört habe, haben

Sie sogar die Kassenbons der letzten fünf Jahre untersuchen lassen.«

»Wer hat Ihnen das gesagt?« bellte Ordner los. Er klang erschrocken, aus dem Gleichgewicht geworfen.

»Jemand aus Ihrer Organisation«, log er fröhlich. »Jemand, der Sie nicht ausstehen kann. Jemand, der die Kugel noch gerade rechtzeitig vor der nächsten Aufsichtsratssitzung ins Rollen bringen könnte.«

»Wer?«

»Wiederhören, Steve. Denken Sie über Vinnie Mason nach, und ich werde mir darüber Gedanken machen, mit wem ich als nächstes spreche – oder auch nicht.«

»Verdammt noch mal, hängen Sie nicht einfach ein! Hören Sie...«

Er legte auf und grinste. Dann hatte also selbst Steve Ordner seinen sprichwörtlichen Dreck am Stecken. An wen erinnerte ihn dieser Kerl eigentlich? Stahlkugeln. Geklaute Erdbeereiscreme. Herman Wouk. Captain Queeg. Ja genau, der war's. Humphrey Bogart hatte ihn in dem Film gespielt. Er lachte laut heraus und sang:

»Wir brauchen alle jemanden zum Aus-Queeg-en,
Und wenn du Lust hast, dann Queeg dich doch einfach
bei mir aus.«

Ja, ja, es stimmt, ich bin verrückt, dachte er und lachte weiter. Aber das scheint gewisse Vorteile zu haben. Ihm kam der Gedanke, daß das beste Anzeichen für Verrücktheit wohl ein Mann ist, der ganz allein in einem leeren Haus an einer Straße voller leerer Häuser steht und in die tödliche Stille hineinlacht. Aber der Gedanke konnte seine gute Laune nicht trüben. Er lachte sogar noch lauter, stand neben dem Telefon, schüttelte den Kopf und grinste.

Nach dem Dunkelwerden ging er in die Garage und holte die Gewehre ins Haus. Vorsichtig lud er die Magnum, nachdem er die Anleitung sorgfältig durchgelesen und die Pistole ein paarmal ohne Ladung abgeschossen hatte. Die Rolling Stones dröhnten laut aus der Stereoanlage, sie besangen den *Midnight Rambler*. Er konnte es einfach nicht fassen, wie toll er diese Platte fand. Schon kam er sich selbst wie so ein Mitternachtswanderer vor, Barton George Dawes, nächtlicher Herumtreiber, Besuche nur nach Vereinbarung.

Die 460 Weatherbee faßte acht Patronen, die so groß wirkten, als würden sie in eine mittlere Haubitze passen. Nachdem er das Gewehr geladen hatte, betrachtete er es neugierig und fragte sich, ob es tatsächlich so gewaltig schoß, wie *Dirty Harry* Swinnerton behauptet hatte. Er beschloß, ganz einfach hinauszugehen und es auszuprobieren. Wer wohnte noch an der Crestallen Street, der die Polizei von nächtlichen Gewehrschüssen informieren würde?

Er zog sich seine Jacke über und stand schon an der Hintertür in der Küche, als er noch einmal umkehrte und sich ein kleines Sofakissen aus dem Wohnzimmer holte. Dann ging er nach draußen und schaltete die 200-Watt-Gartenbeleuchtung ein, die Mary und er im Sommer bei ihren Grillpartys immer benutzt hatten. Hier draußen lag der Schnee genau so, wie er ihn sich vor einer Woche vorgestellt hatte – unberührt, vollkommen jungfräulich. Kein dreckiger Fuß hatte ihn betreten. In den letzten Jahren hatte Don Upslingers Sohn Kenny seinen Hinterhof öfter mal als Abkürzung zu seinem Freund Ronny benutzt. Oder Mary hatte etwas auf der Wäscheleine aufgehängt (meist unaussprechliche Dinge), die er von der Hausecke zur Garage gespannt hatte. Zumindest an Tagen, die so warm waren, daß die Sachen nicht gefroren. Er selbst hatte immer den überdachten Durchgang zur Garage benutzt. Diese seltsame Unberührtheit traf ihn wie ein Schock – seit dem ersten Schneefall Ende November hatte niemand seinen Garten betreten. So wie es aussah, nicht mal ein Hund.

Er spürte plötzlich ein verrücktes Verlangen, in die Mitte seines Gartens hinauszurennen, zu der Stelle, auf der sie im Sommer immer ihren Holzkohlengrill aufgestellt hatten, und einen Schneemann zu bauen.

Statt dessen klemmte er sich das Kissen gegen die rechte Schulter, hielt es einen Augenblick mit dem Kinn fest, und preßte dann den Gewehrkolben der Weatherbee dagegen. Mit dem rechten Auge spähte er durch das Zielfernrohr, das linke hielt er fest geschlossen und versuchte, sich an die Ratschläge zu erinnern, welche die Schauspieler sich immer in den Kriegsfilmen gaben, kurz bevor die Marinesoldaten den Strand stürmten. Meistens war es ein hartgesottener Kriegsveteran, zum Beispiel Richard Widmark, der einem grünen Anfänger – Martin Milner vielleicht – sagte: *Du darfst den Abzugshahn nicht verziehen, mein Sohn – ganz langsam DRÜCKEN.*

Na gut, Fred, jetzt wollen wir mal sehen, ob ich meine Garage treffen kann.

Er drückte auf den Abzug.

Das Gewehr knallte nicht los. Es gab eine regelrechte Explosion. Zuerst hatte er ein Gefühl, als hätte es ihm beide Hände abgerissen. Doch als der Rückstoß ihn traf, wußte er, daß er noch lebte. Er kam mit solcher Wucht, daß er gegen die Küchentür zurückprallte. Der Knall verhallte in einem rollenden Donner in alle Richtungen. Er klang wie bei einem Düsenjet. Das Kissen fiel in den Schnee. Seine Schulter pochte.

»Donnerwetter, Fred!« sagte er, nach Luft schnappend.

Er blickte zur Garage hinüber und konnte kaum glauben, was er da sah. In die Seitenwand war ein so großes Loch gerissen, daß eine Teetasse hindurchgepaßt hätte.

Er lehnte das Gewehr gegen die Küchentür und stapfte durch den Schnee, ohne Rücksicht darauf, daß er nur seine Halbschuhe anhatte. Eine Minute lang untersuchte er das Loch, kratzte verwirrt mit dem rechten Zeigefinger einige Splitter weg und ging dann nach vorn zur Garagentür.

Drinnen sah er, daß das Austrittsloch noch wesentlich größer war. Er untersuchte seinen Kombiwagen. In der Beifahrertür befand sich ebenfalls ein Durchschlagsloch. Der Lack war abgesplittert, und um den Rand des Durchschlags kam das blanke Metall zum Vorschein. Er konnte zwei Finger hindurchstecken. Als er die Wagentür öffnete und über die Sitze blickte, entdeckte er, daß die Kugel auch die Fahrertür durchschlagen hatte. Das Loch befand sich direkt unter dem Türgriff.

Er ging um den Wagen herum und betrachtete die Stelle von außen. Kleine Metallsplitter ragten um den Lochrand vorwurfsvoll nach außen. Er drehte sich um und untersuchte die gegenüberliegende Garagenwand. Auch hier war die Kugel eingeschlagen und – tatsächlich – durchgegangen. So wie er die Sache einschätzte, flog sie immer noch weiter.

Er hörte wieder, wie Harry, der Waffenhändler, zu ihm sagte: *Ah, Ihr Neffe schießt also auf die Eingeweide ... na, mit diesem Baby wird er die Eingeweide zwanzig Meter in der Umgebung verstreuen.* Was würde es dann einem Menschen antun? Wahrscheinlich dasselbe. Ihm wurde plötzlich übel.

Er stapfte zur Küchentür zurück, blieb einen Augenblick stehen, um das Kissen aufzuheben, und ging wieder ins Haus. Automatisch trat er sich die Füße ab, um in Marys sauberer Küche keine Schmutzspuren zu hinterlassen. Im Wohnzimmer zog er sich das Oberhemd aus. Trotz des Kissens hatte der Kolben eine rote Stelle an seiner Schulter hinterlassen.

Er ging mit nacktem Oberkörper in die Küche, setzte eine Kanne Kaffee auf und machte sich ein TV-Dinner. Nach dem Essen kehrte er wieder ins Wohnzimmer zurück, legte sich auf die Couch und fing an zu weinen. Er steigerte sich in einen hysterischen Weinkrampf, hörte sich heulen und bekam Angst davor, aber er konnte sich nicht beherrschen. Endlich beruhigte er sich allmählich und fiel in einen schweren Schlaf. Er atmete unruhig. Im Traum sah er sich als alten Mann. Einige der Bartstoppeln auf seinen Wangen waren ganz weiß.

20. Januar 1974

Er wachte auf und fuhr mit einem schuldbewußten Schrekken hoch, aus Angst, daß es schon früh am Morgen und viel zu spät sei. Sein Schlaf war düster und trübe wie abgestandener Kaffee gewesen. Es war diese Art von Schlaf, aus dem man völlig benommen und wie mit einem Brett vor dem Kopf aufwacht. Er sah auf seine Uhr und stellte fest, daß es erst Viertel nach zwei war. Das Gewehr stand noch genauso da, wie er es abgestellt hatte, gemütlich gegen seinen Sessel gelehnt. Die Magnum lag auf dem Tisch.

Er erhob sich, ging in die Küche und spritzte sich kaltes Wasser ins Gesicht. Dann ging er nach oben, um sich ein frisches Hemd anzuziehen. Während er die Treppe wieder hinunterlief, stopfte er sich das Hemd in die Hose. Unten sperrte er alle Türen ab, die nach draußen führten. Aus Gründen, über die er lieber nicht näher nachdenken wollte, wurde ihm das Herz jedesmal, wenn er den Schlüssel umdrehte, ein kleines bißchen leichter. Zum ersten Mal, seit diese verfluchte Frau im Supermarkt vor ihm zusammengebrochen war, fing er an, sich wieder mit sich selbst identisch zu fühlen. Er stellte die Weatherbee vor dem Wohnzimmerfenster auf den Boden und stapelte die Patronenschachteln neben ihr auf. Er öffnete jede Schachtel, bevor er sie hinlegte. Danach zog er den Sessel vors Fenster und legte ihn auf die Seite.

In der Küche verriegelte er alle Fenster. Er holte einen Stuhl aus dem Eßzimmer und klemmte ihn unter die Klinke der Küchentür. Dann goß er sich kalten Kaffee in einen Becher, trank abwesend einen Schluck, verzog das Gesicht und goß ihn in die Spüle. Statt dessen mixte er sich einen Drink.

Er ging wieder ins Wohnzimmer zurück und holte die Autobatterie aus dem Schrank. Er stellte sie hinter dem umgekippten Sessel ab, holte die Starthilfekabel und legte sie daneben.

Danach schleppte er ächzend und stöhnend die Sprengstoffkiste die Treppe hinauf. Oben angekommen, ließ er sie schwer auf den Boden fallen, richtete sich auf und atmete tief durch. Er war für diesen Quatsch einfach schon zu alt. Er hatte zwar noch viele Muskeln aus der Zeit, als er mit seinen Kollegen die vierhundert Pfund schweren Körbe mit der gemangelten Wäsche auf den Lieferwagen gehoben hatte, aber Muskeln oder keine Muskeln, ein vierzigjähriger Mann forderte mit einer solchen Plackerei sein Schicksal heraus. Mit vierzig war es Zeit, sich mit dem Gedanken an einen Herzinfarkt vertraut zu machen.

Er lief von Zimmer zu Zimmer und schaltete alle Lichter ein: Gästezimmer, Gästebad, Schlafzimmer und Arbeitszimmer, das früher Charlies Zimmer gewesen war. Dann stellte er einen Stuhl unter die Falltür zum Dachboden, kletterte nach oben und schaltete auch dort die verstaubte Glühbirne ein. Danach ging er wieder in die Küche hinunter, aus der er sich eine Rolle Isolierband, eine Schere und ein scharfes Messer holte.

Er nahm zwei Sprengstoffstäbe aus der Kiste (sie waren sehr weich, seine Finger hinterließen Dellen, als er sie drückte) und brachte sie auf den Dachboden hinauf. Er schnitt zwei lange Stücke von der Zündschnur ab und schälte mit Hilfe des Messers die weiße Plastikisolierung herunter, um die Kupferdrähte freizulegen. Dann steckte er die nackten Drähte jeweils in eine der Sprengstoffkerzen. Wieder im Umkleidezimmer, stellte er sich unter die Falltür, entfernte die Isolierung von den anderen Enden der Zündschnüre und klemmte vorsichtig zwei weitere Sprengstäbe daran fest. Er umwickelte sie fest mit Isolierband, damit die glatten Drähte sich nicht lösten.

Er summte jetzt vor sich hin, während er die Zündschnur vom Dachboden ins Schlafzimmer verlegte, wo er zwei Sprengstoffkerzen auf den Ehebetten deponierte. Von dort zog er die Zündschnur auf den Flur und installierte einen Sprengstoffstab im Gästebad. Das Gästeschlafzimmer bekam zwei. Als er damit fertig war, schaltete er die Lichter wieder aus. In Charlies Zimmer ließ er gleich vier Sprengstoffkerzen, die er zusammengebunden hatte. Er verlegte die Zündschnur sorgfältig durch die Tür und über den Boden und warf dann die ganze Rolle über das Treppengeländer nach unten. Dann lief er selbst die Treppe hinunter.

Vier Stäbe kamen auf die Küchentheke gleich neben seine Southern-Comfort-Flasche. Vier Stäbe fürs Wohnzimmer, vier fürs Eßzimmer und vier für den Flur.

Ein bißchen außer Atem ging er jetzt mit der Zündschnur ins Wohnzimmer. Aber er mußte noch einmal nach oben, um die Kiste zu holen, die jetzt allerdings beträchtlich leichter war. Es waren nur noch elf Stäbe übrig. In der Kiste waren früher mal Apfelsinen transportiert worden. Er sah es an der verblichenen Schrift auf der Seite:

POMONA

Neben dem Wort war eine Apfelsine mit einem grünen Blatt am Stengel aufgemalt.

Er trug die Kiste zur Garage hinaus, diesmal den überdachten Durchgang benutzend, und stellte sie auf dem Rücksitz seines Wagens ab. Dort verband er jeden der elf Stäbe mit einem kurzen Stück Zündschnur und wickelte dann alle elf Enden mit dem Isolierband an dem langen Zündkabel fest. Vorsichtig verlegte er das lange Kabel ins Haus zurück, wobei er es sorgfältig unter der Seitentür, die zum Durchgang führte, durchzog. Danach schloß er die Tür wieder ab.

Im Wohnzimmer schloß er das Hauskabel mit dem Garagenkabel zusammen. Er arbeitete jetzt sehr konzentriert, immer noch vor sich hin summend. Mit dem Messer schnitt er nochmals ein Stück Zündschnur von der Rolle und klebte sie mit seinem Isolierband an den beiden Kabelenden fest. Das andere Ende führte er zur Autobatterie hinüber, wo er ebenfalls die Isolierung herunterschälte.

Er pulte die Kupferdrähte auseinander und flocht die losen Enden zu zwei kleinen Zöpfen zusammen. Dann holte er das Starthilfekabel und brachte die schwarze Krokodilklemme an einem der beiden Zöpfe an. Der andere erhielt die rote Klemme. Mit den beiden anderen Klemmen ging er zur Batterie und schloß die schwarze an dem Pol, der mit

POS

markiert war, an. Die rote Klemme ließ er lose neben dem Pol

NEG

liegen. Dann stellte er seine Stereoanlage an und legte die Platte mit den Rolling Stones auf. Es war fünf Minuten nach vier. Er ging in die Küche, machte sich einen Drink und nahm ihn mit ins Wohnzimmer. Jetzt hatte er nichts mehr zu tun. Auf dem Kaffeetisch fand er eine Ausgabe der Zeitschrift *Good Housekeeping*. Sie enthielt einen Artikel über die Kennedy-Familie und ihre Probleme. Er las ihn. Danach folgte ein Artikel über Frauen und Brustkrebs, der von einer Ärztin geschrieben war.

Sie kamen kurz nach zehn Uhr. Die Glocken der fünf Häuserblocks entfernten Kongregationskirche hatten soeben die volle Stunde geschlagen, um ihre Gemeinde zur Morgenmesse zu rufen, oder wie das bei den Kongregationisten heißen mochte.

Er sah einen grünen Sedan und einen schwarzweißen Polizeiwagen. Sie parkten am Straßenrand, und aus dem Sedan stiegen drei Männer aus. Einer war Fenner. Die beiden anderen kannte er nicht. Alle drei hatten Aktenkoffer bei sich.

Aus dem schwarzweißen Polizeiwagen stiegen zwei Polizisten und lehnten sich lässig dagegen. An ihrer Haltung war abzulesen, daß sie keine Schwierigkeiten erwarteten. Sie unterhielten sich sorglos, an die Motorhaube ihres Wagens gelehnt, und ihre Worte kamen mit weißen Puffwölkchen aus ihren Mündern.

Dann blieb alles stehen.

also fred ich glaube jetzt ist's soweit jetzt wird geschossen oder das maul gehalten ja ich weiß in gewisser weise ist es schon zu spät das maul zu halten schließlich habe ich das ganze haus mit sprengstoff verziert wie mit einer geburtstagsdekoration habe ein gewehr in meiner hand und eine pistole im gürtel stecken ich komme mir vor wie john dillinger verdammt noch mal was sagst du denn dazu das ist meine letzte entscheidung als ob ich immer höher auf einen baum klettere erst diese astgabel besteige dann die nächste und noch eine und noch eine

(die männer draußen wie auf einer fotografie erstarrt ein paar sekunden stillstand fenner in einem grünen anzug circa fünfzig zentimeter vom bordstein entfernt gute schuhe in modische niedrige gamaschen eingehüllt wenn es so etwas wie modische gamaschen überhaupt gibt sein grüner mantel aufgeknöpft er sieht aus wie ein rechtsanwalt auf kreuzzug in einer fernsehserie sein kopf ist leicht nach hinten gedreht und zu dem mann hinuntergeneigt der hinter ihm steht der mann hat offenbar was gesagt und er hat den kopf geneigt um ihn besser zu verstehen der mann hat eine weiße wolke vor dem mund er trägt einen blauen blazer und eine dunkelbraune hose und sein mantel flattert ebenfalls offen im wind ein mantelschoß ist genau mitten im flattern festgehalten der dritte mann wendet sich gerade vom wagen weg und die bullen lehnen gegen die schwarzweiße motorhaube die köpfe einander zugewandt und unterhalten sich über alles mögliche ihre ehen oder einen zähen kriminalfall oder die miese saison die die mustangs dieses jahr hatten oder die verfassung ihrer geschlechtsteile und da bricht genau über ihren köpfen die sonne durch die grauen wolken und ein strahl trifft auf eine einzige patrone in dem gürtel der zur ausrüstung des einen polizisten gehört eine kleine patrone die in einer der vielen kleinen lederlaschen in diesem gürtel steckt und der andere bulle trägt eine sonnenbrille und die sonne spiegelt sich genau im rechten brillenglas er hat dicke sinnliche lippen die genau in dem moment festgehalten sind als sie zu lächeln beginnen: soweit die fotografie)

ich fange jetzt an freddy mein junge gibt es noch etwas das du mir zu diesem feierlichen anlaß gerne sagen würdest an diesem punkt an dem die dinge so weit fortgeschritten sind ja sagt fred du wirst so lange durchhalten bis die nachrichtenreporter eingetroffen sind nicht wahr darauf kannst du gift nehmen sagt george ich weiß daß die worte und die aufnahmen und die filme nur zur veranschaulichung dienen aber ist dir schon aufgefallen fred wie einsam es hier ist in der stadt und in der ganzen welt essen und scheißen die leute jetzt sie ficken sich und kratzen sich ihre ekzeme auf und tun all die dinge über die dann bücher geschrieben werden während wir das hier ganz allein erledigen müssen ja daran habe ich schon gedacht george und wenn du dich erinnerst habe ich auch schon versucht dich davor zu warnen aber wenn es dich tröstet kommt mir die sache jetzt genau richtig vor im augenblick scheint dies das wahre zu sein denn wenn du dich nicht mehr bewegen kannst kannst du ihnen ihre baustelle ruhig lassen aber bitte george bring niemanden um nein nein nicht mit absicht fred aber du verstehst wenigstens die lage in der ich mich befinde ja ich begreife und ich verstehe es aber george ich habe verdammt schiß ich habe solche angst hab keine angst fred ich werde die sache jetzt in die hand nehmen und ich habe mich völlig unter kontrolle

es geht los

20. Januar 1974

»Es geht los«, sagte er laut, und die Dinge gerieten wieder in Bewegung.

Er stemmte das Gewehr gegen die Schulter, zielte auf den rechten Vorderreifen des Polizeiwagens und drückte ab.

Der Kolben schmetterte mit voller Wucht gegen seine Schulter und die Mündung sprang nach oben, nachdem die

Kugel abgefeuert war. Das große Wohnzimmerfenster zersplitterte. Im Rahmen blieben nur einzelne Zacken wie impressionistische Glaspfeile hängen. Der Vorderreifen wurde nicht einfach flach; er explodierte mit einem lauten Knall. Der ganze Wagen zitterte wie ein Hund, den man im Schlaf getreten hat. Die Radkappe flog durch die Luft und kollerte dann ziellos über den gefrorenen Asphalt der Crestallen Street.

Fenner blieb wie angewurzelt stehen und starrte zum Haus hinüber. Auf seinem Gesicht spiegelte sich das blanke Entsetzen wider. Der Mann im blauen Blazer ließ seine Aktentasche fallen. Der dritte Typ schien bessere Reflexe zu haben – vielleicht war sein Selbsterhaltungstrieb besser entwickelt. Er machte auf dem Absatz kehrt, rannte geduckt hinter den grünen Sedan und verschwand aus dem Blickfeld.

Die beiden Bullen rannten links und rechts um ihren Wagen herum. Wenige Augenblicke später tauchte der mit der Sonnenbrille hinter der Motorhaube auf, den Revolver in beiden Händen, und schoß dreimal in seine Richtung. Im Vergleich zu dem massiven Knall der Weatherbee gab die Waffe nur ein harmloses Geknatter von sich. Er ließ sich hinter seinen Sessel fallen und hörte die Kugeln über seinen Kopf hinwegpfeifen – man konnte sie tatsächlich hören, wie sie mit einem *Sssssitt* durch die Luft zischten. Sie schlugen über dem Sofa in die Wand ein. Das Geräusch erinnerte ihn an Faustschläge, die auf den schweren Ledersack im Boxerstudio treffen. Und er dachte: Genauso hört es sich wahrscheinlich an, wenn sie mich treffen.

Der Bulle mit der Sonnenbrille schrie Fenner und den anderen Typen an: »Geht in Deckung, verdammt noch mal! Geht in Deckung! Der Kerl hat eine gottverdammte Haubitze da drinnen!«

Er hob seinen Kopf ein wenig über den Sessel, um besser sehen zu können, aber der Bulle hatte ihn gleich entdeckt und feuerte zweimal auf ihn los. Die Kugeln donnerten in die Wand. Eine traf Marys Lieblingsbild, ›Hummerfischer‹

von Winslow Homer. Es fiel von der Wand, landete auf der Couch und rutschte auf den Fußboden. Das Glas zersplitterte.

Er hob wieder den Kopf; er mußte ja sehen, was da draußen vor sich ging (warum hatte er nicht daran gedacht, sich ein Kinderperiskop zu besorgen?). Er mußte feststellen, ob sie versuchten, um das Haus herumzuschleichen. Auf die Art nahmen Richard Widmark und Martin Milner – jedenfalls in den Spätfilmen – die kleinen japanischen Schachtelhäuser ein. Und wenn sie es versuchten, dann mußte er einen der Bullen anschießen. Aber die beiden befanden sich immer noch hinter ihrem Straßenkreuzer. Fenner und der andere Typ waren jetzt hinter den grünen Sedan gekrochen. Der Aktenkoffer des Mannes im blauen Blazer lag wie ein kleines totes Tier auf dem Bürgersteig. Er visierte ihn an, zuckte in Erwartung des Rückstoßes schon vorher zusammen und schoß.

KRRRACHH! Der Aktenkoffer zersprang in zwei Teile, wirbelte hoch in die Luft und entließ einen Stoß Papiere in den Wind, der sie mit einem unsichtbaren Finger durchblätterte.

Er schoß gleich noch mal, diesmal auf den rechten Vorderreifen des Sedan, der sofort explodierte. Hinter dem Wagen schrie einer der Männer in hohen, entsetzten Tönen auf.

Er blickte zum Polizeiwagen hinüber und entdeckte, daß die Fahrertür halb offenstand. Der Bulle mit der Sonnenbrille lehnte sich halb liegend auf den Vordersitz und bediente seine Funksprechanlage. Bald würden alle Partygäste hier eintreffen. Sie würden ihn auseinandernehmen, ein kleines Stückchen für jeden, der eins wollte, und die ganze Angelegenheit war dann nicht mehr seine persönliche Sache. Er empfand eine bittere Erleichterung. Egal, aus welchen Gründen er es getan hatte, welche krankhafte Trauer ihn hierher, auf den höchsten Ast dieses hohen Baumes getrieben hatte, jetzt war er nicht mehr allein. Jetzt war er nicht mehr der einsame Mann, der mit sich selbst sprach und insgeheim weinte. Er hatte sich selbst entlarvt und sich dem großen

Strom der Wahnsinnigen angeschlossen. Bald konnten sie ihn und seine Handlungen auf eine ungefährliche Schlagzeile reduzieren – UNSICHERER WAFFENSTILLSTAND IN DER CRESTALLEN STREET HÄLT AN.

Er legte das Gewehr hin und kroch auf Händen und Füßen über den Wohnzimmerboden, wobei er darauf achtete, sich nicht an den Glassplittern des Bilderrahmens zu verletzen. Er holte sich ein kleines Kissen von der Couch und kroch zum Fenster zurück. Der Bulle war nicht mehr im Wagen.

Er hob die Magnum auf und feuerte zwei Schüsse über die Straße. Die Pistole bockte heftig in seinen Händen, aber der Rückstoß war erträglich. Seine Schulter pochte wie ein kranker Zahn.

Einer der beiden Bullen, diesmal der ohne Sonnenbrille, tauchte hinter dem Kofferraum des Straßenkreuzers auf, um sein Feuer zu erwidern, aber er zielte zweimal auf die Rückscheibe, die zu einem verzerrten Spinnennetz von Splissen zersplitterte und dann nach innen fiel. Der Bulle duckte sich wieder, ohne einen Schuß abgefeuert zu haben.

»Hört auf damit!« brüllte Fenner. »Laßt mich mit ihm reden!«

»Nur zu!« rief einer der Bullen.

»Dawes!« schrie Fenner kreischend. Er hörte sich an wie ein Polizist in den letzten Szenen eines James-Cagney-Filmes. (Das Blaulicht flackert unruhig über die Vorderfront eines schäbigen Mietshauses im Slumviertel, in dem der ›verrückte Hund‹ Dawes mit einer rauchenden .45-Automatik in jeder Hand zu Boden gegangen ist. Der ›verrückte Hund‹ liegt hinter einem umgekippten Sessel, sein T-Shirt ist zerrissen, und er knurrt.) *»Dawes, können Sie mich hören?«*

(Der ›verrückte Hund‹ Dawes verzieht trotzig das Gesicht – obwohl seine Augenbrauen naß vor Schweiß sind – und brüllt hinaus:)

»Kommt doch rein und holt mich, ihr dreckigen Bullen!« Er lehnte sich über den Sessel und feuerte eine ganze Salve auf den grünen Sedan ab. Die gesamte Wagenlänge überzog sich mit einer Zickzacklinie von Einschußlöchern.

»Jesus!« schrie jemand. »Oh, Jesus, der Kerl ist wahnsinnig!«

»Dawes!« brüllte Fenner.

»Ihr werdet mich niemals lebend kriegen!« brüllte er närrisch vor Freude zurück. »Ihr dreckigen Scheißkerle habt meinen kleinen Bruder umgebracht! Bevor ihr mich kriegt, sehen wir uns in der *Hölle!*« Mit zitternden Fingern lud er die Magnum neu und füllte das Magazin der Weatherbee wieder auf.

»Dawes!« schrie Fenner wieder. *»Wie wär's mit einem Handel?«*

»Und wie wär's mit einer heißen Bleiladung, du Idiot!« rief er in Fenners Richtung zurück, aber er behielt den Polizeiwagen im Auge. Als der Bulle mit der Sonnenbrille vorsichtig seinen Kopf über die Motorhaube streckte, schickte er ihn mit zwei Schüssen sofort wieder auf Tauchstation. Eine Kugel zerschlug das Wohnzimmerfenster der Quinns, die in dem Haus auf der anderen Straßenseite gewohnt hatten.

»Dawes!« brüllte Fenner wichtigtuerisch.

»Ach, halten Sie doch das Maul!« schnauzte einer der Bullen ihn an. »Sie ermutigen ihn ja nur!«

Eine verlegene Stille entstand, in der noch weit entfernte Polizeisirenen zu hören waren. Er legte die Magnum weg und nahm wieder das Gewehr zur Hand. Die rasende Freude hatte ihn verlassen. Er fühlte sich nur noch müde, sein Körper schmerzte, und er mußte dringend aufs Klo.

Bitte, laß die Übertragungswagen schnell kommen, betete er. Laß sie bald mit ihren Fernsehkameras dasein.

Als der erste Polizeiwagen mit kreischenden Reifen um die Ecke raste, als probe er eine Aufnahme für *The French Connection*, war er bereit. Zuerst feuerte er zwei seiner Haubitzenkugeln auf den parkenden Kreuzer ab, damit die beiden unten blieben, dann nahm er den Kühlergrill des fahrenden Wagens aufs Korn und drückte wie der erfahrene Kriegsveteran Richard Widmark ab. Der Kühlergrill explodierte, und die Motorhaube flog durch die Luft. Der Wagen schlidderte circa vierzig Meter am Randstein entlang und knallte gegen einen Baum. Die Türen flogen auf, und vier Bullen stiegen mit gezogenen Pistolen und völlig verblüfften Mienen aus. In der Aufregung stießen zwei von ihnen zusammen. Dann eröffneten die beiden Bullen hinter dem Kreuzer (*seine* Bullen, dachte er mit einer Art von Besitzerstolz) das Feuer auf ihn, und er duckte sich hinter seinen Sessel, während die Kugeln über ihn hinwegsausten. Jetzt war es siebzehn Minuten vor elf. Er glaubte, daß sie bald versuchen würden, hinters Haus zu gelangen.

Er reckte den Kopf hoch, weil es einfach sein mußte, und eine Kugel zischte dicht an seinem Ohr vorbei. Von der anderen Seite der Crestallen Street rasten zwei weitere Polizeiwagen mit dröhnenden Sirenen und Blaulicht heran. Zwei der Bullen aus dem Unfallwagen versuchten, über den Staketenzaun um das Grundstück der Upslingers zu klettern, und er feuerte drei Schüsse auf sie ab. Er wollte sie nicht treffen, sie sollten nur zu ihrem Wagen zurückkehren, was sie auch taten. Holzsplitter von Wilbur Upslingers Zaun (der im Sommer mit Efeu überwachsen war) flogen in alle Richtungen. Ein Teil des Zaunes krachte tatsächlich zusammen und fiel in den Schnee.

Die eben herangekommenen Straßenkreuzer blieben stehen und bildeten ein V, um die Straße auf der Höhe von Jack Hobarts Haus zu blockieren. Die Polizisten verkrochen sich in dem V-Winkel der beiden Wagen. Einer sprach über sein Walkie-Talkie mit einem der Bullen aus dem demolierten Wagen. Kurz darauf gingen die Neuankömmlinge in Deckung und schossen, was das Zeug hielt. Er mußte sich wieder dukken. Kugeln schlugen in die Haustür und die Vorderfront des Hauses ein; sie trafen vor allem das Wohnzimmerfenster. Der Flurspiegel zerbarst in tausend kleine, glitzernde Stücke. Eine Kugel sauste durch die Decke über dem zertrümmerten Fernseher, und die Decke tanzte einen Augenblick in der Luft.

Er kroch wieder auf Händen und Knien durchs Wohnzimmer, richtete sich vor dem schmalen Fenster hinter dem Fernseher auf und spähte hinaus. Von dort konnte er genau in den Vorgarten der Upslingers sehen. Zwei Polizisten versuchten erneut, ihn von der Seite zu überfallen. Einer blutete aus der Nase.

Freddy, ich glaub', ich muß einen von ihnen erschießen, damit sie das bleiben lassen.

Tu das nicht, George, bitte, tu das nicht.

Er stieß mit dem Kolben der Magnum das Fenster ein und verletzte sich dabei an der Hand. Die beiden Bullen blickten bei dem Geräusch auf, entdeckten ihn und schossen. Er erwiderte das Feuer und sah, wie zwei Kugeln in die neue Aluminiumbeschichtung an Wilburs Hauswand einschlugen. (Ob die Stadt ihn wohl auch dafür entschädigt hatte?) Dann hörte er, wie die Kugeln in seine Hauswand einschlugen, hauptsächlich unterhalb und zu beiden Seiten des Fensters. Eine Kugel erfaßte pfeifend den Fensterrahmen, und Holzsplitter flogen ihm ins Gesicht. Er rechnete jeden Augenblick damit, daß eine Kugel ihm den Kopf rasieren würde. Er konnte nicht abschätzen, wie lange der Schußwechsel dauerte. Plötzlich schrie einer der Polizisten laut auf und griff sich an den Arm. Er ließ die Pistole fallen wie ein Kind, dem das Spiel zu langweilig geworden ist, und rannte ein paar Schritte im Kreis. Sein Kollege faßte ihn am Arm, und die beiden rannten zu ihrem kaputten Straßenkreuzer zurück. Der Unverletzte legte seinem Partner schützend den Arm um die Hüfte.

Er ließ sich wieder auf Hände und Knie fallen und kroch zu seinem Sessel zurück. Auf der Straße waren zwei weitere Polizeiwagen aus beiden Richtungen der Crestallen Street angekommen. Sie parkten vor dem Quinn-Haus, und acht Bullen stiegen aus, die sofort hinter den grünen Sedan und dem ersten Kreuzer in Deckung rannten.

Er duckte wieder den Kopf und kroch in den Flur. Das Haus stand jetzt unter schwerem Beschuß. Er wußte, daß er besser dran wäre, wenn er mit dem Gewehr nach oben ginge. Von dort hatte er einen viel besseren Schußwinkel und konnte sie vielleicht von ihren Wagen vertreiben, so daß sie in den Häusern Deckung suchen mußten. Aber er wagte es nicht, so weit von seinem Zündkabel und der Autobatterie wegzugehen. Die Fernsehleute konnten jetzt jeden Augenblick eintreffen.

Die Haustür steckte voller Gewehrkugeln. Der Lack war abgesplittert, und darunter kam das rohe Holz zum Vorschein. Er kroch weiter in die Küche. Hier waren alle Fensterscheiben eingeschlagen, und die Glassplitter lagen über den Linoleumfußboden verstreut. Ein Zufallstreffer hatte die Kaffeekanne vom Herd gefegt. Sie lag in einer braunen Kaffeepfütze. Er duckte sich unter das Fenster, wartete einen Augenblick, sprang dann auf und nahm die beiden im V aufgestellten Polizeiwagen unter Beschuß, bis die Magnum leergefeuert war. Der Gegenangriff konzentrierte sich sofort auf die Küche. Zwei Einschußlöcher zerstörten den weißen Emaillebelag seines Kühlschranks, und eine Kugel traf genau auf die Southern-Comfort-Flasche auf der Küchentheke. Sie explodierte und verbreitete Glassplitter und das einladende südliche Aroma um sich.

Als er ins Wohnzimmer zurückkroch, hatte er plötzlich das Gefühl, als hätte eine Wespe ihn in den rechten Oberschenkel direkt unterhalb der Pobacke gestochen. Er faßte mit einer Hand nach der Stelle, und als er sie zurückzog, war sie voll Blut.

Hinter dem Sessel lud er die Magnum und die Weatherbee. Vorsichtig lugte er über den Sessel und zog sofort den Kopf wieder ein. Die Wildheit, mit der das Gewehrfeuer jetzt auf ihn einprasselte, erschreckte ihn. Kugeln schlugen in die Wand, in die Couch und in den Fernseher, so daß die Decke wie verrückt hin und her tanzte. Wieder hob er vorsichtig den Kopf und schoß auf die Polizeiwagen auf der gegenüberliegenden Straßenseite. Bei einem zersplitterte die Fensterscheibe. Und dann sah er...

am oberen Straßenende einen weißen Kombiwagen und einen weißen Ford Lastwagen. Auf beiden war in blauer Schrift aufgemalt:

WHLM NACHRICHTEN

Keuchend kroch er zu dem Fenster hinüber, das auf den Vorgarten der Upslingers hinausging. Die beiden Fernsehwagen fuhren langsam und zögernd die Crestallen Street hinunter. Plötzlich schnitt ihnen ein neuer Polizeiwagen mit quietschenden Reifen den Weg ab und stellte sich genau vor sie. Ein Arm in blauer Uniform schob sich aus einem der hinteren Seitenfenster und winkte den Leuten zu, daß sie wegfahren sollten.

Eine Gewehrkugel prallte am Fenstersims ab und pfiff durchs Wohnzimmer.

Er kroch schnell zu seinem Sessel zurück, nahm die Magnum in seine blutige rechte Hand und schrie: *»Fenner!«*

Die Schüsse ließen ein wenig nach.

»Fenner!« brüllte er nochmals.

»Hört auf!« kreischte Fenner. *»Hört mal eine Minute lang auf zu schießen!«*

Noch ein paar vereinzelte Schüsse, dann war es ruhig.

»Was wollen Sie?« brüllte Fenner.

»Die Nachrichtenreporter! Die da hinten auf der anderen Straßenseite hinter dem Polizeiwagen! Ich will mit ihnen reden!«

Eine lange Pause.

Dann schrie Fenner zurück: *»Nein!«*

»Ich höre auf zu schießen, wenn ich mit ihnen reden kann!« Das stimmt wahrscheinlich, dachte er und blickte zweifelnd auf die Autobatterie.

»Nein!« wiederholte Fenner.

Scheißkerl, dachte er hilflos. Ist das wirklich so wichtig für dich? Für dich und Ordner und für die gesamte bürokratische Saubande?

Die Schüsse setzten wieder ein, zuerst vereinzelt, dann immer stärker. Und dann sah er etwas Unglaubliches. Ein Mann in Bluejeans und einem Flanellhemd lief geduckt den Bürgersteig entlang. Er hielt eine kleine Kamera wie eine Pistole vor sich.

»Das ist allerhand!« rief er Fenner zu. »Ich habe jedes Wort mitbekommen! Ich werd' mir Ihren Namen notieren, Mann! Er hat angeboten, mit der Schießerei aufzuhören, und Sie haben…«

Ein Bulle schlug ihm mit voller Wucht gegen die Hüfte, und der Mann krümmte sich und ging zu Boden. Seine Kamera flog auf die Straße, und innerhalb von wenigen Sekunden hatten drei Kugeln sie in tausend kleine Stücke zerfetzt. Die Filmrolle löste sich aus den Überresten und wickelte sich faul von selbst ab. Dann hörte das Feuer wieder für einen Augenblick auf. Unsicherheit verbreitete sich.

»Fenner, lassen Sie sie ihre Ausrüstung aufbauen!« brüllte er zum Fenster hinaus. Sein Hals war rauh und schmerzte, wie sein gesamter Körper. Seine verletzte Hand pochte und von seinem Oberschenkel breitete sich ein tiefer, dumpfer Schmerz aus.

»Zuerst kommen Sie raus!« rief Fenner zurück. *»Dann können Sie ihnen Ihren Standpunkt erzählen!«*

Bei dieser unverschämten Lüge erfaßte ihn eine ungeheure Wut, die ihn wie eine rote Woge überspülte. »VERDAMMT NOCH MAL, ICH HAB' EIN RIESIGES GEWEHR HIER DRINNEN UND AB JETZT WERDE ICH AUF EURE BENZINTANKS SCHIESSEN, IHR SCHEISSKERLE! WENN ICH MIT EUCH FERTIG BIN, SEID IHR ALLE DURCHGEGRILLT!«

Erschrockene Stille.

Dann fragte Fenner ganz vorsichtig: »Was wollen Sie?«

»Schickt mir den Kerl herein, den ihr gerade zusammengeschlagen habt! Laßt sie ihre Kameras aufstellen!«

»Kommt gar nicht in Frage! Wir werden Ihnen keine Geisel zuschanzen, mit der Sie den ganzen Tag spielen können!«

Ein Bulle rannte geduckt zu dem grünen Sedan hinüber und verschwand dahinter. Eine Unterredung fand statt.

Dann brüllte eine neue Stimme: *»Hinter Ihrem Haus befinden sich dreißig von meinen Männern! Es sind Scharfschützen! Kommen Sie raus, oder ich schicke sie hinein!«* Jetzt war es wohl an der Zeit, seinen einzigen, miesen Trumpf auszuspielen. *»Das lassen Sie lieber bleiben! Ich hab' im ganzen Haus Sprengstoff verlegt!«*

Er hielt die rote Krokodilklemme vors Fenster.

»Können Sie das sehen?«

»Sie bluffen!« brüllte der Bulle zuversichtlich.

»Wenn ich dieses Ding an die Autobatterie anschließe, die hier neben mir steht, dann fliegt alles in die Luft!«

Schweigen. Wieder eine Beratung.

»He!« schrie plötzlich jemand. »He, schickt uns den Kerl her.« Er lugte vorsichtig über den Sessel und sah tatsächlich den Mann in der Jeans und dem Flanellhemd. Er lief direkt über die Straße, völlig schutzlos. Entweder war er in heroischer Weise von seinem Beruf überzeugt oder einfach nur verrückt. Er hatte langes, schwarzes Haar, das ihm auf den Kragen fiel, und einen dünnen, dunklen Schnurrbart.

Zwei Bullen erhoben sich und wollten um die beiden im V aufgestellten Straßenkreuzer herumschleichen, unterließen es dann aber, als er ihnen eine Kugel über die Köpfe jagte.

»Verdammt noch mal, was für ein Hurensohn!« schrie der eine von ihnen angewidert.

Der Mann im Flanellhemd befand sich jetzt in seinem Vorgarten; seine Schuhe wirbelten kleine Schneewolken auf. Etwas zischte an seinem Ohr vorbei. Dann hörte er einen Knall und bemerkte, daß sein Kopf sich immer noch außerhalb der Deckung befand. Er hörte, wie der Mann an seiner Haustür rüttelte und, als sie nicht aufging, dagegenhämmerte.

Wieder kroch er über den Fußboden, der jetzt mit Dreck und dem Putz von den Wänden übersät war. Sein rechtes Bein tat teuflisch weh, und als er an sich herunterblickte, sah er, daß das rechte Hosenbein vom Schenkel bis zum Knie durchgeblutet war. Er drehte den Schlüssel in der zerborstenen Tür um und schob den Riegel zur Seite.

»In Ordnung«, sagte er, und der Mann im Flanellhemd stürzte ins Haus.

Auch aus der Nähe wirkte er nicht ängstlich, obwohl er heftig keuchte. Er hatte eine kleine Wunde auf der Wange, wohl vom Schlag des Polizisten, und sein linker Hemdsärmel war zerrissen. Nachdem er den Mann hereingelassen hatte, kroch er schnell zu seinem Sessel zurück, nahm das Gewehr und feuerte blind zwei Schüsse durch das Fenster. Dann drehte er sich um. Der Mann stand in der Wohnzimmertür. Er wirkte unglaublich ruhig. Er hatte einen Notizblock aus seiner hinteren Hosentasche gezogen.

»Also gut, Mann«, sagte er. »Was für eine Scheiße geht hier eigentlich vor sich?«

»Wie heißen Sie?«

»Dave Albert.«

»Haben Sie noch mehr Filmmaterial in dem weißen Laster?«

»Ja.«

»Gehen Sie ans Fenster. Sagen Sie der Polizei, daß das Kamerateam sich auf dem Rasen der Quinns aufstellen soll. Das ist das Haus auf der anderen Straßenseite. Sagen Sie ihnen auch, daß Sie hier in Schwierigkeiten geraten, wenn die Sache nicht in fünf Minuten erledigt ist.«

»Tue ich das?«

»Sicher.«

Albert lachte. »Sie sehen nicht so aus, als kämen Sie gegen die Zeit an.«

»Reden Sie mit ihnen.«

Albert stellte sich ans zersplitterte Wohnzimmerfenster, das ihn für einen Augenblick einrahmte. Er schien die Situation zu genießen.

»Er sagt, mein Kamerateam soll sich auf Ihrer Straßenseite aufstellen!« brüllte er hinaus. *»Wenn Sie es nicht erlauben, will er mich umbringen!«*

»Nein!« brüllte Fenner wütend zurück. *»Nein, nein und noch…«*

Jemand hielt ihm offenbar den Mund zu. Einen Augenblick herrschte Schweigen.

»In Ordnung!« Das war wieder die Stimme von dem Bullen, der seinen Sprengstoff zuerst für einen Bluff gehalten hatte. *»Erlauben Sie, daß zwei meiner Männer hinübergehen und sie herholen?«*

Er überlegte einen Augenblick und nickte dem Reporter zu.

»Ja«, rief Albert über die Straße.

Eine kurze Pause, und dann rannten zwei Uniformierte unsicher die Straße entlang und auf die Fernsehwagen zu, die noch mit laufendem Motor wartend dastanden. Unterdessen waren zwei weitere Polizeiwagen eingetroffen, und als er sich ganz weit nach rechts beugte, konnte er sehen, daß die Crestallen Street am Fuß des Hügels abgesperrt worden war. Hinter den gelben Barrikaden hatte sich eine Menschenmenge versammelt.

»Na gut«, sagte Albert und setzte sich in die Hocke. »Jetzt haben wir eine Minute Zeit. Was verlangen Sie? Ein Flugzeug?«

»Flugzeug?« wiederholte er verständnislos.

Mit dem Notizblock in der Hand schlug Albert mit den Armen, als wären sie Flügel. »Um wegzufliegen, Mann. Weit, weit weg.«

»Oh.« Er nickte, um zu zeigen, daß er verstanden hätte. »Nein, ich will kein Flugzeug.«

»Was wollen Sie dann?«

»Ich möchte wieder zwanzig sein«, antwortete er vorsichtig. »Ich möchte alle meine Entscheidungen noch mal fällen dürfen.« Er interpretierte Alberts Blick richtig und fügte deshalb schnell hinzu: »Ja, ich weiß, daß das nicht geht. So verrückt bin ich nun auch wieder nicht.«

»Sie sind angeschossen.«

»Ja.«

»Ist das da das Ding, von dem Sie gesprochen haben?« Albert deutete auf die Batterie und die Zündschnur.

»Ja. Ich hab' die Kabel im ganzen Haus verlegt. Und in der Garage.«

»Woher haben Sie den Sprengstoff?« Alberts Stimme klang freundlich, aber sein Blick war äußerst wachsam.

»Den hab' ich unterm Weihnachtsbaum gefunden.«

Albert lachte. »He, das ist nicht schlecht. Ich werde es in meiner Story bringen.«

»Schön. Wenn Sie wieder rausgehen, sagen Sie den Bullen, daß sie sich lieber verziehen sollen.«

»Wollen Sie sich wirklich in die Luft sprengen?« fragte Albert. Er war nur interessiert, sonst zeigte er keine Regung.

»Ich denke darüber nach.«

»Wissen Sie was, Mann? Sie haben zu viele Filme gesehen.«

»Ich bin in letzter Zeit nicht mehr oft im Kino gewesen. Doch, ich habe den *Exorzisten* gesehen. Aber ich wünschte, ich wäre nicht hineingegangen. Wie weit sind Ihre Fernsehleute da draußen?«

Albert spähte aus dem Fenster. »Ziemlich weit. Aber wir haben noch eine Minute. Sie heißen Dawes?«

»Haben die Ihnen das gesagt?«

Albert kicherte verächtlich. »Die würden mir nicht mal sagen, wenn ich Krebs hätte. Ich hab's auf der Türklingel gelesen. Würde es Ihnen etwas ausmachen, mir zu sagen, warum Sie das alles tun?«

»Durchaus nicht. Es geht um die Baustelle.«

»Die Autobahnbaustelle?« Alberts Augen fingen an zu leuchten. Eifrig kritzelte er etwas auf seinen Block.

»Ja, genau die.«

»Sie haben Ihr Haus einkassiert?«

»Sie haben's versucht. Aber das werde ich jetzt selbst erledigen.«

Albert schrieb sich alles auf, klappte dann den Block wieder zu und steckte ihn in die Hosentasche zurück. »Das ist ziemlich dämlich, Mr. Dawes. Ist es schlimm, wenn ich Ihnen das so offen sage? Warum kommen Sie nicht einfach mit mir hinaus?«

»Sie haben doch schon Ihre Exklusivstory«, antwortete er müde. »Was wollen Sie noch? Den Pulitzerpreis?«

»Den würd' ich sofort nehmen, wenn man ihn mir anböte.« Er lächelte fröhlich, doch dann wurde er ernst. »Kommen Sie mit mir nach draußen, Mr. Dawes. Ich werde dafür sorgen, daß man sich auch Ihren Standpunkt anhört. Ich werde ...«

»Es gibt keinen Standpunkt.«

Albert runzelte die Stirn. »Wie bitte?«

»Ich habe keinen Standpunkt. Darum mache ich das hier ja.« Er spähte über den Sesselrand und blickte direkt in eine Kameralinse, die im Vorgarten der Quinns auf einem Dreifuß aufmontiert war. »Gehen Sie jetzt. Und sagen Sie ihnen, daß sie weggehen sollen.«

»Wollen Sie das Ding da tatsächlich zünden?«

»Ich weiß es wirklich noch nicht.«

Albert ging zur Wohnzimmertür und drehte sich dann noch einmal um. »Irgendwie kommen Sie mir bekannt vor. Warum habe ich bloß immerzu das Gefühl, ich würde Sie kennen?«

Er schüttelte den Kopf. Seiner Meinung nach hatte er Albert noch nie im Leben gesehen.

Während er den Nachrichtenreporter beobachtete, der leicht geduckt über die Straße lief, um das Blickfeld der Kamera nicht zu verstellen, fragte er sich, was Olivia wohl in diesem Augenblick machte.

Er wartete eine Viertelstunde. Die Schüsse waren wieder häufiger geworden, aber niemand hatte sein Haus von hinten überfallen. Der Beschuß sollte wohl nur ihren Rückzug in die Häuser auf der gegenüberliegenden Straßenseite decken. Das Kamerateam blieb die ganze Zeit an derselben Stelle stehen und drehte gelassen. Dann fuhr der weiße Ford-Laster in den Vorgarten der Quinns, und der Mann hinter der Kamera faltete den Dreifuß zusammen, verzog sich damit hinter den Laster und fing von dort wieder zu filmen an.

Dann flog ein röhrenförmiges, schwarzes Etwas durch die Luft, landete mitten in seinem Vorgarten und verströmte allmählich ein paar Gaswolken. Der Wind griff sie auf, blies sie die Straße hinunter ud verteilte sie gleichmäßig in der Luft. Eine zweite Bombe flog zu kurz, und eine weitere landete auf dem Dach. Als sie in Marys Begonien hinabfiel, atmete er ein paar Züge von dem Gas ein. Seine Augen und seine Nase füllten sich mit Krokodilstränen.

Noch einmal kroch er auf Händen und Knien durchs Wohnzimmer und betete zu Gott, daß er dem Nachrichtenmann, Albert, nichts gesagt hatte, das man ihm als tiefsinnig auslegen konnte. Auf dieser Welt gab es keinen Platz, an dem man seinen Standpunkt wirklich vertreten konnte. Nehmen wir zum Beispiel Johnny Walker, der bei einem sinnlosen Autounfall ums Leben gekommen war. Wozu war er gestorben? Damit die Wäsche rechtzeitig ausgeliefert wurde? Oder diese Frau im Supermarkt. Das, was man am Ende herauskriegte, lohnte nie den Einsatz.

Er schaltete die Stereoanlage ein, überrascht, daß sie noch funktionierte. Die Rolling-Stones-Platte lag immer noch auf dem Plattenteller. Er wollte die Nadel vor dem letzten Lied auflegen, traf aber das erste Mal daneben, als eine Kugel in die Decke über dem Fernseher einschlug.

Als er sie richtig aufgesetzt hatte und die letzten Akkorde von ›Monkey Man‹ im Nichts verklangen, lief er zu seinem umgekippten Sessel zurück und warf die Weatherbee aus dem Fenster. Dann hob er die Magnum auf und warf sie hinterher. Leb wohl, Nick Adams.

»Du kannst nicht alles kriegen, was du dir wünschst«, sangen die Rolling Stones, und er wußte, wie wahr das war. Aber das hielt einen nicht vom Wünschen ab. Eine Tränengasbombe flog im Bogen durchs Fenster und explodierte.

> »Aber wenn du es versuchst, dann findest du vielleicht heraus, daß du das kriegst, was du brauchst.«

Na gut, Fred, jetzt wollen wir mal sehen, wie das geht. Er griff nach der roten Krokodilklemme. Jetzt werden wir sehen, ob ich das kriege, was ich brauche.

»In Ordnung«, murmelte er laut und klemmte die rote Klammer am Negativpol fest.

Er schloß die Augen, und sein letzter Gedanke auf dieser Welt war, daß die Explosion nicht um ihn herum sondern in ihm selber stattfand, und obwohl sie verheerende Auswirkungen hatte, war sie nicht größer als eine mittelgroße Walnuß.

Dann wurde alles weiß.

EPILOG

Das WHLM-Nachrichtenteam gewann für seine fünfminütige Berichterstattung über – wie sie es nannten – ›Dawes letzte Aussage‹ in den Abendnachrichten und für eine halbstündige Dokumentation, die drei Wochen später gesendet wurde, den Pulitzer-Preis. Die Dokumentation hieß ›Straßenbau‹ und befaßte sich mit der Notwendigkeit – beziehungsweise der Überflüssigkeit – der 784-Autobahn. Das Team machte vor allem darauf aufmerksam, daß die Gründe für den Ausbau weder mit der Erweiterung des Straßennetzes noch mit der Verkehrsberuhigung zu tun hatten und daß auch sonst keine praktischen Absichten dahinterstünden. Die Stadtverwaltung mußte eine bestimmte Anzahl von Autobahnkilometern pro Jahr bauen, um die vom Staat dafür bewilligten Gelder zu verbrauchen. Andernfalls würde sie alle öffentlichen Zuwendungen für den Straßenbau verlieren. Also hatte die Stadt beschlossen zu bauen. Die Dokumentation wies ebenfalls darauf hin, daß die Stadt in aller Stille einen Prozeß gegen Barton George Dawes Witwe anstrengte, um von ihrem Entschädigungsgeld so viel wie möglich zurückzuerhalten. Aufgrund der allgemeinen Empörung in der Öffentlichkeit ließ sie die Anklage jedoch wieder fallen.

Die Bilder von der Explosion gingen durch die Presseagenturen, und die meisten Zeitungen im Lande veröffentlichten sie. In Las Vegas sah ein junges Mädchen, daß sich vor kurzem in einer Wirtschaftsschule eingeschrieben hatte, die Bilder während der Mittagspause und fiel in Ohnmacht.

Doch trotz der Berichterstattung in Worten und Bildern ging der Autobahnausbau weiter und wurde achtzehn Monate später, früher als geplant, beendet. Zu der Zeit hatten die meisten Menschen die ›Straßenbau‹-Dokumentation schon vergessen, und die Nachrichtenteams des Fernsehens einschließlich des Gewinners des Pulitzer-Preises, David Albert, hatten sich anderen Stories und neuen Kreuzzügen zugewandt. Aber nur wenige der Menschen, die noch am selben Abend den Originalbericht im Fernsehen gesehen hatten, konnten ihn wirklich vergessen. Sie erinnerten sich auch dann noch daran, als die Hintergründe und Tatsachen in ihrem Gedächtnis verwischt waren.

In den Nachrichten hatten sie zunächst ein einfaches, weißes Vorstadthaus gesehen, eine Art Farmhaus mit einer asphaltierten Auffahrt auf der rechten Seite, die zur Garage führte. In der Garage hatte nur ein Auto Platz. Das Haus sah nett aus, aber es war ein ganz gewöhnliches Haus. Man würde sich nicht danach umdrehen, wenn man an einem Sonntag zufällig daran vorbeifuhr. Auffällig war nur, daß die Scheibe des großen Fensters an der Front zerbrochen war. Zwei Waffen, eine Pistole und ein Gewehr, flogen durch dieses Fenster in den Vorgarten und blieben dort im Schnee liegen. Eine Sekunde lang konnte man die Hand sehen, die die Waffen hinausgeworfen hatte. Mit ihren schlaffen Fingern wirkte sie wie die Hand eines Ertrinkenden. Um das Haus steigt weißer Rauch auf, wahrscheinlich Tränengas. Und dann plötzlich eine große orangefarbene Stichflamme. Die Hauswände biegen sich nach außen, als wären sie aus Pappe. Eine riesige Detonation, und die Kamera zittert ein wenig, als hätte sie Angst. Beiläufig bekommt der Betrachter mit, daß die Garage mit einem einzigen Knall völlig zerstört wird. Und für den Bruchteil einer Sekunde sieht es so aus, als hätte das Dach wie eine Saturnrakete von den Mauern abgehoben. (Die Zeitlupe bestätigt später, daß der Eindruck, den das Auge in Sekundenschnelle erfaßt hat, richtig ist.) Dann fliegt das ganze Haus auseinander und in die Luft, Dachschindeln sausen durch die Gegend, Holzstücke wirbeln durcheinander, und allmählich senkt sich alles wieder auf den Boden. Es sieht aus, als legte sich eine schwere, gemächlich im Wind flatternde Decke wie ein Zauberteppich über die Erde. Die Trümmer landen mit einem grollenden, kontrapunktierenden Trommelwirbel.

Dann ist es völlig still.

Danach erscheint das entsetzte, tränenüberströmte Gesicht von Mary Dawes auf dem Bildschirm; sie blickt mit ihren von Beruhigungsmitteln und Angst geweiteten Pupillen auf den Wald von Mikrofonen, die man ihr vors Gesicht hält; und auf diese Art sind wir alle wieder sicher auf den Boden der Tatsachen zurückgekehrt.

Dean R. Koontz

Die Romane von Dean R. Koontz gehören zu den Highlights der anspruchsvollen Horror-Literatur.

01/6667

01/6833

01/6913

01/6951

01/7707

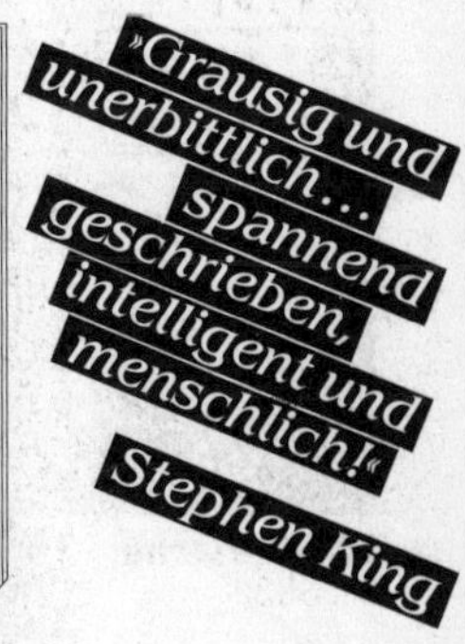

Wilhelm Heyne Verlag München